Die Sterne über Venedig

Anja Saskia Beyer

TINTE & FEDER

Das Buch

Seit Monaten hat die alleinerziehende Nicola kaum Kontakt zu ihrer Schwester Caterina, dabei waren die beiden vorher unzertrennlich. Caterina entzieht sich immer wieder ihren Annäherungsversuchen. Auch als die Großmutter der Schwestern in Venedig erkrankt und sie zusammen mit Nicolas Tochter in die Lagunenstadt reisen, bleibt Caterina abweisend.

Dann beginnt ihre Nonna zu erzählen – von der deutschen Besatzung Venedigs im Krieg, von den mutigen Frauen, die unbewaffnet Widerstand leisteten und durch kluge Taten viel bewegen konnten. Und von der Liebe in schweren Zeiten. Eine Reise in die Vergangenheit beginnt, die mehr mit der Gegenwart zu tun hat, als die Schwestern ahnen …

Die Autorin

Anja Saskia Beyer studierte Theater-, Kommunikationswissenschaft und Werbepsychologie in München. Sie arbeitet erfolgreich als Drehbuchautorin für das Fernsehen, u. a. für die Serien »Lindenstraße« und »Dahoam is Dahoam«. Seit 2013 schreibt sie Romane. Die Autorin nimmt ihre Leser in ihrem Top-1-Kindle-Bestseller »Mandelblütenliebe« mit nach Mallorca, in »Erdbeeren im Sommer« nach Italien, in »Nelkenliebe« ins wunderschöne Portugal, in »Träume der Provence« ins malerische Frankreich und in »Das kleine Café am Meer« wieder auf ihre Lieblingsinsel, Mallorca. In »Die Sterne über Venedig« erzählt sie eine berührende Geschichte vor der wunderschönen Kulisse der Lagunenstadt.

www.facebook.com/AnjaSaskiaBeyer

www.Anja-Saskia-Beyer.com

www.instagram.com/AnjaSaskiaBeyer

ANJA SASKIA
BEYER

Die Sterne über Venedig

ROMAN

TINTE & FEDER

Deutsche Erstveröffentlichung bei
Tinte & Feder, Amazon Media EU S.à r.l.
38, avenue John F. Kennedy, L-1855 Luxembourg
Oktober 2019

Umschlaggestaltung: semper smile, München, www.sempersmile.de
Umschlagmotiv: © Richard Jenkins Photography
© Natalija Sahraj / Shutterstock; © Sergey Ryzhov / Shutterstock;
© Youproduction / Shutterstock; © Antonio Gravante / Shutterstock;
© Venus Kaewyoo/ Shutterstock; © showcake / Shutterstock;
© CHAIPAT DEPRA / Shutterstock; © Krasovski Dmitri / Shutterstock;
© Prostock-studio / Shutterstock; © D_M/ Shutterstock;
Lektorat und Korrektorat: Verlag Lutz Garnies, Haar bei München,
www.vlg.de
Gedruckt durch:
Amazon Distribution GmbH, Amazonstraße 1, 04347 Leipzig /
Canon Deutschland Business Services GmbH, Ferdinand-Jühlke-Straße 7,
99095 Erfurt /
CPI books GmbH, Birkstraße 10, 25917 Leck

ISBN 978-2-49670-037-4

www.tinte-feder.de

1. Kapitel

Venedig – Berlin, 2019

Nicola trat wartend von einem Bein auf das andere. Müde und nervös stand sie am Fuße der Rialtobrücke in Venedig, hielt sich an ihrem Rollkoffer fest und fühlte sich inmitten dieser vielen Menschen einsam. Keinen Kontakt mehr mit ihrer jüngeren Schwester Caterina zu haben, niemals hätte Nicola gedacht, dass ihr das passieren würde. So gut hatten sie sich früher verstanden. Suchend blickte sie sich nach Cati um. Sie waren mit unterschiedlichen Flügen angereist und hatten sich an der berühmten Brücke verabredet, um gemeinsam die wenigen Schritte zum Haus ihrer Familie zu gehen. Um ihrer Großmutter vorzuspielen, dass zwischen ihnen alles wie immer sei. Seit Monaten hatte sich Cati zurückgezogen, blockte jeden ihrer Anrufe ab und nannte keinen Grund für dieses seltsame Verhalten. Nicola spürte plötzlich etwas Hartes, Spitzes in ihrer Hüfte. Einen Ellenbogen. »Autsch!«

Eine junge Frau mit Sonnenhut war ungeschickt gegen sie gestolpert und stürzte zu Boden. Der Verursacher, ein fülliger Mann, ging einfach weiter. Die Menschen wurden immer empathieloser.

»He, Sie«, rief Nicola ihm nach, bückte sich bereits zu der Frau und half ihr beim Aufstehen.

»Oh, vielen Dank.« Offenbar eine deutsche Touristin.

»Das ist doch eine Selbstverständlichkeit.« Nicola hob den Hut auf, den die Frau bei ihrem Sturz verloren hatte, drückte ihn wieder zurecht und reichte ihn lächelnd seiner Besitzerin. »Manche Männer sind einfach Idioten.«

Die junge Frau lachte. »Oh ja. Schönen Urlaub noch.«

»Danke.« Dass es kein Urlaub werden würde, sparte sie sich zu erwidern. Viel zu kompliziert fühlte sich ihr Leben momentan an, um es in wenige Worte zu packen.

Nicola sah sich erneut nach ihrer Schwester um. Ihr Magen rumorte. Erst dieser turbulente Flug, den sie trotz ihrer Flugangst auf sich genommen und zum Glück überstanden hatte, und nun auch noch die schaukelnden Wassertaxis vor ihren Augen. Ihre Mutter und Großmutter lebten in Venedig, dieser wunderschönen Lagunenstadt, und Nicola konnte weder ein Wassertaxi noch den Vaporetto, den Wasserbus, nehmen, ohne bereits vom Hinsehen seekrank zu werden.

Dabei liebte sie diese Stadt über alles. Die eindrucksvollen Palazzi, die kleinen Brücken über die Kanäle, sie fühlte sich jedes Mal wie in eine andere Welt gezaubert.

Die Sonne tauchte Venedig in ein warmes Licht. Viel zu lange hatte sie es nicht mehr geschafft, hierher zu ihrer Mutter und Großmutter nach Italien zu reisen. Sie seufzte, denn sie hätte sich wahrlich einen schöneren Anlass für diese überhastete Reise gewünscht. Müde und ausgelaugt schloss sie für einen Moment die Augen, hielt ihr Gesicht in die Sonne. Wie gut das tat nach diesen Wochen. Nur eine Minute entspannen.

Dann warf sie erneut einen Blick über die Menschen und anschließend auf ihre Handyuhr. So unterschiedlich die Schwestern vom Wesen her waren, so ähnlich sahen sie sich. Caterina hatte wie Nicola eine zierliche Figur, die gleichen langen, dunklen Haare, aber ein feiner geschnittenes Gesicht. Zumindest fand Nicola ihre Nase zu lang, da konnte ihr Nonna noch so oft sagen, dass es eine schöne, italienische Nase sei, die sie gefälligst mit Stolz tragen solle. »Nicht so eine Kartoffel, wie sie viele Deutsche haben«, hatte Nonna hinzugefügt. Sie mochte die Deutschen nicht, trug das Herz auf der Zunge. Genau das liebte Nicola an ihr und ertappte sich selbst oft dabei, ähnlich geradeheraus zu sein. Cati kam damit nicht immer klar. Sie war ruhiger und in sich gekehrter als Nicola.

Seit Monaten zog sich Caterina von ihr zurück, ging nicht an ihr Telefon und rückte nicht damit heraus, was los war. Nicola zermarterte sich den Kopf, was sie gesagt oder getan haben könnte, das Caterina vielleicht falsch verstanden hatte.

Ihr Blick fiel auf zwei Asiaten, die nebeneinander in einer Gondel saßen und auf ihre Handys starrten. Wieso redeten die Menschen nicht mehr miteinander? Wie schön wäre es, wenn sie und Cati in dieser Stadt der Liebe wieder zueinanderfänden.

Der gut aussehende Gondoliere in seinem Ringel-T-Shirt erinnerte Nicola an die Sommer ihrer Kindheit, an die Ferien bei ihrer geliebten Nonna in dieser faszinierenden Stadt. Als Mädchen war sie mit der kleineren Caterina oft Hand in Hand über diese Brücke gerannt, vorbei an all den Touristen. Kichernd hatten sie von ganz oben kleine Papierschnipsel und zusammengefaltete Liebesbriefchen auf die hindurchfahrenden Gondolieri, die ihnen immer so charmant zulächelten, hinuntergeworfen, um sich sofort hinter der steinernen Brüstung zu verstecken, wenn einer von ihnen daraufhin hochsah.

Nicola dachte traurig an den gestrigen Anruf ihrer Schwester, der ihr Leben noch chaotischer hatte werden lassen, als es sich seit Wochen ohnehin schon anfühlte. Sie hatte die verhaltene Stimme ihrer Schwester noch im Ohr. »Hallo«, sagte Cati nur und sehr leise.

»Hey, wie schön, dich zu hören, endlich.«

»Hi, Nic«, erwiderte Cati und räusperte sich. »Ich melde mich nur, weil Mamma mich gerade angerufen hat. Ich soll dir etwas ausrichten.«

Mamma lebte mit Nonna in deren Haus in Venedig, wieso rief sie Nicola nicht selbst an?

»Mir ausrichten? Ist etwas passiert?«

»Mamma klang ziemlich außer sich. Nonna geht es nicht gut. Wir sollen nach Venedig kommen.«

Nonna, ihre geliebte italienische Großmutter. Nicola hielt den Atem an.

»Aber sie lebt noch?«, hatte Nicola ihre Schwester am Telefon ganz zittrig gefragt.

»Ja … aber es ist wohl ernst. Bestimmt das Herz.«

»Oh je.« Vor zehn Monaten hatten sie Nonnas dreiundneunzigsten Geburtstag gefeiert. Ein stolzes Alter, ein langes Leben. Bisher hatte die resolute Dame zwar ein schwaches Herz, aber ansonsten nur alterstypische Wehwehchen gehabt. Irgendwie hatte Nicola in ihrem turbulenten Alltag in Berlin verdrängt, dass das Leben ihrer Großmutter nicht unendlich sein konnte.

»Kommt ihr morgen mit nach Venedig?« Cati klang immer noch sehr verhalten.

»Morgen schon?«

»Sie will uns wohl auch etwas erzählen. Jobmäßig passt es mir nicht, aber ich muss mal raus … in die Sonne«, fügte Cati schnell hinzu. »Und Mamma bestand darauf, dass es schnell gehen sollte. Du bist doch freiberuflich und morgen fangen die Ferien an. Verbringt ihr die nicht eh zum Teil in Venedig?«

»Nein, ich meine, ja, das stimmt, es würde gehen. Gut, wir kommen mit.« Diesen Sommer hatte Nicola nichts geplant, was selten vorkam, eigentlich nie. Aber zu viel war die letzten Wochen geschehen. Und sie wollte ihrer Mutter und Großmutter noch nichts von der Trennung von Frank erzählen. Ihre Tochter Lotta sollte die letzten drei Wochen der Ferien zu ihrem Vater, mit ihm vermutlich an die Ostsee, mehr wussten sie nicht. Zu neu war die Situation für alle. Jetzt also Venedig. Vielleicht würde es ihnen beiden guttun. Lotta hatte sich mit ihren zwölf Jahren erstaunlich tapfer verhalten, als ihr Vater ging.

»Was ist mit Frank? Kommt er auch mit?«, hakte Cati, die von der Trennung nichts wusste, nach.

»Frank? Ich .... hab keine Ahnung«, erwiderte Nicola ausweichend. Sollte sie es ihr jetzt am Telefon sagen, dass er sie verlassen hatte? Nein, es schien so gar nicht der richtige Zeitpunkt zu sein. Cati hatte Frank noch nie gemocht. Sie fand, er sei ein Angeber und Besserwisser, und auf irgendwelche Kommentare à la »Ich habe es doch gleich gewusst« hatte Nicola keine Lust.

»Frank kommt bestimmt nicht mit«, fügte sie deshalb an. »Er muss seinen Text für eine neue Movie-Reihe vorbereiten«, behauptete sie einfach. Was ja vermutlich auch stimmte, denn er hatte eine größere Rolle bekommen.

»Gut.« Ihre Schwester klang erleichtert. »Mamma hat gesagt, dass wir beide und Lotta auf alle Fälle kommen sollen. Die Frauen der Familie. Sie zahlt die Flüge.«

»Oh, schön.« Nicolas Bankkonto glich einer Wüste.

»Nic, eines noch: Wir tun so, als sei alles gut zwischen uns, okay? Kein zusätzlicher Stress für Nonna.«

»Was?« Nicola überlegte kurz. »Ja, gut.«

»Deshalb treffen wir uns morgen Nachmittag um vierzehn Uhr an der Rialtobrücke und gehen dann gemeinsam hin.«

»Du hast schon gebucht?«

»Ja.«

»Wieso fliegen wir nicht zusammen?«

»Weil mir das so lieber ist.«

»Puh. Ich guck gleich nach Flügen. Welche Maschine nimmst du? Nicht, dass ich aus Versehen dieselbe erwische.« Den sarkastischen Seitenhieb konnte sie sich nicht verkneifen.

»Meine Maschine ist ausgebucht, aber es gibt noch genug Flüge vormittags. Ist ja unter der Woche. Also, wir treffen uns da und gehen das letzte Stück gemeinsam, okay?«

»Wenn du das so willst.« Nicolas Mund fühlte sich trocken an. Ihre Schwester wollte partout nicht mit ihr in einem Flugzeug sitzen. Dass ihr Zerwürfnis so tief ging, erschreckte sie sehr. Auch dass sich Cati nicht dazu äußern wollte. Nicola fühlte sich, als hätte sie vier Gläser trockenen Weißwein getrunken. Billigen trockenen Weißwein. Sie hatte einen schalen Geschmack im Mund, wie am Tag danach.

Caterinas Stimme riss sie aus ihren Gedanken. »Mamma klang extrem traurig, als ich ihr letztens erzählt habe, dass wir auseinander sind. Wir sollten es uns vor Nonna wirklich nicht anmerken lassen.«

Nicola wollte etwas erwidern, doch Caterina hatte bereits aufgelegt. Stille am anderen Ende der Leitung. Stille, die wehtat.

»Auseinander.« Wie das klang. Konnte man sich von einer Schwester überhaupt ganz lösen? In vielen Familien war das so, dass Geschwister keinen Kontakt mehr hatten, seit Jahren. Aber doch nicht in ihrer. Die *famiglia* stand in ihrer halb italienischen Familie immer an erster Stelle. Bisher zumindest.

Und jetzt befand sie sich inmitten dieser märchenhaften Stadt mit ihren wunderschönen Palazzi und wartete auf eine Schwester, die keine mehr sein mochte. Nicola spürte, wie sich ihr Magen erneut verkrampfte. Wie hatte es nur so weit kommen können? Sie hatten sich als Kinder so gut verstanden. Natürlich hatten sie sich auch an den Haaren gezogen, gehauen oder gekratzt. Aber war das nicht völlig normal zwischen zwei Schwestern? Gehörte das nicht zum Erwachsenwerden dazu?

Nicola durchlief ein Schauer. Das Geplapper der Touristen drang dumpf zu ihr hindurch. Ein Betrunkener schrie, dass er die Welt nicht mehr verstehe. Genauso fühlte auch sie sich gerade. Wenn sie nicht einmal ihre Schwester verstand, mit der sie groß geworden war, wie sollte sie die Welt begreifen? Konnte ihre Schwester nicht einmal jetzt, wo es Nonna schlecht ging, über ihren Schatten springen? Wieder normal sein? Herzlich? Wie sehr vermisste Nicola sie. Ihre beste Freundin. »Durch dick und dünn, so dünn wie ein Pfannkuchen«, hatten sie sich damals als Mädchen geschworen und ihre langen Zöpfe zu Affenschaukeln zusammengebunden. Was war nur geschehen?

Erneut sah Nicola auf ihre Handyuhr, flüchtete vor einer anmarschierenden Gruppe Chinesen zu einem Straßencafé direkt am Fuße der Brücke und setzte sich erschöpft an einen der kleinen Tische im Freien. Hier würde man sie sehen.

»Un espresso per favore«, bat Nicola den Ober. Es musste schnell gehen. Sie wollte zu Nonna. Dennoch brauchte sie jetzt dringend Koffein und sehnte sich geradezu nach dem vertrauten Duft frisch gemahlener italienischer Kaffeebohnen.

Als die kleine Tasse schließlich vor ihr stand, kam sie ein wenig zur Ruhe. Sie erinnerte sich an dieses Gefühl vom Vortag, das Gefühl der Hilflosigkeit, das sie in letzter Zeit so oft überkam.

2. Kapitel

Berlin, 2019 – ein Tag zuvor

Nach dem Telefonat mit Cati war Nicola benommen im Flur ihrer Berliner Altbauwohnung gestanden und hatte sich schwach und ausgelaugt gefühlt.

Denn neben der Sache mit ihrer Schwester und der Trennung von Frank gab es noch mehr, was sie zurzeit zu bewältigen hatte. Als Mutter durchschritt man viele Phasen, aber auf die der aufkeimenden Pubertät ihrer Tochter hätte Nicola liebend gern verzichtet. Seit eineinhalb Stunden versuchte sie, sich einzureden, dass Lotta nicht nach Hause kam, weil das bei pubertierenden Kindern eben so ist. Ihr Gitarrenunterricht war seit geraumer Zeit zu Ende und bislang war sie immer sofort danach heimgekommen. Ihr konnte also durchaus etwas passiert sein, und im Moment fand Nicola das sehr real. Seit die Welt aus den Fugen geriet, seit es immer mehr Anfeindungen gab, seit Lotta von pöbelnden Jungs auf dem Nachhauseweg erzählt hatte. Und das offenbar nur, weil sie zu einem Viertel Italienerin war und südländisch aussah. Dabei hatte sie eine deutsch-italienische Mutter, einen deutschen Vater, einen deutschen Pass. Lotta sah aus wie die kleine Ausgabe von Nicola und Caterina. Lange schwarze Haare, gebräunte Haut, klein und zierlich. Und ein hübsches, fröhliches Gesicht. Von ihrem Vater Frank oder ihrem deutschen Großvater mütterlicherseits hatte sie rein äußerlich nichts geerbt.

Gedankenverloren strich Nicola ihr langes Haar zurück und verknotete es im Nacken, doch es löste sich sofort wieder und fiel ihr über die Schultern. Sie suchte einen Haargummi und dabei fiel ihr Blick auf das Glas auf der Kommode, in dem sie ihre geliebten venezianischen Kekse aufbewahrte, die Zaletti, gebacken von Mamma. »Sehnsuchtskekse« hatten die Schwestern immer dazu gesagt. Früher, als sie sich noch gut verstanden hatten. Wie gern hätte Nicola sich Cati anvertraut und von ihrer Angst um Lotta erzählt.

Schon zweimal war das Kind von diesen einfältigen Jungs angesprochen und als Ausländerin beschimpft worden. Was, wenn sie geschlagen wurde? Was konnte eine Mutter in diesen Zeiten tun, um ihr Kind zu schützen?

Nicola betrachtete das Glas Kekse, zögerte einen Moment, dachte an die paar Pfunde, die sie seit der Schwangerschaft mit Lotta all die Jahre nicht mehr losgeworden war. »Wunderschöne Rundungen, genau an den richtigen Stellen, Bella«, hatte Frank immer gesagt. Und jetzt lag er in den Armen einer anderen, einer Engländerin, wie er ihr erzählt hatte. Atmete ihren Duft ein, umschloss ihren bestimmt blassen Körper. Nicola nahm kurzerhand einen dieser köstlich duftenden Kekse heraus, biss hinein und der Geschmack nach Vanille weckte ein vertrautes, beruhigendes Gefühl. Ihre italienische Großmutter, ihre Nonna, hatte früher viel mit Nicola und ihrer Schwester Cati zusammen gebacken. Nicht nur die Zaletti, sondern auch die Buranelli, die vom venezianischen Karneval nicht wegzudenken waren. Es gab sie eigentlich immer, wenn sie ihre Nonna in Italien besuchten. Auch Lotta liebte diese nach den Familienrezepten zubereiteten

Kekse über alles. Lotta verzierte die Buranelli gern bunt, mit rosa und hellblauer Glasur.

Ein Gedanke schoss Nicola durch den Kopf. Was, wenn Lotta doch absichtlich länger wegblieb, um sie zu ärgern? Seit ihr Vater vorige Woche all seine Schuhe mitgenommen hatte, kam Lotta manchmal später nach Hause als zuvor. Sie machte ihrer Mutter Vorwürfe, dass sie den geliebten Papi nicht hatte halten können, was die Sache für Nicola noch schwerer machte.

Sie atmete durch, ging kauend weiter in die Wohnküche, entdeckte erst jetzt Lottas Handy unter einem Umschlag auf der Anrichte. Na wunderbar. Kein Wunder, dass Lotta die ganze Zeit nicht an ihr Handy ging. Ganz offensichtlich hatte sie es auf stumm geschaltet, aber auch das Vibrieren auf ihre Anrufe hin hatte Nicola nicht gehört. Entschlossen nahm sie ihr eigenes Smartphone und suchte die Nummer von Lottas bester Freundin Zoe heraus, auch wenn ihre Tochter das sicher peinlich finden würde. Die Mailbox sprang an. »Hallo Zoe, hier ist Lottas Mama, ist Lotta bei dir? Sie soll mich mal bitte kurz anrufen und Bescheid sagen, wo sie ist, danke.« Dann versuchte sie es noch bei Zoes Mutter, aber auch die schien zu beschäftigt zu sein. Nicola schluckte die letzten Kekskrümel hinunter, setzte sich auf einen Küchenstuhl und fühlte sich unglaublich allein. Ob sie es doch bei Cati versuchen sollte, um ihr das Herz auszuschütten? So sehr fehlte ihr die kleine Schwester, so wenig wusste sie seit Monaten von deren Leben. Dabei hatten sie sich früher alle Geheimnisse anvertraut.

Kurzerhand suchte Nicola Caterinas Nummer heraus und drückte auf »Anrufen«. Immerhin hatten sie kurz vorher wegen Nonna gesprochen, vielleicht würde Cati jetzt endlich reden. »Hallo, hier ist noch mal Nic. Cati, bitte, wir sagen Nonna nichts, aber vielleicht können wir auch vorher alles bereinigen? Ich weiß nur leider immer noch nicht, was los ist. Vielleicht habe ich irgendetwas Blödes gesagt, das tut mir leid, aber ich weiß es nicht. Bitte rede mit mir.« Sie legte auf, wischte sich schniefend übers Gesicht. Sensibel wie eine Auster war Cati schon immer gewesen. Nicola fragte sich, ob sie zu Frank vielleicht auch etwas gesagt hatte, das ihn verletzt haben könnte? Manchmal, das musste sie zugeben, verstanden nicht alle ihren Humor. Aber sie meinte es doch niemals böse. Ganz im Gegenteil. »Du hast ein großes Herz«, hatte ihre Nonna immer zu ihr gesagt. »Du bist etwas Besonderes.«

Nicolas Blick wanderte durch die Altbauküche zur Tür, die in den Flur führte. Dort stand zwischen ihren und Lottas Schuhen ein Paar von Frank. Warum hatte er dieses Paar Schuhe zurückgelassen? Mit Absicht, um sich ein Hintertürchen offenzuhalten, falls das mit der anderen nichts geben würde? Entschlossen stand sie auf, ging in den Flur, bückte sich, hob die Schuhe hoch, sah sie an. Sie hatten ein Loch an der Seite, die Naht ging auf. Nichts mehr zu machen. Und das bei diesen sündhaft teuren Schuhen. Als Schauspieler brauche er besondere Schuhe, hatte er ihr erklärt. Ein besonderes Leben, besondere Schuhe. Da komme es nicht auf die Kosten an. Die würden dafür ganz lang halten. Von wegen. Nichts hielt für die Ewigkeit. Diese Erkenntnis hatte sie mit ihren achtunddreißig Jahren mit voller Wucht getroffen. Obwohl man es in diesem Alter doch längst wissen müsste, umgeben von den vielen Alleinerziehenden, die im Prenzlauer Berg wohnten.

»Wie, Sie sind mit dem Kindsvater noch zusammen?«, hatte sie diese nüchterne Direktorin der weiterführenden Schule von Lotta gefragt. »Äh ja, natürlich.« Die Antwort war ihr vor vier Monaten genauso selbstverständlich über die Lippen gekommen, wie Nicola ihre Beziehung gesehen hatte.

Sie hatte sich nach der Geburt nicht gehen lassen. Gut, diese letzten paar Pfunde. Die Mütter, die mit ihren Sprösslingen zum Arkonaplatz kamen, achteten auf ihre Figur. Kauften Jogger-Kinderwagen, betrieben Müttersport im Park. Nicola hatte sich irgendwie nie dazugehörig gefühlt. Die Mütter kauften teure Kleidung, am besten nicht aus den Billiglohnländern, das betonten sie. Nicola fand das gut, kaufte einfach nicht so oft etwas Neues. Sie las. Etwas fürs Herz, aber die anderen etwas mit Anspruch. Den Job als angestellte Grafikdesignerin, den sie liebte, musste sie nach der Geburt von Lotta aufgeben. Zumindest die Festanstellung in dem Verlag. Sie tat es gern für das Kind. Als Freie verdingte sich hier nahezu jede Mutter und Nicola hoffte sehr, dass es auch bei ihr klappen würde. Aber die guten Zeiten in der Branche waren vorbei, es gab Programme, mithilfe derer sich viele selbst Grafiken bastelten. Grafikdesigner in Berlin wurden längst nicht mehr hofiert, hackten sich die Augen aus für schlecht bezahlte Aufträge. Nicola machte da nicht mit. »Entweder ihr engagiert mich für eine adäquate Bezahlung oder eben nicht.« Mal wieder war ihr italienisches Temperament mit ihr durchgegangen, aber Frank fand es nicht schlimm. Er verdiente gut als Schauspieler, wurde seit ein paar Jahren gern gebucht für TV-Movies. Der gut aussehende blonde Held im besten Alter. Seine Kolleginnen dagegen galten im selben Alter bereits als schwer vermittelbar. Geld war zum Glück die letzten Jahre selten ein Problem gewesen. Da war er großzügig, solange sie ihn ausgehen ließ. Auch direkt nach der Geburt, ins Fitnessstudio mit Schwimmbad und Sauna, zum Stammtisch mit den Kollegen. Und das seit Jahren. Nicola hatte immer versucht, nicht eifersüchtig zu sein. Was oft nicht leicht gewesen war, und inzwischen dachte sie, sich vielleicht naiv verhalten zu haben. Die eine Kollegin hatte es ihm angetan. Seit einem halben Jahr ging das bestimmt schon. Oder länger? Ashley war sogar älter als sie.

»Man kann sich über so viel mit ihr unterhalten.« Das hatte er wirklich gesagt. Wenn es das nicht gewesen wäre.

Als Nicola ihren Mütter-Freundinnen bei einem Kaffee unter Tränen ihr Herz ausschüttete, sahen diese sie nur mitleidig an. Und Wochen später misstrauisch. Nicola wusste nicht, warum, und so fragte sie nach, erhielt aber keine Antworten. Dafür Absagen, wenn sie sich mit einem befreundeten Pärchen, so wie früher, zum Kochen verabreden wollte. Der Mann einer Freundin brachte es schließlich auf den Punkt, als sie kurz zu zweit in der Küche waren: »Du bist Halbitalienerin, bist eine echte Granate und jetzt auch noch solo. Lydia ist eifersüchtig, das musst du verstehen. Wir können uns leider nicht mehr mit dir treffen, jetzt ohne Frank.«

Nicola konnte es nicht fassen. »Das ist jetzt nicht dein Ernst.«

»Ich kann nichts dafür.« Er hob entschuldigend die Hände.

Genau das hatte Frank auch gesagt. »Ich hab mich einfach entliebt. Keine Ahnung, wie und wann das passiert ist. Ich kann nichts dafür.« Was sollte man da noch sagen.

Wenn der Mann keine Ahnung hatte.

Nicola hielt immer noch Franks Schuhe in der Hand, warf sie wütend in eine Ecke des Flurs, ging zurück in die Wohnküche. Wieder ein Blick auf die Küchenuhr. Lottas Gitarrenunterricht war seit eineinhalb Stunden zu Ende und der Weg nach Hause dauerte etwa zehn Minuten. Der Gitarrenlehrerin hatte sie schon geschrieben. Lotta sei pünktlich gegangen, hatte diese geantwortet.

Nicola versuchte, ruhig zu bleiben. Cati hätte gesagt: »Lotta ist zwölf, fast schon ein Teenie. Du steigerst dich wieder in was rein, sie hat bestimmt noch jemanden getroffen.« Ja, genau das hätte sie gesagt. Nicola trat zum Wasserkocher, füllte ihn auf, stellte ihn an. Dann suchte sie Teebeutel. »Ingwer mit Orange« oder »Ingwer mit Lebensfreude«? Oder doch besser »Energie für die Frau«?

Die konnte sie gebrauchen, denn seit Tagen oder Wochen fühlte sie sich, als habe ein großer Staubsauger alle Energie aus ihr herausgesaugt. Die Gespräche mit Cati, die sie meist besser verstanden hatte als all ihre Mütter-Freundinnen, fehlten. Jede Minute mehr. Plötzlich schossen Nicola Tränen in die Augen. Aus welchem Grund konnte es ihrer kleinen Schwester schlecht gehen? Wieso wagte sie es nicht, sich Nicola anzuvertrauen? Sollte sie Mamma in Italien anrufen? Nein, das wäre Nicola unangenehm. Das mussten die Schwestern unter sich klären.

Das Leben hatte es seit jeher mit Cati schlechter gemeint. Nicola schien auf der Sonnenseite des Lebens geboren worden zu sein, Caterina auf der etwas schattigeren. Schon in der Schule glückte Nicola alles, sie machte Karriere als Grafikdesignerin, hatte immer lange Beziehungen, dann Frank, der ein Bambino von ihr wollte. Caterina dagegen tat sich in der Schule schwer, schaffte kein Abitur, auch nicht mit Nicolas Hilfe, machte eine Ausbildung zur Bürokauffrau und hatte sich inzwischen bei einem Immobilienmakler peu à peu hochgearbeitet. Eine lange, glückliche Beziehung kannte Cati nicht. Stattdessen geriet sie immer wieder an Männer, die aus diversen Gründen nicht offen für eine Beziehung waren. Ihr Wunschkind rückte in weite Ferne und das mit sechsunddreißig.

Nicola gab den Teebeutel in eine Tasse, übergoss ihn mit heißem Wasser, verbrannte sich dabei die Finger, sprang auf, warf den Stuhl aus Versehen um. Er polterte zu Boden, riss ihr Handy, das inzwischen am Ladegerät hing, mit sich. Ein Geräusch wie ein zerschellender Toaster. Sie bückte sich, hob es auf. Zum Glück war es heil geblieben. Wenigstens das blieb ganz in ihrem Leben. Von wegen »Energie für die Frau«. Ein erneuter Blick auf die Wanduhr. Herrgott, wie sehr sie dieses Kind liebte.

Hektisch ging sie in den Flur, schlüpfte in ihre Clogs, warf eine leichte Jacke über. Die Schuhe von Frank lagen schief in der Ecke, glotzten sie an. Nicola wandte sich ab. Es war früher Abend im Sommer. Es war hell, also konnte Lotta nicht wirklich etwas passiert sein. Nicht hier, mitten in Berlin. Oder doch? Gerade, als sie die Tür öffnen wollte, hörte sie Schritte, dann einen Schlüssel im Schloss.

»Lotta!«

»Mama!«

»Gott, wie siehst du denn aus?«

Auf dem Gesicht ihrer Tochter prangte eine blutige Schramme. Sonst schien alles heil zu sein, zumindest die Oberfläche, soweit ein Mütter-Scan-Blick das beurteilen konnte.

Sie bekam keine Antwort, nur ein ernstes Gesicht. Lotta warf ihre Tasche in die Ecke im Flur wie immer, nahm den Gitarrenrucksack herunter, stellte das Instrument vorsichtig ab.

»Jetzt rede bitte, wie ist das passiert?«

»Da waren wieder diese Jungs.«

Horrorbilder drängten sich vor Nicolas inneres Auge. Das Kind hat zu viel Fantasie, hatte ihr Vater schon gesagt, als Nicola noch ganz klein gewesen war. Ganz ruhig, versuchte sie, sich gut zuzureden. Lass sie erst einmal in Ruhe erzählen.

»Und was haben die gemacht?« Ihre Stimme klang belegt.

»Nix.«

Erleichterung pur. »Aber woher kommt dann die Schramme in deinem Gesicht?«

»Der eine mit einem Basecap wollte mich angrapschen, aber ich hab ihm eine gescheuert.«

»Was?! Angrapschen?!« Die Erleichterung verflüchtigte sich so schnell, wie sie gekommen war. »Wie jetzt, wo? War da keiner sonst, der dir hätte helfen können?«

»Bloß ein Mann, der hat aber nur geguckt und ist dann weitergegangen. Danach kam so eine alte Omi mit ihrem Dackel. Die hat mit der Handtasche geschleudert und rumgezetert.«

Lotta sah ihre Mutter an und begann zu kichern. Immer mehr, immer erleichterter. Übersprungkichern. Nicola fiel in das Kichern ein, nahm ihre Tochter in die Arme und drückte sie an sich, unendlich froh. Es war nichts passiert. Der Albtraum einer Mutter hatte sich nicht bewahrheitet.

»Den Weg gehst du nicht mehr alleine.«

»Willst du mich etwa einsperren?« Lotta sah sie ängstlich an.

»Nein, bestimmt nicht.« Man durfte Kindern keine Angst einjagen. Nicola fühlte sich machtlos.

»Ich hab Hunger, Mami. Hast du was Warmes gekocht?«

»Oh nein, tut mir leid. Ich hab mir solche Sorgen gemacht. Soll ich schnell noch etwas kochen?«

»Mmhm. Spaghetti?«

»Gern, Süße. Du kriegst so viele Spaghetti, wie du willst. Den Himmel voller Spaghetti.«

***

Als Nicola spätabends, nachdem sie die Flüge für den nächsten Tag gebucht hatte, im Bett lag, ging ihr der Überfall auf Lotta nicht aus dem Kopf. Was konnte sie tun? Wie ihr Baby schützen? Lotta immer vom Gitarrenunterricht abholen, obwohl sie es mit ihren zwölf Jahren nicht wollte, schien keine Option. Mit den beruflichen Terminen, die Nicola doch noch hin und wieder hatte, würde sie es als Alleinerziehende auch nicht jedes Mal schaffen. Die leere Bettseite neben ihr, auf der Frank immer gelegen und geschnarcht hatte, sah aus, als verhöhne sie Nicola. Alleinerziehend. Alleingelassen. Sie legte ihre Hand auf das Laken, es fühlte sich kalt an. Nicola zog ihre Hand zurück, drehte sich auf den Rücken, starrte zur hohen Decke. Wunderschöner Stuck. Die perfekte Altbauwohnung für die perfekte kleine Familie und das mitten in Berlin. Bezahlbar, zumindest vor einigen Jahren noch. Das dachten Frank und sie in ihrem Glück, als die Welt noch kunterbunt erschien. Doch die letzten Jahre hatte sich einiges getan. Nicht nur in ihrer Beziehung. Dinge, die Nicola lange nicht mitbekommen hatte, vor denen sie in dieser Latte-macchiato-geschwängerten Blase ihre Augen verschlossen gehalten hatte. Selbst sie.

Nicola fröstelte, zog die Decke über die Schulter. Sollte sie sich eine Wärmflasche machen, mitten im Sommer? Wie gern hätte sie sich jetzt an Frank gekuschelt. Diese lebende Wärmflasche, die immer heiß war.

Nicola wälzte sich von einer Seite auf die andere. Höchste Zeit, endlich einzuschlafen. Doch mit all diesen Sorgen, auch der um Nonna, im Genick, wer konnte da schlafen? Sie fuhr sich über das müde Gesicht, schlug die Decke zurück. Nonna hatte den Mädchen abends im Bett immer Geschichten vorgelesen, die in Venedig spielten, Geschichten aus dem 19. Jahrhundert. In denen die Damen mit langen Kleidern und Perücken durch die Gassen wandelten. Geschichten, in denen Karneval gefeiert wurde, mit wundervollen Masken. Dazu gab es die köstlichen Buranelli-Kekse. Mensch, Nonna, dachte Nicola traurig. Sie hatte die letzte Zeit so vieles verdrängt. Eben auch, dass es mit ihrer geliebten Großmutter bald zu Ende gehen könnte. Verzweifelt dachte Nicola daran, was sie ihre Nonna noch alles fragen wollte. So viel. Nur, wo sollte sie anfangen? Und vor allem, was wollte Nonna ihren Enkelinnen erzählen?

3. Kapitel

Venedig, 2019 – wieder am Ankunftstag

Der Espresso schmeckte köstlich, wie immer in Italien. Die Sonne schien. Nicola leckte den letzten Tropfen von den Lippen, als endlich Lotta aus dem Laden zurückkam, in dem sie nach Rucksäcken hatte sehen wollen. Nicola hatte ihr eine Nachricht geschrieben, vor welchem Café sie saß und auf ihre Schwester wartete.

»Und, war ein Rucksack dabei?«

»Nö. Alle hässlich.« Lotta setzte sich zu ihrer Mutter. »Ich will 'ne Cola.«

»Könnte ich bitte eine Cola haben, heißt das.«

Lotta grinste nur schelmisch. Das Kind hatte es faustdick hinter den Ohren.

»Später. Das lohnt sich nicht mehr. Tante Cati müsste jeden Moment hier sein.«

»Hallo.«

Nicola erkannte die Stimme sofort.

Sie drehte sich zu ihrer Schwester um und wagte ein Lächeln. Caterina erwiderte es nur angespannt, wandte sich an Lotta, umarmte sie herzlich. »Hi, Süße. Gut siehst du aus.«

Lotta drückte ihre Tante, die beiden mochten sich sehr.

Dann richtete Cati ihre Hochsteckfrisur. Sie wirkte wie aus dem Ei gepellt. Dunkelblaues Designerkostüm, Ballerinas, ihre schwarzen Haare am Hinterkopf zu einem akkuraten Knoten gedreht.

Wieder trafen sich die Blicke der Schwestern. »Bist du krank?«, fragte Cati nun Nicola.

»Bin ich krank?«, überlegte Nicola, die ihre ausgewaschene Jeans trug, darüber eine dünne, beige Strickjacke, die schon bessere Tage gesehen hatte, die Haare offen. Sie kam sich neben ihrer Schwester vor wie Aschenputtel. Eine Taube flog direkt über ihren Kopf.

»Ja«, hätte sie am liebsten geantwortet. Krank vor Sorge um Nonna, krank vor Angst um Lotta, und es macht mich krank, mir Frank und seine Ashley im Bett vorzustellen. In allen Posen. Oder stundenlang miteinander redend. Stattdessen schüttelte sie den Kopf, stand auf. Bezahlt hatte sie bereits, um schnell loszukommen. »Müde bin ich. Ich habe ziemlich schlecht geschlafen. Kein Wunder. Lasst uns rasch zu Nonna gehen.«

Ein Asiate am Nebentisch machte Fotos von der Rialtobrücke, den Häusern, seiner Frau davor, ohne Unterlass.

Die drei schnappten ihr Gepäck, marschierten los. Cati hakte nach. »Kommt Frank noch nach?«

Nicola blieb stehen. Caterina tat es ihr gleich, drehte sich im Kreis, als würde Frank jede Sekunde hinter der Gruppe Touristen hervorschießen, die sich um sie drängelte.

»Frank, nein«, schwindelte Nicola schnell. »Das Textlernen und … ein wichtiger Termin.«

Caterina wirkte erleichtert oder bildete sich Nicola das ein? Sie setzten ihren Weg fort. Im Gehen öffnete Cati ihre Handtasche, in der alles seinen Platz hatte. Nicht wie in Nicolas Leben – regiert vom Chaos. Lotta sah ihre Mutter strafend ob der Lüge von der Seite an. Nicola bat sie mimisch um Entschuldigung.

Caterina nahm ein Lipgloss, benetzte ihre Lippen damit und setzte ihre Sonnenbrille auf wie einen Schutzschild. »Wir sagen Mamma, dass alles gut ist, ja?«, wiederholte Caterina. Ihre Stimme klang brüchig.

»Es ist aber nicht alles gut«, fing Lotta leise an. Nicola legte ihren Arm um sie, lenkte rasch ab. Es tat viel zu sehr weh, um hier und jetzt darüber zu reden. »Natürlich sagen wir, dass alles in Ordnung ist, Lotta. Für Nonna. Es würde sie sonst aufregen. Denk an ihr Herz.«

Lotta nickte, presste die Lippen zusammen und Nicola sah von der Seite, dass sich in ihren Augen Tränen sammelten. Das arme Kind. Sie liebte ihre Urgroßmutter über alles.

»Och Mensch, Süße.« Nicola zog ihre Kleine im Gehen liebevoll ganz an sich, versenkte die Nase in ihrem Haar. Es roch nach Apfelblütenshampoo. Dabei blieb ihr Blick an Caterina hängen. Vor Lotta wollte Nicola ihre Schwester nicht fragen, warum sie nicht redete.

Nicola hatte schon länger das Gefühl, dass die Menschen verstummten. Nur nicht anecken. Viel zu anstrengend. Auf die Handys starren, Netflix gucken, kurze Tweets verschicken, nicht mit ihren Liebsten reden. In was für eine Welt schlitterten sie hinein?

***

Sie zogen ihre Hartschalenkoffer über die Rialtobrücke. Schlängelten sich zwischen den Touristen hindurch. Der Himmel zeigte ein strahlendes Blau und Nicola hoffte so sehr, nicht zu spät zu kommen. Aber Mamma hätte ganz sicher angerufen, wenn Nonna einen Herzinfarkt erlitten hätte. Oder nicht? Würde sie warten, bis sie es ihren Töchtern persönlich sagen konnte?

Ein Wassertaxi fuhr unter der Brücke hindurch. Touristen saßen in dem Boot, versprühten gute Laune, ein paar winkten, die anderen bestaunten die Schönheit Venedigs.

»Wenn wir jetzt zu spät kommen. Dass du auch noch einen Espresso trinken musstest. Dass du diese Ruhe hast, wenn es Nonna so schlecht geht«, warf Cati ihr aus dem Nichts vor.

»Was? Du bist doch zu spät gekommen«, erwiderte Nicola überrumpelt. »Ich hatte schon bezahlt, wegen mir hat es nicht eine Sekunde länger gedauert. Meinst du, es ist so ernst?«

»Nicht streiten«, mischte sich Lotta leise ein.

»Wir streiten nicht, Süße.« Caterina nahm ihre Sonnenbrille ab, wischte an ihr herum und setzte sie wieder auf.

Nicola seufzte. Gleich würde sie die beiden anderen Frauen der Familie Moretti wiedersehen. Ihre Mamma und ihre Nonna. Ihr deutscher Vater war vor ein paar Jahren gestorben und kurz danach war ihre Mutter wieder nach Venedig zurückgekehrt. In ihre Heimat, ihren Hafen. Mit dem Versprechen, sie ganz oft in Berlin zu besuchen. Anfangs kam sie zweimal im Jahr, dann nur noch einmal, wenn überhaupt. Auch Nicola hatte es viel zu selten geschafft, nach Venedig zu reisen. Frank wollte nicht ständig an denselben Ort. »Andere Städte sind auch schön. Erweitere deinen Horizont, Nicola«, sagte er. Und das zu ihr. Der Frau, die damals die Welt retten wollte. Aktivistin für Tiere und Menschenrechte. Worldtraveller. Es war lange her, vor Lottas Geburt. In ihrem anderen Leben. Vor all den PEKiP-Kursen, Babymassagen, Desillusionierungen im Beruf.

Sie zogen ihre Koffer den kleinen Kanal am Fondamenta Cannaregio entlang.

Ein Gondoliere grüßte die Schwestern lächelnd und Nicola überlegte für einen Moment, ob er damals wohl einen ihrer

Liebesbriefe bekommen hatte. Ob er sich womöglich an sie erinnerte? Unsinn. Er suchte nach Kundschaft, mehr nicht.

»Gleich sind wir da.« Caterina schien die Nähe zu ihrer Schwester kaum ertragen zu können. Wieder kam ihnen eine Reisegruppe entgegen, die den Weg versperrte, Zeit kostete. Zu viele Touristen gab es hier, aber damit musste man in Venedig leben. Der Schönheit der Lagunenstadt tat das keinen Abbruch.

Der Weg über die kleine Brücke zur Calle Ghetto Vecchio und zum Haus ihrer Familie fühlte sich so vertraut an und trotz ihrer Sorge freute Nicola sich, nach Hause zu kommen.

Sie befanden sich nun im Ghetto, einer Insel im Stadtteil Cannaregio, die im 16. Jahrhundert der jüdischen Bevölkerung als Wohngebiet zugewiesen worden war. Erst unter Napoleon wurde es geöffnet und galt seitdem als jüdisches Viertel und als Namensgeber für andere Ghettos in Europa.

»Mama, warum haben wir eigentlich ein Haus im jüdischen Viertel? Wir sind doch gar keine Juden, oder?«, fragte Lotta plötzlich.

»Nein, sind wir nicht.« Nicola warf Caterina einen fragenden Blick zu. So richtig wusste sie selbst nicht, warum. »Ich glaube, Großmutter hat es früher geschenkt bekommen … oder, Caterina?«

»Ja, soviel ich weiß, war das so.« Sie antwortete nur knapp. – Ob sie wohl gleich vor der Familie eine Maske aufsetzen würde? Freundlich und strahlend?

Endlich waren sie vor dem Haus ihrer Familie angekommen. Wie viele der Häuser im Ghetto war es im Vergleich zu den Palazzi in Venedig höher gebaut, aber weniger prunkvoll. Ein geschenktes Haus, wo gab es das schon? Hinter einem der oberen Fenster huschte soeben ein Schatten vorbei.

»Uromi oder Omi hat uns schon gesehen«, juchzte Lotta und betätigte den alten Türklopfer. Erfahrungsgemäß dauerte es nun etwas, bis Nicolas Mutter die Stufen heruntergestiegen war und ihnen öffnete. Sie war mittlerweile auch schon fünfundsiebzig.

Nicola betrachtete die alte Tür, der man die Jahre ansah. Was dieses Haus wohl alles erlebt hatte? Nonna sprach nicht über *damals*. Immer wenn Nicola als Kind gefragt hatte, woher sie dieses Haus hatten, sagte sie nur: »Es wurde mir geschenkt.« Dann verzog sie schmerzvoll ihren Mund und sah aus, als würden ihr gleich Tränen kommen. Nicola, die schon als Kind sehr sensibel war, hatte nicht gewagt, weiterzubohren. Eine weinende Großmutter, was gab es Schlimmeres auf der Welt?

Und wenn sie ihre Mutter heimlich bei einem Glas heißer Milch mit Honig in der Wohnküche fragte, erwiderte diese nur: »Du weißt doch, Nonna spricht nicht über *damals*.« Und ihre Mutter tat es auch nicht.

Die Tür ging knarzend auf. Ein herber, männlicher Duft wehte zu ihnen. Da stand nicht ihre Mutter, sondern ein großer, gut gekleideter, schwarzhaariger Mann um die vierzig, der ihnen nur kurz grüßend zunickte. Er musterte Nicola mit seinen dunklen Augen einen Moment, drängte sich dann an ihnen vorbei nach draußen und eilte in seinen edlen italienischen Schuhen davon. Nicola sah bei einem Mann immer zuerst auf die Schuhe und hatte dies unwillkürlich wieder getan. Warum hatte er es so eilig?

»Wer war das denn?«, fragte Caterina. »Der sah aber gut aus«, rutschte ihr heraus.

»Findest du?« Nicola hatte mehr Augen für seine Schuhe gehabt, denn sie ähnelten denjenigen, die Frank in ihrer Wohnung zurückgelassen hatte.

»Zu gut sah der aus«, befand Lotta. »Du brauchst einen Normalo, Tante Cati.«

Caterina lachte bitter auf. »Das stimmt, vielleicht klappt es dann endlich mal.«

Der Mann hatte die Tür einen Spalt offen stehen lassen, wie Nicola jetzt registrierte. Wer machte denn so was?

Da erschien ihre Mamma, mit ernstem Gesicht. *Oh nein*, dachte Nicola und ihr Atem stockte. Doch als sie ihre Töchter und ihre Enkelin sah, begann die Mutter zu strahlen und drückte alle drei abwechselnd an ihren üppigen Busen. Sie war klein und rundlich und fühlte sich gut an. Die Schwestern hatten die schlanke Figur vom Vater geerbt. Nicola schloss für einen Moment die Augen, fühlte sich wie in ihrer Kindheit, wenn sie sich an ihre Mutter geschmiegt hatte. Ihre Mamma löste die Umarmung und betrachtete lächelnd ihre Große. »Come stai? Wie war euer Flug, kommt herein, habt ihr Hunger?« Wie meist, wenn sie die Mädchen und ihre Enkelin traf, verfiel sie ins Deutsche.

»Wie geht es Nonna?«, fragte Nicola sofort.

Ihre Mamma wiegte nur den Kopf, drehte sich um und die drei folgten ihr in den Eingangsbereich im Erdgeschoss, der, wie in den venezianischen Häusern üblich, aus einem reinen Durchgang zum ersten Stock bestand. So konnte ihm Hochwasser nicht allzu viel anhaben. »Gehen wir nach oben«, schlug Mamma vor. Nicola, Lotta und Caterina zerrten ihre Koffer die engen Stufen nach oben in den ersten Stock, ließen sie beim Treppenaufgang stehen und folgten ihrer Mutter weiter in den Wohnraum. Es hatte sich nichts verändert. Warum auch. Es sah einfach perfekt aus. Alte Bilder zierten die Wände, ein Muranoglas-Kronleuchter tauchte den edlen Raum in ein mattes, heimeliges Licht.

»Können wir gleich zu Nonna?«, erkundigte sich Nicola. »Oder schläft sie?«

»Sie schläft nicht, sie …« Ihre Mamma suchte nach Worten. Nicola schluckte. War sie womöglich nicht bei Bewusstsein? Ihr Magen verkrampfte sich schon wieder.

Doch in dem Moment ging die Tür zu Nonnas Zimmer knarzend auf und ihre vornehme kleine Nonna, ganz offensichtlich alles andere als bettlägerig, kam ihnen an ihrem gewohnten Gehstock entgegen. »Buongiorno! Meine Mädchen, alle zusammen, wie ich mich freue!«

Lotta rannte sofort auf ihre Urgroßmutter zu und umarmte sie stürmisch.

»Pass auf, dass du sie nicht umwirfst«, warnte Nicola ihre Tochter. Doch Nonna lachte nur, drückte ihre Urenkelin an sich und schüttelte den Kopf. »Ich falle nicht um. Mein ganzes Leben lang bin ich nicht umgefallen.« Doch im nächsten Moment schien sie an eine Begebenheit in ihrem Leben zu denken, hielt schmerzlich inne. »Lassen wir das. Wichtig ist, dass ihr jetzt in Venedig seid.«

Nicola und Caterina gingen zu ihr, umarmten sie abwechselnd, innig.

Wie oft würde sie diese kleine, zierliche Frau noch in ihren Armen spüren, fragte sich Nicola insgeheim schmerzlich. Dreiundneunzig war ein stolzes Alter. Genau so sah Nonna auch gerade aus. Stolz. Und als habe sie etwas ausgeheckt.

Nonna warf Nicolas Mutter Gina einen Blick zu. Die verstand, nahm Lotta mit sich. »Komm, Bella, ich mache dir einen Kakao mit Vanilleeis in der Küche. Das magst du doch so.«

Während die beiden gingen, wandte sich Nonna an die Schwestern. »Kommt herein, setzen wir uns.« Die beiden folgten ihr, setzten sich auf die mit weinrotem Samt bezogenen Stühle, Nonna gegenüber. Wie auf einer Anklagebank. Und tatsächlich sah Nonna die Schwestern forschend wie eine Richterin an.

»Wieso redet ihr nicht mehr miteinander?« Die Frage platzte aus ihr heraus, als habe ihre Großmutter seit Wochen an nichts anderes gedacht. Ihre Stimme klang plötzlich streng, so wie früher, wenn die beiden vom Teig der Zaletti, der venezianischen

Sehnsuchtskekse, genascht hatten. Wütend sah Caterina Nicola an. »Du hast es ihr also doch gesagt?«

»Nein, habe ich nicht.«

»Nein, das hat sie nicht«, ging Nonna dazwischen. »Ich habe gehört, wie deine Mutter mit dir telefoniert hat und sie dann zur Rede gestellt.«

»Auch sie habe ich gebeten, dir nichts zu erzählen.«

»Es ist also immer noch so?«, überging Nonna ihre Worte.

Aufgebracht drehte sich Caterina zu ihr. »Wir brauchen keine Vermittlerin, Nonna. Es ist alles gut.«

»Das ist es nicht«, entfuhr es Nicola.

Aufgebracht fuchtelte Nonna mit ihrem Stock herum. »Das ist es ganz und gar nicht, wenn zwei Schwestern derart zerstritten sind, dass sie keinen Kontakt mehr haben. Über Wochen oder Monate.«

»Das ist eben manchmal so.« Ganz offensichtlich wollte Caterina auch jetzt partout nicht darüber reden. »Aber wichtiger ist im Augenblick doch, wie es dir geht. Es ist dein Herz, hat Mamma gesagt?«

Nonna schüttelte den Kopf. »Ich habe Herzschmerzen, ja. Wegen euch.«

»Was?!« Caterina starrte sie an und auch Nicola konnte es nicht fassen. »Dann hast du uns angelogen, Nonna?«

Nonna wiegte den Kopf. »Eine kleine Notlüge, um euch Schwestern wieder zusammenzubringen. Bevor ich sterbe. Womit man in meinem Alter ja leider rechnen muss. Auch wenn ich noch überhaupt keine Lust darauf habe, diese Welt zu verlassen.«

»Bitte was?« Nicola fuhr sich übers Gesicht. Deshalb waren sie hierhergehetzt? Nur um von Nonna die Leviten gelesen zu bekommen wie zwei Schulmädchen?

»Das glaube ich jetzt nicht.«

»Frag mich mal.« Caterina klang genervt. »Darauf hab ich jetzt wirklich keine Lust. Dann hätte ich den Termin mit einem Bauherrn ja nicht verschieben müssen. Nonna, weißt du eigentlich, was ich als alleinstehende Frau leisten muss?«

Nonna nickte beschwichtigend. »Das weiß ich sehr gut, mein Kind. Ich ja. Die Männer um euch herum vermutlich nicht. Wir Frauen sind schon immer unterschätzt worden. Weil wir nicht mit unseren Taten prahlen. Weil wir klug und zurückhaltend sind.«

»Ist das so klug? Mir scheint, im Job ist es besser, möglichst laut auf seine Erfolge aufmerksam zu machen.« Nicola dachte an ihren ehemaligen Chef, einen dicken, ungehobelten Mann mit Glatze. Er plärrte es immer durch die ganze Abteilung, wenn er mal wieder einen Coup gelandet hatte. Was in seinen Augen ungefähr dreimal am Tag passierte. Die Kollegen rollten jedes Mal mit den Augen. Aber sie achteten ihn.

»Auch im Job ist Zurückhaltung eine Zier. Oder willst du werden wie diese Paviane, mit denen du zusammenarbeiten musstest?« Nicola hatte Nonna einmal von ihrem Chef und einigen Kollegen erzählt.

»Nein, auf keinen Fall will ich so werden.«

»Siehst du. Wir Frauen sind schon längst an der Macht. Viele wollen es nur noch nicht wahrhaben.« Nonna lächelte. »Aber das müssen sie auch nicht.«

Caterina hatte offenbar genug. »Entschuldigt mich, ich habe zu arbeiten. Zum Glück habe ich meinen Laptop eingesteckt.« Mit diesen Worten ging sie hinaus. Nonna sah ihr nachdenklich hinterher. »Sie ist schmal geworden, die Kleine. Isst sie genug?«

»Woher soll ich das wissen?«

»Weil du ihre große Schwester bist. Du musst auf sie aufpassen, dein Leben lang.«

»Nonna, wir sind erwachsen. Caterina lebt ein komplett anderes Leben.«

»Bisher hat das auch keine Rolle gespielt.«

»Ja, bisher.«

»Worum geht es in eurem Streit?«

»Ich weiß es nicht.«

»Wie bitte?«

»Ich weiß es wirklich nicht. Vielleicht habe ich irgendeinen Satz gesagt, der sie versehentlich verletzt hat. Ich weiß aber nicht, welcher. Sie macht ein Geheimnis daraus. Das hat sie früher auch gern gemacht, wenn es Streit mit einer Freundin gab. Erinnerst du dich? Sie hat nie erzählt, warum ›Schluss‹ war. Kein Wort. Niemals zu niemandem.«

Nonna schien in ihrem Gedächtnis zu kramen. »Ich erinnere mich. Weißt du, Kind, Erinnerungen kann man nicht abschalten.«

Sie seufzte.

»Das sollte man auch nicht. Sie machen dich aus. Als Mensch. Sie sind dein Leben.«

Ihre Großmutter blickte Nicola aufgewühlt an. »Das ist es ja.« Die alte Frau zitterte plötzlich am ganzen Leib.

Nicola trat besorgt auf sie zu, nahm ihren Arm. »Nonna, was ist mit dir? Was hast du? Was wolltest du uns denn eigentlich erzählen?«

Die alte, zierliche Frau keuchte.

»Es lässt mich nicht los. Es lässt mich einfach nicht los. Als ich von deiner Mutter gehört habe, dass ihr Schwestern nicht mehr miteinander redet, keinen Kontakt mehr habt, war alles wieder da. Die Erinnerung an damals. An meine Schwester. Alessia.«

Verblüfft sah Nicola sie an. »Du hast eine Schwester? Das wusste ich gar nicht.«

Ihre Großmutter atmete schwer. »Ich habe seit über siebzig Jahren keinen Kontakt mehr zu ihr.«

»Was, so lange?«

Nonna ging nicht darauf ein, sah sie mit ihren wässrigen Augen an. »Es gibt Dinge im Leben, die kann man nicht verzeihen. Nicht einmal einer Schwester. Für mich ist Alessia seit damals gestorben. Aber ich bin mir sicher, dass das, was zwischen euch Schwestern steht, nichts ist im Vergleich zu dem, was Alessia getan hat.

Ich möchte euch unsere Geschichte erzählen, damit euch das klar wird. Und damit ihr wieder zueinanderfindet. Denn eines ist gewiss. Eine Schwester zu verlieren ist eines der schlimmsten Dinge im Leben.«

Betroffen blickte Nicola sie an. In so vielen Familien gab es Zwistigkeiten, unausgesprochene Vorwürfe, Missverständnisse. So viele sprachen nicht mehr miteinander, obwohl sie sich liebten. So viele redeten aneinander vorbei. Dabei blieb die Familie das, was die Seele heilte, wenn die Welt um einen herum zerbrach.

»Weißt du denn, ob sie noch lebt, deine Schwester?«

»Nein. Aber … Ich vermute es. Sonst hätte mich sicher ein Anwalt ausfindig gemacht. Miranda Moretti in Venedig findet man schon. Vermutlich hätte ich etwas von ihr geerbt. Wenn auch vielleicht nur Schulden.«

»Möchtest du mir jetzt von damals erzählen?« Nicola spürte, dass es so weit war, dass ihre Nonna reden musste. Wie so viele Menschen vor ihrem Tod. Um Frieden zu finden, um die Welt womöglich als eine um ein klein wenig Bessere zu verlassen.

»Ja, ich werde es dir erzählen. Vor allem auch, um dir klarzumachen, dass wir Frauen etwas tun können, wenn wir uns machtlos fühlen. Wenn wir nicht wissen, wie wir unsere Liebsten beschützen sollen. Deine Mutter hat mir auch erzählt, dass Lotta angefeindet wurde. Wir können etwas tun. Jede von uns ist mutiger, als sie denkt. Im Kleinen, im Geheimen. Zusammen sind wir Frauen stark.«

Gespannt sah Nicola ihre Nonna an, hörte eine Schiffshupe vom Kanal und einen Gondoliere, der auf Italienisch ein Lied sang.

Etwas tun können – es klingt zu schön, um wahr zu sein, dachte sie.

4. Kapitel

Venedig, 1943

Miranda wollte nicht sterben. Aber der Krieg dauerte schon so lange und seit Italien mit der deutschen Wehrmacht gemeinsame Sache machte und vor allem, weil sie mit Elina befreundet war, rechnete Miranda inzwischen damit, dass sie ihn nicht überleben würde. Die italienischen Faschisten konnten grausam sein, aber die deutschen Soldaten schienen sich ihrer Gefühle inzwischen vollkommen entledigt zu haben. Seelenlose Hüllen, die sich selbst verloren hatten. Nicht anders konnte Miranda sich das erklären. Das, was man hörte, Tag für Tag.

Sie durfte nicht aufgeben, musste etwas tun, nur was? Vor allem durfte sie nicht sterben, ohne je wirklich geliebt zu haben. Nicht mit gerade mal siebzehn.

Die Abendsonne ließ den Campo Santa Margherita so romantisch aussehen. Miranda strich sich ihr langes, dunkles Haar zurück, huschte mit ihrer besten Freundin Elina, einer kleinen, blassen Person, Hand in Hand dicht an den schützenden Häusern entlang. Die Freundinnen durften auf keinen Fall entdeckt werden. Die Palazzi sahen aus, als wollten sie die jungen Frauen beschützen, aber sie schafften es nicht, auch wenn sie um so vieles älter waren. Aus den Kanälen drang modriger Geruch, eine Ratte rannte an ihren Füßen vorbei und Elina quiekte einen kurzen Moment auf. »Schscht!«

Mirandas Gedanken schwirrten in ihrem Kopf wie aufgescheuchte Fliegen – schon seit vielen Wochen. Aber mit ihrer Mutter oder Großmutter konnte Miranda nicht darüber reden, denn die Frauen ihrer Familie hatten andere Sorgen: ängstliche Männer, Männer, von denen man seit Monaten nichts hörte – tote Männer.

Was sollte nur werden mit ihren lebenden Liebsten? »Wie kann eine Mutter ihr Kind schützen?«, hatte Mirandas Mutter erst gestern gefragt. *Wie kann ich meine Freundin Elina schützen?*, dachte Miranda. Elina war Jüdin, ein »Unmensch«, aber nur in den Augen der Unmenschen. Ansonsten war sie so lieb und herzensgut wie sonst kaum jemand. Die Welt war komplett aus den Angeln gehoben, schien zu rotieren wie ein Globus ohne Halterung. Die Welt drehte sich wie verrückt und kein Mensch konnte ihren Irrflug stoppen. Die Männer schafften es nicht, weil sie sich selbst drehten, weil sie schwebten, ohne Bodenhaftung, ohne Sinn und Verstand. Und von den Frauen trauten es sich viele nicht zu.

Die Luft lag wie eine Decke auf Venedig, drückend und viel zu schwer für den Spätsommer. Die Mädchen huschten weiter, immer auf der Hut, nicht gesehen zu werden, denn der Feind lauerte überall.

Da hörten sie plötzlich ein knarzendes Geräusch, hielten alarmiert inne. Miranda packte Elina am Arm, zog sie näher an die Häuserwand, in der Hoffnung, Schutz zu finden.

Die jungen Frauen lauschten, doch es blieb still.

»An was denkst du?«, wisperte Elina.

»Immer dasselbe. Was, wenn wir heute sterben? Haben wir dann wirklich alles getan? Alles gesagt und vor allem, genug geliebt? Es will mir nicht aus dem Kopf.«

Elina nickte verstehend. »Nein, das haben wir nicht. Vor allem Letzteres nicht, zumindest keinen Mann.«

»Es sind ja auch kaum noch Männer in unserem Alter da.«

»Und für mich erst recht keiner.« Elinas Miene wurde schlagartig ernst. Miranda knuffte ihre Freundin liebevoll, wollte sie aufbauen, wie sie es in letzter Zeit immer wieder versucht hatte. Vergebens. Die Nachrichten, wie Juden in Italien vermehrt behandelt und schikaniert wurden, hörten nicht auf.

»Ich habe bisher ja auch nur einen Mann geküsst«, versuchte Miranda, zu beschwichtigen.

Elina lächelte. »Ja, immerhin, Vittorio, zur Probe.«

Heimlich, hinter der Schule, aus Neugier, hatte sich Miranda darauf eingelassen, von Vittorio geküsst zu werden. Er roch so gut nach Gebäck, denn seine Eltern besaßen eine Bäckerei und Miranda liebte den Duft nach Kuchen und Keksen. Ab und zu brachte er ihr ein halbes Brot oder ein paar Kuchenreste mit. Aber für mehr war Vittorio leider nicht zu gebrauchen. Seine Küsse schmeckten mehlig, seine Gedanken stießen sie ab. Einfache Gedanken, die Miranda nicht gefielen. Vittorio, ganz italienischer Macho, fand, dass die Frau dem Manne dienen müsse, und sobald er dies verlauten ließ, hatte Miranda genug von ihm. Sie galt als wählerisch, klug und sehr selbstbewusst für ihr Alter. Die Männer schreckten vor so einer Frau zurück.

Die respektvolle Liebe ihres Vaters zu ihrer Mutter hatte sie so werden lassen, diese ganz besondere Beziehung, ihr Vorbild. Bis jetzt hatte es kein junger Mann geschafft, Miranda zu beeindrucken. Und warum sonst sollte sie ihre kostbare Lebenszeit, die jede Sekunde zu Ende sein konnte, mit einem Mann verbringen?

Miranda sah hübsch aus mit ihrer bronzefarbenen Haut, den langen, dunklen Haaren und ihren großen dunklen Augen. Ein wenig frivol, hatte einmal ein Nachbar gesagt. Dabei stimmte das nicht, sie besaß einfach ein ganz natürliches, freundliches Wesen. An Verehrern in der Schule mangelte es nicht, aber sie ließ keinen an sich ran.

»Sollen wir weitergehen?«, riss Elina sie aus ihren Gedanken.

Doch genau in dem Augenblick wurde eine Tür quietschend aufgestoßen, ein paar Männer, die Deutsch sprachen, traten aus einer Taverne.

»Mist. Wir haben zu lange gewartet«, flüsterte Miranda. »Wir müssen weg hier.«

Zu spät.

Der wohl schönste Platz Venedigs konnte so hässlich sein.

Die offenbar betrunkenen Männer lachten, dann grölten sie ein deutsches Lied. »Es schau'n aufs Hakenkreuz voll Hoffnung schon Millionen. Der Tag für Freiheit und für Brot bricht an.«

Miranda hatte es bereits des Öfteren gehört, und auch wenn sie nur wenig Deutsch verstand, so wusste sie, dieses Lied verführte. Vor allem Männer. Die leicht zu verführen waren, wie ihre Mutter immer gesagt hatte.

Zitternd wie ein Küken hakte sich Elina mit ihrem dünnen Arm bei Miranda ein. Kein Fluchtweg weit und breit. Die jungen Frauen quetschten sich in einen Hauseingang, hörten die Schritte genau auf sie zukommen. Schritte so hart wie Stein.

»Lass uns rennen«, flüsterte Elina.

»Nein. Dann schießen sie. Unsere Absätze klackern. Außerdem rennen wir nicht davon.« Miranda wusste, sie musste Stärke ausstrahlen, für Elina. Auch, wenn es in ihrem Inneren plötzlich ganz dunkel geworden war. Schwarz wie Kohle. Ihre Wangen glühten.

Die Stimmen kamen näher und am liebsten wäre Miranda mit der Haustür verschmolzen. Das Holz der alten Tür fühlte sich rau an, der Geruch von Alkohol und Männerschweiß wehte zu ihnen herüber. Es musste ein Wunder geschehen, damit die Frauen nicht entdeckt wurden.

Doch wie all die letzten Jahre, seit der Krieg begonnen hatte, geschah keines.

Einer der Kerle hatte sie gesehen, sagte etwas auf Deutsch zu seinen Kumpanen. Die anderen Männer johlten freudig und benebelt auf. Ein junger Blonder fasste nach Miranda, die seine Hand wegschlug. Er lachte, sagte etwas, was die anderen Männer erst recht anzuheizen schien.

Dann wurde seine Miene ernst. Er trat näher, seine blauen Augen leuchteten, seine Hände griffen nach ihr. Miranda schlug um sich und auch Elina trat ihn, versuchte zu helfen. Doch der Kerl war stärker als gedacht, er hielt Mirandas Arme fest, ein anderer Elinas Bein. Betatschte sie und lachte dabei. »Eine Jüdin, jede Wette, sieh dir ihre krumme Nase an.« Wie sie stanken. Nach Macht, nach Überheblichkeit. Miranda hörte nicht auf, sich und Elina mit allen Kräften zu verteidigen, strampelte, trat, schrie um Hilfe.

Doch der Kerl erstickte ihren Schrei, hielt ihr den Mund zu, trat zu. Der Schmerz schoss in ihre Knie. Wie eine Rakete. Miranda wusste, sie durfte nicht aufgeben, sich selbst nicht verlieren. Wie es diese Soldaten bereits getan hatten. Niemals.

In dem Moment bekam der Angreifer einen Tritt von hinten in den Rücken und knickte vornüber.

Ein junger Mann war wie aus dem Nichts aufgetaucht, hatte den Deutschen mit seinen braunen Lederstiefeln getreten, schrie die anderen Soldaten auf Italienisch an, die ihn perplex ansahen. »Lasst die Frauen in Ruhe!«, schrie er. »Sie haben euch nichts getan, oder doch?«

Sie verstanden ihn nicht, warteten aber darauf, dass sich ihr Anführer aufrappelte. Der Blonde, der das Sagen hatte.

Die dunklen Augen des Fremden blickten für einen Moment in die von Miranda. Doch da stand der Kerl, der sie getreten hatte, bereits wieder auf seinen Beinen und zückte sein Gewehr. Miranda schrie ihrem Retter zu, er solle flüchten.

Zu spät. Die Soldaten umkreisten ihn. Höhnisch, drohend, hohl. Ihr Anführer hob die Hand, bedeutete ihnen gestisch, ruhig zu bleiben. Dann schlug er dem Fremden mit einem Mal den Gewehrkolben in den Magen. So plötzlich, dass dieser nicht ausweichen konnte. Der Mann ging zu Boden und krümmte sich vor Schmerz, die Soldaten spuckten lachend vor ihm aus und zogen ab.

Miranda löste sich entsetzt von Elina, die sich an ihr festgeklammert hatte, kniete sich zu ihm, legte ihre Hand auf seine Brust. »Wie geht es Ihnen? Soll ich Sie zu einem Dottore bringen?«

»Es geht schon.«

Wie stark und muskulös sich sein Oberkörper anfühlte. Schnell zog sie ihre Hand zurück. »Wie heißen Sie?« Sie musste wissen, wie ihr Retter hieß.

Der Mann rappelte sich auf, sah sie an. »Mein Name ist … Renzo.«

»Und ich bin Miranda und das ist meine Freundin Elina. Vielen, vielen Dank. Aber … wir hätten das auch allein geschafft.«

»Ich weiß.« Er fuhr sich durch sein welliges schwarzes Haar, lächelte schwach.

Sie hörten erneut Schritte.

Renzo sah sich nervös um, stand schnell auf, immer noch leicht schmerzgekrümmt. »Ich muss weg. Ihr auch, los, rennt, rennt um euer Leben.«

Und so plötzlich er gekommen war, so schnell verschwand er.

Miranda sah ihm nach und plötzlich wusste sie, dass es Männer gab, vor denen sie Achtung haben konnte. Sie nahm Elinas Hand und gemeinsam rannten die Freundinnen los.

***

Am Canale di Cannaregio huschten sie entlang, kamen außer Atem an der Ponte di Tre Archi vorbei. Besonders Elina, die unter Asthma litt, keuchte wie eine Dampflok. Miranda hielt inne.

»Geht es?«

»Es muss.«

Eine schwarze Katze saß am Beginn der Brücke auf der Mauer, leckte ihre blutige Pfote. Vermutlich war auch sie in einem Kampf verletzt worden. Elina hatte eine große Schramme am Unterarm, zog ihren Rock glatt, Tränen drückten sich empor. Sie hustete immer wieder. »Alles nur wegen mir, weil sie die Juden hassen.«

»Unsinn. Sie konnten ja nicht sicher wissen, dass du Jüdin bist.«

»Sie sehen es, das hast du doch gehört. Ich versteh es einfach nicht. Meine Familie lebt diese Religion so gut wie gar nicht. Und wir haben niemandem etwas getan!«

Miranda nahm ihre Freundin in die Arme, spürte deren Lunge kämpfen. Es wurde immer schlimmer, so oft schon hatte sie es mitbekommen, durch Elina, durch deren entferntere Verwandtschaft, aus nächster Nähe gespürt: den Hass auf Juden, dieses unbegründete Gefühl bar jeglichen Verstands.

Venedig, ihre Heimat, ihr Zuhause, das sich in ihrer Kindheit angefühlt hatte wie ein Kokon, gab keine Sicherheit mehr. Die Welt veränderte sich unaufhaltsam, aber leider zum Schlechteren statt zum Besseren. Was konnte man dagegen tun?

Die Alliierten waren zwar von Süditalien her auf dem Weg in Richtung Venedig, versprochen aber wurde viel. Seit Jahren. Die beiden Frauen glaubten es längst nicht mehr. Worthülsen und Phrasen. »Bald ist es vorbei. Mit der Brutalität, der Gewalt. Bald könnt ihr wieder unbedarft über den Markusplatz spazieren. Euch verlieben, in der Sonne drehen, ein Eis essen.« Wie oft hatten sie das gehört. Von wegen. Bald ist nicht jetzt. Und jetzt leben wir. Jetzt sind wir jung.

Wie anders hätte diese Situation vorhin ausgehen können. Dieser Fremde, dieser Renzo, hatte sein Leben für sie riskiert. Was für ein Glück, dass die Soldaten nicht auf ihn geschossen hatten, durchfuhr es Miranda. Nur eines wunderte sie sehr: Warum agierte er erst so mutig und flüchtete dann doch so schnell?

»Dieser Renzo, wenn er nicht gewesen wäre … Dass ein Fremder so etwas für uns tut.« Elina stockte, knetete ihre Hände, während sie weiter den Kanal entlanggingen.

»Wir hätten es auch allein geschafft«, wiederholte Miranda bemüht fest. Sie wollte daran glauben, sie musste es. Für Elina. Wie konnte sie ihre Freundin und deren Familie nur besser schützen? Diese Familie, die sie schon so lange kannte, die eine Zweitfamilie für sie geworden war.

In der Grundschule, gleich am ersten Tag, stand sie vor ihr. Elina, schüchtern und blass, mit langen schwarzen Zöpfen, bot ihr bunte Zuckerbonbons an und fragte, ob sie sich neben sie setzen dürfe. Die Bonbons schmeckten herrlich. Ihre Freundschaft wurde es auch. Miranda stammte aus einer Hutmacherfamilie, Elina aus einer wohlhabenden jüdischen Lehrerfamilie, die in Cannaregio wohnte, im Ghetto. Dieser Insel im Sestiere Cannaregio. Miranda spielte dort oft als Kind, ihre Familie, die katholisch war, lebte nicht weit davon entfernt und hatte keine Vorbehalte gegen Juden. Durch Elina lernte Miranda bald noch andere Mädchen kennen, die hier wohnten, und gemeinsam hüpften sie oft auf den kleinen Brücken herum und hatten Spaß. Miranda erinnerte sich an die Geschichten ihrer Großmutter. Sie erzählte ihr, dass die venezianischen Juden früher im Ghetto lange eingesperrt, aber auch in Sicherheit waren. Über Jahrhunderte hinweg wurden sie diskriminiert, eine Tatsache, die ihre Großmutter verabscheute. »Die meisten Kriege werden wegen der Religionen geführt«, sagte ihre Nonna einmal. »Ich werde es nie verstehen. Mein Kind, stell dir vor, bereits im 14. Jahrhundert mussten die Juden gelbe Zeichen auf ihrer Kleidung tragen oder später, im 15. Jahrhundert, gelbe Hüte aufsetzen.«

Miranda musste sofort daran denken, als es vor ein paar Jahren ganz ähnlich losging mit dem gelben Judenstern. Die Geschichte wiederholte sich tatsächlich immer wieder, dachte sie entsetzt. Wieso lernten die Menschen nichts daraus?

Miranda und Elina verbrachten eine unbeschwerte Kindheit, die Mädchen hatten den gleichen Humor, lachten sehr viel zusammen.

Seit einigen Jahren nicht mehr, seit diesem Krieg, seit sie nichts mehr erheitern konnte.

Wehmütig dachte Miranda an früher zurück. Wie oft sie mit Elina nach der Schule zu deren Familie zum Mittagessen mitgegangen war. Daran, dass sogar Mirandas Schwester Alessia mitkommen durfte, weil sie sonst allein zu Hause gewesen wäre. Ihre Eltern betrieben gemeinsam den kleinen Hutmacherladen, der die Familie mehr schlecht als recht über Wasser hielt. So gab es für die Schwestern mittags kein warmes Essen und niemanden, der ihnen bei den Hausaufgaben hätte helfen können. Wie herzlich, fröhlich und gastfreundlich es bei Elinas Eltern zuging. Der jüdische Glaube wurde nie zelebriert, zumindest fiel Miranda nie etwas auf.

Elinas Vater, ein Gymnasiallehrer, kam mittags immer nach Hause, half den Mädchen bei den Schulaufgaben, falls nötig.

Auch später, in der höheren Schule, unterstützte er Miranda beim Lernen so sehr, als wäre sie seine eigene Tochter. Ihre Schwester Alessia hatte die Schule zu dieser Zeit bereits beendet, da sie im elterlichen Geschäft gebraucht wurde. Auch hatte sie keine wirkliche Lust zu lernen. Miranda dagegen lernte gern, sog alles in sich auf, zum Beispiel, wie man einen Betrieb wirtschaftlich führte. Leider kam dieses Wissen zu spät, denn ihre Eltern mussten den Laden schließen, kurz nachdem ihr Vater schließlich doch noch zum Militär eingezogen wurde. Lange hatte er sich mit einem ärztlichen Attest eines Bekannten dagegen wehren können, aber schließlich half ihm auch das nicht mehr.

Miranda träumte viel. Von Bomben, von ihrem hageren Vater im Schützengraben, verwundet, frierend, krank. Wirre Träume von einem eigenen Hutmacherladen für außergewöhnliche damenhafte Hüte mit großen Federn darauf.

Seit ihr Vater an die Front musste, lebte die Familie von noch weniger als zuvor. Doch dank Elinas Familie bekamen sie hin und wieder Obst und Gemüse, ab und zu sogar ein Stück Fleisch.

Lange hörten sie nichts von Mirandas Vater, beteten, zündeten Kerzen an, auch wenn sie nicht daran glaubten, dass Beten half.

Und dann kam die Nachricht. Eine knappe Mitteilung seines Todes, mehr nicht.

Miranda stand lange unter Schock. Sehr lange. Erst die letzten Monate hatte sie sich etwas gefangen. Dieser verdammte Krieg verlangte zu viele Opfer. Zu viele, die sie geliebt hatte und niemals vergessen würde. Und sie fragte sich immer wieder: Wenn sie selbst nicht mehr lebte, wer dachte dann noch an sie? Was blieb von einem Menschen, wenn er kein außergewöhnlich heroisches Leben geführt hatte? Oder eine bahnbrechende Erfindung machte, etwas in der Art, wofür man ihn über seinen Tod hinaus in Ehren hielt? Was blieb von den einfachen Menschen, die keine Kinder hatten? Dieser Gedanke, dass ihr Leben ohne Sinn zu Ende gehen würde, dass sie vergessen werden könnte wie eine Eintagsfliege, der erschütterte sie.

In den letzten Monaten war deutlich zu erkennen gewesen, wie sich die Angst in der Nachbarschaft ausbreitete. Die Leute waren aschfahl, zitterten nicht selten am ganzen Leib. Und berichteten immer öfter von jüdischstämmigen Freunden, die schikaniert wurden.

Auch Mirandas Angst um Elina und deren Familie wuchs. Sie fühlte sich machtlos, allein. Es musste etwas geschehen, sie durften nicht zu lange warten.

Da Elina unter starkem Asthma litt, weigerten sich ihre Eltern, Venedig, ihre Heimat, zu verlassen. Der Arzt hatte ihnen gesagt, dass Elina in ihrem momentanen Zustand eine beschwerliche Flucht in die Schweiz nicht überleben würde. Lieber wollten sie alle zusammen sterben, als ihre geliebte Tochter hier in Venedig zurückzulassen.

Miranda hatte dieser Entschluss zutiefst bewegt. Dann regte sie sich darüber auf. Hierzubleiben und nichts anderes zu tun, als die Augen zu verschließen, war für sie kein Weg, mit der sich von Tag zu Tag zuspitzenden Situation umzugehen. Elinas Vater versuchte, sie zu beschwichtigen: »Venedig wird aufgrund seiner Kulturgüter von den Alliierten nicht bombardiert werden. Deshalb sind ja auch die Deutschen in Venedig so präsent.«

»Vielleicht werdet ihr hier nicht von einer Bombe getötet«, konterte Miranda aufgewühlt. »Aber wenn man euch abtransportiert, so wie es mit den Juden in Deutschland geschieht, weiß man nicht, was sie mit euch machen.«

Alessandro Zevi zuckte hilflos mit den Schultern. »Es gibt keine andere Lösung. Wir lassen Elina nicht zurück. Und vielleicht verschonen sie uns ja doch. Ich bin schließlich Lehrer.«

Drei Tage später wurde ihm das Betreten der Schule verboten, wurde er vom Schulhof verwiesen, verlor seine Anstellung. Seiner Frau und Elina sagte er zunächst nichts davon. Miranda traf ihn am darauffolgenden Morgen, als sie eine Freistunde hatte, in einem Café. Elinas Vater, dieser große, edle Mann weinte, als er ihr davon erzählte. Und Miranda weinte mit. Doch dann krempelte Herr Zevi seine Ärmel zurück und verkündete: »Wir dürfen uns das nicht gefallen lassen.«

Ein paar Tage später musste auch Elina die Schule verlassen. Verstört sah Elina die strenge Direktorin an, die mitten im Unterricht hereingekommen war und jetzt wartend in der Tür stand.

Erst sagte keiner der Klassenkameraden etwas. Miranda stand auf und rief ungläubig: »Wir stehen kurz vor unserem Abschluss, das können Sie nicht machen.«

»Doch. Das können wir«, entgegnete die Direktorin hart.

»So fühlen sie sich mächtig«, flüsterte Elina ihrer Freundin wütend zu und packte ihre Schulsachen.

Am nächsten Tag kam Elina nicht mehr zur Schule. Das erste Mal seit Jahren saß Miranda allein an ihrem Platz. Die Freundin fehlte ihr unendlich. Beruhige dich, redete sie sich zu. Solange es nur das ist. Hauptsache, sie holen sie nicht ab. Ich werde ihr den Schulstoff einfach nach Hause bringen.

Wenige Wochen später, als Miranda Elina mal wieder die Schulsachen brachte, öffnete Alessandro Zevi und lächelte wieder. »Ein Freund aus der jüdischen Gemeinde hat mich angesprochen. Wir unterrichten unsere Kinder jetzt selbst und schaffen eigene Schuleinrichtungen für sie.«

»Wirklich? Das ist ja wundervoll.« Miranda freute sich mit ihm.

Und dennoch. Die Schlinge zog sich täglich enger zu.

Es war der 8. September 1943, Miranda stand in der Küche, schälte Kartoffeln und dachte wehmütig daran, dass ihr Vater heute dreiundvierzig Jahre alt geworden wäre. Musik drang aus dem Radio, da unterbrach der Moderator plötzlich aufgeregt und verkündete den Kriegsaustritt Italiens und den Waffenstillstand mit den Alliierten. Miranda konnte es kaum glauben, rannte los zu ihrer Mutter, die im Schlafzimmer die Wäsche zusammenlegte. »Wenn Italien aus dem Krieg ausgetreten ist, Mutter, und nicht mehr gegen die Alliierten kämpft, sondern jetzt auf ihrer Seite ist, dann sind doch die Deutschen nun offiziell unsere Feinde, oder? Obwohl wir gerade noch mit ihnen verbündet waren«, fasste sie fassungslos zusammen.

Ihre Mutter starrte sie verdattert an. »Ja, so müsste es sein, mein Kind.« Sie bekreuzigte sich. Und Miranda begann zu ahnen, dass der Krieg keineswegs zu Ende war, sondern man ganz im Gegenteil mit einer harten Zeit unter deutscher Besatzung rechnen musste.

Noch am selben Tag marschierten deutsche Truppen ein, besetzten das gerade noch verbündete Land und nahmen sogleich italienische Männer gefangen.

»Wieso tun sie das?«, fragte Miranda aufgeregt einen Nachbarn, der sich politisch gut auskannte. »Was machen sie mit ihnen?«

»Sie holen sie für ihre faschistische Armee oder um sie als Zwangsarbeiter zu verschleppen.«

Miranda wurde schlagartig klar, dass es nun sie alle betraf, nicht mehr nur die Juden, sondern auch ihre eigene Familie, ihre katholischen Nachbarn, ihre Freunde, vor allem die jungen Männer. Schon kurz darauf wurden italienische Männer, die sich nicht auf den Befehl der Deutschen hin in der Kaserne meldeten, verhaftet und anschließend, so wurde gemunkelt, erschossen. Der Sohn einer Nachbarin, mit dem Miranda aufgewachsen war, Federico, ein junger Mann aus ihrer Schule, versuchte vor Mirandas Augen zu fliehen, wurde durch die Straßen Venedigs gejagt und, wie sie später hörte, verhaftet. Miranda stand hilflos da, wusste nicht, wie helfen, ohne sich und ihre Familie in Gefahr zu bringen. Kurz darauf ereilte Federicos Mutter die Nachricht seines Todes, wie Mirandas Mutter erschüttert beim Abendessen berichtete.

Panik machte sich breit. Viele Männer versuchten, den Deutschen zu entkommen. Denn sie konnten sich nicht mehr frei und sicher in Venedig, ihrer Heimatstadt, bewegen, mussten sich verstecken, sahen bald nur noch eine letzte Chance, um zu überleben: den Untergrund.

In diesen Zeiten wurde Miranda achtzehn. Die Jugend hatten sie ihr genommen, ihr alljährlich schönstes Fest nun auch. Nach Feiern war ihr wahrlich nicht zumute. So sehr musste sie an all ihre Freunde denken, von denen so viele in großer Gefahr schwebten. Ihre Mutter und Alessia überreichten ihr dennoch ein Geschenk, eingewickelt in Zeitungspapier. Miranda packte es aus und zum Vorschein kam ein wunderschönes Lexikon. »Wie großartig, ganz herzlichen Dank! Wo habt ihr das her?«, wollte sie überwältigt wissen. Miranda ahnte, dass Elinas Vater dahintersteckte, der Herr Lehrer. Denn ihre Mutter, die nach dem Tod ihres Vaters immer kleiner und zerbrechlicher geworden war, besaß nicht mehr viel – außer Moral und Anstand, wie sie immer betonte.

Am Abend lag Miranda mit ihrer Schwester in dem Bett, das sie sich teilen mussten, seit sie mit ihrer Mutter in eine kleinere Wohnung gezogen waren. Miranda las im Lexikon, schlug unter »K« wie Krieg nach. Aber da stand natürlich nicht, wann er aufhörte, der Krieg, oder wie man ihn stoppen konnte. »Mit Waffengewalt ausgetragene Auseinandersetzung zwischen Gruppen«, las sie vor. »Geht es nicht auch ohne Waffengewalt?«

»Natürlich nicht«, antwortete Alessia müde.

»Aber Gewalt kann man doch nicht mit Gewalt ausmerzen.«

»Wie denn sonst, du Dummerchen?«

»Ich weiß es nicht. Aber es muss gehen. Und nenn mich nie wieder Dummerchen.«

Miranda spürte schon seit geraumer Zeit, dass sich Alessia von ihr entfernte.

Und so hielt sie sich auch jetzt mit ihren Gedanken zurück, legte sich auf das Kopfkissen neben ihrer Schwester, hörte deren Atem und dachte nach.

Von wegen Dummerchen. Mehrfach hatte sie die letzten Tage bereits davon gehört, dass die Frauen in Venedig den italienischen Soldaten halfen. Denn nur sie konnten sich noch frei bewegen, wurden nicht einberufen wie die Männer, wurden ohnehin nicht ernst genommen, nicht gesehen, wie so oft. Aber zum ersten Mal war das gut so. Brillant sogar. Denn so konnten die Frauen helfen, als die Unsichtbaren, ganz ohne Gewalt. Das hatte Miranda von ihrer früheren Nachbarin, der Mitte dreißigjährigen Giulia, einer Schneiderin, gehört. Wenn Miranda wolle, könne sie mithelfen, hatte Giulia gesagt. Aber sie dürfe mit niemandem darüber reden. Also sagte Miranda auch ihrer Schwester nichts, lag neben ihr im Bett, quälte sich mit der Entscheidung, ob sie dieses Risiko auf sich nehmen sollte. Mithelfen, im Untergrund. Bei geheimen Aktionen dabei sein und damit ihr Leben und das ihrer Familie riskieren. Was genau die Frauen taten, wusste sie nicht.

Am nächsten Morgen, Miranda hatte kaum geschlafen, eilte sie zu Giulia, um ihr abzusagen, wegen ihrer Familie. Doch Giulia sah verweint aus.

»Was ist mit dir?«

Da brach Giulia in Tränen aus. »Mein Bruder, sie haben meinen Bruder.«

»Was? Gabriele?«

»Ja. Er ist schon in der Kaserne. Soll für sie kämpfen. Wir müssen ihn da herausholen.«

Miranda schluckte schwer, nahm Giulia in die Arme. Die fing sich wieder, löste sich von ihr und sah sie unter Tränen an.

»Und wie können wir ihn herausholen?«

»Bist du dabei?«

Miranda zögerte, doch jetzt, wo es um Gabriele ging, mit dem sie schon als kleines Kind gespielt hatte, sagte sie Ja.

»Pass auf. Habt ihr noch Kleidung von deinem Vater?«

»Äh, ja, haben wir.«

»Ich darf dir nicht zu viel verraten. Aber zieh diese Kleidung in Schichten übereinander an, dann einen deiner langen Röcke darüber. In Ordnung?«

Miranda nickte aufgeregt. »In Ordnung.«

»Heute Mittag um zwölf treffen wir uns hier, dann bringen wir den Soldaten Gemüsesuppe in die Kaserne.«

Miranda ahnte, was Giulia vorhatte. Und sie bekam Angst. Was, wenn dieser Plan schiefging? Wenn die Nazis kapierten, was sie vorhatten?

Pünktlich um zwölf trafen sie sich in Giulias Wohnung. Miranda hatte ihre Mutter nach Kleidung von ihrem Vater gefragt, ein paar Männer bräuchten sie dringend, mehr hatte sie nicht verraten.

Die viel zu langen Hosenbeine hatte sie hochgekrempelt und mit Nadeln festgesteckt, den langen Rock oben mit einer Schnur zusammengebunden, da sie ihn nicht mehr zubekam. Ganz schön dick sah sie jetzt aus, hoffentlich fiel das keinem auf.

»Danke, Vater«, flüsterte sie. »So tun deine Kleider noch ein gutes Werk. Hoffentlich.« Sie wusste genau, wenn die Deutschen etwas merkten, würden die sicher nicht lange zaudern und sie erschießen. Aber dann dachte sie wieder an Gabriele, der früher immer so gern Scherze gemacht hatte, der ihr einmal geholfen hatte, bei einem Streit in der Schule. Sie konnte jetzt nicht einfach wegsehen, sich wegducken, wie es so viele auf der Welt machten.

Giulia sah ebenfalls etwas ausgestopft aus, aber mit einem langen Mantel darüber fiel es nicht wirklich auf. Sie holte die fertige Gemüsesuppe vom Herd, schüttete sie in einen großen Blechbehälter mit Deckel und gemeinsam gingen sie mit der Suppe los.

»Ich bringe schon seit Wochen Essen in die Kaserne, das fällt also nicht auf«, erklärte Giulia. »Gutes italienisches Essen. Meistens kriegen unsere Soldaten kaum etwas davon, weil die Deutschen es ihnen wegessen.«

Die Kaserne, die von einer Mauer und Stacheldraht umgeben war, wurde gut bewacht. Deutsche, in Uniform und bewaffnet, standen breitbeinig davor, sahen die Frauen skeptisch an. Mirandas Herz klopfte wie wild. Jetzt, jetzt konnte ihr Leben in ein paar Minuten vorbei sein. Worauf hatte sie sich da nur eingelassen? Ihre arme Mutter, ihre Schwester, was tat sie ihnen an? Doch die Fragen der Soldaten ließen ihr keine Zeit, weiter nachzudenken. »Was habt ihr dabei?«, fragte gerade einer. Ein Italiener musste übersetzen.

»Minestrone. Italienische Gemüsesuppe«, antwortete Giulia bemüht unauffällig.

Miranda sah im Gesicht des Deutschen, wie ihm das Wasser im Mund zusammenlief. Hoffentlich lenkte ihn sein Gelüst auf das Essen ab, dachte sie noch.

»Tastet sie ab«, befahl er und der Italiener übersetzte. Giulia und Miranda sahen sich an, aber da wandte Giulia schnell ein. »Das könnt ihr machen, dann wird aber die Minestrone kalt.«

Der eine Deutsche zögerte. Der andere nickte und winkte sie durch.

Puh. Glück gehabt. Wie anders hätte allein diese Situation ausgehen können. Miranda folgte Giulia auf das Gelände. Sie zitterte, versuchte, sich zusammenzureißen. Die erste Hürde war geschafft. Doch dann: Wieder ein paar deutsche Soldaten, wieder wurden sie ausgefragt, mussten beten, nicht nach Waffen durchsucht zu werden. Doch diesmal funktionierte Giulias Trick mit der kalten Suppe nicht. Der Deutsche befahl seinem Handlanger, die Frauen nach Waffen zu durchsuchen. Miranda hob die Hände hoch, schloss die Augen und ließ den Soldaten ihren Körper abtasten. Der hielt inne, sah sie verwundert an, zögerte und Mirandas Herz stand still. »Magst du Hühnchen?«, lenkte sie ihn ab. Der Übersetzer übersetzte.

Sie setzte ihr charmantestes Lächeln auf.

Der Soldat nickte, ließ von den beiden ab, bedeutete ihnen, weiterzugehen, rief ihnen nach: »Und morgen bringt ihr sicher Hühnchen?«

»Naturalmente«, antwortete Giulia und schickte ihm ein künstliches Lächeln.

Endlich waren sie bei Giulias Bruder Gabriele und ungefähr zehn anderen italienischen Soldaten in der Kaserne angekommen. Gabriele lächelte Giulia fast unmerklich dankbar an, er sah blass aus, aber als er Miranda erblickte, strahlte er. Und da sie ohne Wachen waren, sagte er: »Miranda, dass du das für mich tust.«

Miranda lächelte zurück. Allein die Erleichterung in seinem Gesicht, die Hoffnung, den Deutschen lebend zu entkommen, war das Wagnis wert gewesen.

Auch die anderen Soldaten kannten Giulia, begrüßten sie, knobelten aus, wer heute gehen durfte. Zu viele auf einmal würde auffallen, außerdem hatten die Frauen nur für fünf Männer Kleidung dabei. Giulia schlüpfte aus den Männerhosen, die sie unter ihrem Rock anhatte, und Miranda tat es ihr gleich. Ebenso zogen die Frauen die Hemden und Männerjacken aus, die sie in Schichten trugen. Gabriele und die ausgewählten vier Kameraden tauschten schnell ihre Uniformen gegen die zivile

Männerkleidung. Sie versteckten die Uniformen und begleiteten die beiden Frauen wortlos als vermeintliches Personal, das in den Kasernen zur Verpflegung der Soldaten arbeitete. Miranda hielt die Luft an, als sie an den Wachposten vorbeigingen, aber offenbar schöpften die Soldaten keinen Verdacht, da für die Verpflegung viel Personal nötig war und dieses öfter die Kaserne verließ.

Erst als sie das Gelände der Kaserne längst hinter sich gelassen hatten, konnte Miranda aufatmen. Ihr Puls raste, Gabriele packte seine Schwester Giulia, wirbelte sie herum. Und auch den anderen fiel ein Stein vom Herzen.

»Grazie, mille grazie. Wenn ihr nicht so mutig gewesen wäret …«

»Sind wir aber.« Giulia sah ihren jüngeren Bruder liebevoll an. »Aber jetzt müsst ihr untertauchen. Du weißt, wie.«

Gabriele nickte, dankte auch Miranda, küsste ihre Hand, drehte sich dann um und rannte mit den anderen vieren los.

Zum ersten Mal in ihrem Leben hatte Miranda das Gefühl, etwas wirklich Sinnvolles getan zu haben, und es fühlte sich gut an.

Am Abend lag sie in ihrem Bett neben der schlafenden Alessia und ließ den Tag Revue passieren. Jede Sekunde hätte der Plan schiefgehen können. Aber der Grund, warum er geklappt hatte, war, da hatte Giulia recht: weil sie es den Frauen nicht zutrauten. Weil sie Frauen nicht ernst nahmen, und das war ihre Chance. Miranda nahm erneut ihr Lexikon zur Hand und las im Schein des Mondlichtes, das ihr Zimmer ein wenig erhellte. Vom »gerechten Krieg«. *Konnte ein Krieg überhaupt gerecht sein?*, grübelte sie. Dieser hier war es nicht. Ganz im Gegenteil. Gabriele hatte keinem etwas getan. Miranda dachte über einen Spruch nach, den sie erst kürzlich gelesen hatte: »Ich bereue nicht meine Vergangenheit, sondern nur die Zeit, die ich für falsche Menschen geopfert habe.« Sie dachte an ihre Freundin Elina, die als Jüdin in großer Gefahr schwebte, in noch größerer als je zuvor. Miranda bereute keine Sekunde mit Elina, dafür aber die Zeit, die sie mit Freunden verbracht hatte, die Menschen aufgrund ihrer Religion abwerteten, misshandelten, töteten, die zu Faschisten geworden waren. Freunde aus der Schule, von denen sie es nie gedacht hätte.

Die nächste Zeit half Miranda Giulia noch zweimal, Männerkleidung in die Kaserne zu schmuggeln. Jedes Mal mit rasendem Puls, schweißnasser Haut, zitternden Händen. Aber sie spürte, dass es sein musste. Dass sie im Grunde keine Wahl hatte.

Der Widerstand in Italien formierte sich immer stärker, wie Miranda in der Nachbarschaft hörte. Auch in Venedig, obwohl es gerade hier extrem gefährlich war, im Widerstand zu arbeiten, da es in der Lagunenstadt, umgeben von Wasser, nur den einen Fluchtweg über Land gab: die Eisenbahn- und Autobrücke, die leicht zu kontrollieren war.

Dennoch, einige Menschen hielten zusammen. Und viele sahen weg. Oft waren es Frauen, die sich spontan zu Gruppen zusammenschlossen, die sich organisierten, im unbewaffneten Widerstand, in der Resistenza civile. Ihre Arbeit galt als äußerst gefährlich, aber dieses Risiko gingen sie ein. Für ihre Liebsten und für die der anderen.

Miranda, die ihrer Familie oder Elina bisher nichts von ihrem Tun erzählt hatte, um sie zu schützen, schlug ihrer Schwester Alessia eines Abends im Bett vor, doch mitzumachen im unbewaffneten Widerstand der Frauen, wobei sie die Betonung extra auf unbewaffnet legte und so tat, als überlege sie selbst noch. Alessia fauchte sie an: »Bist du verrückt geworden? Ich auf keinen Fall! Und du auch nicht. Denk doch an unsere arme

Mutter. Es ist viel zu gefährlich. Lass das die anderen tun. Wehe, du machst da mit.«

Die anderen. Wenn das alle dachten, änderte sich nie etwas.

Miranda fühlte sich, wie wenn sie mit einem Kolben einen Schlag auf den Kopf bekommen hätte. Sie verstand nicht, warum Alessia so hart und gefühllos reagierte. Hatte sie doch ebenso aus nächster Nähe mitbekommen, wie es um Elinas Familie, die Zevis, stand. In welch großer Gefahr ihre engsten Freunde schwebten. Erst recht seit dem Einmarsch der Deutschen. Es durfte nicht jeder nur an sich denken. Genau das wurde den Menschen zu oft zum Verhängnis. Genau das zerstörte die Welt.

Bisher hatten die Schwestern ein enges Verhältnis gehabt. Aber diese Reaktion enttäuschte Miranda zutiefst. Hatte sie es vielleicht nicht wahrhaben wollen, dass sie unterschiedlich dachten?

Früher hatten die Mädchen viele Gemeinsamkeiten gehabt, doch seit einiger Zeit hatten sie sich auseinanderentwickelt. Alessia interessierte sich nicht so sehr und leidenschaftlich für Bücher oder Politik wie Miranda. Anders als sie hatte Alessia auch keine weiterführende Schule besuchen und einen guten Abschluss machen wollen.

Seit ungefähr einem Jahr ging Alessia heimlich mit unterschiedlichen Männern aus. Als ihre Mutter das mitbekam, verbot sie es ihr mit der düsteren Prophezeiung, dass sie bald schwanger nach Hause kommen werde. Wenn das geschehe, so ihre Mutter, sei sie für die *famiglia* gestorben. Die Familie, die nur noch aus Frauen bestand. Die Männer hatte sich der Krieg geholt.

Nichtsdestotrotz liebte Miranda ihre Schwester sehr. Sie half ihr, Ausreden für die Mutter zu finden, gab ihr immer wieder ein Alibi, wenn sie sich mit einem Verehrer traf.

Doch warum sich Alessia um die Zevis, bei denen sie immer so herzlich mit aufgenommen worden war, so wenig sorgte, das verstand Miranda nicht. Gefühllos war Alessia nie gewesen. Es musste etwas anderes dahinterstecken. Bloß was?

Kurz darauf erfuhr Miranda den Grund.

Als sie am Mittag von der Schule den Kanal entlang nach Hause ging, sah sie ihre Schwester mit einem blonden, etwas älteren Mann in Uniform. Alessia mit einem deutschen Besatzer! Sie küssten sich in dem Moment im Schatten eines Mauervorsprungs. Er hielt ihr Gesicht mit seinen beiden Händen fest, küsste sie ungestüm und auch Alessias Leidenschaft schien entflammt zu sein. Miranda hielt schockiert inne, trat taumelnd einen Schritt zurück, versteckte sich hinter einer Hauswand. Ein Deutscher! Sie versuchte, flach zu atmen, um ja nicht gehört zu werden. Noch nie hatte sie ihre Schwester mit einem Mann so intim und verliebt gesehen und sofort wurde Miranda klar, dass dies etwas Ernstes war. Ernst in zweierlei Hinsicht. Denn eine Liaison einer Venezianerin mit einem deutschen Soldaten verhieß Unglück. Für sie selbst, aber auch für deren Familie. Und ausgerechnet Alessia sprach von einer Verantwortung ihrer Mutter gegenüber? Miranda wusste: Sie, die im Widerstand mithalf, und auch die Zevis schwebten von nun an in allerhöchster Lebensgefahr.

Abends, als die beiden jungen Frauen zusammen in ihrem Bett lagen, redeten sie leise über ihn.

»Walter heißt er«, schwärmte Alessia. Sie lag auf dem Rücken, die Hände verschränkt hinter ihrem Kopf, und lächelte, während sie an die Decke sah. »Keine Sorge, Miranda, Walter ist ein Guter, er will desertieren.«

»Desertieren? Fahnenflucht?« Miranda konnte es sich nicht vorstellen, dass ein deutscher Soldat der Wehrmacht, der in Venedig stationiert war, es wirklich wagen wollte, vor seinen militärischen Verpflichtungen zu fliehen. Denn das bedeutete Zuchthaus, wenn nicht sogar die Todesstrafe. Miranda hatte erst kürzlich einen Ausspruch von Hitler gelesen: »Der Soldat kann sterben, der Deserteur muss sterben.«

»Wirklich? Bist du sicher?«, brachte sie ungläubig hervor.

»Ganz sicher. Er hat es mir versprochen.«

Wie viel hatten Männer Frauen schon versprochen, dachte Miranda. Seit wann war ihre Schwester so gutgläubig? Die Liebe schien sie zu verblenden. Walter sah trotz seines fortgeschrittenen Alters schnittig aus mit seinen kurzen hellblonden Haaren und den blauen Augen, das musste Miranda zugeben. Auch wenn sie nicht auf blonde Männer stand. Aber ein Mann, der seit Jahren als Soldat Menschen ermordete – was half es, wenn er sich jetzt plötzlich von allem distanzierte? Miranda verachtete Männer wie ihn. Männer, die einem Führer hinterherliefen, blind, dumm und einfältig. Männer, die es zuließen oder sogar daran beteiligt waren, dass so viele Juden deportiert wurden. Menschen wie Elina und ihre Eltern, die Zevis, die keinem etwas zuleide getan hatten. Miranda bemühte sich, ihren Hass gegen diesen Walter hinunterzuschlucken. Sie wusste ganz genau, dass sie ihn Alessia nicht ausreden konnte und daher vorsichtig und klug agieren musste.

»Findest du nicht, dass er schöne Augen hat?«, hörte sie Alessia schwärmen.

Miranda konnte es nicht fassen, stellte sich schlafend und atmete hörbar lauter.

Aber ihr Herz raste. Und ihr Entschluss stand fest: Sie konnte nicht länger zusehen. Jetzt, wo es diesen Walter gab, dem sie keinen Meter über den Weg traute, war die Gefahr für Elina und ihre Eltern noch größer geworden, ins Visier der Deutschen zu geraten, als bisher ohnehin schon.

***

Am nächsten Tag rannte Miranda nach der Schule sofort zum Haus der Zevis in der Calle Ghetto Vecchio. Sie pochte gegen die Tür. Kurz darauf öffnete ihr Alessandro Zevi. »Miranda, was ist passiert, du bist ja schweißnass? Komm rein.«

Rasch zog er sie ins Haus, in dem es nach frisch gebackenem Brot roch. Während sie in die erste Etage gingen, sprudelte es bereits aus Miranda heraus, dass die Zevis jetzt endlich in die Schweiz flüchten mussten. Wegen diesem Walter, weil sie ihm nicht traute. Elina kam aus ihrem Zimmer, hörte zu und wurde noch blasser. Ihre Hände begannen zu zittern. Sie hustete, immer stärker, hielt sich die Hand vor den Mund.

»Oh mein Gott, Papa, bitte, ihr müsst gehen«, brachte sie zwischen zwei Hustenanfällen hervor.

Der schüttelte bloß den Kopf. »Wie oft noch! Wir lassen dich nicht allein, mein Kind.«

»Ich bring Elina in die Berge vor Venedig«, schlug Miranda vor. »Das schafft sie.« Sie hatte von Giulia gehört, dass sich dort Partisanen versteckt hielten. Es musste gehen. Sie würden es schon hinkriegen. Irgendwie.

Frau Zevi, eine kleine, rundliche Person mit einem Dutt, war unbemerkt aus der Küche hinzugetreten. Sie hatte alles mit angehört und wischte sich mit zutiefst besorgter Miene die Hände an ihrer Schürze ab.

Elina lief schluchzend zu ihrer Mutter, nahm sie beschützend in den Arm, versuchte, einen erneuten Hustenanfall zu unterdrücken. »Bitte, Mama, sag Papa, dass ihr gehen müsst. Miranda hilft mir, ich verstecke mich in den Bergen vor Venedig, bis alles vorbei ist. Das schaffe ich mit meinem Asthma. Ihr reist in die Schweiz, zu unseren Freunden. Dann irgendwann weiter nach Amerika. Wenn der Krieg vorbei ist, sehen wir uns dort alle wieder.«

Miranda nickte aufgewühlt. »Wenn ihr in Venedig bleibt, werdet ihr alle sterben. Und wenn Elina mit euch geht, überlebt sie diese anstrengende Reise womöglich nicht. Das hat der Arzt ja gesagt.«

Alessandro Zevi und seine Frau sahen sich lange und traurig in die Augen. Dann nickte Elinas Mutter. Eine kluge Frau. Voller Liebe für ihre Tochter. »So machen wir es, Alessandro. Ich will meine Enkel kennenlernen. Und wenn das dann in der Schweiz oder in Amerika sein wird, dann soll es so sein.«

Elina nickte aufgeregt unter Tränen, hustete immer wieder. »Und die Bergluft tut meinem Asthma ganz bestimmt gut.«

Alessandro Zevi sah aus, als habe man ihn angeschossen. Und danach gefoltert. »Ich will nicht, dass unsere Familie auseinandergerissen wird«, flüsterte er. »Aber wenn es gar keine Möglichkeit mehr gibt, unsere Familie zu retten, machen wir es so. Wir müssen einen Schleuser finden.« Er wusste: Es wurden bereits einige Juden von den Deutschen aus Venedig weggebracht. Und niemand kehrte zurück.

***

Miranda hatte von ihrer Nachbarin Giulia gehört, dass sich Widerstandskämpfer in den Bergen vor Venedig versteckten und dort von Venezianerinnen aus der Resistenza mit Nahrung und Informationen versorgt wurden.

»Frauen sind unverdächtig«, sagte Giulia einmal mehr. »Uns nimmt keiner ernst. Im Grunde ein Unding, aber im Krieg ist das unser Glück. Stafetten können wir sein, Botinnen. Bist du bereit, als Stafette für uns zu arbeiten, Miranda? Du musst den Weg in die Berge kennenlernen, so gut wie das Viertel, in dem du wohnst.«

Miranda zögerte. Sie spürte, wie die Angst ihr bereits bei dem Gedanken daran die Brust zusammenkrampfen ließ.

»Ohne uns können die Widerstandskämpfer in den Bergen nicht überleben«, setzte Giulia eindringlich hinzu. »Auch deine Freundin nicht, wenn sie sich dort versteckt hält.«

Und wieder wurde Miranda bewusst: Sie musste ihre Freundin und die italienischen Soldaten beschützen. Davor, von den Deutschen gefangen genommen und dann vielleicht sogar getötet zu werden.

»In Ordnung.« Mirandas Puls raste. Der Weg klang kompliziert, denn sie mussten ja erst mit dem Zug aufs Festland fahren, und das schien extrem gefährlich. Aber ohne Frauen wie Giulia und sie würden die Partisanen hungern. Bekämen sie keine Munition. Es blieb ihr im Grunde wieder keine Wahl. Nicht, wenn man ein Gewissen besaß.

Und sie mussten sich beeilen. Denn die letzten Wochen gab es immer mehr Spitzel und Kollaborateure in der Lagunenstadt. Die Zahl der Denunzianten wuchs von Tag zu Tag.

Elina musste fort von hier. So schnell wie möglich. Da die Deutschen in Venedigs verwinkeltem Straßensystem herumirrten, brauchten sie Venezianer, die sie leiteten und ihren Speichel leckten. Für einen gefangenen Juden gab es fünftausend Lire, für eine jüdische Frau dreitausend. Sogar hier betrug der Wert einer Frau kaum mehr als die Hälfte vom Wert eines Mannes.

Miranda nahm allen Mut zusammen. »Ich werde mitmachen in der Resistenza. Bis der Krieg zu Ende ist.«

Giulia kannte Mirandas rebellische Seite.

»Ich wusste, dass du eine mutige Frau bist. Wir helfen deiner jüdischen Freundin.«

»Kann man sagen, wo es in den Bergen am sichersten ist?«, brach es aus Miranda hervor.

Giulia nickte.

»Es ist überall gefährlich. Sicher ist es nirgends.«

»Ich weiß.«

Giulia sah sie an. »Bene. Du bist stark. Wir geben dir genaue Anweisungen, wo ein Versteck ist und wie du dorthin gelangen kannst.«

»Vielen Dank. Ich danke dir!«

»Bedanke dich bei Gott. Aber erst, wenn deine Freundin und du es überlebt habt. Ich würde sagen, komm morgen zu mir. Es muss jetzt schnell gehen. Viel Zeit hat deine Freundin vielleicht nicht mehr.«

Miranda wurde bei diesen Worten übel. Und gleichzeitig fühlte es sich befreiend an, endlich etwas tun zu können.

5. Kapitel

Venedig, Oktober 1943

Die Ponte di Rialto summte, als flöge ein Bienenschwarm über den Canal Grande. Über diese Brücke gingen immer so viele Menschen, dass zwei Frauen mehr nicht auffallen würden. Hier traf Miranda wie verabredet Giulia. Diese sah ernst aus. »Der Plan hat sich geändert«, sagte sie leise.

»Oh nein. Und jetzt?«

Miranda fürchtete um Elinas Leben. Giulia ging weiter, sah sich möglichst unauffällig um. Ein Deutscher in Uniform lehnte am Brückengeländer, blickte angetan auf den Canal Grande. Er hielt seine Nase in die Sonne, als befände er sich in Italien, um Urlaub in der Sommerfrische zu machen, genoss die Aussicht, als gäbe es nur Schönheit in dieser Welt.

Miranda folgte Giulia angespannt über die Brücke und hörte sie flüstern. »Du musst eine weitere Person in die Berge bringen.« Sie sah Miranda erwartungsvoll an. »Es ist sehr wichtig. Tust du das?«

Erleichtert nickte Miranda. Sie hatte mit allem gerechnet. »Wenn es nur das ist. Und wen?«

Giulia antwortete nicht, bedeutete ihr, mitzukommen, führte sie in die Calle del Fontego.

An einem Haus mit Rundbogenfenstern blieben sie stehen. Giulia klopfte viermal kurz, dann dreimal lang an der Tür und kurz darauf öffnete eine ältere Frau mit kurzen schwarzen Haaren. Sofort zog Giulia Miranda hinein und sie folgten der Frau die Treppen hinauf. Wortlos, voller Anspannung – im Gedankenkarussell.

Im zweiten Stock setzten sie sich an einen dunklen, verschnörkelten Tisch. Miranda blickte Giulia und die Frau erwartungsvoll an. Odessa, so nannte sie sich, holte eine Landkarte hervor und breitete sie auf dem Tisch vor Miranda aus. »Sieh her, hier nördlich von Venedig müsst ihr in die Berge.« Miranda beugte sich vor, versuchte, sich den Weg einzuprägen, den Odessa ihr wies.

»Erst werdet ihr mit der Bahn fahren, das ist bereits alles geregelt, dann geht es weiter zu Fuß, hier entlang. Ihr werdet die ganze Zeit in höchster Gefahr sein, auch in den Bergen. Aber wenn ihr in Venedig bleibt, ist es nicht anders. Der Tod wird ein Teil eures Lebens werden, auch für deine Freundin, ist dir das klar?«

»Sì. Das ist er schon«, seufzte Miranda.

Jeden Tag starben Menschen um sie herum und Miranda wusste, sie konnte die Nächste sein.

Odessa nickte betrübt. »Und genau deshalb nehmen so viele, vor allem Frauen, ihren Mut zusammen. Du kannst uns als Stafette unterstützen, Nachrichten transportieren. Das hat dir Giulia ja gesagt. Wir brauchen jede Einzelne.«

Miranda hatte inzwischen viel von ihnen gehört, von den mutigen Frauen, die Anweisungen überbrachten, als Kuriere arbeiteten. Sie erhielten Botschaften auf kleinen Zetteln und brachten diese von der Stadt in die Berge zu den Partisanen. Nicht selten zusammen mit Munition und Nahrungsmitteln.

Miranda studierte konzentriert die Landkarte. Sie saß mit dem Rücken zur Tür, die auf einmal knarzend aufging.

»Da ist er«, sagte Odessa. »Ciao, Renzo.«

Miranda horchte auf, löste sich vom Anblick der Karte, drehte sich um und sah Renzo in der Tür stehen. Sie starrte ihn an, den Mann, der sie vor den betrunkenen deutschen Soldaten gerettet hatte. Renzo zuckte bei Mirandas Anblick ebenfalls leicht, sah ihr stumm in die Augen.

»Ihr kennt euch?«

»Nein.« Seine Antwort kam schnell.

Auch sie schüttelte den Kopf.

»Wer er in Wirklichkeit ist, spielt keine Rolle, je weniger du über ihn weißt, desto besser für dich. Renzo ist nur sein Deckname.«

Miranda nickte Odessa und Giulia zu. Entschlossen. Und dennoch voller Angst.

»Ihr könnt euch auf mich verlassen. Ich nehme ihn mit meiner Freundin mit in die Berge.«

»Ab sofort hast du auch einen Decknamen. Er lautet ›Mirka‹.«

***

Die Flucht mit der Eisenbahn war von den Frauen für Miranda minutiös geplant worden. Nach dem 8. September 1943 hatten sich viele venezianische Eisenbahner dem örtlichen Widerstand angeschlossen. Sie retteten Flüchtlinge – unter Einsatz ihres eigenen Lebens. Mutige, selbstlose Männer, die den Wert der Familie kannten, anderen halfen, damit Familien nicht ausgelöscht wurden.

Odessa hatte Miranda von Generalinspektor Bartolomeo Meloni erzählt, einem Eisenbahner, der zahlreichen Menschen auf der Flucht geholfen hatte. Leise fügte sie hinzu: »Um die Gefahr besser einschätzen zu können, solltest du wissen, dass selbst Meloni wenige Wochen nach seinen Rettungseinsätzen von der deutschen SS verhaftet wurde. Sie haben ihn zunächst im Gefängnis Santa Maria Maggiore inhaftiert und anschließend über Verona nach Dachau deportiert.«

»Oh nein.«

Odessa nickte. »Dort wurde er ermordet, wie man sich sagt. Diese Geschichte hat natürlich einige Eisenbahner abgeschreckt, aber viele Mutige haben sich nicht beirren lassen, weiterhin Flüchtenden zu helfen. Und haben damit viele Leben gerettet.«

»Es gibt so wunderbare Menschen.«

»Ja, die gibt es. Melonis Kollege Francesco Rossi wird zum geplanten Zeitpunkt eurer Flucht den Zug kontrollieren, in dem du mit deiner Freundin und Renzo sitzen wirst. Rossi ist groß, sehr schlank, volles Haar. Nur dank Rossi könnt ihr fliehen«, erklärte Odessa ernst. »Die anderen lassen euch ganz sicher nicht durch.«

***

Schon ein paar Tage später sollte es losgehen. In aller Frühe stand Miranda wie gewohnt auf, damit Alessia keinen Verdacht schöpfte, kämmte sich das Haar, warf einen Blick in den Spiegel. Die Wangen glühten, ihr Blick flackerte wie ein Feuer, das jeden Moment ausgehen konnte.

Nachdem sie sich wie üblich mit ihrem Schulrucksack, heimlich gefüllt mit Proviant, in die Schule verabschiedet hatte, eilte sie zu Elina, deren Mutter sie in den ersten Stock führte. Dort stand Elina schon parat, in jeder Hand eine prall gefüllte

Reisetasche. Ihr Vater saß angespannt neben ihr. Sie begrüßten sich.

»Du darfst nicht so viel mitnehmen.« Miranda sah ihre Freundin bedauernd an.

»Ich kann doch nicht alles zurücklassen. Meine Eltern werden, jetzt wo ich bald in Sicherheit bin, sich nachher gleich mit dem Schleuser treffen und in die Schweiz aufbrechen. Ich mache mir solche Sorgen.«

»Alles wird gut gehen«, erwiderte Herr Zevi. »Du musst jetzt an dich denken. Ich habe ja gleich gesagt, dass du zu viel Gepäck hast. Ihr dürft nicht auffallen.«

»Genau«, bestätigte Miranda.

Miranda hatte gestern Abend von einer Nachbarin gehört, sie habe mitbekommen, dass die Zevis als Nächste »dran« seien. Sie verschwieg es besser. Jetzt waren sie ja bald in Sicherheit.

»Es ist nicht viel«, entgegnete Elina. »In einer Tasche sind die nötigsten Kleider und in die andere habe ich die Fotoalben unserer Familie und den Schmuck meiner Urgroßmutter gepackt.«

Miranda seufzte. »Ich passe auf die Fotos auf, in Ordnung? Lass sie hier, ich hole sie später zu mir.«

»Das ist doch eine gute Idee«, fand ihre Mutter.

Elina schluckte. »Wenn ihr die Reise in die Schweiz nicht überlebt, habe ich nur noch die Fotos von euch.«

»Wir werden überleben.« Herr Zevi bemühte sich, seiner Stimme einen festen Klang zu geben. »Aber wir werden nicht mehr hierher zurückkehren. Miranda, das was du für uns und Elina riskierst, können wir nie wiedergutmachen.«

»Unsinn.«

Fahrig nahm er einen Zettel, faltete ihn zusammen und steckte ihn Miranda in die Tasche. »Lies erst, wenn ihr in den Bergen seid.«

Sie sah ihn irritiert an.

»Jetzt beeilt euch.«

Elina kämpfte sichtlich mit den Tränen.

»Und du, Elina, lass einen Teil des Gepäcks hier. Ihr müsst los, sonst verpasst ihr den Zug.«

Elina nickte ergeben. »In Ordnung, Vater.« Sie nahm rasch die nötigsten Sachen heraus und verstaute sie in eine kleinere Tasche. Dann verabschiedeten sich alle unter Tränen voneinander, umarmten sich, drückten sich fest.

»Wenn wir in der Schweiz sind, lassen wir eine Nachricht an die Adresse deiner Mutter schicken«, erklärte Frau Zevi weinend. »Dass wir in Sicherheit sind.«

Und Herr Zevi fügte hinzu: »Natürlich verschlüsselt. Elina, mein Kind, wir lieben dich so sehr, wir werden dich immer lieben. Und dich auch, Miranda.«

Elina lief Träne um Träne die Wange hinab und sie hustete fürchterlich. Auch Miranda hatte einen Kloß im Hals. Sie nahm Elinas Hand. »Komm.«

Niedergeschlagen kamen die Freundinnen mit ihren Taschen am Bahnhof Venezia Santa Lucia an, gingen dort zum bevölkerten Gleis und warteten, ohne zu reden.

Miranda fröstelte. Sie hatte in der Frühe keinen Bissen hinunterbekommen, spürte jetzt die Leere ihres Magens, die Leere in ihrem Kopf, ihren trockenen Mund. Möglichst unauffällig aussehen. Nur nicht auffallen. Eine korpulente Frau mit einem Koffer drängte sich an ihnen vorbei. Ein Kind weinte.

Da trat Renzo hinzu, nickte nur kurz und stellte sich wortlos neben die beiden jungen Frauen. Miranda, die Elina erzählt hatte, dass er mitkommen werde, beobachtete diesen Mann heimlich von der Seite. Er trug eine Mütze tief ins Gesicht gezogen und hatte sich offenbar seit ein paar Tagen nicht rasiert. Es stand ihm gut, stellte Miranda insgeheim fest. Renzo schien genauso angespannt zu sein wie sie. Er kaute auf einem

Streichholz herum, beobachtete das Treiben auf dem Bahngleis. Seine Tasche hatte er an einem Riemen über die Schulter gehängt, hielt sie mit seiner kräftigen Hand fest. Schöne Hände hat er, dachte Miranda und im selben Moment schalt sie sich innerlich selbst. Elina hustete. Der Zug fuhr ein. Sobald er stillstand und die Türen geöffnet wurden, ließ Renzo die Frauen vor und stieg dann selbst ein.

Sie suchten das Abteil, das Odessa ihnen genannt hatte. Der Schaffner Rossi würde dort kontrollieren, nur er würde sie passieren lassen. Elina saß mit starrem Gesichtsausdruck neben Miranda, Renzo den beiden Frauen gegenüber. Er zog sich die Mütze noch tiefer in die Stirn, sah betont gelangweilt aus dem Fenster. Elina versenkte ihre Nasenspitze in ein Buch, Miranda tat es ihr gleich. Das Geräusch der Eisenbahn dröhnte in Mirandas Ohren. Sie hielt das Buch falsch herum, wurde von Renzo gestisch darauf hingewiesen, korrigierte es schnell. Ihre Blicke trafen sich und ein seltsames Gefühl durchfuhr Miranda, als sie in seine dunklen, warmen Augen sah. Dann wandte sich Renzo angespannt ab und blickte wieder aus dem Fenster.

Die Stimme des Eisenbahnkontrolleurs erklang und man hörte ihn näher kommen. Er klang unangenehm, schnauzte die Fahrgäste an wie ein bissiger Hund. Ob das wirklich Rossi war, der Kollege von Meloni, durchfuhr es Miranda. Man hörte diesem Kerl an, dass er sich mächtig wähnte, und es klang nicht gespielt. Er kam näher und mit ihm ein Geruch nach Schweiß und Knoblauch. Ein kleiner, rundlicher Italiener mit schütterem, über die lichte Stelle gekämmtem Haar und einer Brille auf der Nase. Er blickte die drei nacheinander streng an. »Biglietti, per favore.«

Der Beschreibung nach konnte das nicht Rossi sein. Miranda wurde siedend heiß klar, dass sie sich in allerhöchster

Gefahr befanden. Irgendetwas musste schiefgegangen sein, Rossi hatte entweder seinen Dienst getauscht oder war krank geworden, irgendetwas. Miranda reichte dem Schaffner alle drei Tickets, konzentrierte sich mit aller Kraft darauf, dass ihre Hand nicht zitterte – und es gelang.

Bitte, lieber Gott, lass ihn weitergehen, betete Miranda insgeheim und lächelte ihn bemüht an. Doch der hässliche Schaffner lächelte nicht zurück. Vermutlich hatte ihn das Lächeln einer jungen, hübschen Frau sogar skeptisch werden lassen, durchfuhr es Miranda hochnervös. Sie durfte jetzt keinen Fehler mehr machen.

Misstrauisch sah der Schaffner erst auf die Tickets, warf dann den dreien einen durchdringenden Blick zu. Elina musste husten, wie immer, wenn sie sich angespannt fühlte. Miranda hielt die Luft an. Gerade wollte er ansetzen, etwas zu sagen, da wurde er von einem Kollegen aus einem der vorderen Abteile zu sich gerufen. »Luigi, pronto, ich brauche dich, ich habe einen erwischt. Der hat Flugblätter dabei!«

Besagter Luigi horchte sofort empört auf, gab Miranda ihre Tickets zurück und eilte, so schnell ihn seine kurzen, dicken Beine trugen, in Richtung des vorderen Abteils.

Renzo warf Miranda einen erleichterten, aber auch traurigen Blick zu. »Flugblätter. Dann ist es einer von uns«, flüsterte er. Miranda nickte bedauernd, nahm Elinas Hand, drückte sie fest. Sie fühlte sich eiskalt an. »Es wird alles gut werden, du wirst sehen.«

»Solange ich nicht weiß, ob meine Eltern sicher in der Schweiz angekommen sind, ist nichts gut.« Elinas leise Stimme vibrierte. Miranda machte sich auch große Sorgen um die beiden. Die Reise in die Schweiz galt als sehr gefährlich. Aber es war eine der wenigen Chancen für Juden, in diesen Zeiten zu überleben.

»Was, wenn er zurückkommt?«, fragte Renzo leise. Entschlossen fügte er hinzu: »Wir steigen beim nächsten Halt sofort aus.«

Miranda nickte. Der nächste Halt befand sich auf dem Festland, von dort konnten sie zu Fuß marschieren, auch wenn es dann viel länger dauern würde.

Keiner der drei sagte mehr ein Wort. Die umsitzenden Fahrgäste durften nicht auf sie aufmerksam werden. Miranda spürte und sah es aus den Augenwinkeln, dass Renzo sie immer wieder heimlich ansah. Und auch sie musterte ihn, wenn er aus dem Fenster blickte. Seine Kieferknochen gaben seinem Gesicht etwas Kantiges, Eigenwilliges, er sah verwegen aus. Wie ein Naturbursche.

Hoffentlich würde der Zug gleich in die nächste Station einfahren. Die Sekunden und Minuten kamen ihr endlos vor, dabei handelte es sich doch nur um zehn Minuten insgesamt. Das Geräusch der Eisenbahn dröhnte in ihren Ohren. Ihr Herz raste. Wenn dieser schmierige Schaffner gleich zurückkommen würde, wären sie verloren. Mirandas Hände verkrampften sich ineinander, die Haut um die Knöchel sah weiß aus.

Auch Renzos Blick flatterte. Konnte diese Bahn denn nicht schneller fahren? Elinas Husten fing wieder an, sie hustete und würgte, sodass die umsitzenden Fahrgäste sich umzudrehen begannen. Elina blickte Miranda entschuldigend an, stopfte sich ein Taschentuch ein wenig in den Mund, um den auffälligen Husten zu stoppen. Doch nichts half.

»Nicht, mach das nicht«, sagte Miranda sanft zu ihr. Elina nahm das Taschentuch wieder heraus und schluckte und hustete, zum Glück jetzt etwas schwächer.

»Wann hält der Zug denn endlich, es sind doch nur zehn Minuten zum Festland?«, flüsterte sie.

»Wir können ja schon mal zur Tür gehen«, schlug Miranda leise vor. Renzo nickte, ein jeder nahm seine Tasche und so gingen sie mit gesenkten Köpfen in die Richtung, in die der Schaffner nicht gegangen war. Ein paar Zuginsassen sahen auf.

Miranda spürte Renzos Blick hinter sich. Tapfer ging sie weiter. Du darfst dich nicht umdrehen, bleib ganz ruhig, redete sie sich insgeheim zu.

Plötzlich hörten sie die unangenehm krächzende Stimme des Schaffners hinter sich. »He da, Sie, hab ich Ihre Tickets denn schon gesehen?«

Miranda erstarrte, vor ihr Elina. Das war's, dachte Miranda entsetzt, jetzt hat er uns, jetzt liefert er uns aus. Doch sie nahm all ihren Mut zusammen, drehte sich um, sah Renzo mit gesenktem Haupt hinter sich, in einer Starre wie eine Eidechse. Sie rief dem Schaffner bemüht fröhlich zu: »Ja, natürlich haben Sie unsere Tickets schon gesehen. Sie erinnern sich doch bestimmt an mich? Also, ich mich schon an Sie, werter Signore.« Sie versuchte, kokett zu schauen. Etwas, was ihr gar nicht lag, was sie aber bei ihrer Schwester so oft gesehen hatte.

Ein paar der umsitzenden Fahrgäste lachten. Miranda wusste nicht, ob sie es extra taten, um ihr zu helfen, um von der Anspannung und der kritischen Situation abzulenken. Vielleicht befanden sich ein paar Sympathisanten darunter?

Der korpulente Schaffner sollte sich geschmeichelt fühlen, Miranda hoffte so sehr, dass ihre spontane Taktik funktionierte. »Sag den Männern, wie großartig sie sind«, hatte ihre Mutter immer zu ihr gesagt. »Dann lassen sie dich in Frieden.«

Miranda erhaschte Renzos Blick voller Respekt und Anerkennung. Doch der Schaffner schien es ihr nicht abzunehmen, dass sie mit ihm schäkerte, mit ihm, diesem unansehnlichen

Kerl. Mit ihm, der bestimmt schon lange kein Glück mehr bei Frauen gehabt hatte.

Mürrisch kam er weiter auf sie zugestapft. »Sì, ich erinnere mich, aber trotzdem, hiergeblieben!«

Miranda sah, wie Renzo die Augen schloss, fieberhaft nachdachte, sie spürte Elinas Hand, die sich in ihren Arm krallte. Wenn er sie jetzt nicht gehen lassen würde, wären sie alle drei verloren.

6. Kapitel

Venedig, 2019

Die alte Dame hielt aufgewühlt in ihrer Erzählung inne, sah ihre Enkelin Nicola an, dann seufzte sie. Ihre Unterlippe vibrierte, als würde sie gleich zu weinen beginnen. Nicola nahm rasch die Hand ihrer Großmutter, die so schlimme Zeiten miterleben musste, und drückte sie. Ihre Hand fühlte sich kalt und zerbrechlich an, und es lag Nicola auf der Zunge, zu fragen, ob Nonna ihre Freundin Elina damals heil in die Berge hatte bringen können. Auch, warum sie nie mit ihr darüber gesprochen hatte. Doch sie wagte jetzt nicht, diese Fragen zu stellen, zu sehr schien die Erinnerung ihre Großmutter zu belasten.

»Ich habe Schmerzen in der linken Brustseite«, flüsterte Nonna plötzlich. »Kannst du mir bitte meinen Arzt rufen? Dottore Diego Carrara. Er ist der Beste. Deine Mutter kennt die Nummer.«

Nicola sprang auf. »Selbstverständlich, Nonna. Ich bin gleich zurück.«

Sie eilte hinaus, rief nach ihrer Mutter, die sofort aus der Küche herbeieilte. »Mamma, ich brauche die Nummer von

Nonnas Arzt, schnell. Sie hat Schmerzen in der Herzgegend. Diego Carrara.«

»Dio mio, pronto!« Ihre Mutter lief, so rasch sie konnte, zu einer Kommode, nahm fahrig einen Zettel zur Hand und reichte ihn Nicola.

»Das ist ihr Privatarzt.«

Nicola tippte die Nummer schnell in ihr Handy. *Bitte halte durch, geliebte Nonna*, betete sie insgeheim, als sie eine männliche, dunkle Stimme am Apparat hörte. »Pronto?«

Nicola erklärte ihm auf Italienisch hektisch, dass ihre Großmutter, Miranda Moretti, Schmerzen in der Herzgegend habe, und ob er schnell kommen könne oder ob sie besser gleich einen Notarzt rufen solle?

Diego Carrara beruhigte sie mit seiner sonoren Stimme. »Ich wohne gleich um die Ecke, ich bin in einer Minute bei Ihnen. Wenn Signora Moretti nicht selbst nach einem Notarzt verlangt hat, dann sehe ich sie mir erst einmal an.«

»Das hat sie nicht, aber, das kann sie doch gar nicht …«

Er unterbrach sie einfach: »Die Dame kann das mittlerweile gut einschätzen. Diese Stiche im Herzen kommen bei ihr öfter vor. Leider. Bis gleich.«

Und schon hatte er aufgelegt.

Ganz schön unverschämt dieser Kerl, ihr einfach ins Wort zu fallen. Bestimmt so ein alter Dottore mit weißen Haaren, der aufgrund seines Alters meinte, alles zu wissen. Nicola starrte kopfschüttelnd auf das Handy in ihrer Hand, legte es dann beiseite auf ein antikes Tischchen im Flur und eilte zu ihrer Großmutter zurück. Dort standen bereits ihre Mutter mit einem Glas Wasser und Lotta, die ihrer Urgroßmutter mit einer Zeitschrift Luft zufächelte.

»Dottore Carrara ist jede Minute bei dir, Nonna.«

Diese nickte nur, wirkte immer noch sehr blass und elend.

»Lotta, renn doch schon mal zur Haustür, damit du ihm gleich aufmachen kannst«, schlug Nicola vor. »Dann geht es schneller.«

Lotta sah ihre Mutter ängstlich an, ganz offenbar machte sie sich auch große Sorgen um ihre Urgroßmutter. Sie nickte zaghaft und stürmte los.

Wenige Minuten später kam sie mit Diego Carrara zurück, dem Mann, dem sie bei ihrer Ankunft an der Haustür begegnet waren. Nicola sah ihn verwundert an. Doch kein alter, weißhaariger Arzt, sondern ein attraktiver Mann Anfang vierzig. Ob sie nicht doch besser den Notarzt rufen sollten? Carrara hielt seinen Arztkoffer in Händen und eilte, ohne Nicola und ihre Mutter zu grüßen, zur Nonna. Er kniete sich neben sie und fühlte sofort aufmerksam ihren Puls.

»Signora Moretti, was machen Sie wieder für Geschichten?« Ganz offenbar kannten sich die beiden gut.

»Ich erzähle Geschichten«, flüsterte Nonna. »Dabei habe ich so lange versucht, sie zu vergessen. Sie wissen das ja.«

»Sie sollen doch nicht über damals reden. Ich habe es Ihnen verboten.«

Nicola runzelte irritiert die Stirn. Wieso sagte er das? Was ging ihn das an, was wusste dieser Arzt über ihre Familiengeschichte?

Sie beobachtete ihn, wie er ihrer Großmutter den Blutdruck maß und etwas besorgt dreinschaute. Er schien zu überlegen, doch einen Krankenwagen zu holen.

»Ich gehe in kein Krankenhaus«, kam ihm Nonna mit fester Stimme zuvor. »Nur, um zu sterben.«

»Mutter«, mischte sich Nicolas Mamma jetzt aufgeregt in schnellem Italienisch ein. »Das ist Unsinn, im Krankenhaus kann man dir viel besser helfen, auch dass du keine Schmerzen hast.«

»Dottore Carrara kann das ebenso.«

Der seufzte. »Im Moment noch. Aber nur, wenn Sie sich streng an meine Anweisungen halten. Bettruhe, wenigstens heute, länger halten Sie es ja doch nicht aus. Und nicht über damals reden. Es tut Ihnen nicht gut. Die Vergangenheit ist vergangen. Sie müssen im Hier und Jetzt leben. Das sollten wir alle.«

Nonna lachte bitter auf. »Und nach vorne schauen? Viel Zeit bleibt mir nicht mehr in meinem Alter.«

Nicola mischte sich ein. »Entschuldigung, Dottore Carrara, aber ich glaube, wenn meine Großmutter mir noch etwas erzählen möchte, sollte sie das tun. Oft erleichtert das ja auch.«

Er sah sie verblüfft an, stand auf, seine dunklen Augen funkelten. Nicola hielt seinen Blick.

»Es wühlt sie zu sehr auf, das sehen Sie doch. Ich kann dann für nichts mehr garantieren.«

Der Arzt wandte sich an Nonna, die gerade von ihrer Tochter erneut das Glas Wasser gereicht bekam.

»Wenn es Ihnen schlechter geht, Signora, dann lassen Sie mich rufen. Und gegebenenfalls gleich den Notarzt, in Ordnung?«

»Ja, ja, Diego. Danke, dass Sie gekommen sind«, antwortete Nonna schwach. »Ich werde mich erkenntlich zeigen, das wissen Sie ja. Nur mein Haus, das bekommt keiner.«

Nicola horchte auf.

Der Arzt schüttelte den Kopf. »Arrivederci. Und begeben Sie sich ins Bett«, erwiderte Carrara nur.

»Da sterben die Leute.«

Wie störrisch ihre Nonna sein konnte.

»Signora!«, warnte er sie jetzt nett.

»Sie wird ins Bett gehen und ruhen, dafür werde ich sorgen«, bestimmte Nicola energisch und sah ihre Nonna liebevoll streng an.

Carrara nahm seine Arzttasche, blickte Nicola im Vorbeigehen noch einmal in die Augen und verließ den Raum.

»Bist du sicher, dass er dein Bestes will, Nonna?«, entfuhr es Nicola. »Hast du ihn etwa in deinem Testament bedacht?«, rutschte ihr heraus.

»Nicola!«, rügte ihre Mutter sie.

Nonna sah mit einem Mal traurig aus, wechselte mit Nicolas Mutter einen Blick. Auch die sah jetzt zu Boden.

Irgendetwas verschwiegen sie Nicola.

»Nonna?«, hakte Nicola nach.

»Fängst du jetzt schon an, über mein Erbe nachzudenken?«, beschwerte sich Nonna.

»Entschuldige, das wollte ich natürlich nicht. Ganz und gar nicht. Aber ich möchte auch nicht, dass dir dieser Privatarzt, man hat ja schon die schlimmsten Geschichten gehört … Ach, lassen wir das.«

Nicola zuckte überfordert die Schultern. »Ich mache mir doch nur Sorgen um dich und denke, dass es vielleicht besser wäre, dich in einem Krankenhaus durchchecken zu lassen.«

»Nein!« Ihr Ton klang bestimmt und herrisch wie der einer strengen Königin.

Nonna stand jetzt mühevoll auf und Nicolas Mutter half ihr dabei.

Lotta warf Nicola einen Blick zu und flüsterte: »Du bist echt peinlich, Mama.«

Nicola schluckte. So, wie es rübergekommen war, hatte sie es doch nicht gemeint. Aber dieser Arzt hinterließ ein seltsames Gefühl in ihrer Magengegend. Und was sollte das mit dem Haus?

»Wo ist eigentlich Caterina?«, warf ihre Mutter ein. »Das Mädchen macht mal wieder, was es will. Auf ihrem Zimmer war sie vorhin nicht.«

***

Nicola hatte sich gerade gedankenverloren einen Tee gemacht und skizzierte die Blumen in der Vase auf dem Küchentisch. Sie liebte es, die Dinge um sich herum zu zeichnen, es entspannte sie, so wie es andere entspannte, ein Mandala auszumalen. Da raschelte es hinter ihr. Sie drehte sich um. Caterina stand mit Shoppingtüten in der Hand in der Küchentür, sichtlich gut gelaunt.

»Wo hast du gesteckt, Cati?«, fragte Nicola nach und legte den Stift ab. Ihr Ton klang vorwurfsvoll, wie sie selbst merkte.

»Ich war shoppen, in der Calle Larga XXII Marzo, warst du da in letzter Zeit mal wieder? Dort gibt es gerade wunderschöne Sachen.« Sie hielt die drei Tüten zufrieden empor.

»Die kann ich mir eh nicht leisten«, entfuhr es Nicola. Seit ihrer Trennung hatte sich ihre finanzielle Situation schlagartig geändert.

»Mein Gott, was hast du denn für eine Stimmung?«

»Nonna hatte starke Schmerzen in der Herzgegend, ihr Arzt war eben da.«

»Was? Und? Wie geht es ihr?« Caterina stellte die Tüten ab.

»Es geht. Sie soll heute im Bett bleiben.«

Caterina musterte Nicola skeptisch. »Und was hat sie so aufgeregt? Hast du irgendwas zu ihr gesagt?«

»Ich? Danke, dass du das von mir denkst.«

»Ich kenne dich eben.«

Nicola schluckte getroffen. »Eben. Warum bist du so gemein zu mir? Das warst du doch früher nicht.«

»Früher. Du lebst am liebsten in der Vergangenheit.«

Wieder dieser Satz über die Vergangenheit. Vielleicht hatten Diego Carrara und ihre Schwester ja recht. Es brachte nichts, zu viel in der Vergangenheit herumzuwühlen, man sollte mehr in der Gegenwart leben. Vielleicht sollte sie Nonna davon abhalten, mehr zu erzählen? Nicola erinnerte sich an ihre Yogalehrerin, die, beeinflusst vom Buddhismus, auch lehrte, die Vergangenheit Vergangenheit sein zu lassen. Es gab oft schlimme Dinge, die früher geschehen waren, aber man sollte sie akzeptieren, musste damit leben, verzeihen, wenn möglich, und nach vorne schauen.

Dennoch. *Die eigene Familiengeschichte will ich jetzt kennenlernen*, dachte Nicola. Um die eigene Großmutter, Mutter und vor allem sich selbst besser zu verstehen. Und vielleicht auch die jüngere Schwester.

Caterina hatte sich eine Banane aus dem Obstkorb geholt, geschält und biss jetzt hinein. Dabei sah sie Nicola herausfordernd an. »Und? Immer noch kein Spruch dazu, dass ich shoppen war, als es Nonna schlecht ging?«

In dem Moment trat Lotta in die Küche, schien zu merken, dass zwischen den Schwestern dicke Luft herrschte.

Nicola fing Lottas Blick auf, wandte sich dann an Caterina und riss sich zusammen.

»Was? Wieso, du konntest es ja nicht ahnen.«

Caterina nickte, stand auf, schnappte ihre Tüten und drückte sich damit an Nicola und Lotta vorbei.

»Was ist denn jetzt wieder?«, rief Nicola ihr nach.

»Nichts.«

»Wieso bist du dann so …?«

»Lass mich einfach in Ruhe, Nicola, okay?«

Caterina ging in den Flur, dann hörte man, wie sich geräuschvoll eine Zimmertür schloss.

Puh. Egal, was sie sagte, es schien falsch zu sein.

Lotta sah ihre Mutter stirnrunzelnd an. »Wieso ist Tante Cati eigentlich so sauer auf dich?«

Nicola ging zu ihr, wollte ihr einen Kuss auf die Stirn geben, aber Lotta machte sich los.

»Ich weiß es nicht, Schatz.«

Lotta schnaubte durch, holte sich einen Becher Fruchtjoghurt aus dem Kühlschrank, setzte sich und löffelte ihn aus.

Nicola machte es traurig, dass ihre Tochter, ohne Näheres zu wissen, gleich von ihr dachte, die Unstimmigkeit sei allein ihre Schuld. Bestimmt wurde Lotta auch von ihrem Vater gegen sie aufgehetzt. Nicola versuchte abzulenken. »Sollen wir in einen der versteckten Gärten gehen, Schatz? Du weißt doch, das letzte Mal, als wir Uromi besucht haben, hat es dir so gut gefallen.«

Venedig, das vor allem aus Stein und Wasser bestand, zählte mehr als fünfhundert Gärten, versteckt hinter Mauern. Besonders viele davon lagen in Cannaregio. Lotta war begeistert gewesen, als sie ein paar der Gärten erkundeten. Mutter und Tochter – es war ein perfekter Nachmittag gewesen.

Erst zögerte Lotta einen Moment, schien sich schließlich doch zu besinnen. »Gut, aber einen, den ich noch nicht kenne.«

»Natürlich. Da gibt es ja viele. Es ist schon so lange her, dass ich selbst dort war.«

Sie betraten eine prächtige Anlage auf dem Gelände des kirchlichen Altenheims Casa Cardinal Piazza. Wie grün es hier aussah und wie viele Früchte hier wuchsen! Es gab einen kleinen Weinstock der Sorte Uva fragola, dessen Früchte tatsächlich nach *fragole*, Erdbeeren, schmeckten. Als Kind hatte Nicolas Mutter die beiden Schwestern ab und zu hierhergebracht und kosten lassen. Granatapfelbäume standen dort und dem Wind trotzende Zypressen. Eine der Schwestern des Altenheims fuhr gerade mit dem Fahrrad an ihnen vorbei, anscheinend, weil der Park so weitläufig war.

»Wow, und das mitten in Venedig.« Lotta staunte, während sie durch den Park spazierten. »Schade, dass wir nicht öfter hier sind.«

»Das stimmt. Aber wir leben nun mal in Berlin. Da ist es auch schön. Und auch schön grün.«

»Aber unsere Familie lebt hier.« Lotta stoppte und stellte trotzig fest: »Außer Papa. Stimmt, deshalb geht es nicht.«

So wie Lotta das sagte, zerriss es Nicola fast das Herz. Was hatten sie dem Kind angetan mit ihrer Trennung? Hätte er sich nicht zusammenreißen können? Hätten sie es nicht irgendwie gemeinsam schaffen können? Nicola fühlte sich wie eine Versagerin – auf ganzer Linie. Ihre Schwester hatte sie gerade erneut vor den Kopf gestoßen und irgendwie hatte sie das Gefühl, als habe ihre Tochter den Respekt vor ihr verloren.

Ein Gedanke durchfuhr sie. »Lotta, du weißt, dass sowohl Papa als auch ich dich ganz doll lieb haben, ja?«

Lotta sah sie nicht an, pflückte eine gelbe Blume, die am Wegesrand wuchs, und zwirbelte sie in der Hand. Dann zuckte sie die Schultern, blieb stumm.

Erschrocken hielt Nicola im Gehen inne. »Lotta, Schatz, es lag nicht an dir, ja? Ich weiß, dass Kinder das oft denken. Und das hab ich dir auch schon gesagt.«

»Weiß ich doch.«

Lottas Gesicht verriet, dass sie es dennoch dachte.

Nicola fröstelte und das im Sommer. Sie sah eine Bank, bat Lotta, sich mit ihr zu setzen.

»Schatz«, sie suchte nach Worten. »Papa liebt dich über alles. Und ich erst. Wegen dir waren wir, glaube ich, länger zusammen, als wenn es dich nicht gegeben hätte. Wir haben es wirklich versucht.«

»Habt ihr nicht.«

Nicola traute ihren Ohren nicht. »Was? Wieso denkst du das?«

»Hast du jemals um Papa gekämpft? Oder er um dich? Im Film kämpfen sie immer.«

Nicola atmete durch. »Im Film, ja.« Tatsächlich hatte sie nie um Frank gekämpft. Und er nicht um sie. Weil sie nicht gemerkt hatte, dass er sich entliebt hatte. Weil ein Mann um sie kämpfen musste, verdammt noch mal. Sie lebten zwar nicht im Mittelalter, aber ein Mann, der sie nicht von ganzem Herzen wollte, den wollte sie nicht. Fragte sich nur, wie sie das dem Kind verständlich machen sollte.

»Es läuft eben nicht immer wie nach Drehbuch ab«, brachte sie heraus.

»Und wieso nicht? Vielleicht solltest du dir da einfach mal was abgucken. Und nicht immer nur alles kaputtmachen hinter dir.«

Das saß. Nicola musste an sich halten, um nicht in Tränen auszubrechen. Lotta starrte auf ihre Chucks. Am linken Turnschuh hatte sich der Schnürsenkel gelöst.

Irgendwie löste sich gerade alles auf, hatte Nicola das Gefühl. Ihr Leben in Berlin, ihr Leben in Venedig.

»Denkst du, ich bin allein schuld, dass Papa gegangen ist?« Sie hatte diese Frage gestellt, ohne sich der Konsequenzen bewusst zu sein. Was, wenn Lotta dies bejahte?

Aber Lotta, die ein feines Gespür für andere Menschen hatte, schüttelte den Kopf. Vermutlich nur deshalb, weil sie ihrer Mutter nicht noch mehr wehtun wollte.

»Nein. Papa war auch ein Idiot. Aber trotzdem. Wenn du nicht immer so … so stolz wärst, dann wäre vielleicht alles anders. Auch mit Tante Cati.«

Nicola war sich plötzlich nicht mehr sicher, ob Lotta so einfühlsam war, wie sie es von ihr gedacht hatte. Es tat weh. Sehr sogar. War sie wirklich zu stolz gewesen? In ihrer Beziehung mit Frank, in der zu ihrer Schwester? Aber warum? Nicola starrte auf die Zypressen, die stolz vor ihr standen, die der Wind kaum biegen konnte. Ließ sie sich auch zu wenig biegen? Hatte sie zu festgefahrene Meinungen, nach denen sich alle anderen richten mussten? Denn das hatte ihr Frank vorgeworfen.

In dem Moment erblickte sie Diego Carrara, der mit seiner Arzttasche aus dem Altenheim trat und sie auch sofort erkannte. Ihre Blicke trafen sich. Was machte er denn hier? Natürlich, er hatte Patienten im Seniorenheim. In Cannaregio lief man sich eben öfter über den Weg. Hoffentlich kam er jetzt nicht zu ihr. Sie hatte im Moment keine Lust, mit diesem Mann zu reden.

Doch er kam näher. Dieser große, gut gebaute Mann.

»Ich grüße Sie.«

»Hallo.« Nicola hielt die Hand wie einen Schirm an die Stirn, denn die Sonne blendete. Lotta sagte nichts, starrte ihn missmutig an. Diego Carrara schien das nicht zu beeindrucken. Vermutlich war er störrische Vorpubertierende gewohnt.

»Ich hatte hier gerade zu tun. Wie geht es Ihrer Großmutter?«

»Sie hat sich hingelegt. Zumindest ist das mein letzter Stand. Aber meine Mutter hätte mich bestimmt angerufen, wenn etwas wäre.«

Schnell nahm Nicola ihr Handy heraus und checkte es erneut, wie sie es schon mehrfach getan hatte. Ein Glück, kein Anruf, den sie womöglich verpasst hatte. Er nickte zufrieden.

»Darf ich Sie heute Abend auf eine Ombra einladen? Ich kenne ein gutes venezianisches Weinlokal.«

Verblüfft nahm Nicola ihre Hand von der Stirn, fing einen Blick von Lotta auf. Ombra war der venezianische Begriff für ein Glas Wein, ein 100-Milliliter-Gläschen, um genau zu sein. Jetzt blendete die Sonne richtig. Sie sah sein Gesicht verschwommen. »Wieso das denn?«, entfuhr es ihr.

Lotta neben ihr starrte auf ihre Chucks, Nicola sah es aus dem Augenwinkel.

»Nicht, weil Sie so charmant sind«, entgegnete er amüsiert.

Der Typ war unmöglich, Nicola hatte es gewusst.

»Sondern?« Ihre Stimme klang forsch. Seine dunklen Augen funkelten.

»Weil ich Sie so einschätze, dass Sie nie lockerlassen.« Er wandte sich an Lotta. »So ist deine Mutter, habe ich recht?«

Lotta bestätigte muffelig. »Wie ein Terrier, der sich festbeißt.«

Er lachte. Ein zugegeben sympathisches Lachen, das seine weißen Zähne zeigte. Lotta grinste jetzt auch etwas.

»Hauptsache, ihr habt euren Spaß.« Nicola verschränkte ihre Arme.

»Haben wir. Nein, im Ernst. Bevor Sie Ihre Großmutter nach den Geschichten ihrer Jugend ausfragen und sie womöglich noch mehr Herzprobleme bekommt, erzähle ich Ihnen lieber, was ich weiß.«

»Sie? Sie waren damals noch nicht einmal geboren.«

»Stimmt. Aber sie hat mir einiges sehr bildhaft erzählt.«

»Wieso denn Ihnen?«

Er antwortete nicht sofort. Ihr Misstrauen gegen diesen Mann, der womöglich an Nonnas Haus interessiert war, wuchs. Wieso auch sonst sollte sich ein Fremder so viel Zeit für die Privatgeschichten einer alten Dame nehmen? Nonnas Haus in dieser Toplage mitten in Venedig war sicher ein Vermögen wert. Da es Nonna geschenkt worden war, so viel wusste Nicola ja, bestand natürlich auch die Gefahr, dass die Eigentumsverhältnisse angefochten werden konnten. Vielleicht arbeitete dieser Carrara für Leute, die meinten, sie seien die Erben? Oder behauptete er es womöglich selbst?

»Also? Wieso hat sich meine Großmutter Ihnen gegenüber geöffnet? Ihrer Tochter oder mir und meiner Schwester gegenüber hat sie nie etwas über früher erzählt.«

Er zuckte die Schultern. »Vermutlich ist es einfacher, mit einem Fremden darüber zu reden. Ich scheine diese Wirkung auf ältere Damen zu haben. Ich nehme mir Zeit für besondere Patienten. Und Ihre Großmutter ist eine ganz besondere Frau.«

»Ich weiß.«

»Sie wissen aber nicht, wie besonders. Sie hat, wie ich finde, eine Medaille verdient.«

»Eine Medaille?«

»Trinken Sie ein, zwei Ombra mit mir?«

»Jetzt habe ich ja keine andere Wahl mehr.«

Er lächelte. »Eine Wahl hat eine Frau immer. Vergessen Sie das nie.«

Nicola sah Lotta an, die jetzt wieder missmutig auf ihre Chucks sah.

***

Skeptisch betrachtete sich Nicola in einem antiken Spiegel, der in dem Zimmer stand, in dem sie mit Lotta schlief. Die Fältchen um ihre Augen schienen sich in den letzten Monaten vor lauter Sorgen vermehrt zu haben. Sie machte ein paar Grimassen, legte Lippenstift auf. Jetzt wirkte ihr Gesicht schon frischer.

Lotta hatte sich mit Tante Cati aufgemacht, die Eisdielen Venedigs auszutesten, und anschließend wollten sie eine Serie auf Amazon Prime suchen. So lange hatte Cati das mit ihrer Nichte nicht mehr gemacht!

Nicola betrachtete ihre Figur. Das eng anliegende schwarze Kleid stand ihr zwar gut, aber sie fühlte sich etwas zu aufreizend darin, da es ihre Brüste und ihren Hintern sehr betonte. Jedoch hatte sie nur dieses, zwei abgewetzte Jeans und ein paar T-Shirts eingepackt. Um shoppen zu gehen, reichte die Zeit nicht, und ihre Schwester würde sie ganz sicher nicht nach einem ihrer Kleider fragen. Früher, als Mädchen, hatten sie ständig ihre Kleider getauscht, erinnerte sich Nicola wehmütig. Hin und wieder sogar noch bis vor ein paar Monaten, denn von der Figur her waren sich die Schwestern immer noch ähnlich. Nicola atmete durch, versuchte, ihre Gedanken auf das Hier und Jetzt zu lenken. So wie sie diesen Diego einschätzte, führte er sie gewiss in ein gehobeneres Weinlokal. Das kleine Schwarze schien ihr passender als Jeans und T-Shirt. Er hatte vorgeschlagen, sie abzuholen, aber Nicola wollte sich lieber vor Ort treffen. Mamma und Nonna sollten nichts von dieser Verabredung erfahren, sie hatte auch Lotta gebeten, nichts zu sagen. Erst wollte Nicola diesem Mann auf den Zahn fühlen. Er sollte ihr noch schreiben, wo er einen Tisch bekommen hatte, dachte sie. Da vibrierte auch schon ihr Handy. »Ich warte auf Sie im Bacareto Da Lele.« Er schrieb noch die Adresse dazu und Nicola antwortete.

»Okay, bis gleich.« Einen winzigen Moment fühlte sie sich aufgeregt, als handle es sich um ein Date. Was für ein Unsinn. Der Mann führte vielleicht wirklich etwas wegen des Hauses im Schilde, sie musste auf der Hut sein.

Kurz darauf, die Abendsonne tauchte die Stadt in ein warmes Licht, betrat Nicola einen Bacaro, wie die traditionellen Weinschenken der Lagunenstadt hießen. Das Ambiente der Eckbar Lele wirkte schlicht. Es gab keine Stühle, dafür eine mit Holz verkleidete Wand und auf der Theke eine Platte mit venezianischen Tapas: kleine Brötchen mit Wurst oder Sardellen, Kroketten mit Thunfisch, Stockfisch-Kräuter-Kanapees, gefüllte Oliven und eingelegte Tintenfische. Darüber ein Schild: Cabernet, Merlot, Pinot, Verduzzo. Venezianer standen herum, unterhielten sich angeregt und tranken ein Gläschen Wein.

Diego Carrara hatte einen Stehtisch in der Ecke hinten gewählt und Nicola von dort aus offenbar schon beobachtet. Na, wunderbar. Sie dagegen hatte ihn gerade eben erst erblickt. Nicola fühlte sich nun doch ein wenig overdressed, versuchte aber, sich ihr Unwohlsein nicht anmerken zu lassen.

»Buonasera. Schön, dass Sie gekommen sind. Ich war mir nicht sicher.«

»Hallo. Ich dachte eher, jetzt kommt: Ich wusste es.«

Er lächelte. »Darf ich Sie einladen? Wollen Sie ein paar Tapas zum Wein?«

»Nein danke.«

»Nicht ein paar ›Sarde in saor‹ zu einem Merlot?«

Nicola kannte diese venezianische Köstlichkeit. Eingelegte Sardinen mit Zwiebeln, Rosinen und Pinienkernen. Sie nickte schließlich doch, stellte sich neben ihn. Sein Aftershave wehte zu ihr herüber. *Es riecht viel männlicher, herber als das von Frank*, dachte sie unwillkürlich.

Diego winkte dem Kellner und bestellte für sie. Er machte das sehr galant, sodass Nicola sich fühlte wie eine umworbene Frau. Typisch Italiener, dachte sie nur. Von so einem lass ich mich nicht einwickeln. Dieser Arzt schien sich seiner Ausstrahlung auf Frauen bewusst zu sein. Eine zierliche, hübsche Italienerin prostete ihm lächelnd zu. Er lächelte kurz zurück, wandte sich aber wieder Nicola zu. Wäre ja noch schöner gewesen, wenn er in ihrem Beisein mit anderen Frauen geflirtet hätte. Er erzählte ihr, dass es diese Bar schon seit Jahrhunderten gab, da brachte der Ober bereits den Merlot und die eingelegten Sardinen, dazu ein Körbchen Weißbrot.

»Buon appetito.«

»Grazie.«

Der Merlot schmeckte köstlich, die Sarde in saor ebenso. Nachdem sie ein paar Floskeln über den Wein ausgetauscht hatten, preschte Nicola vor: »Jetzt spannen Sie mich bitte nicht länger auf die Folter. Was hat meine Großmutter damals erlebt? Wieso fällt es ihr so schwer, darüber zu sprechen?«

Er sah sie an, schien zu überlegen. »Das weiß ich nicht.«

»Wie, Sie haben doch behauptet …«

»Ich habe gesagt, dass sie mir einiges über damals erzählt hat. Viel über die Resistenza civile, was sich mit den Erzählungen von anderen älteren Patienten trifft. Der Mut der damaligen Frauen im unbewaffneten Widerstand ist lange nicht entsprechend honoriert worden. Kaum eine hat eine Medaille bekommen. Dabei hätten sie es wirklich verdient, finden Sie nicht?«

Ernüchtert sah Nicola ihn an. »Doch, bestimmt. Ehrlich gesagt hatte ich mir mehr von diesem Gespräch erhofft.«

»Das tut mir leid. Ich weiß leider nicht, was Ihre Großmutter all die Jahre so beschäftigt hat, dass sie es keiner Menschenseele anvertraut hat. Aber ich kann Ihnen trotzdem viel über die damalige Zeit erzählen …«

Nicola seufzte, nahm erneut einen Schluck Wein.

Er sah ihr in die Augen. »Ich habe Ihnen doch gesagt, dass jede Frau eine Wahl hat.«

Nicola fühlte ein Kribbeln im Bauch, bestimmt nur der Wein. »Ja, und?«, entgegnete sie.

»Dies traf auch auf die Frauen damals zu. Im Gegensatz zu den Männern haben sie freiwillig den Widerstand unterstützt. Die Männer dagegen hatten keine Wahl. Denn nachdem Hitlerdeutschland 1943 gut vier Fünftel Italiens besetzt hatte, mussten sich die italienischen Männer verstecken. Sonst wurden sie eingezogen oder deportiert. Sie konnten also nur in den Widerstand oder untertauchen. Die Frauen dagegen hatten nichts zu befürchten. Sie entschieden sich aus freien Stücken für den Widerstand.«

»Ganz frei waren sie aber auch nicht in ihrer Entscheidung«, konterte Nicola, »schließlich wurden ihre Liebsten festgenommen, oder sie versteckten sich. Die Frauen mussten etwas tun, ihnen helfen.«

»Aber nicht alle fanden den Mut dazu. Ihre Großmutter schon.«

»Ja.«

Ihr Handy piepte. Sie nahm es heraus, sah darauf. »Lotta ist weg«, entfuhr es ihr.

»Ihre Tochter?«

»Ja, meine Schwester schreibt, dass sie Lotta im Touristengewimmel verloren hat und Lottas Akku vermutlich alle ist.«

»Sie ist aber doch kein kleines Kind mehr.«

»Aber sie kennt sich in Venedig nicht gut aus. Hat schon öfter gesagt, dass für sie alles gleich aussieht mit den ganzen Palazzi, Brücken und Kanälen.«

»Kennt sie die Adresse Ihrer Großmutter?«

»Da bin ich mir eben auch nicht sicher. So etwas interessiert ein Kind ja nicht. Und sie hat einen ebenso schlechten Orientierungssinn wie ich. Vielleicht weiß sie noch, dass sich das Haus im Ghetto befindet. Ich weiß es nicht. Ich weiß nur eins, ich muss sie finden.«

»Ich komme mit und helfe suchen.« Er ging rasch zum Ober, legte einen Geldschein auf den Tresen und folgte Nicola aus der Bar. Die telefonierte bereits mit ihrer Schwester, erfuhr, wo sich diese befand, und dass ihre Mutter auch schon informiert sei, im Haus bleibe und dort auf Lotta warte. Sobald das Mädchen erscheinen würde, wollte sich Mamma sofort bei ihnen beiden melden.

Inzwischen war es dunkler geworden, die zahlreichen Lichter der Stadt beleuchteten den Campo dei Tolentini. Nicola wusste, dass sie sich vielleicht übertrieben sorgte, aber nach den Vorkommnissen in Berlin, als Lotta von diesen Jungs geschlagen worden war, konnte sie sich gut in das Kind hineinfühlen, wie es ihm jetzt ging.

Touristen drängten sich an Nicola und Diego vorbei. Das Wasser im Kanal an der Fondamenta dei Tolentini spiegelte die vielen Lichter und glitzerte. Nicola schob sich, gefolgt von Diego, an den Touristen vorbei, sie eilten über eine kleine

Brücke, weiter in die Fondamenta Papadopoli und weiter zu der Stelle, an der Cati auf sie wartete. Nicola versuchte, nicht überzureagieren. Vielleicht erinnerte sich Lotta ja doch, dass sich ihr Haus im Ghetto befand, und fragte sich durch. Oder sie erkannte einen Platz oder eine Brücke, die sie hinführen würde. Es handelte sich schließlich um keine Dreijährige, und Lotta war klug und tough. Gleichzeitig kamen ihr Geschichten in den Sinn von Männern, die Mädchen in Lottas Alter verschleppten, um sie irgendwo als Prostituierte arbeiten zu lassen. Gerade erst hatte sie davon gehört. Genug, schalt sich Nicola innerlich selbst. Sie hatte in letzter Zeit eindeutig zu viele negative Dinge gehört und Krimis gelesen.

Diego, der neben ihr lief, versuchte, sie aufzubauen, sagte ihr all das, was sie sich selbst schon sagte. Venedig galt nicht als gefährliches Pflaster, Lotta war zwölf Jahre alt, die Venezianer waren Kindern gegenüber hilfsbereit und es wurde gerade erst dunkel. »Wenn wir sie nicht bald finden oder sie nicht bei Ihrer Mutter auftaucht, schalten wir die Carabinieri ein.«

Es tat gut, den Mann in diesem Moment an ihrer Seite zu wissen. So verloren sie sich die letzten Wochen gefühlt hatte, so aufgehoben fühlte sie sich jetzt.

Nicola hatte Diego beschrieben, was Lotta heute trug, und die beiden gingen an Kanälen entlang, über Brücken, dann wieder am Canal Grande, immer auf der Suche nach einem Mädchen in Bluejeans und einem zitronengelben T-Shirt. Es gab einige Mädchen in Lottas Alter unter den Touristen und Nicolas Herz pochte bei jedem Mal schneller, wenn sie dachte, sie habe Lotta mit ihren langen schwarzen Haaren gesichtet. Da. Das musste sie sein! Aber sobald sich das Mädchen zur Seite drehte, wurde sie wieder enttäuscht. Diesmal handelte sich um eine Asiatin.

Nicola dachte daran, dass es auch in Italien immer mehr Rechtspopulisten gab. Für die Deutschen sah Lotta italienisch aus, für die Italiener vielleicht deutsch. Der Vormarsch der rechtsradikalen Gesinnung in der Welt machte Nicola in letzter Zeit große Sorgen. Hatten die Menschen denn gar nichts aus der Geschichte gelernt? Nonnas Erzählung hatte ihr das wieder sehr bewusst gemacht.

Diego legte Nicola plötzlich einen Moment lang seine Hand auf den Arm, sie zuckte leicht zusammen, entspannte sich dann aber etwas. »Wir finden Lotta, wenn sie gefunden werden will.«

Nicola wehrte seine Hand ab und drehte sich zu ihm. »Was soll das denn heißen?«

»Kann es sein, dass sie gerade etwas unglücklich ist?«

Nachdenklich sah Nicola ihn an. Diesen Mann, der ihre Tochter so genau beobachtet zu haben schien. Hatte er vielleicht als Arzt eine besondere Antenne für die Gefühlswelt der Menschen? »Gut möglich, wir hatten eine schwierige Zeit.«

Er nickte. »Und es ist ein schwieriges Alter. Sie hat so etwas Rebellisches ausgestrahlt.« Dabei sah er sie an und Nicola wusste, dass er gerade dachte, das habe Lotta von ihr. Vermutlich hatte sie das auch. Nicola sah sich weiter nach ihrer Kleinen um, Diego ging neben ihr, beide nun schweigend.

An der Stelle, an der Cati Lotta zuletzt gesehen hatte, trafen sie wie verabredet auf Cati. Sie wirkte schuldbewusst, sah Nicola kleinlaut entgegen.

»Sie wollte weg von dir«, sagte sie einfach, wohl wissend, dass es schmerzte. Es fühlte sich an wie eine Ohrfeige.

»Hat sie das gesagt?«, entgegnete Nicola verletzt. Ihre Stimme klang kühler als beabsichtigt. Aber sie war sauer auf ihre Schwester, dass diese nicht einmal ein paar Stunden auf ihre Nichte aufpassen konnte.

»Nicht direkt, aber ich habe es gespürt.«

Nicola gab einen ungläubigen Laut von sich, wandte sich an Diego. »Das ist meine Schwester Caterina. Sie spürt sehr viel.«

Die Schwestern funkelten sich an.

»Das ist Diego Carrara.«

»Buonasera.« Er reichte ihr die Hand und hakte dann nach. »Wieso meinen Sie, sie wollte weg von ihrer Mutter?«

Cati zuckte nur die Schultern. »Wundern würde es mich nicht.«

»Du versuchst jetzt, die Schuld Lotta oder mir zu geben. Dabei hast du nicht auf sie aufgepasst.«

»So ein Unsinn. Sie braucht keinen Babysitter. Sie ist zwölf«, erwiderte Cati sauer.

»Ganz genau. Erinnere dich doch einmal, wie du in dem Alter gewesen bist, wie viele Sorgen sich Mamma oft machen musste.«

»Ja, genau, ich erinnere mich, dass ich in dem Alter von zu Hause ausgerissen bin.«

Nicola fiel es wieder ein: weil Cati ihre Mutter zu streng fand. An den genauen Anlass erinnerte sich Nicola nicht mehr, aber sie wusste gut, wie sehr ihre Mamma geweint hatte. Sie hatten die Polizei informiert und die fand Cati vor ihrer Lieblingseisdiele mit einer großen Portion Schokoladeneis, die ihr ein fremder Mann spendiert hatte. Der verschwand sofort, als er die Polizei gesichtet hatte.

Nicola sah ihre Schwester alarmiert an. »Hat sie irgendetwas zu dir gesagt über mich?«

»Hat sie.«

»Und was?«

»Nichts, was uns jetzt weiterbringen könnte.«

»Bitte«, unterbrach Diego die Schwestern. »Jetzt sollten wir die Fakten überlegen. Wo könnte sie hingegangen sein, egal ob sie aus Versehen verloren gegangen ist oder absichtlich. Gibt es einen Laden, eine Brücke oder einen anderen Ort in Venedig, den sie besonders mag?«

Nicola überlegte fieberhaft. Schon auf dem Weg hierher hatte sie darüber nachgedacht. »Wir waren mit Lotta nicht so oft in Venedig, weil ihr Vater nicht immer in dieselbe Stadt wollte. Ihren Wunsch, zu ihrer Urgroßmutter zu fahren, hat mein Ex öfter mal ignoriert«, konnte sich Nicola nicht zu sagen verkneifen. Sie atmete durch. »Ich wüsste keinen Ort, den sie hier gut kennt oder mag. Außer unser Haus, aber dann hätte Mamma schon angerufen.«

Cati starrte vor sich hin.

Nicola wurde schlagartig klar, dass ihre Schwester ja noch nichts von ihrer Trennung wusste. Wie unangenehm, ausgerechnet vor Diego.

Nicola preschte vor. »Du weißt ja noch gar nicht, dass Frank und ich … ich wollte es dir eigentlich in Ruhe erzählen. Wir … ich, also wir haben uns getrennt.«

»Wirklich?« Caterina schien nicht besonders erstaunt zu sein. Kein Wunder, sie mochte ihn ja noch nie. »Ich dachte, du bist die Frau seines Lebens?«

»War ich. Jetzt hat er eine andere Frau seines Lebens«, entgegnete Nicola bemüht gefasst. »Eine Engländerin. Aber das ist jetzt unwichtig. Wir müssen Lotta finden.«

Sie sah, wie unwohl sich Diego in dem Moment fühlte, bei diesem Gespräch dabei zu sein.

»Ja, natürlich.« Cati sah erneut zu Boden. »Lotta wollte ihren Papa sehen.«

»Oh je. Sie hat ihn schon zwei Wochen nicht mehr gesehen. Jetzt am Wochenende wäre ihr Papa-Wochenende.«

»Nicola … das tut mir leid, ich meine, dass ich nicht für Lotta da war.« Cati schien es nun wirklich leidzutun. Sie besaß also doch noch ein Herz, vielleicht würde ja zwischen ihnen doch bald alles wieder gut werden? Wie sehr sich Nonna das wünschte. Und Mamma ebenso.

»Du wusstest es ja nicht. Das mit Frank.«

Diego räusperte sich, mischte sich ein. »Hat Lotta Kontakt zu ihrem Vater aufgenommen?«

Cati horchte auf. Jetzt schien es ihr wieder einzufallen. »Ja, natürlich, sie hat mit ihm gechattet. Ich weiß natürlich nicht genau, was, aber sie klang am Schluss sehr erfreut und meinte, Papa überrasche sie gleich. Sie fand das megacool von ihm, hat mir aber nicht verraten, was er geschrieben hat.«

Nicola und Diego warfen sich einen Blick zu und vermutlich dachte er das Gleiche.

»Ich überlege, ob Frank sie in Venedig überraschen wollte«, mutmaßte Nicola. »Sie ist ständig in Kontakt mit ihm, hat ihm ganz sicher geschrieben, dass wir Hals über Kopf hergeflogen sind.«

Caterina sah sie konsterniert an. »Durchaus, ja, das kann sein. Ich konnte es nicht so recht zuordnen …«

»Sie hat sich das mal von ihm gewünscht, als ich mit ihr allein bei meiner Familie war. Frank hatte es erst versprochen, konnte dann aber doch nicht«, erklärte Nicola Diego.

Sie sah abwechselnd Diego und ihre Schwester an. »Ich weiß, es klingt verrückt, aber vielleicht wartet sie am Bahnhof auf den Zug vom Flughafen? Dort haben wir schon mal auf Frank gewartet, als er nachgekommen ist. Den Ort kennt sie zumindest und dort im Bahnhofsgebäude gibt es auch einen Laden, der leckere Sehnsuchtskekse verkauft.«

»Wie die von Nonna?«, fragte Cati jetzt mit belegter Stimme.

»Nicht ganz so gut, aber annähernd.«

Diego klatschte in die Hände. »Nichts wie hin. Mütter haben immer die besten Intuitionen. Ein Versuch ist es wert.«

Nicola lächelte ihn hoffnungsvoll an und zu dritt machten sie sich auf zum Bahnhof.

***

Nach nur fünf Minuten zu Fuß erreichten sie das Bahnhofsgebäude Santa Lucia. Ein reges Treiben herrschte hier auch am Abend, Touristen mit Koffern kreuzten ihren Weg. Nicola eilte voraus, bahnte sich durch all die Reisenden einen Weg zu dem Laden mit den Zaletti-Keksen. Eigentlich war es mehr ein Kiosk, aber die Mutter des Besitzers backte leidenschaftlich gern. Und tatsächlich. Dort saß Lotta am Rand, zusammengekauert, und beobachtete traurig die Menschen um sie herum.

»Lotta!«, juchzte Nicola auf, rannte zu ihrer Kleinen, die sie erstaunt, aber auch erleichtert ansah, kniete sich zu ihr und schloss sie in ihre Arme.

»Was machst du denn für Sachen?«

Nicola roch den Duft des Apfelblütenshampoos, aber auch den Keksgeruch, der aus dem Laden strömte. Sie löste sich, sah ihre Tochter an, der jetzt ein Tränchen die Wange herunterlief.

»Papa kommt nicht.«

»Ja, hat er denn gesagt, dass er kommt?«

»Klar, hat er. Sonst wär ich ja nicht hier.«

»Natürlich.« Nicola drückte Lotta erneut an sich. Und am liebsten hätte sie ihre Erleichterung und den Ärger auf Frank hinausgeschrien. Was tat er dem Kind an, wieso log er und ließ seine Tochter warten? Vielleicht war aber auch alles ein Missverständnis gewesen?

»Komm, Schatz, ich habe mir Sorgen gemacht.« Nicola stand auf und zog Lotta an der Hand nach oben.

Jetzt erst schien Lotta ihre Tante Cati zu sehen. Sie lächelten sich an. Doch bei Diegos Anblick verfinsterte sich Lottas Miene. Nicola verstand. Lotta hoffte, dass sich zwischen ihrem Papa und ihr wieder alles einrenken werde. Ein neuer Mann störte da nur. Hatte sie Frank vielleicht sogar deshalb hergebeten?

Nicola durfte sich nicht auf diesen Arzt einlassen. Auch wenn er ein interessanter und hilfsbereiter Mann zu sein schien und irgendetwas in ihr auslöste.

»Du hättest es mir doch sagen können, dass dein Papa kommen wollte.« Cati legte den Arm um Lotta. Die nickte, deutete auf den Kiosk mit den Sehnsuchtskeksen. »Krieg ich noch welche? Mein Geld hat nur für einen gereicht. Ist ja schweineteuer hier in Venedig.«

»Natürlich, Süße«, schaltete sich Nicola ein. Sie hatte ein schlechtes Gewissen, ihrer Tochter nicht mehr Geld in die Tasche gesteckt zu haben. Aber wer dachte auch schon, dass sie einfach allein losziehen würde. Sie ging zu dem Verkäufer, kaufte gleich mehrere Kekse und reichte auch Cati und Diego welche. »Probiert mal, sie schmecken wirklich köstlich, sie sind hausgemacht.«

Als sie Diego den Keks gab, berührten sich ihre Hände. Nicola zog die ihre rasch zurück, wich seinem intensiven Blick aus. Lotta sollte auf keinen Fall denken, sie habe einen Kopf für einen neuen Mann. Sie wollte jetzt erst mal eine Zeit lang allein bleiben. Zu sehr hatte es wehgetan, verlassen zu werden, zu plötzlich war ihr Leben verdreht worden.

Sie gingen aus dem Bahnhofsgebäude hinaus. Nicola wandte sich an Diego, bedankte sich höflich bei ihm für seine Hilfe und gab ihm nett zu verstehen, dass sie mit ihrer Schwester und Tochter jetzt gern allein wäre. Diego hatte vollstes Verständnis, verabschiedete sich von allen und ging.

Cati sah ihm hinterher. »Auf den stehst du?«

»Was? Nein.«

Cati sah sie ungläubig an. Aber Lotta wirkte erleichtert, wie Nicola aus dem Augenwinkel sah – zum Glück.

»Lass uns zu Mamma und Nonna gehen. Ihre Zaletti schmecken noch besser«, schlug Nicola rasch vor. Sie hatte ihrer

Mutter bereits eine Nachricht geschickt, dass sie Lotta wohlbehalten gefunden hatten.

Cati lächelte Nicola einen Moment an. Hatte die Sache mit Lotta etwas in ihr bewirkt, ihr Herz für die Familie wieder ein wenig geöffnet? Hoffentlich. Nicola merkte gerade jetzt, wie sehr ihr eine liebevolle Schwester fehlte. Gerade in dieser Phase, in der das Leben nicht so spielte wie erhofft.

»Wie geht es Nonna? Hat Mamma etwas darüber geschrieben?«, fragte Cati nach.

»Nein, und ich schätze, das ist ein gutes Zeichen. Vielleicht konnte sie sich etwas erholen und möchte uns mehr von damals erzählen.«

»Uns?«

»Ja. Sie hat eine Schwester, wusstest du das?«

Cati zog eine Augenbraue hoch. »Eine Schwester? Nonna? Hör ich heute zum ersten Mal.«

»Uromi hat eine Schwester?«, fragte jetzt auch Lotta aufgeregt. »Ist sie nett? Wo wohnt sie?«

»Ich weiß es nicht, auch nicht, ob sie überhaupt noch lebt. Nonna hatte viele, viele Jahre keinen Kontakt zu ihr.« Dabei sah sie Cati in die Augen und die verstand, senkte den Blick und ging rasch weiter. »Geh du ruhig erst mal allein zur Nonna, ich guck was am Tablet mit Lotta. Und keine Sorge, dabei entkommt sie mir nicht«, fügte sie gespielt drohend in Richtung Lotta hinzu. Die lachte.

»Okay, wenn du willst.« Nicola wusste, dass es keinen Sinn hatte, auf etwas anderem zu bestehen. Sie wandte sich liebevoll an Lotta. »Vielleicht erzählt Nonna mir gleich mehr über deine Urgroßtante. Und über die Zeit im Zweiten Weltkrieg. Möchtest du dabei sein?«

Lotta zögerte. »Nee, ich will die Prime-Serie mit Cati weitergucken.«

Nicola nickte. Sie nahm sich vor, ihrer Tochter alles einmal in Ruhe und kindgerecht zu erklären. Das, was damals geschehen war. Viel zu wenig wurde im Geschichtsunterricht vermittelt.

»Weißt du was? Das, was FSK12 ist, was Nonna erzählt, sage ich dir dann mal in einer ruhigen Minute, einverstanden?«

Lotta nickte grinsend, nahm die Hand ihrer Mutter und folgte ihr. Wie gut sich diese warme, weiche Kinderhand anfühlte. Und ja, es war immer noch eine Kinderhand. Nicola drückte sie liebevoll und warf ihrer Schwester einen hoffnungsvollen Blick zu. Sie war gespannt, wie Nonnas Geschichte weitergehen würde.

7. Kapitel

Venedig, Oktober 1943

Der Zug fuhr in den Bahnhof Mestre auf dem Festland ein, wurde langsamer, hielt quietschend an. Miranda stand angespannt an der Tür, hinter ihr Renzo und Elina und ein paar andere Fahrgäste, die aussteigen wollten. Miranda drehte sich kurz zu Renzo um, fing einen anerkennenden Blick auf, dann ließen sich endlich die Türen öffnen. Rasch stiegen die drei aus. Noch konnte der Schaffner sie zurückrufen oder auf sie schießen lassen, noch waren sie nicht außer Gefahr. Würden sie das überhaupt jemals wieder sein in der nächsten Zeit? Miranda sah möglichst unauffällig hinter sich. Keiner folgte ihnen, ihr gespielter Charme hatte zum Glück doch gereicht, um diesen wichtigtuerischen Schaffner milde zu stimmen. Einmal mehr merkte Miranda, wie einfach manche Männer gestrickt waren. Ihr Blick wanderte im Gehen zu Renzo, der neben ihr lief, sie auch kurz ansah. In seinen dunklen Augen konnte man so viel Klugheit und Wärme lesen. Sie beeilten sich, um so rasch wie möglich aus dem Bahnhofsgelände hinauszukommen. Elina hustete, stolperte hinter ihnen her, mit gesenktem Kopf. Wortlos marschierten sie weiter, nur weg von diesem Bahngleis, nur weg von diesem schmierigen Kerl. Wieso der eingeweihte Schaffner, der ihnen helfen wollte, nicht da gewesen war, wussten sie nicht, aber es spielte jetzt auch keine Rolle mehr. Es konnte immer etwas schiefgehen, das hatten ihr die Frauen der Resistenza gesagt und das war ihr natürlich selbst klar.

»Im Hier und Jetzt musst du leben«, hatten die Frauen Miranda wieder und wieder gesagt. »Denke nicht an die Vergangenheit und nicht an die Zukunft. Immer nur einen Tag im Voraus, nur dann schaffst du es, zu überleben und den Partisanen, deiner Freundin und unserem Volk zu helfen.«

Endlich mussten sie außer Sichtweite sein. Im Hintergrund hörte man den Zug wieder anfahren. Miranda atmete aus, blieb einen Moment hinter einem Mauervorsprung stehen, so unvermittelt, dass Renzo gegen sie stieß. Miranda spürte seinen Körper, lächelte ihn entschuldigend an, er sie ebenso. Sie holte ihren Zettel heraus, auf dem sie sich den Weg in die Berge notiert hatte.

»Was machst du?«, frage Elina.

»Ich habe nur die Route ab der nächsten Zughaltestelle bekommen. Nicht ab hier. Wir mussten ja jetzt früher aussteigen.«

»Du hast aber doch eine Landkarte«, stellte Renzo fest. »Gib sie mir mal.«

»Nein. Ich kann das schon, Landkarten lesen können auch Frauen.« Er sah sie amüsiert an. Miranda holte die Karte aus ihrer Tasche, bemerkte aus den Augenwinkeln, wie Renzo sie beobachtete.

»Vier Augen sehen mehr als zwei«, sagte Renzo und beugte sich zu ihr. Dabei kam ihr sein Kopf nahe, sein männlicher Duft roch herb und gut. Renzo deutete mit seinen großen Händen auf den Weg. »Dafür brauchen wir zwei Tage.«

»Was?« Elina sah die beiden unbehaglich an und hustete wieder.

Miranda bestätigte. »Ja, ich fürchte auch.«

»Und wo schlafen wir? Die Nächte sind in den Bergen schon recht frisch.«

»Elina, wenn wir im Lager sind, wird es auch nicht anders sein.«

Elina seufzte und nickte.

Renzo deutete auf die Karte. »Ab da kenne ich die Strecke, da stehen immer Posten. Die sollten wir nicht nehmen.«

Irritiert sah Miranda ihn an, warf dann Elina, die nun leicht zitterte, einen Blick zu.

»Sie wurde mir als sicher genannt«, widersprach Miranda. »Wie alt ist deine Information?«

Er überlegte. »Schon ein paar Wochen.«

»Die Frauen haben es mir so gesagt.«

Sie merkte Renzo an, dass er sein Leben nicht in die Hände der Frauen geben wollte. Nicht er, ein italienischer Mann.

»Vertraust du ihnen und mir – oder nicht?«, preschte Miranda vor.

Ihr Herz klopfte. Renzo zögerte, scharrte unschlüssig mit seinem Fuß auf dem Boden. Dann gab er sich einen Ruck. »Ihr Frauen seid klug und gut informiert. Besser als die Deutschen.«

Er sah ihr intensiv in die Augen. »Ich vertraue dir.«

»Ich auch«, meldete sich Elina zaghaft neben ihr. Jäh spürte Miranda wieder die riesige Verantwortung, die sie für diese zwei Menschen übernommen hatte. Ihrer beider Leben lag in ihren Händen. Sie hoffte so sehr, dass die Frauen der Resistenza ihr wirklich die richtigen Informationen gegeben hatten. Sonst würde sie Elina und Renzo in den sicheren Tod führen und sich mit.

»Also, dann lasst uns weitergehen. Wir müssen es heute mindestens bis hierhin schaffen.« Sie deutete auf einen Punkt auf der Landkarte und bemerkte plötzlich, wie ihre Hand zitterte.

»Miranda, du zitterst ja«, sagte Elina, für die Miranda immer die Starke war. Sofort wirkte Elina noch ängstlicher, als sie ihre Freundin so schwach sah. Renzo nahm Mirandas Hand, drückte sie fest. Wie gut und kraftspendend sich seine Hand anfühlte. Mit der anderen ergriff er nun Elinas Hand, schaute die beiden Frauen an.

»Wir schaffen das. Zusammen sind wir stark.«

Miranda nickte und lächelte, nahm mit ihrer freien Hand die andere von Elina und die Freundinnen nickten Renzo zu. »Wir schaffen das.«

»Oh ja.«

Diese zuversichtliche Geste und seine warme Hand gaben Miranda wieder Kraft und Mut. Sie betrachtete seine breiten Schultern, die sicher viel tragen konnten. Sie musste Elina sicher in die Berge bringen und diesen Mann auch. Entschlossen löste Miranda ihre Hände. »Ich gehe wie verabredet immer voraus und erkunde, ob die Luft rein ist. Auf mein Pfeifzeichen hin folgt ihr mir.«

»Alles klar.«

»Bei dir auch, Elina?«

»Ja, nein. Ich habe Angst.«

»Die haben wir alle«, versicherte Renzo.

Beeindruckt sah Miranda ihn an. Männer gaben dies selten zu. Es zeugte von Stärke und ihr Respekt wuchs.

Sie drehte sich um, ging tapfer vor, die beiden anderen warteten.

Miranda verhielt sich möglichst unauffällig, als mache sie eine kleine Wanderung. Jedes Mal, wenn sie das Gefühl hatte, dass es hier keine deutschen Soldaten gab, drehte sie sich um und pfiff eine kleine Melodie. Kurz darauf folgten ihr die beiden, immer darauf bedacht, von einem Haus oder Gebüsch zum nächsten zu rennen.

Der Weg in die Berge würde auf diese Weise beinahe doppelt so lang werden, zumindest gefühlt.

Miranda hielt die Ohren und Augen offen. Nach ein paar Stunden fing es an zu regnen und der Weg wurde matschig und rutschig. Aber sie gingen weiter, Miranda stapfte über die aufgeweichte Erde, die Haare hingen ihr bereits klatschnass ins Gesicht. Elina hinter ihr hustete und Miranda machte sich Sorgen. Jetzt mussten sie die Nacht auch noch durchnässt im Freien verbringen.

Immer wieder lauschte Miranda, ständig auf der Hut vor den Deutschen. Sie musste es schaffen, Elina und Renzo in ein von Partisanen kontrolliertes Gebiet in den Bergen zu bringen. Anschließend würde sie nach Cannaregio zurückkehren, so der Plan. Und dann wollte sie so oft wie möglich in die Berge gehen, um die beiden und die anderen Menschen dort mit Proviant und Nachrichten zu versorgen. Ihre Mutter und Alessia hatte sie nicht eingeweiht, um sie zu schützen. Sie hatte ihnen nur erzählt, dass sie für die kranke Tante einer Nachbarin, die in den Bergen lebte, hin und wieder Botengänge machen wollte. Da Miranda ein großes Herz besaß, schöpfte ihre Mutter keinen Verdacht, unterstützte sie in diesem Vorhaben sogar, befreite sie von ihren Haushaltspflichten und sagte, dass Gott es ihr danken werde. Alessia dagegen blickte ihre Schwester skeptisch an, ohne sich dazu zu äußern.

Der Regen rann Miranda in den Nacken, ihr Kleid tropfte bereits, als wäre sie in einen Fluss gefallen. Hoffentlich würde die Sonne gleich wieder herauskommen, dachte sie, die Sonne, die sie so sehr liebte. Elina hustete erneut und Miranda hoffte sehr, dass ihr Husten sie nicht verraten würde.

Noch war es in und um Venedig zu keinen bewaffneten Auseinandersetzungen zwischen den Deutschen und Partisanen gekommen. Aber dies konnte jederzeit geschehen. Miranda wusste, dass noch andere Venezianer die Partisanen unterstützten, so wie sie. Und dass ihnen allen Repressalien drohten oder der Tod.

Als sie nach einigen Kilometern an einen Bach kamen und Renzo und Elina zu ihr aufschlossen, brach Elina unter Husten fast zusammen. Miranda und Renzo traten rasch zu ihr und stützten sie. Dabei berührten sich für einen Moment ihre Hände. Miranda zuckte zurück, kümmerte sich dann gleich um Elina. »Oh Gott, Elina, wieso sagst du denn nicht, dass es dir zu anstrengend ist?«

Ihre Freundin hatte zwar immer wieder gehustet, dies aber auch zu unterdrücken versucht.

»Ich dachte, ich schaffe es. Aber meine Beine tragen mich kaum noch. Es tut mir so leid, können wir eine Pause machen oder ist es zu gefährlich?«

Sie befanden sich gerade an einer Stelle, wo es nur wenig Deckung gab. Miranda und Renzo sahen sich kurz in die Augen. Dann packte Renzo Elina kurzerhand und trug sie in seinen Armen, als wäre sie eine federleichte Puppe. »Lasst uns weitergehen«, flüsterte er. »Ich habe ein Geräusch gehört.«

Miranda nickte und lächelte ihn dankbar an, ging wieder vor, wie sie es die ganze Zeit getan hatte. Sie sah sich unauffällig um, pfiff die bekannte Melodie und wartete auf die beiden.

»Bin ich dir wirklich nicht zu schwer?«, fragte Elina leise.

»Du wiegst höchstens so viel wie meine Hündin«, erwiderte er. Nicht nur Miranda, sondern auch Elina hatten immer mehr abgenommen. Die zarte Elina schien das reinste Fliegengewicht zu sein.

»Du hast eine Hündin? Wo ist sie?«, fragte Miranda nach. Sie liebte Hunde über alles, hatte sich schon als Kind immer einen gewünscht. Durch die Arbeit der Eltern in dem Hutmacherladen war dies aber leider nie möglich gewesen.

Sie sah Renzo an, dass er sein Tier sehr vermisste. »Ich musste sie zurücklassen, bei Freunden, schweren Herzens.«

»Das glaube ich. Du hättest sie mitnehmen können.«

»Sie bellt manchmal einfach so. Sie hätte uns verraten.«

»Verstehe.« Sie warf ihm einen aufmunternden Blick zu. »Du hast sie bestimmt in gute Hände gegeben, habe ich recht?«

»Sie ist bei einer Nachbarin, ich hoffe, sie kann ihr genug zu fressen geben. Sie haben selbst kaum genug für ihre Kinder.«

Betroffen sah Miranda zu Boden. Der Krieg verlangte den Menschen viel zu viel ab. Und für die Tiere blieb so gut wie nichts mehr. »Ich bin sicher, sie schlägt sich durch. Und wenn hier alles vorbei ist, wirst du sie wiedersehen.«

Renzo schnaubte durch. »Sei nicht naiv.«

»Das bin ich nicht.«

Ihre Blicke begegneten sich. Renzo nickte, lächelte sie einen Moment an. »Das stimmt. Das bist du nicht.«

»Sie ist eine Hündin. Sie ist stark.«

Er lächelte.

Sie gingen weiter und fanden endlich eine Stelle, an der sie die Nacht verbringen konnten. Am Rand einer Wiese lag ein umgestürzter Baum, unter dessen dichter Baumkrone es fast trocken war. Hier war man ein wenig geschützt und konnte es wagen, zu schlafen. Sie setzten sich zunächst auf den Baumstamm und aßen und tranken von dem Proviant, den sie mitgenommen hatten. Renzo hatte sogar ein paar Oliven dabei. Miranda hatte schon lange keine mehr gegessen, kaute genüsslich, lutschte den Kern und genoss diesen köstlichen Geschmack. Der lange Marsch hatte hungrig gemacht, aber sie mussten sich ihre Vorräte, die eigentlich nur für einen Tag gedacht waren, einteilen. Hätten sie nur mit der Bahn ein Stück weiterfahren können! Aber Miranda wollte positiv denken, immerhin waren sie nicht festgenommen worden.

Die Sonne ging unter und die drei setzten sich in ihren klammen, noch feuchten Kleidern eng beisammen unter die Baumkrone, um sich zu wärmen.

Renzo erzählte ihnen mit seiner dunklen, schönen Stimme, dass er mit Freunden Flugblätter gedruckt hatte und von einem, von dem er es niemals gedacht hätte, verpfiffen worden war. »Ich kenne ihn von Kindesbeinen an. Ich hätte meine Hand für ihn ins Feuer gelegt. Durch ihn wären wir fast alle erwischt worden und was die Deutschen dann mit uns gemacht hätten, kann man sich vorstellen. Deshalb musste ich so schnell verschwinden«, schloss er seinen Bericht.

»Ich finde es gut, dass ihr Flugblätter gedruckt habt«, erklärte Miranda beeindruckt. »Es muss noch mehr Leute geben, die etwas tun.«

»Sie haben Angst und ich verstehe das«, warf Elina ein. Ausgerechnet Elina, die schon so viele jüdische Freunde verloren hatte. Denn einige von ihnen, vor allem Freunde ihrer Eltern, waren bereits abgeholt worden.

Etwas raschelte im Geäst. Irgendein Tier. Inzwischen war es dunkel geworden, die Sterne glitzerten am Firmament, wie man durch die Blätter sah.

»Lasst uns schlafen, wir haben morgen noch einen anstrengenden Weg vor uns«, schlug Renzo vor.

Sie legten sich nah beieinander auf den Boden, auf dem Renzo seine Jacke ausgebreitet hatte. Miranda war in der Mitte, spürte diesen Mann neben sich, wagte sich kaum zu rühren. Seine unglaubliche Wärme, die auf sie ausstrahlte, zusammen mit der Erschöpfung, ließen sie schnell einschlafen.

Am nächsten Morgen blendete sie die Sonne, die ihren Weg durch die Baumkrone fand. Miranda blinzelte, spürte einen Arm um sich. Sie schlug die Augen auf. Renzo hatte sich im Schlaf zu ihr gedreht und seinen Arm um sie gelegt. Miranda fühlte seinen Körper, sah ihn an, genoss diese Nähe, beobachtete seine Gesichtszüge und ein gutes Gefühl breitete sich in ihr aus.

Elina, zu ihrer anderen Seite, wachte auf. »Miranda«, flüsterte sie. »Guten Morgen.«

»Guten Morgen«, flüsterte Miranda zurück und deutete lächelnd auf Renzos Arm. Die Freundinnen mussten leise lachen.

Da wachte Renzo auf, zog sofort seinen Arm zurück, fuhr sich durchs wirr abstehende Haar und setzte sich auf.

»Buongiorno. Habt ihr einigermaßen geschlafen?«

»Ja, und du wohl auch halb auf mir«, erwiderte Miranda keck.

Er sagte nichts dazu, lächelte nur kurz, krabbelte aus der Baumhöhle, stand auf und reckte und streckte sich.

»Lasst uns gleich weitergehen. Je eher wir im Lager sind, desto eher sind wir in Sicherheit.«

Die Frauen rappelten sich auch auf, krochen heraus. Was für ein herrlicher Morgen in dieser schönen Natur. Alles roch frisch, die Sonne strahlte, als gäbe es kein Leid auf der Welt.

»Ich hätte jetzt so gern einen duftenden Kaffee«, konnte sich Miranda nicht zu sagen verkneifen.

»Und ich erst«, gab Renzo zu.

»Wenn wir im Lager sind, mache ich euch welchen, wenn das dort geht«, schlug Elina vor.

»Hoffentlich geht das. Ohne guten Kaffee bin ich nur ein halber Mensch«, scherzte Miranda.

Sie aßen ein wenig vom Brot, schnürten ihre Rucksäcke und machten sich wieder auf den Weg. »Soll ich dich tragen?«, fragte Renzo Elina.

»Nein, nein, danke, jetzt geht es wieder«, erwiderte sie lächelnd.

Miranda ging vor, sie spürte, wie ihre Schuhe, die sie von ihrer Schwester übernommen hatte, rieben. Vermutlich hatte sie sich gestern eine Blase gelaufen. Aber sie ließ sich nichts anmerken, lief tapfer weiter.

Gerade als sie die nächste Weggabelung passierte und an ihre Schwester Alessia dachte, stand eine Patrouille deutscher Soldaten neben einem Militärfahrzeug vor ihr. Miranda zuckte unwillkürlich zusammen, versuchte, sich schnell wieder zusammenzureißen, um nicht verdächtig zu wirken.

»Stopp!«, rief der eine Soldat, ein sehr junger, blass aussehender, und nahm sein Gewehr fester in die Hand. Er wirkte fast noch wie ein Kind, versuchte aber, besonders streng zu schauen. Auf Deutsch fragte er: »Wohin willst du?« Da sie offensichtlich nicht verstand, wiederholte er es auf Englisch.

Miranda, die von Alessandro Zevi ein wenig in Englisch unterrichtet worden war, antwortete in dieser Sprache, dass sie ihre Tante besuchen wolle.

Sofort hakte der andere Soldat, ein etwas älterer, untersetzter, kleiner Mann, nach und fragte etwas auf Deutsch. Miranda verstand ihn nicht, fragte auf Englisch nach und brachte ihn damit von einer Sekunde auf die andere auf die Palme. Mit rotem Gesicht brüllte er auf sie ein und legte sein Gewehr an. Ihr Herz raste, denn sie traute ihm zu, dass er sie einfach so erschoss. Wie er sicher schon viele Menschenleben ausgelöscht hatte. Auf eines mehr kam es da nicht an. Hastig nannte sie eine Adresse, die ihr die Frauen gesagt hatten. Eine Adresse von einem kleinen Hof in den Bergen, die existierte, die unverdächtig wirken sollte.

Aber der Mann schien zu spüren, dass sie log. Der junge, blasse Soldat schien Mitleid mit ihr zu empfinden – oder wollte diese junge Frau nicht auch noch auf dem Gewissen haben. Er redete auf den Älteren ein, versuchte, ihn zu beschwichtigen. Mit zitternden Händen nestelte Miranda eine andere Landkarte heraus, die sie eigens für einen derartigen Fall dabei hatte, und zeigte den beiden den Wohnsitz der »Tante«, »zia«.

Der Ältere beugte sich missmutig darüber. Sie roch seinen schlechten Atem, bemühte sich aber, ruhig zu bleiben. »Tante«, wiederholte sie auf Englisch.

Er starrte sie an. Dann befahl er dem Jüngeren, ihre Tasche zu durchsuchen. Der tat es, warf ihr dabei immer wieder Blicke zu. Aber er konnte nichts Auffälliges finden, so klug war Miranda gewesen. Sie trug nur Proviant für sich allein mit sich. Ansonsten hätte sie diesen unter ihrem Rock versteckt.

Mit einem Kopfschütteln gab der Jüngere dem Älteren zu verstehen, nichts Verdächtiges gefunden zu haben. Da fiel Miranda ein, dass sie die restlichen Oliven von Renzo eingesteckt hatte. Sie bedeutete den beiden zu warten, holte sie heraus und schenkte sie ihnen. »Olive verdi, molto buone.« Sie machte das Zeichen für »lecker«.

Die beiden kosteten und nickten angetan. Und endlich winkte der Ältere Miranda weiter. Bemüht locker setzte sie ihren Weg fort und hoffte inständig, dass Renzo und Elina auch wirklich bis zu ihrem Pfeifzeichen hinter dem Gebüsch warten würden. Nach der nächsten Wegbiegung blieb sie stehen und horchte. Die Soldaten stellten jetzt ihr Radio an, unterhielten sich und lachten schmutzig. Immerhin würde das Renzo und Elina warnen. Jetzt hieß es abwarten, bis die beiden Männer in ihr Militärfahrzeug steigen und weiterfahren würden.

Es dauerte ewig. Der Sonne nach musste es bereits Mittag sein. Endlich stiegen die Kerle in ihren Wagen und brausten los.

Miranda pfiff ihre Melodie und Renzo und Elina rannten zu ihr. »Gut gemacht«, konstatierte Renzo und sah sie anerkennend an. »Mit Oliven kriegt man sogar die Deutschen rum. Obwohl sie ja so gar keine Esskultur haben.«

»Das habe ich auch gehört.«

»Wie könnt ihr nur so reden. Wir wären beinahe gefasst worden.«

Elina zog die Jacke enger um ihren mageren Körper. »Ich bin so froh, dass dir nichts passiert ist, Miranda.«

Miranda trat zu ihrer Freundin und umarmte sie fest. »Wir schaffen das. Das haben wir doch gesagt.«

Die Freundinnen wussten beide, dass sie es noch lange nicht geschafft haben würden, im Grunde so lange nicht, wie der Krieg andauerte. Aber sie hatten inzwischen gelernt, von einem Tag auf den nächsten zu denken und zu leben, vielleicht noch ein, zwei Tage länger, aber sich das Grauen, das passieren konnte, nicht ständig vorzustellen.

»Und dort in dem Lager in den Bergen, da sind noch mehr Juden?«, hakte Elina jetzt nach.

»Das wurde mir zumindest gesagt. Ein paar Juden und einige Widerstandskämpfer. Sie verstecken sich da schon einige Wochen. Insofern hoffe ich, dass sie auch für Kaffee gesorgt haben. Sonst werde ich euch das nächste Mal welchen bringen.«

»Du willst wirklich diesen langen Weg auf dich nehmen und kommen?«

»Natürlich, aber das nächste Mal fahre ich hoffentlich länger mit dem Zug. Ich bringe euch zu essen, Neuigkeiten und ich sehe nach dir, das habe ich doch versprochen.«

»Ich würde verstehen, wenn du es doch nicht …«

»Elina«, unterbrach Miranda sie. »Ich muss das machen. Ich muss etwas tun, ich hab es deinen Eltern versprochen. Aber vor allem mir selbst.«

Renzo beobachtete Miranda die ganze Zeit mit seinen dunklen Augen, sie sah ihn an, hielt einen Moment seinen Blick. Dann nahm sie ihre Tasche wieder hoch. »Ich gehe wieder voraus. Wir sollten da sein, bevor es dunkel wird.«

»Das stimmt«, bestätigte Renzo. »In den Bergen sieht man die Hand vor Augen nicht. Wir dürfen uns nicht verlaufen.«

»Genau. Ihr wartet hier auf mein Zeichen.«

Miranda beobachtete Renzo, der Elina hinter einen Felsvorsprung führte. Wie gut, dass er dabei war, dass sie nicht mit ihrer Freundin allein diesen gefährlichen Marsch zu bewältigen hatte.

Der Weg wurde immer steiler und unwegsamer. Die Blase an ihrem Fuß schmerzte höllisch, aber sie hatte weder ein Pflaster noch ein anderes Paar Schuhe dabei.

Wegen Elina, die schnell außer Atem geriet, machten sie immer wieder kleine Pausen, kamen nur langsam voran, sodass es tatsächlich irgendwann dunkel wurde.

»Es tut mir so leid, ich bin euch eine Last.«

»Elina, jetzt hör auf damit.«

»Wir müssten bald da sein«, stellte Renzo fest.

Miranda ging wieder voran. Diesmal in die tiefschwarze Nacht hinein. Gut zu wissen, dass die beiden irgendwo hinter ihr waren.

Ein Käuzchen rief und im Gebüsch neben Miranda raschelte es plötzlich. Sie erstarrte. Vorhin war sie noch einer weiteren deutschen Patrouille begegnet, konnte sie von ihrer Geschichte mit der Tante überzeugen, was auch sonst sollte eine junge Frau wie sie hier in den Bergen wollen. Wie dumm sie waren, wie wenig sie den Frauen zutrauten. Erneut bestätigte sich, was die Nachbarinnen ihr gesagt hatten. Dass Frauen nichts galten, dass sie als ängstlich und von ihren Männern abhängig angesehen wurden, war jetzt im Krieg ihr Glück. Das Rascheln schien von einem kleinen Tier herzurühren und tatsächlich huschte etwas an ihren Füßen vorbei. Eine Maus, die sich vermutlich ebenso erschrocken hatte wie Miranda.

»Keine Angst, Mäuschen, ich bin es doch nur«, flüsterte sie erleichtert. Dann setzte sie ihren Weg in der Dunkelheit fort, setzte vorsichtig einen Fuß vor den anderen, stolperte immer wieder über Baumwurzeln, Steine oder Äste. Aber Miranda fing sich immer wieder, und nach einigen hundert Metern hielt sie inne, horchte noch einmal und da sie keine Geräusche, die auf Menschen hindeuteten, hörte, pfiff sie Renzo und Elina.

Es ging langsam voran, aber es ging voran. Auch kleine Schritte brachten etwas, auch kleine Taten, das hatten ihr die Frauen gesagt, und Miranda spürte es jetzt selbst. Ohne sie hätte Elina, die durch ihr Asthma geschwächt war und auch sonst nicht so viel Mut besaß, keine Chance gehabt. Allein hätte sie sich niemals in die Berge gewagt und hätte es auch nicht gekonnt.

Miranda entzündete immer wieder ein Streichholz, um auf ihre Karte zu sehen, die ihr den Weg in das Lager der Partisanen zeigte. Bald mussten sie endlich da sein. Es war bereits nach Mitternacht und Miranda hoffte, dass die Leute dort sie im Dunkeln nicht aus Versehen für Feinde halten und auf sie schießen würden. *Wie zeige ich ihnen im Dunkeln am besten, dass ich eine Frau bin?*, überlegte sie insgeheim. Und da fiel ihr zum Glück etwas ein und sie ging guten Mutes direkt auf das Lager zu. Hier in den Bergen erhellten die Sterne den Himmel viel stärker als unten in Venedig.

Miranda begann zu singen. Mit ihrer hellen Stimme sang sie erst leise, dann immer lauter ein Lied, das in der Resistenza oft gesungen wurde. »O bella ciao, bella ciao, bella ciao, ciao, ciao«. Je näher sie kam, desto lauter sang sie, und bei der nächsten Abzweigung kam auch schon ein Mann mit einem Gewehr hinter einem Felsen vor. »Wer schickt dich denn? Was machst du hier mitten in der Nacht?«

Miranda nannte ihm ihren Decknamen »Mirka«, den sie sagen sollte, und er nickte zufrieden, winkte sie zu sich. »Hast du etwas zu essen mitgebracht, Mirka?«

»Wenig, ich habe eine jüdische Freundin und einen Mann aus dem Widerstand mitgebracht.« Sie drehte sich in die Dunkelheit um und pfiff ihr Zeichen.

»Noch mehr Mäuler zu stopfen«, kommentierte der Mann wenig begeistert, doch dann erhellte sich sein Gesicht, als er Renzo erkannte.

»Renzo?!«, lachte der Mann erfreut.

»Giuseppe!«

»Hast du Sehnsucht nach uns bekommen?«

»Er wurde verraten«, entgegnete Miranda. Dann schwieg sie, denn sie sah Renzos Blick und wurde sich bewusst, dass sie besser geschwiegen hätte. In diesen Zeiten musste man sich sehr genau überlegen, was man zu wem sagte, und so warf sie ihm einen entschuldigenden Blick zu.

Da kam auch Elina schüchtern näher und lenkte Giuseppe ab.

»Ciao, Bella, wer ist das denn, Renzo?«

»Hallo, ich bin Elina.« Sie wollte sich keinen Decknamen geben, sie wollte schließlich von ihren Eltern wiedergefunden werden. Außerdem gehörte sie in dem Sinne ja nicht zum Widerstand.

»Buonasera, benvenuto, ich bin Giuseppe.«

Miranda sah sofort, wie Giuseppe Elina interessiert musterte.

Elina musste wieder husten.

»Ist sie krank?«

»Nein, sie wird euch nicht anstecken, sie hat Asthma. Leider sehr starkes.«

»Verstehe.«

»Kommt mit. Verdünnen wir die Suppe eben noch ein wenig mehr. Hauptsache, ihr seid in Sicherheit.« Er wandte sich nett an Elina. »Die Luft in den Bergen wird dir guttun.«

»Ja, ich hoffe es.« Sie lächelte ihn zaghaft an und Miranda stellte zufrieden fest, dass ihre Freundin hier in guten Händen war.

Die anderen Wachposten saßen um ein kleines Feuer und wärmten sich die Hände. Sie begrüßten die Neuankömmlinge, gaben ihnen zu trinken. Im Hintergrund sah man aus Ästen selbst gebaute Unterschlüpfe.

Wenig später saß Miranda neben Renzo am Feuer und er reichte ihr einen Becher mit *Grappa*. »Möchtest du? Mirka?«

Miranda zögerte. Bisher hatte sie kaum Alkohol getrunken. Doch hier, nachdem all ihre Anspannung gerade von ihr abfiel, wollte sie einen Schluck probieren. Sie setzte den Becher an ihre Lippen und Renzo beobachtete sie genau. Der Alkohol brannte und Miranda musste sofort husten.

Die Männer lachten und Renzo klopfte ihr leicht auf den Rücken. »Geht es?« Dann streichelte er mehr, als er klopfte.

Miranda lächelte ihn an. »Ja, es geht wieder.« Sie hielt den Blick, das lodernde Feuer spiegelte sich in seinen Augen. Sie fühlte sich so glücklich, dass sie es geschafft hatte, ihn und Elina heil hierherzubringen. Jetzt waren sie erst mal in Sicherheit, das spürte sie. Die Wärme des Feuers, der Alkohol, der ihre Kehle erhitzte, obendrein noch die heiße Suppe, die ihr gereicht wurde, all das, aber vor allem Renzos Nähe verursachten ein Kribbeln in ihrem Bauch und sie wünschte, die Zeit würde einfach stillstehen.

Kein Krieg mehr, keine Nationalisten, egal ob deutsch oder italienisch, keine skrupellosen, verrohten Menschen. Wie schön und leicht hätte ihr Leben mit achtzehn in diesem wunderschönen Land voller Sonne sein können? Sie sprach mit Renzo darüber und er verstand sie gut. Ihm ging es genauso, denn auch er hatte schon viele liebe Menschen verloren, wie er andeutete. Mehr wollte er darüber nicht erzählen und Miranda fragte nicht nach. *Hat er womöglich seine Freundin oder Frau verloren?*, ging es ihr durch den Kopf. Wirkte er deshalb manchmal so ernst und in sich gekehrt? Gemeinsam schwiegen sie, sahen ins Feuer und Miranda lehnte sich gegen seine Schulter und fühlte sich diesem Mann so unglaublich nahe.

Am nächsten Morgen kitzelten die ersten Sonnenstrahlen, die durch die Äste am Eingang des Unterschlupfs in einem Felsen fielen, Mirandas Gesicht. Sie blinzelte, spürte den harten Boden unter sich, schlug die Augen auf und neben ihr lag Renzo. Miranda erinnerte sich, dass sie und Elina diesen Unterschlupf in einem Felsen zugewiesen bekommen hatten, Renzo sollte eigentlich woanders schlafen. Jetzt lag er hier neben ihr, wie kam das denn? Wollte er sie bewachen? Er hatte ihr seine Jacke als Decke übergelegt, schlief noch fest und sah so wunderschön aus. Miranda betrachtete seine hohen Wangenknochen, seine langen, dunklen Wimpern, seine dichten Augenbrauen und seine von der Sonne gebräunte, ebenmäßige Haut. Da schlug er die Augen auf und sah sie an. Miranda blickte ertappt zur Seite, dann wieder zu ihm. Sie lächelten sich an. Noch nie hatte sie beim Anblick eines Mannes dieses Ziehen im Bauch gespürt, noch nie sich nach einer Berührung so gesehnt. Miranda nahm seine Jacke von ihren Beinen, setzte sich auf, reichte sie ihm und berührte dabei kurz seine Hand. Elina drehte sich hörbar um. Miranda sah zu ihr, sie wachte gerade auf und sah Renzo dankbar an.

»Elina hatte große Angst gestern Nacht«, erklärte Renzo sein Hiersein.

»Ja, ich konnte überhaupt nicht schlafen, wollte mir etwas zu trinken holen, da hab ich Renzo getroffen.«

Er beschützt sie, wie nett von ihm, dachte Miranda.

»Buongiorno!«, ertönte eine männliche Stimme von draußen. Renzo rappelte sich auf, bedeutete den Frauen grinsend und mit dem Finger am Mund, still zu sein, ihn nicht zu verraten. Elina und Miranda lächelten, Miranda rief nach draußen auch ein »Buongiorno«, schob die Äste etwas beiseite und krabbelte hinaus.

Die Sonne schien und die anderen, die sich auch vor den Deutschen in die Berge geflüchtet hatten, kamen nach und nach aus ihren selbst gebauten Unterschlüpfen. Ein paar Frauen kochten Wasser am Feuer für den Kaffee, eine Gruppe Männer sah nach ihren Waffen, lud Munition. Viele von ihnen kampierten hier schon mehrere Wochen, wie Miranda gestern gehört hatte. Alle hofften so sehr, dass es bald aufhören würde. Das Lager sah ein bisschen aus wie in der Geschichte um Robin Hood, die Miranda einmal gelesen hatte. Genau so hatte sie sich das Lager im Sherwood Forest vorgestellt, nur dass es hier in den Bergen keinen Wald gab.

Renzo hatte sich mittlerweile aus dem Felsunterschlupf der Frauen geschlichen und machte sich am Feuer zu schaffen. Miranda und Elina sahen sich mit großen Augen um. »Und wo kann ich mich waschen?«, flüsterte Elina.

»Ich habe keine Ahnung«, erwiderte Miranda und beobachtete eine Frau, die mit ihrem Kind spielte.

»Vielleicht fragen wir mal die Frauen.«

»Ja.«

»Was steht ihr hier so verloren herum?«, fragte eine ältere Frau, die neben sie trat.

»Wir würden gern helfen, aber wir wissen nicht, was zu tun ist«, erklärte Miranda. »Und wo man sich waschen kann.«

Die Frau lachte auf. »Hier im Camp könnt ihr das nicht. Wenn ihr mal müsst, geht nach da. Die Männer gehen dorthin.« Sie wies in verschiedene Richtungen. »Ihr könnt euch an einem Gebirgsbach waschen. Aber nicht jeden Tag. Das ist zu gefährlich.«

»Kaffee?«, hörten sie jetzt Renzos tiefe Stimme. Er hatte zwei Blechbecher, aus denen es dampfte, in der Hand. Der köstliche, vertraute Kaffeeduft strömte in Mirandas Nase und sie hätte diesen Mann am liebsten spontan umarmt.

»Oh ja, sehr gern, danke.« Sie nahm ihm eine der Tassen ab und berührte dabei erneut sanft seine Haut. Er lächelte etwas, reichte dann die andere Tasse Elina.

»Grazie. Mille grazie.«

»Prego.«

Miranda und Elina schlürften das heiße, etwas dünne, aber köstliche Getränk.

»Brot gibt es heute leider keines«, sagte die Frau. »Ihr habt einen schlechten Morgen erwischt. Wir hoffen aber noch, dass zwei Stafetten kommen und Nachrichten und Brot mitbringen.«

Miranda nickte und wieder einmal wurde ihr klar, wie wichtig der Dienst der Stafetten war.

Elina hustete. »Haben wir noch etwas zu essen, Miranda?«

»Ich fürchte, nein.«

Renzo wandte sich an die beiden. »Es gibt Beeren, die ein paar Frauen gesammelt haben.«

»Wenn, dann sammeln wir selbst welche«, schlug Miranda vor. Sie ließ sich von der älteren Frau die Stelle beschreiben, wo es Beeren geben sollte, und ging mit Elina dorthin.

Wie schön der Blick über die Berge war. Wie gut die Luft hier oben roch. Für einen winzigen Moment konnte man den Krieg und all das Leid, das er mit sich brachte, vergessen. Sie fanden die sonnengelben Brustbeeren, die man Giuggiole nannte und die in dieser Gegend wuchsen. Die kleinen, ovalen und essbaren Früchte ähnelten Datteln, wuchsen an hohen Sträuchern. »Mmmhm, ich liebe die Giuggiole«, verkündete Miranda erfreut und steckte sich auch schon eine in den Mund.

»Und ich erst. Vor allem, wenn ich Hunger habe.« Die Freundinnen lächelten sich an, aßen die köstlichen Früchte und pflückten dann noch einige mehr für die anderen im Camp.

Dabei unterhielten sie sich über ihre Flucht mit dem Zug, über Elinas Sorge um ihre Eltern und Mirandas Angst, als Stafette etwas falsch zu machen. »Ich hab das doch noch nie getan, Nachrichten überbracht, ich weiß nicht, ob ich es kann.«

»Miranda, du hast sogar zwei Menschen heil in die Berge geleitet, du hast Soldaten Kleidung in die Kaserne geschmuggelt, du bist so mutig und klug. Dir fällt immer eine Ausrede ein, wenn dich ein Soldat anspricht. Du siehst gut aus und bist charmant.«

Miranda lachte auf. »Jetzt übertreibst du schamlos.«

Elina lächelte. »Tu ich nicht. Miranda, von dir, von deiner Schlagfertigkeit, da könnten sich manche Männer eine Scheibe abschneiden. Und ich tu es noch, pass auf«, scherzte sie. Die Frauen lachten. Dann wurde Elina ernst.

»Und was ist mit Renzo?«

»Was soll mit ihm sein?«

»Er gefällt dir, habe ich recht?«

Miranda sah sie verblüfft an. »Er sieht gut aus, na und?«

»Und er ist mutig wie du. Endlich ein Mann, vor dem du Respekt haben kannst, stimmt's?«

Miranda dachte über Elinas Worte nach. »Ja, du hast recht, er ist anders als alle, die ich bisher kannte. Aber das sagt noch lange nichts.«

Elina lächelte wissend.

»Hey, was grinst du so?«

»Nur so.«

»Renzo hat bestimmt irgendwo eine Frau. Oder trauert einer nach.«

»Hat er etwas angedeutet?«

»Nein. Nicht wirklich.«

»Dann glaube ich es auch nicht. Er wäre doch bestimmt nicht ohne sie geflohen.«

Miranda nickte nachdenklich.

»Trotzdem. Es geht in diesen Zeiten um mehr.«

»Es geht auch immer um die Liebe, Miranda. Liebe passiert einfach, oft gerade, wenn es eigentlich nicht möglich scheint. Außerdem, du hast doch gesagt, du willst dich verlieben, bevor …« Elina hielt inne, biss sich auf die Lippe, schüttelte dann den Kopf. »Wir werden nicht sterben, das weiß ich jetzt wieder. Die Menschen im Camp haben Hoffnung, also sollten wir sie auch haben.«

Miranda sah sie an und nickte zuversichtlich. »Oh ja, denn wenn ein Mensch keine Hoffnung mehr hat, ist er bereits tot.«

Am Nachmittag machte sich Miranda auf den Rückweg, um ganz bald mit Nahrung und Nachrichten wiederzukommen. Die anderen beiden Stafetten hatten das Lager noch nicht erreicht. Vielleicht war ihnen auch etwas zugestoßen. Die Menschen hatten Hunger, allein von den Beeren und den zwei Kaninchen, die ein paar Männer gefangen hatten, konnten sie sich nicht lange ernähren.

Elina stand vor ihr, sah ihr traurig in die Augen. »Pass auf dich auf. Ich bin dir so dankbar, dass du das tust. Und die anderen hier auch.« Miranda ließ ihren Blick über die Menschen im Camp schweifen. Jüdische Männer und Frauen mit Kindern, italienische junge Männer, die sich nicht von den Deutschen zwangsrekrutieren lassen wollten, denn dann hätten sie gegen ihre Landsleute kämpfen müssen und die Gefahr, ihr eigenes Leben im Kampf zu verlieren, war zudem groß. Miranda wusste, dass sie das Richtige tat, aber ihre Aufregung wuchs mit jeder Minute. Was, wenn sie in diesem Moment Elina zum letzten Mal in ihrem Leben sah? Wenn entweder sie selbst oder die Leute im Camp von den Deutschen gefasst werden würden?

Die Freundinnen fielen sich in die Arme, drückten sich fest. Über Elinas Schulter sah Miranda Renzos Augen auf sich ruhen, in seinem Blick lag Sorge und wieder diese unglaubliche Wärme.

Elina löste sich von Miranda, damit auch Renzo sich verabschieden konnte. Er ging ein paar Schritte zu Miranda, blieb vor ihr stehen. Ein Fels in der Brandung und er roch so gut. In ihrem Magen zog es.

»Versprichst du mir, dass du heil wiederkommst?«

»Mache ich. Wenn du mir versprichst, ein Auge auf Elina zu haben.«

»Natürlich. Ihr wird hier nichts geschehen …« Er senkte seinen Blick, hielt inne.

Miranda sah ihn aufmerksam an. Diesen großen, klug aussehenden Mann. Seine vollen Lippen, über die jetzt seine Zunge fuhr.

»Am liebsten würde ich mitkommen, um dich zu beschützen«, sagte er leise.

»Das geht nicht und ich brauche auch keinen Beschützer.« Sie lächelte ihn an.

»Du bist anders als die Frauen, die ich kenne.«

»Ich weiß. Das gefällt nicht jedem.«

»Aber mir.«

Wieder trafen sich ihre Blicke und Mirandas Herz klopfte jetzt wie verrückt. Er tat einen tiefen Atemzug, fuhr sich durchs Haar, drehte sich plötzlich um und ging zu den anderen Männern, die ihre Waffen reinigten.

Miranda sah ihm nach, schnappte dann den Korb, den man ihr gegeben hatte, winkte Elina, die bei den Frauen stand und zu ihr sah, bedeutete ihr eine Kusshand und machte sich auf den langen Weg zu Fuß zurück nach Venedig, nach Cannaregio. Vor dieser Strecke hatte sie keine Angst, denn sie schmuggelte weder Menschen noch sonst etwas Verräterisches, aber der Weg zurück ins Camp übermorgen, mit einem Korb voller Essen und Nachrichten auf Papier, würde gefährlich werden.

***

Am nächsten Abend, nach zwei anstrengenden Tagen Fußmarsch zurück, lag Miranda erschöpft neben ihrer Schwester Alessia im Bett. Alessia gab keine Ruhe. »Gib es endlich zu, du warst nicht nur bei irgendeiner Tante in den Bergen.«

Miranda, die mit dem Rücken zu ihr lag, starrte vor sich hin, überlegte fieberhaft, was sie Alessia sagen sollte. »Doch, natürlich, sie hat sich das Bein gebrochen, hat nichts mehr zu essen, ich helfe ihr.«

Alessia lachte höhnisch auf. »Von wegen. Ich kenn dich. Den anderen spielst du immer die Gute vor, aber ich weiß, dass du es faustdick hinter den Ohren hast.«

Sollte sie ihre Schwester einweihen? Auf keinen Fall, wenn sie immer noch mit diesem Deutschen, diesem Walter, zusammen war.

»Redest du von dir? Du bist es doch, die mit einem Deutschen zusammen ist«, sagte Miranda bemüht gleichgültig.

»Na und?«, erwiderte Alessia pikiert. »Nur weil er einmal die falsche Entscheidung gefällt hat und in die Wehrmacht eingetreten ist, ist er trotzdem ein toller Mensch. Er musste es tun, hat er mir erklärt.«

»Er ist also noch nicht desertiert?«, konnte sich Miranda nicht verkneifen, drehte sich zu Alessia um und sah ihr in die Augen.

Alessia schüttelte den Kopf. »Das ist nicht so einfach.«

»Ach.«

»Was soll denn das? Er ist mutig, aber er ist nicht dumm. Wer desertiert, wird seines Lebens nicht mehr froh.«

»Und als Wehrmachtssoldat schon?« Miranda war auf Krawall gebürstet und konnte sich nicht zurückhalten.

»Du immer. Das sind auch nur Menschen … die inzwischen gemerkt haben, dass Hitler nicht das hält, was er verspricht. Aber so einfach kommt man da nicht raus.«

»Verteidige ihn nur.« Miranda drehte sich wieder auf die Seite. »Ich bin müde, lass uns schlafen.«

»Ich weiß, was du in den Bergen gemacht hast«, frohlockte Alessia weiter.

Miranda erstarrte. »Ach ja?«, erwiderte sie bemüht locker.

»Ich hab den Brief gesehen.«

»Welchen Brief?«

»Der dir aus deiner Tasche gerutscht ist. Die Zevis haben dir ihr Haus geschenkt. Sie sind weg und du hast ihnen geholfen.«

Miranda erstarrte. Der Zettel, den ihr Alessandro Zevi in die Tasche gesteckt hatte. Alessia hatte ihn gefunden. Miranda hatte es zutiefst gerührt, als sie die Zeilen gelesen hatte, aber da sie davon ausging, dass die Zevis bald zurückkehren konnten, maß sie dieser Schenkung keine große Bedeutung bei.

»Ich habe ihnen nicht geholfen. Aber es stimmt, sie sind geflohen.«

»Und weshalb schenken sie dann dir ihr Haus? Du hast ihnen bei der Flucht geholfen.«

»Unsinn. Das ist doch viel zu gefährlich. Sie wollten nur nicht, dass ihr Haus den Deutschen in die Hände fällt, wenn sie nicht wiederkommen. Sie mögen mich, das ist alles. Und jetzt sei endlich still. Sie kommen wieder.«

Alessia schien es aufzugeben, machte ein unwilliges Geräusch, drehte sich um und sagte zum Glück nichts mehr. Erleichtert, aber unhörbar, atmete Miranda aus.

Miranda hatte verstanden, dass sie nun vor ihrer eigenen Schwester noch mehr auf der Hut sein musste, vor ihrer Neugier, vor ihrem Walter. Daher konnte sie nicht sofort wieder los.

Dennoch ging sie ein paar Tage später zu den Frauen der Resistenza, um sich neue Instruktionen zu holen. Giulia ließ sich alles erzählen, lobte Miranda, dass sie Renzo und ihre Freundin unbeschadet in die Berge gebracht hatte. »Es schaffen nicht alle.«

»Das erzählst du mir jetzt?«

»Das wusstest du.«

Miranda nickte. Sie hatte versucht, die Gefahr zu verdrängen, und zeitweise war es ihr auch ein wenig gelungen. Giulia trug einen Eimer voller Kartoffeln herbei und fing an, sie in Mirandas Korb zu packen. »Wie viele kannst du wohl tragen?«

»Ich bin stark, probieren wir es aus.«

Miranda nahm den Korb in die Hand und testete. »Das geht gut. Tu noch mehr hinein.«

»Der Weg ist weit und anstrengend.«

»Ich weiß. Aber die Menschen dort haben Hunger. Renzo will zwar mit ein paar anderen auf die Jagd gehen, aber so viele Tiere gibt es da nicht, und an den wenigen, die sie fangen, ist kaum was dran.«

»Wie geht es Renzo?«

»Wie meinst du das?«, fragte Miranda nach.

»Er hat viel erlebt«, sagte Giulia traurig, redete aber nicht weiter und Miranda wagte es nicht, nachzufragen.

»Ich hoffe, er hat sich benommen?«

»Wieso nicht? Kennst du ihn besser?«

Giulia winkte ab. »Eine lange Geschichte. So, das reicht an Kartoffeln, mehr geht nicht. Und darunter versteckst du die Zettelchen.«

»Was steht denn drauf?«

»Das geht uns nichts an.«

Miranda wunderte sich. Sie sollte als Stafette Nachrichten überbringen, durfte aber nicht wissen, was drauf stand? Sie tat ihren Unmut kund.

»Sei schlau, Kindchen, je weniger du weißt, umso weniger können sie aus dir herauspressen, wenn sie dich erwischen.«

Miranda schluckte. Allein der Gedanke.

»Dann denken sie aber, dass ich es weiß, und tun es doch.«

Giulia nickte nachdenklich. »Vielleicht. Vielleicht glauben sie dir aber die Geschichte, dass dir irgendjemand die Zettel in deinen Kartoffelkorb gesteckt hat.«

Miranda ließ es gut sein. Sie konnte die Nachrichten ja immer noch auf dem Weg unbeobachtet lesen. Aber vielleicht hatte Giulia ja auch recht und sie sollte es besser sein lassen. Hauptsache war, sie konnte ihren Landsleuten helfen, darauf kam es jetzt an. Sie dachte an Renzo, der Flugblätter verteilt hatte, um die Menschen in Venedig, die mit den Faschisten immer noch sympathisierten, aufzurütteln, um an all die Juden zu erinnern, die wie Vieh in Waggons gepfercht und verschleppt wurden. Renzo konnte seinen Mund nicht halten, genau wie sie. Allein die Flugblattaktion machte ihn für sie zum Helden. Wieder, wie immer, wenn sie an ihn dachte, durchströmte sie so ein beruhigendes Gefühl.

Giulia sah sie forschend an. »Warum lächelst du denn?«

Ertappt sah Miranda auf. »Nur so.«

Aber Giulia schien sie durchschaut zu haben. »Ich hab es doch gleich gesagt, hab ich es nicht zu Maria gesagt?«

»Was denn?«, fragte Miranda nach. Maria war eine andere Nachbarin, die auch zur Resistenza gehörte.

»Dass Renzo und du … dass ihr aus dem gleichen Holz geschnitzt seid. Dass ihr gut zusammenpasst. Amore, tu capisci?«

Giulia lachte.

»Du alte Kupplerin, nichts Amore. Ich mag ihn sehr, aber mehr nicht.«

Giulia grinste nur, winkte ab und schob zwei zusammengefaltete Papierzettel unter die Kartoffeln in Mirandas Korb. Dabei flüsterte sie: »Heilige Mutter Maria, steh uns bei, lass die

Alliierten rasch und unbeschadet weiterkommen, lass sie uns helfen.« Dann wandte sie sich an Miranda und bekreuzigte sich energisch. »Und wenn uns weder Gott hilft noch die Alliierten, dann helfen wir Frauen uns selbst. Basta.«

»Basta.« Miranda umarmte und drückte Giulia, küsste sie auf die Wangen und nahm den Korb.

Obenauf die Kartoffeln, unten die geheimen Nachrichten, Anweisungen für die Partisanen, um ihren Kampf zu führen, um nicht in die Fänge der Wehrmacht zu gelangen, um Italien zu befreien.

Miranda ging mit ihrem Korb durch Venedig in Richtung Bahnhof. Sie hatte von Giulia erfahren, warum der Schaffner bei ihrer Flucht mit Renzo und Elina nicht der richtige gewesen war. Er war von italienischen Spitzeln verpfiffen und kurz zuvor, als er ein paar Partisanen durchwinken wollte, erwischt worden. Vermutlich saß er im Gefängnis und die Partisanen ebenso. Giulia hatte sich erneut bekreuzigt, als sie es Miranda erzählte. »Was sie dort mit ihnen anstellen, das weiß der liebe Gott. Wir haben nichts mehr von ihm gehört. Sei froh, dass ihr das nicht gewesen seid, heilige Mutter Gottes.«

»Ich bin froh.« Ein Schauer lief Miranda über den Rücken. Manchmal meinte es das Schicksal gut mit einem. »Und der Schaffner, auf den ich dieses Mal treffen werde? Ist er sicher einer von uns?«

»Natürlich, sonst würde ich dich doch nicht mit diesem Zug schicken«, sagte Giulia.

Miranda überquerte die Rialtobrücke, ging den Kanal entlang, sog die Schönheit Venedigs, die in krassem Gegensatz zu der Hässlichkeit der Zustände stand, in sich auf. Die Herbstsonne wärmte sie, aber ihre Hände zitterten. Was, wenn sie Elina und Renzo nie wiedersehen würde? Plötzlich versagte ihr Mut und sie fühlte sich wie ein verlassenes Kind. Allein und einsam, inmitten der vielen Menschen, die Venedigs Straßen bevölkerten. Ein paar Soldaten standen in ihrer Uniform an ein Brückengeländer gelehnt, lachten und scherzten. Was ging in ihnen vor? Wie konnten sie auf der einen Seite so menschlich sein, auf der anderen so brutal und kalt? Wieso nur hatte sich ihre Schwester auf einen von ihnen eingelassen? So konnte sie nicht einmal mit ihr, ihrer früheren Vertrauten, über all das reden, was sie bewegte.

Miranda ging weiter, einfach weiter, ging wie in Trance auf den Bahnhof zu. Tauben flogen auf, flatterten davon wie ihre Gedanken. Die Geschichte dieses Schaffners berührte sie sehr. Er hatte Menschen helfen wollen und sein eigenes Leben riskiert. Doch sein Mut wurde nicht belohnt. Dennoch, lieber würde Miranda mit dem Wissen, etwas versucht zu haben, sterben, als mit der Gewissheit, sich aus Angst wie ein erstarrtes Kaninchen weggeduckt zu haben.

Endlich saß sie im Zug. Die Landschaft zog an ihr vorbei, Mirandas Augen flackerten. Der Korb stand auf ihrem Schoß und wog schwer. Eine Frau ihr gegenüber sah sie lächelnd an, so als wisse sie Bescheid. Vermutlich handelte es sich auch um eine Stafette und tatsächlich sah Miranda jetzt deren Korb, der zu ihren Füßen stand, in dem sich Gemüse befand. Die Frauen lächelten sich fast unmerklich zu. Da entdeckte Miranda, dass unter dem Lauch ein Pistolenkolben zu sehen war. Sie versuchte, unauffällig darauf aufmerksam zu machen, doch die andere Stafette verstand nicht sofort. In dem Moment kam ein deutscher Soldat vorbei, blickte die beiden Frauen an, zögerte einen Moment und ging dann weiter. Erleichtert deutete Miranda erneut auf den Lauch. Endlich verstand die andere, nestelte an ihrem Korb herum, sodass die Pistole nicht mehr zu sehen war. Miranda wurde bewusst, dass Giulia sie offenbar mit einer noch gefährlicheren Mission verschont hatte. Nachrichten und Lebensmittel zu transportieren war das eine, Waffen und Munition dagegen etwas ganz anderes.

Die Fahrt zum Festland dauerte nicht lange, der Schaffner würde jede Minute kommen. Giulia hatte ihn Miranda als großen, stattlichen Mann mit Bart beschrieben, und als Miranda ihn nun sah, entspannte sie sich etwas. Er kontrollierte mit einem leichten Zwinkern die Fahrkarten der Damen, machte sogar noch einen kleinen Scherz über ihre Gemüsekörbe und ging dann weiter. Am verabredeten übernächsten Bahnhof stiegen beide Frauen aus. Miranda hoffte sehr, dass die andere denselben Weg hatte, doch sie wurde enttäuscht. Es gab schließlich mehrere Partisanengruppen in den Bergen, es wäre ja auch ein Zufall gewesen. Die Frauen wünschten sich viel Glück und gingen ihrer Wege.

Miranda lernte schnell, Hinweise auf Patrouillen zu registrieren, ihnen auszuweichen, und, falls sie aufgehalten wurde, mit ihrem natürlichen Charme die Soldaten davon zu überzeugen, dass sie nur eine junge Frau war, die Lebensmittel zu ihrer Tante oder Großmutter in die Berge brachte. Durch ihre zierliche Gestalt und ihre Jugend oder einfach, weil sie »nur« eine Frau war, schöpften die Deutschen keinen Verdacht. Teil der Resistenza zu sein, gab Miranda ein gutes Gefühl, das die Angst in den Hintergrund drängte. Und sie sehnte sich immer so sehr danach, Renzo wiederzusehen.

Eines Tages, als Miranda besonders viele Kartoffeln auf dem Weg ins Camp dabeihatte, musste sie nach einem steilen Wegstück eine Rast einlegen, denn der Korb wog schwer. Das Gewicht schmerzte an ihrer Hand und auch ihr Rücken tat ihr durch die einseitige Belastung weh. Erschöpft setzte sie sich auf einen Stein am Wegesrand, streckte ihre Beine aus, kreiste ein paarmal mit ihren Fußspitzen und schloss für einen Moment die Augen. Sie befand sich bereits mitten in den Bergen, musste halb eingenickt gewesen sein, denn plötzlich vernahm sie ein Geräusch. Maledetto, Gebirgsjäger hatten sie erspäht und kamen mit ihren Gewehren auf sie zu. Miranda stand sofort auf und ärgerte sich über ihre Unachtsamkeit. »Buongiorno«, rief sie ihnen forsch entgegen und tat so, als habe sie sich verlaufen. »Can you help me?« Ihr Englisch war nicht besonders gut, aber sie schaffte es, sich zu verständigen.

Einer der Soldaten, ein etwas älterer, musterte sie mit gerunzelter Stirn, deutete auf ihren Korb und wollte wissen, was darin sei. »Kartoffeln«, erwiderte Miranda bemüht lächelnd. »Potatoes, für meine Nonna.«

Der Soldat sah sich die Kartoffeln an und grub mit seinen Händen darin herum. Mirandas Herz stand still. Der eine Zettel lugte bereits heraus, da erblickte er diesen auch, zog ihn heraus, doch Miranda war schneller, entriss ihm das Papierchen, stopfte es sich in den Mund, ehe sie von dem Soldaten daran gehindert werden konnte, kaute und versuchte, den trockenen Zettel hinunterzuwürgen. Der andere Soldat fasste sie grob am Kiefer, um ihn aufzuzwingen wie bei einem Hund, der sich an etwas festgebissen hat, aber Miranda presste ihre Zähne und Lippen mit aller Macht zusammen. Schließlich gelang es ihm doch, ihren Mund gewaltsam zu öffnen, aber Miranda schluckte in dem Moment den Zettel hinunter und biss zu.

Die Soldaten schrien sie an, schüttelten sie, aber sie waren nicht schnell genug gewesen. *Bitte, lieber Gott, steh mir bei*, dachte Miranda. Was würden sie jetzt mit ihr tun? Hoffentlich würden sie nicht auch noch den zweiten Zettel finden. So trocken, wie sich ihr Mund anfühlte, würde sie den nicht auch noch hinunterwürgen können. Außerdem fiel ihr ein, dass sie die Nachricht nicht gelesen hatte, die Botschaft also auch nicht mündlich überbringen konnte.

Die Soldaten hielten sie fest und wechselten ein paar Worte, woraufhin ihr der eine feixend an die Brust griff. Miranda wehrte sich mit Händen und Füßen. Der andere rief seinem Kumpel wütend etwas zu, versetzte Miranda plötzlich einen heftigen Stoß und gab auch dem Korb einen Fußtritt. Miranda kullerte den steilen Abhang hinunter und mit ihr der Korb und die Kartoffeln. Sie prallte an Steine, stieß sich auf, fand keinen Halt, stürzte weiter und blieb endlich weit unten knapp neben einem kleinen Gebirgsbach liegen. Ihr Kopf dröhnte. Mit großer Anstrengung rappelte sie sich auf, sah sich suchend um, entdeckte ein paar Meter entfernt wie durch ein Wunder den zweiten Zettel im Gras. Ohne auf ihre schmerzenden Prellungen zu achten, schnappte sie ihn sich und rannte los. Erst als sie zu einem Felsen kam, der ihr Deckung bot, blieb sie stehen und lauschte. Da sie nichts hörte, schloss sie daraus, dass die Gebirgsjäger wohl keine Lust gehabt hatten, sich weiter mit ihr herumzuschlagen. Miranda kauerte sich schwer atmend hinter den Felsen, spürte, wie ihr etwas Flüssiges die Stirn hinunter über das Auge lief. Sie wischte mit ihrer Hand darüber, sah Blut. Früher wäre ihr davon übel geworden, da sie kein Blut sehen konnte, jedoch hatte sie in diesem Krieg schon viele Verletzte gesehen und so langsam gewöhnte sie sich daran. Wie schrecklich, dachte sie. Sich an den Anblick von Blut zu gewöhnen.

Miranda wartete noch einen Moment ab, aber die Gebirgsjäger schienen Wichtigeres zu tun zu haben, als eine junge Stafette, die Nachrichten verspeiste, abzuführen. Sie nahm ein Stofftaschentuch heraus, drückte es auf die blutende Stelle am Kopf. Sie dachte an die Hand des einen Soldaten an ihrer Brust und ihr wurde bewusst, welch großes Glück sie gehabt hatte, so davongekommen zu sein. Auch wenn ihre Geschlechtsgenossinnen der Resistenza bisher darüber geschwiegen hatten, war allen klar, in welcher Gefahr besonders

Frauen schwebten, wenn sie als Stafette allein durch einsame Gegenden gingen. Miranda seufzte, nahm das Taschentuch von ihrer Stirn, die Blutung schien gestoppt zu sein. Sie sah sich um, ihr Knöchel schmerzte. Humpelnd ging sie zum Bach. Dann wusch sie sich das Blut notdürftig vom Gesicht, vermied es jedoch, die Wunde zu berühren, da sie nicht abschätzen konnte, wie tief diese sein mochte.

***

»Oh Gott, wie siehst du denn aus«, entfuhr es Elina, als sie die Freundin vorsichtig in ihre Arme schloss, sich wieder löste und sie genauer anschaute. Miranda hatte es humpelnd geschafft, ins Camp zu gelangen, ohne weiter aufgehalten zu werden. Ihr Rock hatte durch den Sturz Flecken bekommen, ihre Strümpfe waren an den Knien aufgerissen und die vom getrockneten Blut verklebten Haare an ihrer Stirn mussten schrecklich aussehen. Eine andere Frau kam besorgt an, wollte sich gleich um ihre Wunde kümmern. Zögerlich fragte sie gleich noch nach Essen und Nachrichten und Miranda fischte die wenigen Kartoffeln aus ihren Jackentaschen, die sie noch gefunden hatte, außerdem das kleine Papier mit der Nachricht. »Ich wurde von Gebirgsjägern erwischt und musste den zweiten Zettel verschlucken.«

»Oh. Gut gemacht. Ich hole gleich etwas, um die Wunde sauber zu machen«, sagte sie und rannte los. Mittlerweile waren auch andere auf die verletzte junge Frau aufmerksam geworden und erkundigten sich, ob sonst alles in Ordnung sei.

»Danke, es geht schon«, erwiderte Miranda tapfer. Wo war Renzo, dachte sie nur, sah sich im Camp um, aber sie konnte ihn nirgends entdecken.

»Was ist denn genau passiert?«, wollte Elina mitleidig wissen. »Setz dich erst mal.«

Miranda tat es. Eine andere Frau brachte ihr einen Becher Tee. Sie nahm ihn dankend an, wärmte sich ihre Hände daran und erzählte von dem zudringlich gewordenen Soldaten und wie sie den Abhang hinuntergestürzt war und wegrennen konnte.

»Wie gut, dass du so flink bist.«

»Ja, ein Glück. Wo ist denn Renzo?«

Elina zögerte und Mirandas Herz stand still. War ihm etwas zugestoßen? Hatte er mit den anderen Partisanen gekämpft und … sie vermochte den Gedanken nicht zu Ende zu denken. Mit einem Mal wurde ihr bewusst, wie viel ihr dieser Mann bedeutete. Aber da lächelte Elina plötzlich, machte Miranda ein Zeichen, sich umzudrehen. Sie tat es. Hinter ihr stand er. Erschrocken beim Anblick ihrer Stirn, kniete er sich sofort zu ihr, nahm ihre Hände, sah sie besorgt an. »Was haben sie mit dir gemacht? Was haben sie dir angetan?« Sein Atem ging schnell, sie spürte seine unbändige Wut, sein Sinnen auf Rache. Seine kräftigen, großen Hände um die ihren taten so gut.

»Ich konnte entkommen, es ist nur eine Platzwunde«, versuchte sie, ihn zu beruhigen. Aber er loderte innerlich, das sah sie. Sanft strich er ihr eine Haarsträhne aus dem Gesicht, bekam von einer anderen Frau Verbandsmaterial und eine Flasche gereicht. »Erst muss Alkohol auf die Wunde«, erklärte er. »Etwas anderes haben wir leider nicht.«

Miranda nickte tapfer. Vorsichtig tupfte er den Alkohol mit einem Tuch auf ihre Stirn. Es brannte höllisch, aber Miranda biss sich auf die Lippen und blieb stumm.

»Tapferes Mädchen«, flüsterte er anerkennend. Ihre Blicke trafen sich wieder, sogen einander auf. Dann riss er sich los, versorgte sie mit einem einfachen Verband, beugte sich vor und ehe es sich Miranda versah, küsste er sie sanft auf den Mund. Wie von selbst schlossen sich ihre Augen und ihre Lippen spürten die vollen Lippen von Renzo. Er bewegte sich nicht, schien ihre Nähe und die Wärme ihrer Lippen genauso zu genießen wie sie die seine. Ein kleiner Vogel zwitscherte, Miranda wurde sich ihrer Umgebung gewahr. Sie löste ihre Lippen, schlug die Augen auf und sah sich verschämt um. Elina und die andere Frau hatten sich entfernt, um die beiden allein zu lassen.

»Was war das denn?«, flüsterte sie überwältigt.

»Ein ungewöhnlicher Kuss.« Er lächelte und sein Gesicht strahlte und wurde noch schöner.

Auch Miranda lächelte jetzt und versank in seinem Blick. Wieder nahm er ihre Hände, kniete immer noch vor ihr und sagte leise: »Wir gehören zusammen.«

Sie schüttelte lächelnd den Kopf. »Du Verrückter. Aber ja, das finde ich auch.«

Wieder näherte sich sein Gesicht, doch Miranda, die aus den Augenwinkeln die Blicke der anderen sah, wehrte ab. »Nicht hier.«

Renzo atmete durch, seine Leidenschaft stand ihm ins Gesicht geschrieben. Er stand auf, nahm ihre Hand und zog sie mit sich. »Kannst du laufen oder soll ich dich besser tragen?«

Miranda bemühte sich, nicht zu humpeln. »Nein, ich kann das selbst. Ich habe es ja auch hierher geschafft.«

»Du bist störrisch«, erwiderte er lächelnd und drückte ihre Hand, ganz fest.

Die Nachricht, die Miranda hatte retten können, gab den Partisanen einen Hinweis auf ein Munitionslager der Deutschen. Damit würden sie sich neue Waffen besorgen, die Deutschen schwächen und ihr Leben verteidigen können.

Miranda war stolz auf sich und redete abends in ihrem Schlaflager mit Elina über Renzo. »Seine Küsse sind unglaublich. Elina, was habe ich die ganze Zeit verpasst.«

Elina lächelte, drehte sich zu ihr. »Küsse sind nur unglaublich, wenn sie von dem Richtigen kommen. Ich freue mich so für dich, Miranda.«

Diese betrachtete eine kleine Spinne, die über ihr am Felsen krabbelte. »Am liebsten würde ich hierbleiben, bei euch im Lager. Aber ich muss morgen wieder nach Hause, sonst macht sich meine Mutter Sorgen und Alessia fühlt sich bestätigt.«

»Ja, das wäre gefährlich.«

»Außerdem will ich euch ja weiter unterstützen und Sachen bringen.«

»Du bist so unglaublich.«

»Nein, ich tue nur das, was andere Stafetten auch tun.«

Die nächsten Wochen nahm Miranda den gefährlichen Weg noch einige Male auf sich. Renzo machte sich große Sorgen, küsste sie jedes Mal voller Leidenschaft, wenn sie wiederkam, und schloss sie in seine Arme.

Eines sonnigen Nachmittags, gleich nachdem Miranda im Lager eingetroffen war, führte Renzo sie etwas abseits zu einem Felsvorsprung. Sie setzten sich und genossen den unglaublichen Ausblick und ihre Nähe. Er nahm ihre Hand, sah sie an und flüsterte: »Wir müssen es beschleunigen, dass dieser Wahnsinn endlich ein Ende hat.«

Sie unterhielten sich über die politische Situation, über die Aktionen, die die Partisanen planten. Miranda gefielen seine klugen Ansichten. Sie bewunderte ihn dafür, registrierte zufrieden, dass er sie für voll nahm. Nicht so wie andere Männer, die in Frauen nur Köchinnen und Mütter sahen.

Sie kehrten ins Camp zurück, Renzo gab ihr rasch einen Kuss, er wusste, dass Miranda das vor den anderen nicht wollte. Nachdem er zu den Männern gegangen war, wurde sie von einer älteren Frau aufgehalten. »Es ist im Camp verboten, sich ein Kind machen zu lassen, pass bloß auf«, sagte diese zu ihr. Sie war eine Jüdin, die all ihren Besitz hatte zurücklassen müssen, wie alle anderen Juden auch. Miranda lachte peinlich berührt auf. »Was? Nein! Das weiß ich doch.« Es galt als ungeschriebenes Gesetz. Neugeborene schrien viel und waren ein unkalkulierbares Risiko in einem Partisanenlager wie diesem, Schwangere auch. Alle wussten es und so wurden Liebschaften nicht gern gesehen. »Ich bin eine ehrbare Frau«, fügte Miranda, die katholisch erzogen war, hinzu.

Sie musste am nächsten Tag zurück, dabei wäre sie am liebsten im Camp geblieben. Wieder benötigte sie zwei Tage dafür, übernachtete unterwegs in einem Gebüsch. Andere Stafetten liefen achtzig Kilometer an einem Tag, hatte sie gehört. Aber Miranda schaffte das noch nicht. Als sie abends wieder müde und nachdenklich im Bett neben ihrer Schwester Alessia lag, sehnte sie sich so sehr nach Renzo und seinen Berührungen.

»An wen denkst du?«, fragte Alessia sie. Mit diesem ahnungsvollen Blick, der gefährlich werden konnte.

»An Elina und ihre Familie. Ob ihnen die Flucht gelungen ist?«

»Keine Ahnung«, erwiderte Alessia nur, und es klang, als berührte es sie nicht besonders. Wie konnte ihre eigene Schwester nur so teilnahmslos sein?

Miranda musste ein paar Tage verstreichen lassen, um Alessias Argwohn nicht noch mehr auf sich zu ziehen. Endlich konnte sie wieder zu ihrer Nachbarin Giulia, bekam einen Korb, obenauf die Kartoffeln, unten eine Nachricht und diesmal auch noch Munition, wie Giulia erklärte. Die Partisanenkämpfer im Lager hatten Miranda darum gebeten, da sie nicht mehr viel auf Vorrat hatten und die andere Stafette, Lona, bereits unterwegs war.

»Pass bloß auf«, sagte Giulia.

»Natürlich.«

Giulia musterte sie. »Du bist verliebt, ich seh es an deinen Augen.«

Miranda, die darüber mit niemandem reden wollte, tat so, als stimme es nicht, aber Giulia lächelte in sich hinein.

Renzo durfte von der Munition nichts wissen, denn dieses Risiko hätte er nicht erlaubt. Aber Miranda hatte entschieden, dass sie es tun musste, es war ihre Pflicht und es schützte letztendlich auch Elina und Renzo.

Wie die letzten Male wartete er schon auf sie an »ihrem« Felsen, der eine überwältigende Aussicht über die Berge und das ferne Venedig bot. Es war bereits früher Abend, die Luft noch warm von einem sonnigen Herbsttag. Als sie seinen Haarschopf erblickte, rannte sie mit ihrem Korb los, er sprang ebenso auf und rannte ihr entgegen. Sie fielen sich in die Arme und er hob sie mit seinen starken Händen hoch, als wiege sie so wenig wie ein Adler, wirbelte sie herum und drückte sie fest an sich. Wie gut sich seine breite Brust anfühlte! Sie löste sich außer Atem, sah ihm in seine Augen, die strahlten, und versank darin wie in einem dunklen See. Er nahm ihr Gesicht in seine Hände, näherte sich ihrem Mund. Erst küsste er sie zärtlich, dann immer leidenschaftlicher, sodass Miranda fast der Atem wegblieb und sie sich fühlte, als würde sie jede Minute ohnmächtig werden. Aber dieses große, verrückte Gefühl, diese Leidenschaft, die diesen Italiener auszeichnete, war es, was sie am Leben hielt, was sie selig machte, wissend, dass es sich lohnte, diesen Krieg zu überleben. Die Aussicht auf ein Leben mit Renzo in Frieden, auf Bambini, auf eine Familie, von der sie mit jedem Tag in seinen Armen mehr träumte, ließ sie all diese Gefahr und Last weiter auf sich nehmen. Es gab Hoffnung, auch weil die Alliierten, wie man hörte, immer weiter vom Süden aus vormarschierten und die deutschen Truppen überwältigten. Sie brauchten die Informationen, die ihnen die

Frauen der Resistenza besorgen konnten. Sie würden Italien befreien, mit ihrer aller Unterstützung.

»Komm mit«, flüsterte Renzo, nahm sie an der Hand und führte sie ins Camp. Dort wurde sie wie immer herzlich von Elina und ein paar anderen Vertrauten begrüßt. Sie überreichte den Frauen die Lebensmittel und heimlich den Männern die Nachrichten und die Munition. Renzos Miene versteinerte, denn er hatte es gesehen und stellte sie kurz darauf zur Rede: »Keine Munition, keine Waffen! Du sollst das nicht tun, mia cara, es ist zu gefährlich, wenn sie dich damit erwischen, töten sie dich.«

»Die anderen Stafetten wagen es auch.«

»Du bist aber nicht die anderen!« Seine Lippen bebten.

Sie sah in seinen Augen die Liebe, die ihn panisch werden ließ vor Sorge.

Renzo packte ihre Hand und sie ließ sich von ihm weiterziehen. »Wo führst du mich hin?«

»Vertrau mir.«

»Das tue ich«, flüsterte sie mehr zu sich selbst.

Hand in Hand gingen sie in Richtung des Gebirgsbaches, an dem sich die Leute aus dem Lager sonst morgens wuschen. Renzo führte sie weiter, immer den Bach entlang, die Natur sah hier so wunderschön aus, der Himmel leuchtete bereits in einem sanften Abendrot. »Ist es nicht gefährlich, so weit vom Camp wegzugehen? Unsere Wachen stehen hier nicht.«

»Es wird uns nichts geschehen. Ich habe Augen und Ohren wie ein Luchs.«

Sie lächelte. Er hatte kleine, wohlgeformte Ohren, das war ihr bereits aufgefallen. Und in seinen Augen hätte sie für immer versinken können.

»Gleich sind wir da.«

Und tatsächlich tat sich ein paar Minuten später vor ihren Augen ein wunderschöner kleiner Gebirgssee auf.

»Ich habe ihn bei der Jagd gestern entdeckt.«

»Er ist zauberhaft.«

»Das bist du.«

Ihr Herz klopfte.

»Und das Wasser ist erfrischend.« Er sah sie lächelnd und herausfordernd an. Dann zog er rasch seine Kleidung aus, bis auf die Unterhose, und rannte zum Wasser. Miranda sah ihm überrumpelt dabei zu, verfolgte ihn mit ihren Blicken, diesen schönen, athletischen Mann, der nun mit einem Kopfsprung in den See sprang.

»Nicht!«, rief sie, denn von ihrer Mutter hatte sie gelernt, dass man niemals kopfüber in fremde Gewässer springen sollte.

Und tatsächlich tauchte Renzo nicht wieder auf! Die Wasserringe wurden kleiner und die Wasseroberfläche ruhiger, und Miranda, die starr vor Entsetzen auf den See geschaut hatte, rannte seinen Namen rufend los, auf das Wasser zu, streifte sich eilig die Schuhe und ihre Jacke ab und sprang in ihrem Kleid hinein. Als sie in dem sehr kühlen Nass untertauchte, wurde sie von kräftigen Händen gepackt und noch tiefer gezogen.

Dieser Schuft, dachte sie, schluckte vor Ärger im nächsten Moment Wasser und rang nach Atem. Renzo umschloss sie unter Wasser mit seinen Armen, half ihr dann sofort an die Oberfläche, wo sie prustend immer noch nach Luft rang. »Du Scheusal«, rief sie wütend und schmetterte ihm noch diverse andere Schimpfwörter an den Kopf, wie es nur temperamentvolle Italienerinnen konnten. Vor lauter Aufregung ging sie wieder unter und verschluckte sich erneut. Renzo packte sie und zog sie ans Ufer, dort hob er sie hoch und trug sie strampelnd und klitschnass zu einem Flecken Gras, um sie dort hinzubetten. Miranda fror, wand sich wie ein gefangener Fisch, machte sich erfolgreich los und wollte ihn, kaum dass sie wieder Boden unter den Füßen hatte, erneut anschreien, doch da legte er ihr seine Hand auf den Mund und machte »schscht«. Er blickte sich um und Miranda verstummte augenblicklich.

Renzo löste seine Hand, hob nun beide Hände für einen Moment entschuldigend in die Höhe und grinste frech. Er stand nackt vor ihr, wie Gott ihn geschaffen hatte, und sah verdammt gut aus. »Es tut mir leid, ich wollte dich nur ein ganz klein wenig necken und erschrecken, ein Glück, dass wir in Italien leben, wo dich die Abendsonne trocknen kann.«

»Das Wasser ist eiskalt, du Schuft.«

Miranda bemühte sich, nicht unterhalb seines Bauchnabels zu schauen, ihr Blick heftete sich an seinem muskulösen Oberkörper fest. Sie konnte diesem Mann nicht böse sein. Dabei hingen ihr die Haare nass herunter und ihr Kleid klebte an ihrem frierenden Körper, sodass man ganz sicher ihre Brüste hindurchsehen konnte. »Ich habe mich nicht erschrocken, ich hatte Angst um dein Leben«, sagte sie leise. Überwältigt sah Renzo sie jetzt ernst an, seine Augen wanderten tatsächlich zu ihren Brüsten und wieder zu ihrem Gesicht. Er flüsterte: »Mia cara, du frierst, es tut mir leid.« Er lehnte seine Stirn an die ihre, benetzte ihr nasses Gesicht mit Küssen. Ihr Herz schlug wild, als galoppiere es davon, dabei wollte sie bei ihm bleiben, bei diesem ungestümen Kerl, der ihr so ähnlich zu sein schien, der ihre Seele so tief berührte. Sie ergab sich seinen Küssen, schmiegte sich wie eine Katze an ihn, an seine nackte Haut, berührte mit ihren Händen seinen Rücken, spürte die Muskeln, die hervortraten, als er sie nun wieder hochhob wie eine Braut und ein paar Schritte weiter hinter einen großen Felsen trug. Miranda hatte ihre Arme um seinen Hals geschlungen, betrachtete sein Gesicht von Nahem und wünschte sich nichts mehr, als ihn ganz zu spüren. Renzo setzte sie sanft ab, beugte sich augenblicklich über sie und küsste sie weiter voller Verlangen. Miranda, die noch nie mit einem Mann so weit gegangen war, erwiderte seine Küsse, seine Leidenschaft, ihr Körper bäumte sich dem seinen entgegen, ergab sich in wildem Herzklopfen, ungekannter Lust und sinnlicher Ekstase.

Es mussten Stunden vergangen sein, die Sonne war untergegangen und die Luft schnell herbstlich kalt geworden. Mit geschlossenen Augen lag Miranda nackt in Renzos Armen, genoss seine Wärme, sog seinen Geruch ein, öffnete erst dann die Lider, streichelte sanft seine glatte Haut. Nie hätte sie es für möglich gehalten, dass es sich so gut anfühlen könnte, diese Nähe, dieses Verschmelzen mit einem Mann. Was hatte sie bislang verpasst. Unsinn, schalt sie sich innerlich selbst. Du bist erst achtzehn, es ist früh. Ihr Gewissen meldete sich, denn sie waren nicht verheiratet und hätten es nicht tun dürfen. *Hoffentlich, lieber Gott, lass mich nicht schwanger sein.* Sie wusste nicht viel über die Liebe von Mann und Frau und wie es passieren konnte, dass man schwanger wurde. Ihre Eltern hatten mit ihr nie darüber gesprochen, einzig ihre Schwester hatte hin und wieder ein paar Andeutungen gemacht. Zu konservativ und katholisch lebten sie in Venedig, und auch Elina war sehr streng und keusch erzogen worden. Sollte sie es Elina sagen? Überhaupt einer Menschenseele? Was würden sie dann von ihr denken? Es war ihr egal. Miranda, die schon als junges Mädchen ein Trotzkopf gewesen war und von klein an eine Rebellin, wusste früh, sie würde kein angepasstes Leben führen. Dass sie durch den Krieg zur Stafette wurde, dass sie dadurch diesen tapferen Partisanen kennenlernen würde, hätte sie allerdings nie gedacht.

Miranda betrachtete Renzo, der neben ihr schlief. Was für ein leidenschaftlicher, wilder Kerl. Genau so, wie sie sich einen Mann gewünscht hatte. Wie langweilig so viele andere neben ihm waren. Wie mutig, stark und verrückt er dagegen. Miranda küsste ihn zart auf die Schulter. Sie liebte ihn, das wurde ihr in dem Moment so richtig bewusst, auch wenn sie sich noch nicht lange kannten. Sie spürte, dass es richtig war, dass es in ihrem ganzen Leben nur ihn geben würde. Selbst über den Tod hinaus. Der Tod, ihr ständiger Begleiter. Miranda horchte, löste sich aus seinen Armen, suchte ihr Kleid, ihre Unterwäsche und Strümpfe zusammen und schlüpfte in die klamme Wäsche. Sie fröstelte, aber wenn sie hier von Soldaten überrascht werden sollten, wollte sie nicht nackt sein. Dann beugte sie sich über ihn und küsste ihn sanft auf seine vollen Lippen. Renzo bewegte sich nicht, schien sich aber nur verstellt zu haben, denn plötzlich packte er sie, zog sie auf sich und küsste sie leidenschaftlich. Miranda erwiderte dies stürmisch, doch dann machte sie sich los, setzte sich lächelnd auf, fuhr ihm über seine leicht behaarte Brust und seufzte. »Wir müssen vorsichtig sein. Ich will noch mehr von dir. Mein Leben lang.«

»Das wirst du. Meine Frau. Kann man im Camp heiraten?«, fragte er plötzlich.

Miranda lachte. »Ich kann es mir nicht vorstellen.«

»Wir fragen einfach.«

»Jetzt ist anderes wichtig.«

Er zögerte, sah sie liebevoll an, streichelte ihre Hand und nickte. Dann setzte er sich auf, drückte sie an sich und so hielten sie sich eine Weile fest. Dann löste sich Miranda schweren Herzens, Renzo stand auf, wie Gott ihn geschaffen hatte, und zog sich langsam an. Aus den Augenwinkeln betrachtete Miranda seinen Körper. Der jetzt ihr gehörte, für immer. Er will mich heiraten, dachte sie glücklich. Und vor lauter Liebe und Glück kämpfte sie mit den Tränen. Wieso nur, wieso nur lebten sie in dieser schweren Zeit? Aber vielleicht schafften es die Alliierten ja wirklich ganz bald, Italien zu befreien? Dann würde es ein Hochzeitsfest geben, in ihrer Lieblingskirche in Venedig, in der Basilica di San Marco. Umgeben von weißen Tauben, in einem wunderschönen Kleid mit Schleier. Miranda seufzte innerlich. Niemals würde dieser Traum wahr werden. Nicht mitten im Krieg, und selbst wenn dieser irgendwann vorbei sein würde, hätte keiner Sinn und Geld für so eine Hochzeit. *Egal*, sagte sich Miranda selbst. Auf Äußerlichkeiten kam es nicht an. Einzig, dass sie die Liebe gefunden hatte, das zählte. Wie wenige Menschen fanden sie, wie wenige durften sie erleben. Noch stärker als zuvor wurden ihr Wille und ihr Entschluss, diesem Wahnsinn zu trotzen. Etwas dazu beizutragen, dass dieses Inferno bald ein Ende nahm. Renzo hatte sich angezogen, hielt ihr seine Hand hin. »Komm, meine Braut.«

Ins Camp liefen sie Hand in Hand, stolz und strahlend. Ein paar der Leute klatschten, als sie verkündeten, dass sie heiraten wollten, einer johlte, ein anderer pfiff auf den Zähnen. Anders als erwartet, freuten sich viele mit ihnen, vielleicht auch, weil die Liebe in diesen tristen Tagen Hoffnung gab.

Elina kam aufgeregt zu ihr. Renzo küsste Miranda kurz, aber intensiv auf den Mund, ging dann zu den Männern, um weitere Angriffe zu besprechen, wie er ihr zuflüsterte. Sie zuckte ein wenig zusammen, sah ihm nach. Wie konnte er jetzt schon wieder daran denken?

»Ihr seid jetzt richtig zusammen, wie schön«, sagte Elina andächtig. »Ich freue mich unendlich für dich, Miranda. Wenigstens eine von uns darf es noch erleben.«

Miranda wusste, was Elina meinte. »Danke, du Liebe. Ich bin so glücklich und ich bin mir sicher, du wirst es auch bald sein.«

»Ich?«

»Hast du etwa immer noch nicht gesehen, wie dich dieser Jakob ansieht?«

Elina lächelte schüchtern. »Der junge Arzt? Meinst du?« Dann schüttelte sie den Kopf, wurde ernst. »Er soll sich um die Verwundeten kümmern, das ist jetzt wichtiger.«

»Elina, du lebst jetzt. Du musst auch an dich denken.«

Elina überlegte, lenkte ab. »Wenn der Krieg vorüber ist, werden wir in den Köpfen der Menschen immer noch Juden sein. Das habe ich jetzt verstanden. Nur nicht, warum das so schlimm sein soll und schon seit Jahrhunderten so gesehen wird.«

»Ich auch nicht. Ich denke, es steckt viel Neid und Missgunst dahinter, weil auffallend viele reiche Menschen jüdischen Glaubens sind.«

»Das kann gut sein. Aber das sind sie nur, weil sie gut gebildet sind und fleißige, ehrliche Geschäftsleute. Ich kenne keinen Juden, der krumme Geschäfte macht. Ganz im Gegenteil. Die Freunde meiner Eltern sind äußerst korrekt – und echte Ehrenmänner. Und Jakob auch.«

Miranda lächelte und nickte, ihr Blick wurde aber von Renzo abgelenkt, der jetzt mit einem Gewehr und anderen bewaffneten Männern das Camp verließ. Schlagartig wurde ihre Miene ernst. Was hatten sie vor? Gerade lag sie noch in seinen Armen und jetzt machte er sich bereits auf den Weg? Und das in der Nacht? Wieso hatte er ihr nichts davon erzählt? *Ist es so etwas wie ein Abschied gewesen?*, durchfuhr es sie. »Weißt du, wo sie hingehen?«, fragte sie Elina hastig.

Diese schüttelte den Kopf. »Mir hat keiner etwas gesagt, dass eine Aktion geplant ist.«

Miranda drehte sich um und wollte Renzo hinterher, doch Elina hielt sie am Arm zurück. »Nicht.«

»Wieso nicht?«

Renzo sah sie nur sehnsüchtig und traurig an und folgte den Männern.

»Du machst ihn lächerlich. Er wird tun, was gut für uns alle ist, mehr musst du nicht wissen.«

»Ich mache mir aber Sorgen, was, wenn ihm etwas zustößt?«

Elina atmete durch und sagte einfühlsam. »Ich sag es ungern, aber du hast dich in einen Partisanen verliebt, da musst du wohl leider mit dieser Angst leben – bis es vorbei ist.«

Miranda schluckte. Wie wahr. Natürlich würde Renzo nicht wegen ihr aufhören, im Widerstand zu kämpfen. Das hätte sie auch niemals von ihm verlangt. Sie sah Elina lange an. Wann war die schüchterne, ängstliche Freundin so abgeklärt geworden? Wie sehr ein Krieg die Menschen formte.

Miranda blieb also nichts anderes übrig, als auf Renzos Rückkehr zu warten. Doch tatenlos herumzusitzen war nicht ihr Ding. Sie erkundigte sich bei den anderen, um welche Aktion es sich handelte, und erfuhr, dass ein Nahrungsmittellager der Deutschen erobert werden sollte. Seit Wochen hatten sie nicht genug zu essen im Camp, Miranda und andere Stafetten brachten zwar immer das Nötigste, aber mehr konnten sie nicht tragen, ohne aufzufallen.

Die Beeren in der näheren Umgebung hatten die Frauen auch schon geerntet, es wurde Zeit, dass wieder etwas Ordentliches auf die Teller kam.

»Ich bin stolz auf Renzo. Er denkt viel an die anderen, nicht nur an sich«, sagte sie zu Elina.

»Ja, er ist ein großherziger Mann. Du hast wirklich Glück.«

»Wenn er nur heil wiederkommt«, flüsterte Miranda und ihr Herz schlug schneller, denn sie dachte an seine Hände, die sie überall berührt hatten.

»Und jetzt lass uns schlafen, morgen hast du wieder einen anstrengenden Weg vor dir.«

Miranda schlief schlecht in dieser Nacht, vermisste Renzo bereits jetzt. Am nächsten Morgen, nachdem sie einen Kaffee getrunken hatte, nahm sie den Korb, den sie als Stafette immer benutzte, in die Hand. Er hatte ihr bisher Glück gebracht, sie alle Kontrollen passieren lassen. In dem Korbgeflecht konnte man ganz wunderbar Zettelchen verstecken, ohne dass sie beim Durchwühlen des Korbes gleich entdeckt wurden. Diesen Tipp hatte sie von einer anderen Stafette bekommen.

»Pass auf dich auf.« Elina umarmte Miranda sehr lange.

»Das werde ich. Und du auf dich.«

»Ich versuche es. Vielleicht haben sich meine Eltern ja endlich gemeldet.«

Miranda nickte voller Mitgefühl und dachte an Alessandro Zevi und seine Frau. Hoffentlich ging es diesen lieben Menschen auf ihrer Flucht gut. Sie hatten noch kein Lebenszeichen an Mirandas Adresse in Venedig geschickt. Elina fragte jedes Mal, wenn Miranda ins Camp kam, als Allerserstes danach. Aber immer musste Miranda verneinen. Die Freundinnen sprachen oft darüber, was wohl mit ihnen geschehen sein könnte. Dabei wurden sie so traurig, dass Elina weinte und stärker hustete. Ihr Asthma war in den Bergen etwas besser geworden und so oft sagte sie, wie gern sie ihren Eltern nachfolgen würde. Aber sie wusste selbst genau, dass eine anstrengende Reise ihren Zustand sehr schnell verschlechtern konnte. Dr. Jakob Kirschbaum bestätigte ihr dies, nachdem er sie abgehört hatte. Dieser feinsinnige, gebildete junge Mann, der sich hier im Camp entschieden hatte, zur Waffe zu greifen, auch wenn er sie anfangs nicht bedienen konnte.

»Das, was mit meinen Landsleuten geschieht, darf nicht ungesühnt bleiben«, hatte er gesagt und sich von Renzo das Schießen beibringen lassen. Miranda und Elina hatten den beiden dabei zugesehen und Miranda hatte Renzo gebeten, es ihr auch zu zeigen. »Ich muss mich doch auch verteidigen können«, schmetterte sie ihm entgegen. Aber Renzo hatte sich geweigert. »Ich will nicht, dass du zur Waffe greifst, dann geht dein Temperament mit dir durch, es ist viel zu gefährlich!«

Die beiden stritten sich fürchterlich, das erste Mal. Miranda, die es satthatte, dass Frauen in den Augen der Männer am liebsten nur am Herd stehen sollten, reagierte auf Renzos Äußerungen über. »Wieso meint ihr Männer immer, wir Frauen können nicht dasselbe wie ihr?«

»Miranda«, versuchte er, sie bei der Schimpftirade, die darauf folgte, zu beschwichtigen. »Wir Partisanen wissen, dass ihr es könnt. Ich meine es doch nur gut. Ihr Frauen seid wahre Engel, ihr seid das Rückgrat der Resistenza. Aber vor allem seid ihr die Engel des Herdfeuers.«

Wollte er sie nur necken oder meinte er das ernst? Enttäuscht wandte sich Miranda von ihm ab. Sollte er etwa auch nur wie all die anderen Männer sein, die sie kannte? Sie hatte so genug davon, dass sich die Frau dem Mann unterzuordnen habe, wie es ihre Mutter und Großmutter ihr vorgelebt hatten. Früher hatte sie es schon insgeheim nicht gut gefunden, aber seit sie als Stafette die Resistenza unterstützte, seit sie so viele mutige, starke Frauen kennengelernt hatte, war etwas in ihr erwacht und aufgestanden. »Ja, wir mögen Engel sein, wir können aber noch viel mehr. Es wird zum Beispiel höchste Zeit, dass wir das Wahlrecht bekommen, um mitreden zu können.«

Renzo sah sie verblüfft, aber auch voller Respekt an. »Mia cara, genau dafür liebe ich dich«, hatte er gesagt. »Meine Rebellin, meine mutige Kämpferin.« Er zog sie an den Hüften zu sich, umarmte sie und Miranda wurde bewusst, dass er sie provoziert hatte. Dieser Mann, der sie so gut verstand, der so anders war als die meisten italienischen Männer. Der so gut roch, selbst so mutig war und sich für andere einsetzte.

»Bitte«, flüsterte er in ihre Halsbeuge, »hilf uns als Stafette, ich brauche dich, ich habe mein Leben lang nach dir gesucht, ich möchte dich nicht verlieren.«

Und Miranda stimmte zu.

An all dies erinnerte sich Miranda, als sie mit ihrem leeren Korb in Richtung Venedig wanderte, sich erneut auf diese beschwerliche, lange Reise zu Fuß durch die Berge machte. Und wieder wurde ihr bewusst, wie sehr Renzo sie lieben musste. Wie sehr sie ihn liebte. Es durfte ihm auf keinen Fall etwas geschehen. »Bitte, lieber Gott, pass auf ihn auf, denn er ist auch dein Sohn«, betete sie leise. Doch im nächsten Moment fragte sie sich, wie so oft die letzte Zeit, wieso Gott die Menschen, die in diesem furchtbaren Krieg so viel zu leiden hatten oder ihr Leben verloren, nicht beschützte? Es hieß doch, sie alle seien seine Kinder, sie alle liebe er. Wieso nur beschützte er sie dann nicht? Wieso ließ er sie in Konzentrationslager sperren, quälen, vergasen, ermorden?

Mit Renzo hatte sie viel darüber gesprochen, aber auch er, der zu so vielen Fragen eine kluge Antwort hatte, wusste es nicht. So viel hatte er ihr schon beigebracht, über die Ideen des Kommunismus zum Beispiel, Gedanken, die sie von ihrem Vater nicht kannte. Je näher sie Venedig kam, desto klarer wurde ihr, dass sie die Partisanen noch mehr unterstützen wollte.

Die Zugfahrt nach Venedig war diesmal auch gefährlich, denn Miranda hatte einen Zettel mit einer Nachricht an die Widerstandskämpfer in der Stadt dabei. Giulia hatte ihr gesagt, wann die Kontrolleure, die die Stafetten unbehelligt passieren ließen, Dienst hatten. Die letzten Male hatte sie Glück gehabt, die Angaben stimmten.

In Venedig herrschte Betriebsamkeit. Miranda musste die Nachricht von den Partisanen überbringen, passierte den Markusplatz, ging vorbei am prächtigen Dom mit seinen byzantinischen Mosaiken. Deutsche Wehrmachtsoffiziere schritten über den Platz, sahen zum Glockenturm und ließen sich die Sonne ins Gesicht scheinen. Am liebsten hätte ihnen Miranda ins Gesicht gespuckt, sie riss sich aber zusammen und lief weiter, über mehrere Brücken, am Canal Grande mit seinen Palästen aus Renaissance und Gotik vorbei. Endlich fand sie die genannte Adresse. Eine zierliche Frau öffnete ihr die Tür, zog sie hinein ins Erdgeschoss, nahm den Zettel entgegen, lächelte ihr dankbar zu, bedeutete ihr, dass sie nicht sprechen sollte, und verabschiedete Miranda wieder. Die Tür wurde hinter ihr geschlossen. Miranda wunderte sich kurz, wusste aber um die Gefahr von Spitzeln, ging weiter an kleineren Kanälen entlang ins Cannaregio, nach Hause.

Ihre Mutter stand am Herd, rührte in einem Topf und freute sich, Miranda zu sehen. »Kind, du kommst genau richtig, die Pasta ist gleich fertig.«

»Mhmm.«

Ihre Mutter sah sie an. »Du strahlst ja so und deine Wangen sind rosig, ist etwas geschehen?«

Sofort wurden Mirandas Wangen noch röter, denn sie dachte an Renzo, wie sie mit ihm geschlafen hatte. Wenn ihre Mutter das gewusst hätte!

»Nein, und hier bei dir?«

Ihre Mutter goss die Pasta ab, schüttelte den Kopf. Miranda betrachtete die gemütliche, einfache Wohnküche, die getrockneten Gewürze, die von der Decke hingen, die Kochlöffel, die in einem Tontopf standen. Hätte sie doch nur Renzo mit nach Hause bringen können!

Ihre Mutter räusperte sich und ihr Ton wurde ernster. »Aber deine Schwester hat so eine Andeutung gemacht, dass du mithilfst in der Resistenza? Ist da etwas dran?«

Fragend blickte ihre Mutter sie an, die Pasta dampfte. Miranda tat es so leid, ihre liebe Mutter anlügen zu müssen. »Nein, Mamma, natürlich nicht.« Sie wusste von ihrer Mutter um deren Ängste. Denn nach dem frühen Tod ihres Mannes durfte sie auf keinen Fall noch ihre Töchter verlieren, wie sie immer wieder unter Tränen betonte. Sie war keine mutige Frau, hatte auch nie aufbegehrt gegen ihren Vater.

»Was gibt es denn heute Gutes?«, lenkte Miranda ab.

»Spaghetti aglio e olio. Fabiano hat mir frischen Knoblauch besorgt.« Fabiano hieß ihr Gemüsehändler, mit dem sie sich gut verstanden. Miranda liebte die selbst gemachte Pasta ihrer Mutter. Sie verspürte großen Hunger. Im Camp wurde zwar auch gekocht, aber mangels vieler Zutaten nur die abgespeckte Variation der wunderbaren italienischen Gerichte.

»Setz dich, Kind. Alessia müsste auch gleich kommen.« Miranda ließ sich auf einen Stuhl nieder und jetzt erst, als die Anspannung von ihr abfiel, spürte sie, wie weh ihre Füße von dem langen Marsch taten. Sie wollte aber nicht klagen. Zumal ihre Mutter ja davon ausging, dass sie die Tante der Nachbarin betreute, die nicht so weit weg wohnte.

Ihre Mutter stellte ihr einen Teller hin, dann einen Topf auf den Tisch. Das Mahl war so schlicht und doch so köstlich. Unwillkürlich dachte Miranda an Renzo, der ganz sicher wieder hungrig schlafen gehen musste. Bei den Aktionen der Partisanen gab es selten genug zu essen, umso wichtiger war ihre Aufgabe, für ausreichend Nahrung zu sorgen.

»Irgendetwas ist doch mit dir, Kind?«, hakte die Mutter nach. Wie Mütter doch immer einen sechsten Sinn hatten. Sah man ihr etwa sofort an, wie verliebt sie war? Oder wie viele Sorgen sie sich um Renzo machte?

»Ach, Mamma«, begann Miranda. Dann brachte sie es nicht übers Herz, ihre Mutter in Sorge zu stürzen. Ein Widerstandskämpfer als Schwiegersohn war sicher nicht das, was sie sich für ihre Tochter gewünscht hatte. »Es werden immer mehr Deutsche in Venedig, das macht mich so traurig.«

Ihre Mutter seufzte. »Ja, auch sonst kommen immer mehr Menschen zu uns ins Stadtzentrum. Weil sie hoffen, dass unsere schöne Stadt nicht zerstört wird. Das wird sie auch nicht, was meinst du?«

»Ich hoffe es. Aber so wahnsinnig, wie die Faschisten sind, nicht nur die deutschen, auch die italienischen, weiß man es leider nicht.«

Plötzlich hörten sie die Tür und kurz darauf trat Alessia herein. Auch ihre Wangen schimmerten rot. Ganz bestimmt kam sie geradewegs aus den Armen dieses Walter. Er war immer noch nicht desertiert, wie sie Miranda kürzlich im Bett verraten hatte. »So einfach ist das nicht«, hatte sie ihn in Schutz genommen.

»Oh, Miranda, welch seltener Gast.«

»Hallo, Alessia.« Die beiden blickten sich kühl an. Die Mutter musterte ihre Töchter. Und so unterwürfig sie ihrem Ehemann gegenüber immer gewesen war, so sarkastisch konnte sie jetzt sein.

»Setz dich, sonst wird auch noch das Essen kalt«, erklärte sie.

Alessia trat neben sie ans Küchenwaschbecken, wusch sich rasch die Hände und setzte sich neben Miranda. Dabei sahen sich die Schwestern forschend an.

»Und, wo kommst du her?«, erkundigte sich Alessia. »Du strahlst ja so.«

»Das habe ich auch schon festgestellt«, pflichtete ihre Mutter ihr bei.

Miranda bemühte sich, neutral zu klingen. »Das wundert mich, denn eigentlich mache ich mir große Sorgen«, begann sie.

»Ach ja, wieso denn?«, fragte Alessia nach.

»Um die Tante unserer Nachbarin. Sie kann kaum noch aufstehen und braucht mich die nächsten Tage jeden Tag, öfter auch über Nacht.« Miranda wollte zurück ins Camp, um dort auf Renzo zu warten, und hoffte, ihre Mutter und Alessia würden diese Erklärung akzeptieren.

»Was opferst du dich für diese fremde Frau so auf?«, hakte Alessia skeptisch nach.

»Weil wir Frauen zusammenhalten müssen«, antwortete Miranda schlagfertig. »Es sind Ferien, ich habe Zeit, seit unser Geschäft geschlossen ist, kann ich Mutter nicht mehr viel helfen, außer im Haushalt. Aber ich möchte mehr tun.«

Ihre Mutter strich ihr stolz über den Arm. »So haben wir euch erzogen. Dein Vater wäre stolz auf dich. Die Kleine hat ein großes Herz, hat er gesagt.«

Alessia schnaubte. Bei ihr schien die Erziehung ihrer Eltern nicht gefruchtet zu haben. Sie musterte Miranda immer noch skeptisch und Miranda spürte, dass sie vor ihrer Schwester auf der Hut sein musste.

Ihre Mutter fuhr fort. »Aber ich möchte, dass du bei mir bleibst. Soll sich die Nachbarin doch selbst um ihre Tante kümmern.«

Miranda zuckte zusammen. »Was? Aber … ich tue es gern.«

»Ich weiß. Trotzdem. Es wird immer gefährlicher hier und ich möchte meine Mädchen bei mir haben.«

Alessia lächelte triumphierend. Miranda dachte fieberhaft nach. Wenn ihre Mutter die Gänge in die Berge zu dieser fiktiven Tante nicht mehr erlaubte, konnte sie auch nicht weiter als Stafette arbeiten. Mit einundzwanzig wurde sie erst volljährig, bis dahin konnte ihre Mutter bestimmen.

»Ich rede mal mit der Nachbarin«, schlug sie schließlich vor. Sie beschloss aber, nachher in Ruhe mit ihrer Mutter allein zu sprechen.

»Wie ist es mit dir und Walter?«, wandte sie sich an Alessia, lenkte damit von sich ab.

»Gut, wieso, was meinst du?«

»Ich frage mich, wie du jemanden lieben kannst, der …« Miranda hielt inne. Sie wusste genau, dass sie Alessia damit bis aufs Blut reizte, aber es ließ sie nicht los. Wie konnte man so jemanden lieben?

Sofort fauchte Alessia sie auch schon an: »Du bist doch nur neidisch, weil dich keiner will.«

»Mädchen!«, rief ihre Mutter und hob beschwichtigend die Hände. »Ihr seid doch keine dreizehn mehr.«

»So kommt sie mir aber immer noch vor«, giftete Alessia, schlang ihre Pasta in sich hinein und sagte nichts mehr. Miranda, die ihre Schwester endlich zum Nachdenken bringen wollte, schwieg auf diesen Kommentar hin. Schließlich wollte sie ihrer Mutter keinen Kummer bereiten, nur die Gedanken ihrer Schwester anpiken. Miranda drehte ihre Pasta mit einer Gabel auf und nahm einen großen Bissen. Wie köstlich das schmeckte, wie vertraut und heimelig. Sie wollte unbedingt einmal für Renzo kochen. Allein bei dem Gedanken schossen ihr Tränen in die Augen. Was, wenn sie ihn niemals mit selbst gemachter Pasta überraschen können, ihn niemals wiedersehen würde? Miranda blinzelte die Tränen weg, sah auf ihren Teller und aß leise weiter.

Alessia schlürfte ihr Essen geräuschvoll in sich hinein und warf ihr dabei immer wieder drohende Blicke zu.

Nach dem Essen, Alessia hatte sich schon verabschiedet, half Miranda ihrer Mutter beim Abspülen. Sie reichte ihr gerade einen frisch gespülten Teller, den diese mit einem Handtuch abtrocknete. »Mamma, ich muss dir etwas sagen«, unterbrach sie die ungewohnte Stille zwischen Mutter und Tochter.

Ihre Mutter nickte ahnungsvoll und mit sorgenvollem Gesicht. »Du musst nichts sagen, ich kenne dich.«

Verblüfft hielt Miranda inne, die Hände im Spülwasser. »Du weißt es bereits?«

Miranda war sich nicht ganz sicher, ob sie das Gleiche im Kopf hatten, doch ihre Mutter bestätigte sie darin.

»Du hattest schon immer ein großes Herz, warst schon als Kind sehr mutig und ich habe dich in letzter Zeit öfter zu Giulia gehen sehen.« Ihre Lippen bebten.

Miranda trocknete rasch ihre nassen Hände an der Küchenschürze ab, die sie umgebunden hatte, nahm ihre Mamma an den Armen, sah sie entschuldigend an und redete eindringlich auf sie ein. »Mamma, wir Frauen können etwas tun. Es sind schon ganz viele Frauen dabei. Und wir bewegen etwas, ganz ohne Gewalt. Es funktioniert.«

Ihre Mamma seufzte nur, nickte ganz leicht. Miranda zog sie an sich, ihre kleine, zarte Mamma, die so gut roch, die so viel Angst hatte, und drückte sie sanft. Natürlich hatte sie es die ganze Zeit geahnt.

Nach einer Weile löste sie sich wieder und erzählte ihr beim weiteren Abwasch von dem, was die Frauen in diesem Krieg schon alles erreicht hatten.

»Weißt du, Mamma, es gibt Frauen, die vor ihren Häusern stehen, die aufschreiben, wie viele Soldaten der Wehrmacht vorbeikommen, welche Bewaffnung sie haben. Alle diese Informationen werden von uns, also von Stafetten wie mir, an die Partisanen in den Bergen oder an die Alliierten weitergegeben.«

Ihre Mutter bekreuzigte sich, setzte sich an den Küchentisch und starrte vor sich hin.

Miranda hatte alles fertig gespült, trocknete ihre Hände an der Schürze ab und setzte sich zu ihr.

»Manchmal arbeiten ganze Familien mit. Bei Giulia die Großmutter, ihre Mutter, die Schwiegertochter, sie selbst und ihre Tochter. Giulias Großmutter kann weder lesen noch schreiben, aber sie macht Striche, wenn bewaffnete Soldaten vorbeikommen.«

»Heiliger Vater im Himmel«, setzte ihre Mutter an und bekreuzigte sich wieder. »Du willst, dass ich auch mitmache?«

»Was? Nein. Ich meine … nur, wenn du möchtest. Jede von uns kann helfen. Aber erst mal möchte ich, dass ich ein paar Tage am Stück in die Berge darf. Bitte erlaube es mir.«

Ihre Mutter sah sie lange an, haderte mit sich. Dann hob sie ihre rechte Hand, strich ihrer Jüngeren liebevoll über die Wange und nickte. »Wenn du mir versprichst, dass du auf dich aufpasst.«

»Das werde ich.« Miranda legte ihren Kopf in die Hand ihrer Mutter und lächelte. »Das werde ich, Mamma.«

Sollte sie ihr jetzt auch noch von ihren Gefühlen für einen Widerstandskämpfer erzählen? Besser nicht, zu viele schlechte Nachrichten vertrug ihre Mamma nicht. Vermutlich ahnte sie so etwas ohnehin schon, zu gut kannte sie ihre Tochter.

Gleich nach dem Abspülen packte Miranda ein paar Sachen, um länger fortzubleiben, erkundigte sich bei Giulia, welchen Zug sie gefahrlos nehmen könne, und machte sich mit ihrer Tasche am nächsten Morgen auf in die Berge.

Als sie auf dem Weg zum Bahnhof an der Rialtobrücke vorbeikam, sah sie Alessia in den Armen ihres deutschen Soldaten. Walter, wie dreist. Inzwischen zeigte sich ihre Schwester ganz ungeniert in der Öffentlichkeit mit dem deutschen Wehrmachtssoldaten, und Miranda, die von ihrer Mutter erfahren hatte, dass ihr Gemüsehändler heute Morgen, als sie frisches Obst für Miranda holen wollte, ungewohnt wortkarg gewesen sei, wusste nun, warum. Wie konnte Alessia nur so gedankenlos sein, ihre Familie so in Verruf zu bringen? Es war allgemein bekannt, dass einige Venezianer für die Deutschen spionierten, weil sie sich erhofften, auf diese Weise ungeschoren davonzukommen. Aber bei Alessia ging es noch nicht einmal um den Wunsch, zu überleben. Sondern einzig um sich und ihre Faszination für diesen Mann. Die Miranda im Übrigen überhaupt nicht verstehen konnte. Walter sah blass aus, hatte milchig blaue Augen, wirkte mindestens fünfzehn Jahre älter als Alessia und trug schon einen kleinen Bauch vor sich her. Ganz anders als Renzo. Sofort durchfuhr Miranda ein Schauer, als sie an ihn dachte. An seine stattliche Statur, seine breiten Schultern, seine kräftigen Hände.

Sie wusste, Alessia ließ sich durch Uniformen sehr beeindrucken, durch vermeintliche Macht. Schon als junges Mädchen hatte sie einmal ehrfürchtig am Meer gestanden und Matrosen in ihren feschen Uniformen beobachtet. Vor allem der Kapitän hatte es ihr angetan. »Bist du verrückt, der ist doch viel zu alt für dich«, hatte Miranda damals gesagt.

»Das ist doch egal. Er sieht mächtig aus, das gefällt mir.«

Walter legte gerade wie selbstverständlich seinen Arm um Alessias Schulter, drückte sie an sich und gab ihr mit seinen schmalen Lippen einen Kuss auf den Mund. Miranda wandte sich angeekelt ab, wollte sich unbemerkt an den beiden vorbeischleichen, doch in dem Moment flog eine Taube auf und Alessias Augen wanderten zu ihr und wurden zu Schlitzen.

Sie löste ihren Mund von Walter, flüsterte ihm etwas ins Ohr, warf Miranda einen warnenden Blick zu. Miranda wollte weitergehen, doch da machte sich Alessia aus Walters Umarmung los und eilte ihr ein paar Schritte nach. »Stopp. Warte!«

Miranda hielt an, umkrampfte mit ihrer Hand den Henkel ihrer Tasche.

»Du sagst Mamma nichts, hast du mich verstanden?«

»Das pfeifen die Tauben doch schon längst von den Dächern, wenn ihr euch mitten in Venedig auf der Straße küsst. Alessia, es sind unsere Feinde.«

»Pfft«, antwortete ihre Schwester abfällig. »Mal sind es unsere Freunde, dann unsere Feinde … Aber bald haben sie uns erobert und dann bin ich auf der richtigen Seite. Du dagegen landest im Gefängnis, das sage ich dir.«

»Wieso denn im Gefängnis?« Miranda tat unbedarft.

Alessias Stimme wurde leiser und drohender. »Glaube nicht, ich weiß nicht, wo du immer hingehst. Wenn Walter nicht seine schützende Hand über dich halten würde, wärest du schon längst aufgeflogen.«

Miranda schluckte, versuchte, sich nichts anmerken zu lassen. Stimmte das oder dachte Alessia sich das aus? »Ich weiß nicht, wovon du redest. Du hattest schon immer seltsame Gedanken. Und deinen Walter brauche ich ganz sicher nicht als Beschützer.« Mit diesen Worten ging sie weiter über die Rialtobrücke in Richtung Bahnhof und ihr Herz klopfte im Rhythmus ihrer schnellen Schritte.

***

Der Weg ins Camp kam ihr diesmal noch länger vor als sonst. Aber mit jedem Schritt wuchs ihre Hoffnung, dass Renzo und die anderen von ihrer Aktion wieder wohlbehalten zurück seien. Erneut, wie inzwischen fast jedes Mal, hatte es eine brenzlige Situation gegeben. Giulia hatte ihr wie verabredet Handgranaten unter die Kartoffeln und das andere Gemüse gelegt. Miranda hatte zunächst zwar gezögert, sich dann aber bereit erklärt, denn es sollte eine größere Aktion geben, die ohne die Handgranaten nicht durchführbar wäre und die den Alliierten hoffentlich den Weg weiter ebnen würde. »Denk an unsere Partisanen, wenn sie keine Waffen haben, ist alles für sie noch gefährlicher.«

Miranda dachte an Renzo und willigte ein.

Als sie nun von ein paar Soldaten auf ihrem Weg entdeckt wurde, tat sie wie immer wie ein unschuldiges junges Ding, das naiv und unbedarft in die Berge ging, um einer Tante Nahrung zu bringen. Der eine der beiden Soldaten blickte ihr erst auf die Brüste und dann auf den Korb und gerade, als er diesen durchwühlen wollte, tat Miranda so, als bekäme sie einen heftigen Niesanfall. Er wich zurück, auch weil sie schüchtern erklärte, eine sehr lästige Erkältung zu haben. Ihre Mutter und ihre

Schwester hätten sich schon angesteckt. Er winkte sie rasch weiter und Miranda marschierte los, bemüht, ein Grinsen zu unterdrücken. Um Ausreden war sie noch nie verlegen gewesen und sie dankte ihrem Vater dafür, von dem sie diese Schlagfertigkeit hatte.

Nach einer fast schlaflosen Nacht unter freiem Himmel ging sie weiter. Endlich sah sie den Felsen, hinter dem sich das Camp befand. Mit jedem Schritt klopfte ihr Herz stärker in der Ungewissheit, ob Renzo und die anderen heil zurückgekehrt waren oder nicht. Sie bog um den Felsen und erfasste sofort, dass etwas geschehen sein musste. Einige Partisanen standen in einem Kreis zusammen und diskutierten wild. Miranda schnappte Satzfetzen auf wie »Das ist viel zu gefährlich«, »Willst du, dass wir noch mehr Männer verlieren?«

Miranda erstarrte, ihre Schritte wurden langsamer. Ein paar Frauen grüßten sie, aber sie antwortete nicht, ging wie in Trance weiter, um das zu hören, was ihr Verstand nicht hören wollte.

»Miranda!«, hörte sie Elinas Stimme und die Freundin kam auf sie zu gerannt und umarmte sie stürmisch. Dabei wurde ihre Tasche, in der sich die Handgranaten befanden, etwas herumgeschleudert.

»Vorsicht!«, wachte Miranda auf. »Ich habe Granaten dabei.«

Elina hielt sofort ihre Hände erschrocken hoch. Dann lachte sie. »Du bist eine Granate.«

Sie lachte. Konnte das als gutes Zeichen gewertet werden?

»Was ist mit Renzo?«, brachte Miranda heraus. Das Gesicht von Elina wurde ernst.

Oh nein, bitte nicht. Mirandas Magen zog sich zusammen und ihr wurde übel.

»Er ist verletzt …«

»Verletzt? Das heißt, er lebt aber?«

Elina nickte schnell. »Ja, er lebt. Es ist ein Wunder.«

»Was ist geschehen?«

»Das kann er dir am besten selbst erzählen. Nur über eines spricht er nicht. Zwei seiner Freunde, die bei der Aktion dabei waren, wurden von Deutschen erschossen.«

Bedrückt sah Miranda Elina an. »Wer?«

»Luca und Emilio.«

Miranda seufzte. Sie hatte die beiden Widerstandskämpfer nicht gut gekannt, aber sie hatte ihre lachenden Gesichter noch vor Augen. Emilio hatte eine Frau und ein kleines Mädchen in Venedig gehabt. Wieder einmal wurde ihr wie mit einem Schlag in die Magengrube bewusst, wie gefährlich es war, was sie hier taten. Aber auch wie unumgänglich.

»Wo ist Renzo?«

»Im Krankenzelt.« Elina deutete hinüber und Miranda drückte ihr die Tasche mit den Handgranaten in die Hand und rannte los. Es war kälter geworden, die Menschen froren. Einige Zelte und Decken hatten besorgt werden können, die Nächte waren oft bitterkalt.

»Kann ich reinkommen?«, fragte sie vor dem Eingang des Zeltes und sofort hörte sie Renzos dunkle, warme Stimme, die etwas krächzte. »Miranda, komm.«

Sie trat ein, ihre Augen mussten sich an das Dunkel gewöhnen. Sein rechtes Bein trug einen Verband. Eine junge Frau, die sie nicht kannte, saß bei ihm und blickte sie mit großen Augen an. Sie warf ihr langes braunes Haar zur Seite und ein Gefühl der Eifersucht schoss durch Miranda. Was machte sie hier bei Renzo? Hatte sie bereits ihren Platz eingenommen? Renzo sah gut aus, strahlte eine Männlichkeit aus, die nicht viele besaßen, Miranda verstand, dass sich Frauen für ihn interessierten.

Renzo streckte seine Hand nach ihr aus und sah ihr sehnsüchtig entgegen. »Komm, endlich bist du gesund wieder da.« Er flüsterte der Frau etwas zu, diese nickte und ging an Miranda vorbei. Nicht, ohne ihr noch einmal einen Blick zuzuwerfen.

Miranda kniete sich zu Renzo, gab ihm zögerlich ihre Hand, da zog er sie mit Kraft zu sich, sodass sie auf seinen Brustkorb fiel. »Vorsicht«, entfuhr es ihr. Sie liebte es, wenn er so stürmisch und leidenschaftlich wurde. Seine Wärme umschloss sie wie ein Mantel. Sein Atem streifte den ihren und seine Stimme wurde sanft. »Du hast mir so gefehlt.«

»Du mir erst.«

Lange hielt er sie einfach nur fest, sie spürte seinen Atem und war so unendlich glücklich, dass er lebte. Gleichzeitig musste sie an die Toten denken. Sollte sie ihn auf seine Freunde ansprechen? Überhaupt auf das Erlebte? Auf seine Verletzung?

Noch bevor sie sich entscheiden konnte, wollte er wissen, wie es ihr ergangen war, erfragte jedes Detail. Als sie ihm von den Handgranaten unter den Kartoffeln erzählte, schloss er einen Moment die Augen. Doch dann öffnete er sie wieder und sah sie an. »Du bist noch mutiger geworden, seit ich dich kenne.«

Sie erzählte ihm, dass sie die Tasche mit den Granaten öfter etwas von sich weg gehalten hatte, was ja im Grunde dumm gewesen war, denn wenn sie explodiert wären, hätte das nicht im Geringsten etwas genützt. Sie lachten beide darüber, umarmten sich erneut, erzählten einander die halbe Nacht hindurch, bis sie in seinen Armen einschlief.

Am nächsten Morgen wachte Miranda auf, roch ihn, spürte ihn, berührte ihn. Etwas Schöneres konnte sie sich nicht mehr vorstellen, als den Rest ihres Lebens neben diesem Mann aufzuwachen. Träum weiter, Miranda, durchfuhr es sie. Und wieder fühlte sie sich um ihre Jugend, um ein unbeschwertes Leben betrogen: Wenn nur dieser Krieg nicht gewesen, wenn er nur ganz bald zu Ende gegangen wäre. Sie mussten die Alliierten weiter unterstützen, eine andere Chance gab es nicht. Die

Vorstellung, die Deutschen könnten noch lange in Norditalien bleiben, jagte ihr einen Schauer über den Rücken.

Renzo schlug die Augen auf, blinzelte, bewegte sich und stöhnte. Miranda stützte sich auf die Ellenbogen, erkundigte sich besorgt, ob er Schmerzen habe. Renzo riss sich sichtlich zusammen, schüttelte den Kopf, aber sie sah ihm an, dass er schwindelte.

»Vielleicht hat sich die Wunde entzündet. Lass mich mal nachsehen.«

»Nein. Christina soll das machen.«

Christina. Wieso nicht sie? Renzo spürte sofort, dass sich Miranda in sich zurückzog. »Nein, nicht.«

»Schon gut. Ich hole Christina.«

»Sie ist Krankenschwester. Deshalb.«

»Verstehe.«

Ehe er noch etwas sagen konnte, stand sie auf, zog sich ihre Jacke über, hielt sie vor der Brust zusammen und trat aus dem Zelt. Kaffeeduft strömte ihr entgegen. Auch wenn die Menschen hier nicht viel hatten, Kaffeebohnen, um italienischen Espresso zu kochen, konnten sie zum Glück meist auftreiben.

Mit einer Blechtasse voll dampfendem Kaffee in der Hand ging Miranda durchs Lager und suchte Elina. In ihrem Unterschlupf befand sie sich nicht. Da erblickte sie die Freundin etwas abseits, wie sie mit Jakob von Kirschbaum sprach. Miranda sah sofort, dass sich zwischen den beiden etwas entwickelte, etwas Besonderes, etwas Großes. Dieser Blick, diese schüchternen Gesten, die roten Wangen. Es wäre so wunderbar gewesen. Elinas Eltern hatten sich immer noch nicht gemeldet und nicht nur Miranda machte sich die größten Sorgen um die Zevis. Was für ein Glück, dass wenigstens Elina sich hier in den Bergen in Sicherheit befand. Eine trügerische Sicherheit allerdings, denn sie währte nur so lange, wie das Camp nicht von den Faschisten entdeckt wurde. Spitzel gab es in Venedig immer mehr, oft stellten sich sogar Freunde als Verräter heraus, von denen man es niemals gedacht hätte.

Miranda achtete deshalb sehr darauf, wem sie was erzählte, ging meist durch den Hintereingang zu Giulia, wo sie immer die Ware und Nachrichten bekam, die sie als Stafette in die Berge bringen sollte. Vor allem ihre Schwester, die es bereits ahnte, durfte auf keinen Fall irgendetwas mitbekommen. Das machte Miranda unglaublich traurig, denn eigentlich sollten sich Schwestern doch alles sagen können, füreinander da sein, sich unterstützen, in guten wie in schlechten Tagen, wie in einer Ehe auch.

Zwischen Renzo und ihr entwickelte sich eine immer größere Nähe. Obwohl er verwundet war und Schmerzen hatte, brachte dieser Mann sie zum Lachen, aber auch zum Verzweifeln. »Ich muss etwas tun, ich halte das Herumliegen nicht mehr aus«, sagte er fast jeden Tag. Inzwischen schliefen sie in einem Zelt zusammen. Miranda, die zwar rebellisch, aber sehr streng katholisch erzogen worden war, haderte anfangs mit sich, ihre Liebe so offensichtlich vor allen zu leben. Aber Renzo scherte sich nicht um die Moralvorstellungen. »Was haben wir zu verlieren, Miranda? Nur unser Leben. Ich möchte dich spüren, ich brauche dich. Lass sie reden, wenn sie das Bedürfnis haben. Die meisten hier im Camp verstehen es und hätten auch gern dieses Glück. Du darfst nur jetzt noch nicht schwanger werden. Aber ich passe wie gesagt auf.«

Sobald Renzo sie fest an sich drückte, spürte sie wieder dieses Urvertrauen, dieses Glück, das sie vor ihm nie derart empfunden hatte.

Ob Alessia sich in Walter Armen auch so wohl und geborgen fühlte? Oder was war es, was sie mit diesem Nazi zusammen sein ließ? Tatsächlich der Geruch der Macht? Miranda ekelte, wenn sie an diesen korrupten Mann dachte. Die Geschmäcker sind verschieden, hatte ihre Mutter immer gesagt. Aber dass der Verstand bei ihrer Schwester so aussetzte?

In den folgenden Wochen konnte Renzo wegen seines Beins an keiner Aktion der Widerstandskämpfer teilnehmen. Er half ihnen, Munition und Waffen zusammenzustellen, humpelte herum und fühlte sich überflüssig. Aber diesen Mann konnte man nicht zur Ruhe zwingen. »Ich muss etwas tun. Ich kann nicht still sitzen.«

»Wir sind beisammen. Ich muss mir keine Sorgen um dich machen, ist das nichts?« Sie versuchte immer, mehrere Tage am Stück im Camp zu sein.

Er sah sie an, voller Liebe, aber er schüttelte den Kopf, dann nickte er. »Doch, aber das bin nicht ich. Du kannst mich nicht lieben, wenn ich hier nur herumsitze.«

»Was glaubst du, wie oberflächlich ich bin?«, herrschte sie ihn an. Sofort zog er sie voller Leidenschaft in seine Arme, küsste sie und ließ sie nicht mehr los.

Der Winter rückte näher und es wurde empfindlich kalt in den Bergen. Morgens gab es Frost, die Menschen froren bitterlich.

Elina, die noch dünner geworden war, denn sie aß kaum noch etwas aus Sorge um ihre Eltern, fror erbärmlich. Miranda hatte Renzos warmen Körper, an dem sie sich nachts wärmen konnte, wenn sie im Camp übernachtete. Einzig die Nächte auf dem Weg zum oder vom Camp zurück nach Venedig fror sie sehr. Aber die Freundin schlief mit einer anderen Jüdin in einem Unterschlupf. Und hatte nie jemanden, an dem sie sich wärmen konnte.

»Frag doch Jakob, ob er nachts neben dir liegen und dich wärmen mag«, schlug Miranda vor. »Sonst frag ich ihn für dich.«

Elina hustete, lachte auf. »Du Verrückte, das würde dir ähnlichsehen. Einen Mann einfach fragen.«

»Im Ernst, Elina. Er mag dich. Mehr sogar, als du dir vorstellen kannst. Das sehe ich.«

Wie oft hatte sie ihr das bereits gesagt. Aber Jakob wagte keinen Schritt nach vorn und so zweifelte Elina, die auch etwas für ihn empfand, an seinen Gefühlen.

»Er ist zu allen Frauen nett«, sagte sie erneut. »Er ist einfach ein freundlicher Mann.«

»Er ist schüchtern und hat bestimmt noch nie eine Frau geküsst«, mutmaßte Miranda. »Trau dich. Was hast du zu verlieren.«

Elina seufzte, wieder übermannte sie ein Hustenanfall. »Nichts«, stieß sie zwischendurch hervor. »Also gut.«

Am nächsten Tag, als sich Miranda aufmachte, zurück nach Venedig zu laufen und Essensvorräte und Munition zu besorgen, beobachtete sie Elina, die bei Jakob stand. Wie zwei schüchterne Teenager standen sie sich gegenüber. Elina blickte einen Moment zu Miranda, die lächelte sie auffordernd an, machte einen Kussmund und dazu das Siegeszeichen. Elina musste schmunzeln, versuchte, ernst zu bleiben, redete weiter auf Jakob ein und dann beugte sie sich einfach zu ihm und drückte ihm etwas ungeschickt einen Kuss auf den Mund. Er riss überrascht die Augen auf, aber dann schloss er die Arme um sie, genoss und erwiderte den Kuss.

Miranda klatschte leise für sich in die Hände. Endlich.

Elina löste ihre Lippen, wich entschuldigend zurück, aber da kam Leben in den zurückhaltenden, feinsinnigen Jakob. Er zog sie zu sich, küsste sie erneut, als habe er schon Hunderte Frauen geküsst, und Miranda freute sich unbändig.

Beschwingt nahm sie ihren Korb, ging den inzwischen schon so oft gelaufenen Weg entlang.

Venedig, Dezember 1943

Je weiter die Alliierten von Süden heranrückten, desto wichtiger wurde es, ihnen auch hier in der Lagunenstadt den Weg zu ebnen. Zum Beispiel, die Deutschen zu schwächen, indem man ihre Nahrungs- und Munitionslager überfiel. Aber immer wieder kam es vor, dass es Verletzte oder gar Tote unter den Partisanen gab.

Wenn Miranda des Abends neben ihrer Schwester im Bett lag, genoss sie zwar den Komfort und die Wärme der Schlafstatt, sehnte sich jedoch unendlich nach Renzo. Wie viel lieber hätte sie auch diese Nacht mit ihm in ihrem gemeinsamen Zelt geschlafen.

Alessia kam aus dem Bad zurück, beschwerte sich, dass sie schon wieder unter Migräne leide, wie immer zum Beginn ihrer Tage. Tabletten habe sie keine mehr, denn Medizin zu bekommen, wurde immer schwieriger. Alessia fluchte, fasste sich an die Schläfen und ließ sich neben Miranda ins Bett fallen, dass alles wackelte.

Erschrocken fiel Miranda auf, dass sie ihre Blutung schon eine ganze Weile nicht mehr gehabt hatte. Wie lange nur? Fieberhaft begann sie zu rechnen und je länger sie überlegte, desto klarer wurde ihr, dass sie schwanger sein konnte. Oh nein, sie hatten doch nach ihrem ersten Mal immer aufgepasst. Zumindest hatte Renzo es ihr so erklärt, dass er aufpasse, dass er es ihr und seinem Kind jetzt auf keinen Fall zumuten wolle, in diesen Kriegswirren aufzuwachsen. Mirandas Herz raste. Konnte es sein, dass unter ihrer Brust bereits ein kleines Herz schlug? Lange fand sie nicht in den Schlaf, dachte nach, was es für sie bedeuten würde, und spürte irgendwann eine tiefe Seligkeit in sich.

Am nächsten Tag eilte sie zu der Frau in Cannaregio, die sich damit auskannte und als sehr verschwiegen galt. Sie arbeitete seit dreißig Jahren als Hebamme, eine kleine, rundliche Frau mit einer mütterlichen Ausstrahlung. Sie untersuchte Miranda, nickte ihr dann ernst zu. »Mein Gott, du bist doch selbst noch ein Kind.«

»Ich bin achtzehn Jahre alt«, verteidigte Miranda sich.

»Keine einundzwanzig und damit nicht volljährig. Unverheiratet und bestimmt kein Vater, der sich dazu bekennt, habe ich recht? Oder ist er bereits gefallen?«, setzte sie milder hinzu.

Miranda biss sich auf die Zunge, schüttelte wortlos den Kopf. Renzo würde sich ganz sicher dazu bekennen, aber sie durfte ja keinem sagen, dass sie mit einem Partisanen zusammen war.

»Es ist also ganz sicher, dass ich schwanger bin?«, erwiderte sie nur.

»Sì, sì, naturalmente. So sicher, wie dieser Hitler ein Teufel ist.«

Miranda seufzte. Gleichzeitig freute sie sich unbändig. Ein Kind. Ein Kind von Renzo. Mehr Ausdruck einer Liebe gab es nicht. Doch dann dachte sie an ihre Mutter, die Schande, die sie ihr bereitete, außerdem meldete sich auch ihr Beschützerinstinkt. Durfte sie schwanger weiter als Stafette Nachrichten und Waffen transportieren, wie lange noch konnte sie den anstrengenden, gefährlichen Weg auf sich nehmen? Das Kind im Camp zu bekommen war unmöglich, aber bald nicht mehr in die Berge gehen zu können, zu Elina und Renzo – unvorstellbar.

8. Kapitel

Venedig, 2019

Nonna hatte sich hingelegt, das Erzählen strengte die alte Frau mehr an, als sie sich eingestehen wollte. Ihr waren am Schluss immer wieder die Augen zugefallen. Nicola schloss leise die Tür zu ihrem Schlafzimmer, sah nachdenklich vor sich hin. Betrachtete den antiken Schrank, der im Flur stand. Auch er hatte eine Geschichte zu erzählen. Ihre Mutter wurde 1944 geboren, wie so viele Mütter ihrer Freundinnen. Was das für die Frauen damals bedeutete, mitten im Krieg ein Kind zu bekommen, machte man sich heute kaum noch bewusst.

Sie hörte die Türglocke und ging rasch die beiden Stockwerke hinunter. Lotta stand vor der Tür.

»Wo ist denn Cati?«, erkundigte sich Nicola verblüfft. Die beiden hatten sich doch einen schönen Nachmittag machen wollen.

»Die hab ich abgehängt«, scherzte Lotta und sah ihre Mutter abwartend an.

»Willst du nicht reinkommen?«

»Nö. Ich wollte fragen, ob du mit mir shoppen gehst.«

»Wollte Cati nicht? Wo ist sie denn?«

Nicola musterte ihre Kleine.

»Die hat den Arzt getroffen und wollte mit ihm Kaffee trinken.« Nicola hörte Lotta ihre Enttäuschung an.

»Was? Welchen Arzt? Diego Carrara?«

»Mmmh. Dabei hat sie mir den Nachmittag versprochen.«

Nicola ärgerte sich über ihre Schwester. Was sollte das? Wieso verhielt sie sich jetzt auch noch so seltsam Lotta gegenüber? Zudem versetzte ihr die Tatsache, dass sie sich mit Diego traf, wider Erwarten einen Stich. Was wollte Cati von ihm? Er sah attraktiv aus, war Arzt, hatte sie etwa ein Auge auf ihn geworfen? Nicola erinnerte sich an ihre Teenagerzeit, in der Cati ihr einen Jungen ausgespannt hatte, für den Nicola heimlich schwärmte. Oder richtiger: Nicola hatte ihrer Schwester davon erzählt, nur der Junge ahnte nichts davon. Und obwohl Cati von Nicolas Gefühlen wusste, ging sie damals mit ihm ein Eis essen. Mehr zwar nicht, aber allein das hatte Nicola damals verletzt. An diese alte Geschichte hatte sie lange nicht mehr gedacht. In den letzten Jahren hatte stets Catis Pech bei den Männern, das sie seit geraumer Zeit hatte, im Vordergrund gestanden.

Nicola schob die Erinnerung beiseite, wandte sich ihrer Tochter zu. »Weißt du was, Lotta? Wir zwei machen uns jetzt einen schönen Nachmittag, wir haben schon viel zu lange nichts mehr zusammen unternommen. Wir gehen Spaghettieis essen, so viel du willst, nach coolen Rucksäcken schauen und was uns noch so einfällt.«

Lottas Augen strahlten. »Wirklich?«

»Wirklich. Mamma und Nonna wollten jetzt eh Siesta machen. Ich hol nur schnell meine Handtasche und die Sonnenbrille, bin gleich wieder da.«

Es wurde ein richtig schöner Mutter-Tochter-Nachmittag. Schon so lange hatten sie keinen so vergnügten mehr miteinander verbracht, viel zu sehr hatten die Trennung, die Arbeit und der Alltag Nicola im Griff gehabt. Wie sehr ein Kind bei der Trennung seiner Eltern leidet, vergisst man im eigenen Schmerz leider immer wieder. Auch deshalb, weil viele Kinder nach außen hin so tapfer wirken. Wie Lotta. Nur selten hatte sie geweint, vielmehr hatte sie ihre Mama getröstet, wenn Nicola mal wieder wie ein Bündel Elend mit einer Tafel Schokolade und Wein am Küchentisch saß.

»Sieht alles aus wie in einem Bilderbuch«, stellte Lotta beeindruckt fest, als sie an den Palazzi den Kanal entlanggingen. Wie hübsch sie war. Vermutlich würde es nicht mehr lange dauern, bis sie den Jungs den Kopf verdrehte.

»Das stimmt. Venedig hätte man nicht schöner malen können. Kein Wunder, dass so viele Touristen aus aller Welt hierherkommen. Diese Stadt ist einzigartig.« Nicola sah ihre Tochter an. »Wie du, mein Schatz. Hab dich lieb.«

Lotta sah sie überrascht an, lächelte dann. »Ich dich auch, Mami.«

Nicola nahm ihre Kleine in den Arm und drückte sie. Wie gut sie roch, wie vertraut.

Ein Asiate lächelte sie an und machte das Daumen-nach-oben-Zeichen.

In einem kleinen Taschenladen fanden sie endlich einen Rucksack, der Lotta gefiel, sie aßen Eis auf dem Markusplatz, wie Lotta es sich gewünscht hatte, genossen die Sonne und die Weite des Platzes. Immer wieder flogen die vielen Tauben auf, landeten wieder und pickten nach Essbarem.

»Eine Taube müsste man sein«, sagte Lotta und schob sich einen weiteren Löffel Vanilleeis mit Himbeersoße in den Mund.

So nachdenklich hatte Nicola ihre Kleine noch nie erlebt. »Wieso meinst du?«, hakte sie nach.

»Dann könnte ich zu Papa fliegen, wann immer ich will.«

Ein Kloß machte sich in Sekundenschnelle in Nicolas Hals breit, als habe ihr jemand ein Taschentuch in den Rachen gestopft. Sie versuchte, ihn wegzuschlucken, doch es gelang nicht. »Du weißt doch, dass du Papa immer sehen kannst, wenn du möchtest. Zumindest wenn er Zeit hat.«

»Die nimmt er sich ja fast nie«, murmelte sie fast unhörbar, legte ihren Löffel weg und starrte vor sich hin.

»Hat er wirklich gesagt, er kommt nach Venedig?«

»Ja, sonst hätte ich ihn doch nicht am Bahnhof abholen wollen.«

Nicola nickte und ärgerte sich über Frank. Sie versuchte aber, sich das Lotta gegenüber nicht anmerken zu lassen. »Ich ruf ihn gleich noch mal an, okay?«

»Der geht ja nicht mal an sein Handy.«

»Irgendwann wird er schon.«

Sie zahlten und machten sich auf den Weg zurück zu Nonna. Nicola wollte Cati fragen, weshalb sie mit Diego einen Kaffee trinken war, obwohl sie Lotta den Nachmittag versprochen hatte. Ob Cati bemerkt hatte, dass Nicola und er sich gut verstanden? Konnte sie es nicht ertragen, wenn sich ein Mann für ihre Schwester interessierte? So langsam verstand Nicola Cati überhaupt nicht mehr. Aber sie wollte sie verstehen, wollte die Wahrheit hören, auch wenn sie vermutlich wehtun würde.

***

Mamma sah frisch und ausgeruht aus nach ihrem Schläfchen, dachte Nicola. Sie war auch nicht mehr die Jüngste, sie sollte ja schön achtgeben auf sich.

»Da seid ihr ja wieder. Nonna ruht sich noch aus.« Mamma nahm Lotta sofort freudig in Beschlag, drückte sie fest. Sie liebte ihre Enkelin über alles. »Komm, Piccola, du erzählst mir von eurem Nachmittag und ich mache dir Zaletti.« Sie wusste natürlich, dass Lotta diese venezianischen Kekse aus Maismehl für ihr Leben gern mochte. »Au ja, Omi.«

Nicola verabschiedete sich lächelnd in ihr Zimmer. Wie gut es Lotta tat, ihre Familie um sich zu haben. Sie wollte Frank anrufen, ihn zur Rede stellen, wieso er seiner Tochter so wehtat. Die Sonne schickte einen Sonnenstrahl in das Zimmer. Nicola nahm ihr Handy, trat ans Fenster und setzte sich auf die Fensterbank. Ihr Blick schweifte auf den Kanal, zu den gegenüberliegenden prächtigen Häusern, den Gondeln und Wasserbussen, die auf dem Kanal schipperten, was gab es Schöneres, Beruhigenderes, dachte Nicola.

Mit einem Mal hatte sie keine wirkliche Lust mehr, sich ihre Stimmung durch ein Telefonat mit Frank kaputtmachen zu lassen. Und doch, für ihre Tochter musste sie es tun.

Sie suchte seine Nummer heraus und drückte auf »Anrufen«. Es klingelte lange und sofort fiel ihr ein, wie schnell er immer rangegangen war, als sie sich kennengelernt hatten. Auf der Vernissage einer Freundin war er ihr vorgestellt worden. Der attraktive Schauspieler, damals noch nicht besonders gut im Geschäft, aber äußerst charmant. Dass er zu fast allen Frauen so charmant sein konnte oder es ihnen vorspielte, merkte sie erst im Nachhinein. Wie auch immer, auf dieser Vernissage fühlte sie sich als etwas Besonderes, spürte recht schnell ein Kribbeln im Bauch, hörte ihm unheimlich gern zu. Dass er ein begnadeter Selbstdarsteller war, liebte sie anfangs an ihm, denn ihr selbst fiel es von jeher schwer, sich zu präsentieren, im Rampenlicht zu stehen. Sie bewunderte ihn dafür und das genoss er. Im Laufe der Jahre, als sie immer mehr den Menschen sah, mit all seinen Fehlern, konnte sie ihm diese Bewunderung nicht mehr so wie anfangs entgegenbringen. Bald schon suchte sich Frank diese Bestätigung anderswo, traf sich mit Kolleginnen und Kamerafrauen, die in ihm nur den Star sahen. Auch Lotta bewunderte ihren Papa natürlich ausgiebig und tat es heute noch. Nicola hatte sich bei der Trennung wirklich Mühe gegeben, nichts Nachteiliges über Frank vor ihr zu sagen. Und sie hatte es auch geschafft. Auch weil sie Frank auf eine gewisse Art immer noch liebte und ihn als Menschen verstand. Seine Mutter hatte die Familie früh verlassen, um mit einem anderen Mann in Portugal auszusteigen. Frank hatte sie schmerzlich vermisst und bekam eine Stiefmutter, die leider der von Aschenputtel glich. Nie schenkte sie ihm Aufmerksamkeit, nie wurden seine Bastelwerke bestaunt, auf die er als Kind doch so stolz war, wie er Nicola einmal erzählt hatte. Seine übergroße Sehnsucht nach Bewunderung schien daraus zu resultieren und Nicola hatte erkannt, dass er eine Frau brauchte, die ihm all das gab. Diese Ashley sah ganz sicher zu ihm auf und genau das war es, was sie ihm nicht mehr geben konnte. Immer noch ging er nicht an sein Handy, auch sprang seine Mailbox nicht an wie sonst. Nicola wollte wieder auflegen, da hörte sie plötzlich seine Stimme.

»Nicola? Ist was mit Lotta?«

Immerhin schien er doch noch so etwas wie Verantwortungsgefühl seiner Tochter gegenüber zu besitzen. Vielleicht hatte Lotta ja doch nur alles falsch verstanden, als sie geglaubt hatte, dass er nach Venedig kommen wollte.

»Hallo, Frank. Lotta geht es gut. Einigermaßen, sie ist enttäuscht. Sie meinte, du wolltest zu ihr nach Venedig kommen.«

Stille am anderen Ende der Leitung.

»Zu ihr?«

»Ja, sie hat am Bahnhof auf dich gewartet.«

»Oh.«

Nicola runzelte unwillkürlich die Stirn, beobachtete vom Fenster aus einen Gondoliere, der ihr zulächelte.

Sie sah weg, konzentrierte sich wieder auf das Gespräch. »Was heißt ›oh‹?« Sie hörte sein Atmen.

»Frank? Was hast du denn mit ihr abgemacht?«

»Gar nichts.«

»Wie, gar nichts?«

»Ich habe ihr gesagt, dass ich nach Venedig komme. Aber doch nicht wegen ihr.«

Nicola spürte Ärger in sich aufsteigen. »Nicht wegen ihr? Wegen wem denn dann?«

Frank zögerte hörbar. »Wegen … Ashley.«

»Das ist nicht dein Ernst.«

»Sie wollte schon so lange in diese Stadt der Liebe und wusste, dass ich mich gut auskenne. Und als Lotta geschrieben hat, dass sie mit dir dorthin fliegt, hat Ashley nicht lockergelassen … Und wir haben beide nur diese Tage frei.«

Seine Worte verhallten im Nirwana. Es klang wie eine billige Ausrede.

Nicolas Wut wandelte sich in Zorn. »Und du wolltest Lotta hier nicht treffen?«

»Nein, wir sehen uns doch nächstes Wochenende. Das wäre ja auch total unpassend mit Ashley.«

Jetzt hatte es Nicola die Sprache verschlagen. Sie riss sich zusammen, Lottas wegen. »Stimmt. Das wäre unpassend. Wenn du Lotta hier in die Arme laufen würdest und nicht gesagt hättest, dass du in der Stadt bist. Ich möchte nicht, dass du kommst.«

Frank räusperte sich. »Zu spät.«

»Wie, zu spät?«

»Ich … also wir … sind schon da. Wir haben vorhin im Hotel eingecheckt. Ashley ist … gerade im Bad.«

Nicolas Hand ballte sich zur Faust, ihre Stimme klang jetzt schrill. »Das glaube ich jetzt nicht«, brachte sie heraus.

»Wieso? Du hast die Stadt doch nicht gepachtet, nur weil du Familie hier hast.«

»Nein, das habe ich nicht. Darum geht es auch nicht. Es geht mir um Lotta. Und ich bin mir sicher, dass es ihre Gefühle verletzen würde, wenn sie dich hier sieht mit dieser … Egal. Wenn du nicht wegen ihr hier bist, verstehst du das denn nicht?«

Sie hörte ein Seufzen. Dann Stille. »Du, ich muss aufhören. Ich weiß ehrlich gesagt nicht, wieso du immer aus allem ein Drama machen musst.«

Und damit legte er auf.

Nicola sah fassungslos auf ihr Smartphone. Frank, der die letzten Jahre kaum noch dazu bewegt werden konnte, nach Venedig mitzukommen, besaß die Dreistigkeit, ausgerechnet jetzt hierher zu reisen. Nur weil seine Ashley es partout zu diesem Zeitpunkt wollte. In diese Stadt der Liebe. Wie unsensibel konnte man nur sein? Nicola schwang sich vom Fensterbrett, ging wütend im Zimmer umher wie ein Tiger im Käfig. Was sollte sie Lotta sagen? Am besten die Wahrheit, denn wenn sie Frank und dieser … Frau … begegnen würden, käme es ohnehin heraus, dass Nicola von seinem Hiersein gewusst hatte. Wieso nur tat er ihrer Kleinen so weh? Und damit ihr.

Am Abend duftete es aus der Küche. Mamma hatte Nicolas Lieblingsessen gemacht, Osei scampai, Fleischspieße mit Salbei und Äpfeln, dazu frisches Brot, und Nonna saß am Küchentisch und sah ausgeruht und deutlich besser aus. Ein Glück. Sie strahlte Nicola entgegen, freute sich sichtlich, ihre Familie am Tisch zu haben. Bis auf Cati, die immer noch nicht zurück war.

Nicola hatte Lotta bereits erzählt, dass ihr Papa in der Stadt sei, es sich um ein Missverständnis gehandelt und er kaum Zeit habe, sich aber auf das Wochenende in Berlin mit ihr sehr freue. Lotta hatte nur zugehört, nichts dazu gesagt. Armes Mädchen, hatte Nicola gedacht. Natürlich tat es weh, vermutlich sehr sogar.

»Wisst ihr, wo Caterina steckt?«, wollte Mamma wissen, während sie Lotta einen Fleischspieß auf den Teller legte. »Nicht!«, schrie Lotta auf, aber Mamma ignorierte das wie schon damals in Nicolas Kindheit. Lotta verschränkte bockig die Arme. »Ich hab keinen Hunger.«

»Wieso das denn?«

»So halt.«

»Du musst essen.«

»Mamma, lass sie.«

Lotta warf Nicola einen dankbaren Blick zu.

»Sie hat doch sicher schon so viele Kekse gegessen«, fügte diese mit einem Augenzwinkern zu ihrer Tochter hinzu.

»Das stimmt.«

»Cati hat jemanden getroffen«, fuhr Nicola fort. »Mehr weiß ich nicht.« Hier vor Nonna wollte sie nicht erzählen, dass Cati mit Nonnas Arzt unterwegs war. Und das bis in die Abendstunden. Wieder spürte sie einen Stich in der Magengegend, wenn sie an Diego mit Cati in einer Bar dachte.

»Ah. Bestimmt ihre Freundin Maria?«, mutmaßte Mamma. Mit Maria hatten die Mädchen früher, wenn sie ihre Großmutter in den Ferien besuchten, des Öfteren gespielt.

Nicola zuckte nur die Schultern, schnitt einen Happen von ihrem Fleischspieß ab, schob ihn sich genüsslich in den Mund. Der Geschmack kitzelte ihren Gaumen. Gutes italienisches Essen von ihrer Mamma, wie sehr hatte sie das vermisst. Lotta nahm sich jetzt doch einen Spieß, machte den Schinken aber ab und ließ ihn liegen. Frank hatte ihr eingeredet, der mache dick, erinnerte sich Nicola. Frank, der in diesem Moment hier irgendwo in Venedig am Kanal entlangschlenderte, mit seiner Ashley im Arm. Oder in einem romantischen Restaurant saß, bei Kerzenschein und einer guten Flasche Wein.

Wollte er ihr absichtlich wehtun? Wollte er ihr irgendetwas damit sagen? Nur was?

Nicola hatte keine Lust, sich weiter negative Gedanken über einen Mann zu machen. Allerdings, sobald sie an Diego dachte, wurde es nicht besser. Wieso traf er sich mit Cati, noch dazu so lange? Ja, die kleine Schwester sah vielleicht etwas besser aus, zumindest hatte ihr Frank das einmal zu verstehen gegeben. Aber Nicola sei klüger, belesener, hatte er sich damals aus der Situation gerettet. Schon in ihrer Jugend kam Cati bei den Jungs meist besser an als sie.

»Lotta, du siehst so blass aus«, stellte Nonna fest. Die alte Dame hatte ein untrügliches Gespür, die Stimmungen ihrer Familie zu erahnen. »Was ist los?«

»Nix.«

»Und du isst wie ein Spatz«, fügte Mamma noch hinzu.

»Mamma, sie hat jetzt genug gegessen«, kam ihr Nicola zu Hilfe.

»Genau.« Lotta verschränkte wieder ihre Arme.

»Wollen wir morgen Vormittag Buranelli zusammen backen?«, schlug Mamma lieb vor.

Sofort kamen in Nicola wieder so viele Erinnerungen hoch. Backnachmittage mit ihrer Schwester und Mamma, die Hände voller Teig und Mehl, sie hörte förmlich Catis hohes Kinderlachen, sah ihre Zöpfe vor sich, die im Mehl gelegen hatten.

»Von mir aus«, sagte Lotta und Nicola freute sich, dass sie sich durch ihren Vater nicht ganz den Aufenthalt hier verderben ließ.

»Und ich erzähle dir morgen weiter von damals«, wandte sich Nonna an Nicola. »Wenn du das möchtest.«

»Und ob ich möchte. Aber nur, wenn du dich stark genug fühlst. Ich will nicht schuld sein, falls …« Sie sprach es nicht aus.

»Kräftiger werde ich nicht mehr in meinem Alter.« Nonna lächelte. »Ich möchte aber, dass deine Schwester morgen dabei ist. Basta.«

Während Nicola Mamma beim Einräumen der Spülmaschine half und Nonna sich schon zurückgezogen hatte, saß Lotta am Küchentisch und daddelte an ihrem Handy. Ganz bestimmt schrieb sie sich nicht mit ihrem Papa, sondern vermutlich eher mit einer Freundin.

»Kann ich noch was auf Amazon Prime gucken?«, fragte sie plötzlich.

»Wenn du möchtest, klar.«

Nicola wollte sowieso gern mit ihrer Mutter über deren Erinnerungen an damals reden. Sie auch fragen, was sie von ihrem Vater wusste. Bisher hatte Mamma von Nicolas Großvater kaum etwas erzählt. So richtig war es ihr nie aufgefallen, denn die Frauen ihrer Familie redeten nicht viel über früher.

Nachdem sich Lotta in ihr Gästezimmer verzogen hatte und die Küche aufgeräumt war, setzten sich Nicola und ihre Mutter bei einem Glas Wein zusammen.

»Abends bin ich in letzter Zeit so müde«, seufzte Mamma.

»Hast du dich durchchecken lassen? Was sagt denn der Arzt?«

»Ach, Dottore Carrara«, winkte Mamma ab. »Der sagt, es sei alles in Ordnung. Es käme vom Älterwerden. Nun ja, so ganz vertraue ich ihm nicht.«

»Dann geh doch noch zu einem anderen Arzt.«

Mamma schüttelte den Kopf, als ob dies eine irrwitzige Idee sei. »Die Ärzte behaupten doch alle etwas anderes. Fragst du vier Ärzte, hast du vier Meinungen. Und sie machen dich alle nur verrückt. Danach bist du wirklich krank. Ich bin ja froh, dass unser Dottore sagt, dass es nichts sei. Sorgen müssen wir uns jetzt um deine Nonna machen.«

»Wie meinst du das?«

Mamma trank einen Schluck Wein, Nicola tat es ihr gleich. Er schmeckte trocken, herb und im Abgang ein wenig nach Holz.

»Sie hat mir kürzlich einiges erzählt, von ihrer Zeit in der Resistenza civile.«

»Hat sie? Wusstest du das alles noch nicht?«

»Nein. Sie hat nie darüber geredet. Jetzt ja, vor allem weil …« Ihre Mutter hielt inne, als ob sie etwas verschweigen würde.

»Weil?«

Mamma atmete durch. »Sie soll dir erst alles erzählen, erst dann verstehst du sie. Am Ende eines Lebens kommt vieles, was man verdrängt hat, wieder hoch. Aber vor allem liegt Nonna die Sache mit ihrer Schwester sehr im Magen. Und als sie jetzt mitbekommen hat, dass Caterina und du …«

»Ich weiß.« Nicola seufzte, nahm erneut einen Schluck vom Vino rosso und zündete eine Kerze auf dem Tisch an. Die Sonne war bereits untergegangen, das Licht über dem Herd leuchtete nicht genug. »Das mit Cati hätte sich auch bestimmt so wieder eingerenkt.«

»Hätte es das? Wo du nicht einmal weißt, wieso sich unsere Kleine so verhält?«

»Mamma, sie ist nicht mehr die Kleine.«

»Für mich wird sie das immer bleiben.«

Nicola verstand ihre Mutter. Lotta würde auch immer ihre Kleine bleiben. Sie nahm einen Keks, der in einer Schale auf dem Tisch stand, und biss hinein. Wie köstlich. Dann befragte sie ihre Mutter nach Erinnerungen an ihre Kinderzeit. Mamma erzählte das Wenige, das ihr von sich als kleinem Kind noch im Gedächtnis geblieben war. Geboren 1944, hatte sie vor allem die Nachkriegszeit bewusst mitbekommen. In Venedig war zwar kaum etwas zerstört worden, aber die Armut hatte die Menschen und besonders die alleinerziehenden Mütter nach dem Krieg fest im Griff. »Nonna ging putzen, aber sie brachte nur wenig Geld mit nach Hause.«

Nonna, ihre edle, feine Nonna, hatte einmal bei anderen geputzt? Nicola konnte es sich schwer vorstellen, vor allem, wenn sie sich in diesem schön eingerichteten Haus so umsah. Dem Haus der Zevis. Die meiste Einrichtung stammte sicher auch von ihnen. »Und wann hat Nonna dieses Haus bezogen?«

Mamma wusste es nicht genau.

»Sie hat mir noch nicht erzählt, ob ihre Freundin Elina in den Bergen überlebt hat«, sagte Nicola. »Vielleicht lebt sie ja jetzt in der Schweiz. Ich hoffe es sehr. Es ist verrückt, aber durch Nonnas Erzählung habe ich fast das Gefühl, Elina gekannt zu haben.«

»Ja, ich weiß leider auch nicht, ob sie das alles überlebt hat. So weit sind wir nicht gekommen, es hat sie sehr mitgenommen …« Sie hielt inne, blickte nachdenklich vor sich hin.

Sanft legte Nicola die Hand auf die ihrer Mamma.

Die beiden Frauen saßen eine Weile einfach so da, nahmen hin und wieder einen Schluck Wein oder Wasser und dachten an damals.

»Ich weiß nur eines«, fuhr Mamma irgendwann fort. »Sie war eine gute Mutter, sie hat alles getan, um uns beide durchzubringen. Aber nach dem Krieg war es nicht leicht. Vor allem nicht für die Frauen, die im Widerstand geholfen haben. Sie wurden als ›leichte Frauen‹ gesehen, weil sie so mutig waren wie Männer und weil sie mit den Männern in den Lagern zusammenlebten. Sie war immer ein Vorbild für mich. Hat mir sehr viel Selbstbewusstsein geschenkt, ich hoffe, ich konnte euch das weitergeben.«

»Das konntest du.«

Nicola lächelte sie an. Sie erinnerte sich, dass ihre Mutter früher in Köln als Geschäftsführerin in einem Karnevalsmaskenladen gearbeitet hatte. Die Mütter von Nicolas Freundinnen dagegen waren meist Hausfrauen. Nicola war stolz auf ihre Mutter gewesen, Cati auch. Dann zogen sie nach

Berlin, weil ihr Vater dort ein besseres Jobangebot als Ingenieur bekommen hatte. Auch in Berlin schaffte es ihre Mutter, schnell Fuß zu fassen und die Filiale eines Schuhladens zu führen. »Die Frauen unserer Familie sind stark«, hatte Nonna einmal gesagt.

Jetzt, da Nicola erfuhr, dass ihre Großmutter damals im erzkonservativen Italien ausgegrenzt und angefeindet worden war, tat sie ihr leid.

Sie dachte an Lotta. »Mamma, hab ich dir erzählt, dass Lotta in letzter Zeit in Berlin mehrfach von Jungs belästigt wurde, die etwas gegen Ausländer haben? Ich bin mir so hilflos vorgekommen.«

»Was? Aber Lotta ist doch keine Ausländerin in Berlin!«

»Natürlich nicht, aber sie sieht sehr italienisch aus.«

Mamma schlug die Hände zusammen und regte sich auf. »Was ist bloß mit den Menschen los? Nur weil Lotta eine italienische Großmutter hat, ist sie doch keine Ausländerin. Sie hat einen deutschen Pass, ist in Deutschland geboren, hat deutsche Eltern.«

»Ich weiß. Es ist unfassbar. Und macht Angst. Außerdem – selbst wenn …«

Mamma seufzte und nickte. »Die Menschen müssen die Geschichte kennen, um aus ihr zu lernen.«

»Und wir müssen dafür kämpfen, dass sie sich nicht wiederholt.« Nach all dem, was sie bis jetzt von Nonna über damals gehört hatte, spürte Nicola eine wiedergewonnene Stärke in sich wie schon lange nicht mehr.

»Du kannst dein Kind nicht immer und überall beschützen. Das zu begreifen ist für eine Mutter schwer. Du musst deinem Kind helfen, sich Flügel wachsen zu lassen, starke Flügel, das ist die Aufgabe einer Mutter.«

»Das hast du schön gesagt, Mamma. Und es ist so wahr. Es fällt mir manchmal unendlich schwer. Lotta ist schon so selbstständig für ihr Alter. Und auch nicht auf den Mund gefallen.«

In dem Moment hörte man unten eine Tür, dann jemanden auf der Treppe und kurz darauf kam Cati, sichtlich angeheitert und mit glühenden Wangen in die Küche gestürmt.

»Salute! Was hockt ihr hier denn so verdrießlich herum? Draußen tobt das Leben.«

»Salute«, erwiderte Mamma ernst. »Setz dich.«

»Ist was mit Nonna?«

Nicola verneinte, nahm einen Schluck Wasser. Cati runzelte die Stirn, ließ sich nieder.

Mamma begann streng, so wie sie es früher oft getan hatte, wenn Cati mal wieder über die Stränge geschlagen hatte. »Caterina, wo kommst du her?«

Cati lachte auf. »Mamma, ich bin keine fünfzehn mehr.«

Aber Mamma sah sie nur an.

»Also gut, ich war aus. Mit einem sehr charmanten Mann, wenn ihr es genau wissen wollt.«

»Mit Nonnas Arzt«, stellte Nicola bemüht neutral fest.

»Mit Nonnas Arzt, na und? Er ist ein freier Mann. Und dann habe ich noch Maria getroffen.«

Ungläubig blickte Nicola sie an.

»Wirklich. Aber ihr glaubt mir ja eh nicht.« Catis Stimme klang verletzt.

»Du benimmst dich wie ein kleines Kind«, stellte Mamma nüchtern fest.

»Wieso das denn? Ich war mit einer alten Freundin aus und soll mich jetzt rechtfertigen?«

»Nein, weil du Nonnas Arzt schöne Augen machst.«

Nicola wunderte sich, dass Mamma das störte. Sie störte es auch, aber sie versuchte, es sich nicht anmerken zu lassen.

»Ich mache ihm keine schönen Augen! Und er mir genauso wenig!«

»Er dir bestimmt, er führt was im Schilde«, stellte Mamma sauer fest.

»Sagt mal, um was geht es hier eigentlich? Wieso vertraust du Diego Carrara nicht?«, hakte Nicola bei ihrer Mutter nach. »Ich verstehe überhaupt nichts mehr.«

Mamma stockte, sah die Schwestern an. »Das wirst du noch.«

Irritiert sah Cati Nicola an. »Weißt du, um was es geht?«

»Was? Nein.«

Caterina stand auf, nahm sich ein Glas und goss sich Wasser ein. Dann trank sie es in einem Zug aus, sagte »Buonanotte« und verließ die Wohnküche.

Nicola sah ihrer Schwester hinterher. »Mamma, Cati hat irgendwelche Probleme, über die sie nicht reden möchte, weil es ihr unangenehm ist. Könnten es vielleicht Geldsorgen sein? Weißt du etwas davon?«

»Nein, und selbst wenn, das könnte sie uns doch sagen. Wir würden ihr doch helfen.«

»Ich weiß. Aber sie wird ihre Gründe haben. Und ich werde sie herausbekommen.«

Nicola stand entschlossen auf, räumte ihr Weinglas in die Spülmaschine. »Ich gehe jetzt nach Lotta sehen. Buonanotte, Mamma, schlaf gut.«

»Buonanotte.«

Nicola fühlte einen Groll im Bauch, der immer stärker wurde. Wieso musste sich Cati jetzt auch noch mit Diego treffen? Wo sie doch bestimmt gespürt hatte, dass Nicola sich zu ihm hingezogen fühlte. Wollte sie ihr absichtlich wehtun? Und was meinte Mamma mit ihrer Andeutung?

***

Am nächsten Morgen blockierte Cati das Bad. Nicola, die schon länger gehorcht hatte, wann Cati endlich fertig sein würde, ging zur Tür und hörte ein Würgen.

War Cati womöglich schwanger? Oder hatte sie sich nur einen Virus eingefangen.

»Cati? Alles in Ordnung?«

Wieder Würgegeräusche, dann hörte man die Toilettenspülung. Kurz darauf ging der Wasserhahn und endlich öffnete sich die Tür.

»Mein Gott, kann man denn nicht mal seine Privatsphäre haben in diesem Haus?«

»Entschuldige, ich muss eben auch ins Bad. Geht es dir gut?« Die Frage erübrigte sich eigentlich, denn Cati sah schlecht aus. Blass, mit Ringen unter den Augen und einer Leidensmiene. »Nein. Zufrieden?«

»Wieso sollte ich denn dann zufrieden sein?«

»Keine Ahnung.« Cati drängte sich an Nicola vorbei.

»Warte, Nonna will uns nachher mehr erzählen, über damals. Sie will, dass du diesmal dabei bist.«

Cati zögerte. »Mir ist nicht gut.«

Voll Mitgefühl schlug Nicola vor, ihr einen Tee zu kochen. Aber Cati wehrte dankend ab.

»Dann leg dich erst mal hin, und wenn es dir besser geht, kommst du dazu, in Ordnung? Kann ich sonst etwas für dich tun?«

Cati sah ihre Schwester an. »Wieso bist du immer noch so nett zu mir?«

»Weil ich keinen Grund habe, es nicht zu sein. Weil ich es immer sein werde, mein Leben lang. Weil du meine Schwester bist. Und … ich dich mag, egal wie schräg du gerade drauf bist.«

»Wirklich immer?«

»Natürlich immer.«

Cati atmete hörbar durch, zögerte einen Moment, als ob sie mit sich ringen würde, etwas zu sagen. Doch dann ging sie weiter an Nicola vorbei und in ihr Zimmer.

Nicola erinnerte sie an die Verabredung mit Nonna, doch Cati antwortete nicht mehr.

Traurig sah Nicola ihr hinterher. Früher hatten sich die Schwestern oft gesagt, wie gern sie sich hatten. Früher hätte Cati sie nie so stehen lassen. Herrgott. Sie drehte sich mit ihren Gedanken im Kreis und beschloss, damit aufzuhören. Jetzt erst einmal eine Dusche und dann wollte sie gleich zu Nonna, die ihr Frühstück im Bett zu sich genommen hatte. Und danach würde sie Diego zur Rede stellen.

Nonna sah heute Morgen zerbrechlich und wie eine wunderschöne alte Dame aus. Sie saß in ihrem Sessel, ihr weißes Haar hatte sie von Mamma antoupieren lassen, trug eine feine weiße Bluse und hatte sogar Lippenstift aufgelegt. Durch die vielen Falten um ihren Mund verlief er ein wenig, gab ihr dennoch die Eleganz einer aristokratischen Dame.

»Nonna, du siehst so hübsch aus!«

Nonna lächelte erfreut. »Merke dir eines, Liebes, vernachlässige dich nie. Egal ob du in einer Beziehung steckst oder nicht. Du bist immer in einer Beziehung, nämlich mit dir selbst.«

»Du bist nicht nur schön, sondern auch klug«, lachte Nicola und setzte sich zu ihr.

»Dann hast du das von mir.« Nonna strich Nicola über die Wange. Dann sah sie auf ihre feingliedrige goldene Armbanduhr. »Wo bleibt deine Schwester? Ich will mit euch an die Sonne.«

»An die Sonne? Ich fürchte, Cati fühlt sich nicht so gut.«

»So ein Unsinn!« Sie wischte diese Bemerkung mit ihrer Hand weg. »Sie ist jung und gesund. Hol sie zu mir, aber pronto.«

Nicola wusste, wenn sich Nonna etwas in den Kopf gesetzt hatte, musste man sich dem fügen. Außerdem war sie auch gespannt, warum Nonna Cati unbedingt dabeihaben wollte.

»Ich versuche es.« Sie verließ Nonnas Raum und begab sich auf die Suche nach Cati. In der Küche war sie nicht, also probierte sie es in ihrem Schlafzimmer. Nicola klopfte erst leise, dann etwas lauter an die alte Holztür.

»Cati? Wie geht es dir?«

Keine Antwort.

»Nonna besteht darauf, dass du diesmal dabei bist. Kommst du?«

Nun hörte man ein entnervtes Stöhnen. Dann ein paar Schritte und die Tür öffnete sich. Cati, die sonst großen Wert auf ihr Äußeres legte, öffnete verstrubbelt die Tür. »Ich will aber nicht.«

»Du kennst Nonna. Stur wie ein Esel. Jetzt komm schon, wegen ihr sind wir hier.«

»Ja doch. Gib mir fünf Minuten.« Sie schloss die Tür wieder.

»Ich geh schon mal mit ihr vor. Wir treffen uns im Torrefazione Cannaregio, in Ordnung?«

Cati öffnete die Tür wieder. »Das ist das Café hier im Ghetto, richtig?«

»Ja, genau. Nonna geht da sehr gern hin.«

»Dann kann es ihr nicht so schlecht gehen. Von mir aus. Bis gleich.«

Nicola hakte Nonna unter und geleitete die alte Dame, die so zerbrechlich wirkte wie eine Porzellanfigur, die Stufen ihres Hauses hinunter. Schwer vorzustellen, dass dieses zarte Wesen als mutige Stafette im Widerstand geholfen hatte. Auch wenn sie im Kampf gegen den Faschismus ein eher kleines Rad gewesen war, sie konnte etwas bewegen. Nicola erinnerte sich vage an einen Spruch, den sie schon oft gehört hatte: »Viele Leute müssen viele kleine Dinge tun …« Weiter wusste sie nicht, aber allein daran war etwas Wahres.

»Wenn deine Schwester nicht nachkommt, ziehe ich ihr die Ohren lang«, wetterte Nonna gerade. »Was glaubt sie eigentlich, wie viel Zeit ich noch habe?«

»Hoffentlich viel«, erwiderte Nicola. »Ich glaube, sie beeilt sich wirklich.«

»Und du nimmst sie immer noch in Schutz.«

»Natürlich, sie ist doch meine kleine Schwester.«

Nonnas Lippen bebten kurz, wie Nicola von der Seite sah, aber sie sagte nichts dazu.

Als sie aus der Haustür traten, schien ihnen die Sonne ins Gesicht. Touristen drängten sich an ihnen vorbei, machten Fotos von den Häusern im Ghetto.

»Es werden immer mehr.« Nonna schien sich über die vielen Menschen nicht gerade zu freuen. »Sie kommen mit diesen Riesenschiffen, die alles kaputtmachen, früher hätte es das nicht gegeben, früher hätten wir uns gewehrt.«

»Ich verstehe nicht, warum die Venezianer sich heute nicht dagegen wehren. Die Kreuzfahrtschiffe tragen dazu bei, dass diese schöne Lagunenstadt bald versinkt. Sie und der Treibhauseffekt, wie ich gelesen habe.«

»Ihr müsst etwas dagegen tun. Deine Mutter und ich, wir sind zu alt.«

Nicola nickte nachdenklich, wusste in dem Moment zwar nicht, was sie konkret dagegen tun konnte, aber sie wollte es im Hinterkopf behalten und dazu recherchieren.

Gemächlich gingen sie weiter nach Nordosten Richtung Calesele, dann bogen sie rechts ab auf die Fondamenta dei Ormesini. Nonna war längst nicht mehr so gut zu Fuß wie noch ein Jahr zuvor und so brauchten sie sehr lange, bis sie im Café angekommen waren, obwohl es bei normalem Gehen nur zwei Minuten entfernt lag. Fast gleichzeitig betrat Cati den Raum. Ihre Haare sahen jetzt geordneter aus.

»Da bist du ja.« Nonna bedeutete ihr mit einer Geste, sich mit ihnen an einen der wenigen Tische zu setzen. Sie hatten Glück und es gab Platz. Der Kellner kannte Nonna, begrüßte sie herzlich und nahm die Bestellung auf. »Tre cappuccini, per favore.« Nicola wusste, hier wurde Kaffee geröstet und man bekam den besten Kaffee der Stadt, und das zu günstigen Preisen. Der Raum war nicht groß, aber es gab auch ein paar Stehtische. Dank der Auswahl an Zubereitungsarten fanden sich hier abseits der Touristenrouten genug Kaffeekenner ein. Außerdem wurden köstlicher Apfelkuchen und Birne-Schokolade-Kuchen angeboten. Beide Sorten hatte Nicola schon früher des Öfteren bestellt und einen wie den anderen geliebt.

Nonna sah ihre Enkelinnen jetzt mit zusammengekniffenen Augen an. Die Schwestern warfen sich einen unsicheren Blick zu. Was würde jetzt kommen.

»Noch Birne-Schokolade-Kuchen?«, fragte Nonna mit einem Schmunzeln.

Die beiden lachten erleichtert. »Ja, gern.« Nicola liebte ihre Nonna für diese Art.

So orderten sie noch drei Stück Kuchen, als der Kellner die Cappuccini brachte. Nonna trank einen Schluck und sah dann mit ihren immer noch schönen dunklen Augen in die Ferne.

9. Kapitel

Venedig, Juli 1944

Miranda legte ihre Hand auf ihren inzwischen kugelrunden Bauch. Sie spürte das Kind in sich, wie es die Beinchen gegen ihre Bauchdecke presste, und fühlte sich glücklich. Renzo lag neben ihr, legte seine Hand ebenfalls auf ihren Bauch und strahlte sie an.

»Da, hast du es jetzt endlich gespürt?«, fragte sie lächelnd.

»Sì, sì, das habe ich. Es ist genauso widerspenstig wie du.«

Miranda lachte. »Wenn es ein Junge wird, soll er Renzo heißen.« Sie kannte nur seinen Partisanennamen, durchfuhr es sie. Wenn er sie und das Kind jetzt verließe, wüsste sie nichts über ihn.

»Und wenn es ein Mädchen wird?«, fragte er nach.

Sie sahen sich unschlüssig lächelnd an.

»Gina. Wie meine Mutter.«

Miranda hatte die letzten Monate trotz der Schwangerschaft weiter als Stafette Nachrichten und Lebensmittel überbracht. Auf Handgranaten hatte sie verzichtet. Sie musste einfach nach Elina sehen und nach Renzo. Die Anführer im Lager hatten Ärger gemacht, als sie von ihrer Schwangerschaft erfuhren, aber etwas dagegen tun konnten sie nicht, zumal sie auf Mirandas Einsatz als Stafette angewiesen waren.

»Es wird ein Junge, das spüre ich.«

Renzo zog sie zu sich, küsste sie sanft und streichelte dabei ihren Bauch. Dann löste er sich, sah sie ernst an.

»Ich werde mitmachen.«

»Nein!«

»Ich muss.«

»Nein, bitte, denk an unser Kind.«

»Ich denke vierundzwanzig Stunden nur an dich und unser Kind. Und genau deshalb muss ich mitmachen.«

Sie planten einen größeren Sprengstoffanschlag auf eine Zugstrecke, auf der die Deutschen Waffen und Versorgungsgüter nach Venedig transportierten. Drei Partisanen würden sich deutsche Uniformen besorgen, um so unauffällig agieren zu können. Einer von ihnen sollte Renzo sein.

Miranda hatte Angst um ihn, jetzt noch mehr, seit sie ein Kind von ihm erwartete.

»Bitte, kann es kein anderer übernehmen?«

»Nein. Sie brauchen mich. Ich laufe am schnellsten.«

Diesem Mann ausreden zu wollen, er sei unersetzbar, schien sinnlos, das wusste sie. Miranda seufzte, vergrub ihr Gesicht in seiner Halsbeuge und atmete seinen Geruch ein.

Sie dachte an ihre Mutter, an ihre Angst, es ihr zu beichten, dass sie schwanger war. Miranda war fest davon ausgegangen, von ihr verstoßen zu werden. Aber ihre liebe Mutter hatte zunächst nur die Hände vors Gesicht geschlagen und bitterlich geweint. Dann sah sie Miranda an und schüttelte den Kopf.

»Wie kannst du mir so etwas antun? Erst hilfst du in der Resistenza und dann bekommst du auch noch ein uneheliches Kind.« Im nächsten Moment lachte sie hysterisch auf. »Mein Mädchen, es ist so wundervoll, ich werde Großmutter!«

Ihre Mutter nahm sie in den Arm, drückte sie an sich und weinte wieder. »Dass ich das erleben darf.« Miranda wusste zwar um den Familiensinn ihrer Mutter, aber dass dieser die Schande, ein uneheliches Kind zu bekommen, überwog, erstaunte und freute sie. »Mamma, du bist eine wundervolle Frau. Ich bewundere dich.«

Und wieder drückte ihre Mutter Miranda unter Tränen an sich. »Grazie, mille grazie. Zusammen schaffen wir das schon, ein Bambino großzuziehen.«

»Ich danke dir. Ich möchte aber wenigstens bis zur Geburt weiter als Stafette arbeiten.«

»Um Himmels willen, Miranda! Santa Maria e Guiseppe!«

»Sie brauchen mich, es gibt nicht so viele Frauen, die es wagen. Sie brauchen mich wirklich. Gerade jetzt.«

Ihre Mutter bekreuzigte sich und sagte nichts mehr dazu. »Du tust es ja eh«, flüsterte sie dann.

Wie gut sie ihre Tochter kannte.

»Aber Alessia darf weiterhin nichts erfahren«, sagte Miranda noch. »Sie liebt diesen Nazi immer noch. Liebe macht ganz offensichtlich wirklich blind.«

Wieder bekreuzigte sich ihre arme Mutter. Die eine Schwester unehelich schwanger von einem Widerstandskämpfer, die andere einem Faschisten hörig.

Miranda lag in Renzos Armen, genoss den Moment. Sie sog seinen Duft ein und wusste, dass es richtig war, was sie tat. Für die Zukunft ihres Kindes, deshalb sollte er auch bei dem Sprengstoffanschlag mitmachen. Miranda flüsterte ihm ins Ohr, dass sie ihn unterstützen werde, dass sie ihn verstand. Dass er bereits jetzt ein großartiger Vater sei.

Renzo nahm ihre Hand in die seine, küsste sie, sah ihr in die Augen und nickte ernst.

»Und du bist die beste Mutter.«

Ein paar Tage später war es soweit. Renzo zog sich eine deutsche Uniform an, ebenso zwei der anderen Partisanen. Ein paar Partisaninnen und Stafetten standen um die Männer herum, machten Kommentare, zogen sie auf. »Du siehst so deutsch aus, dass es mich gruselt.«

»Die Uniform riecht nach Blut, ich ekle mich vor mir selbst«, erwiderte Giovanni.

Miranda betrachtete Renzo, der in dieser Uniform so kühl wirkte. Was Uniformen aus Menschen machten. Und dennoch blieb er ihr Renzo, im Herzen ein Guter.

Er sah ihren Blick. »Lasst uns losgehen, Männer«, sagte er, nahm vor den anderen ihren Kopf zwischen seine Hände, küsste sie fest auf den Mund, ließ sie rasch wieder los, um den Abschied nicht schmerzlich zu verlängern, drehte sich um und ging, gefolgt von den anderen beiden Männern.

Miranda prägte sich seine Gestalt ein, sein breites Kreuz, seine schlanken Beine. Den Vater ihres Kindes.

Mirandas Aufgabe als Stafette bestand bei diesem Einsatz darin, rechtzeitig in die Ebene zu gelangen, um den Partisanen dort Bescheid zu geben, dass übermorgen bei dem Anschlag deutsche Soldaten kommen würden. Sie musste ihnen unbedingt mitteilen, dass es sich bei ihnen um verkleidete Partisanen handelte.

Renzo und die beiden anderen mussten zuvor noch eine andere Aufgabe in Uniform erledigen, welche es war, darüber wollte er nicht reden. Übermorgen Nachmittag würden sie dann ein paar Stunden nach Miranda in der Ebene kurz vor Venedig sein.

In dieser Nacht schlief Miranda schlecht und träumte wild von Explosionen, Schreien und plötzlicher Finsternis. Sie wachte schweißgebadet auf, lag allein, roch Renzos Geruch unter ihrer Decke und sehnte sich bereits unendlich nach ihm. Hatte dieser

Traum etwas zu bedeuten? Sie setzte sich auf, wischte sich über die Stirn. Und wieder spürte sie ihr Kind. Unwillkürlich legte sie ihre Hand auf den Bauch. »Er schafft das«, flüsterte sie. »Dein Papa schafft das. Und ich auch, ich werde rechtzeitig da sein. Ich habe zwei Tage Zeit für meinen Marsch.«

Draußen rief ein Käuzchen, der Mond schien hell. Es mussten sicher noch zwei oder drei Stunden bis zum Morgengrauen sein. Miranda wagte es kaum, wieder die Augen zu schließen, um möglichst früh loszukommen.

Im Lager krochen immer mehr aus ihren Unterschlüpfen und Zelten. Elina trat aus dem, in dem sie mit Jakob geschlafen hatte, sah Miranda, rieb sich die Augen und kam zu ihr.

»Geht es gleich los?« Sie wusste um die Brisanz der Aktion. Um Mirandas Sorge um Renzo, um ihre eigene Angespanntheit.

»Ja, ich trinke nur noch schnell einen Tee, den Lydia für mich zubereitet, dann mache ich mich auf den Weg.«

»Du bist die Strecke schon so oft gegangen. Es wird alles gut gehen.«

»Ich weiß.« Aber insgeheim wusste sie es nicht wie sonst und das beunruhigte sie. Dieses neue Gefühl der Unsicherheit. Hatte es mit ihrer Schwangerschaft zu tun? Wurde man als werdende Mutter vorsichtiger und ängstlicher?

Lydia, eine magere Frau Anfang vierzig, ebenfalls Jüdin, brachte Miranda den Tee und zu dritt unterhielten sich die Frauen über die bevorstehende Geburt.

»Hat es sich denn schon gedreht?«

»Die Hebamme sagt, nein. Es stemmt auch ständig seine Beinchen in meinen Unterleib.«

»Bestimmt ein starker Junge.«

»Oder ein freches Mädchen.«

»Mir ist es egal, was es wird. Es ist von Renzo, das allein zählt.« Miranda trank den letzten Schluck Tee, reichte die Tasse dankend wieder Lydia.

»Vielen Dank.«

Elina nahm ihre Freundin in den Arm, drückte sie fest. »Und wenn deine Mutter Neuigkeiten von meinen Eltern hat, egal welche …«

Sie sagte es jedes Mal. Mit Tränen in den Augen.

»Werde ich sie dir sagen. Ich hab dich lieb, Elina.«

Das hatte sie noch nie gesagt. Dabei musste man dies tun. Wo man schließlich nicht wusste, ob man morgen noch lebte. Jeden Tag leben, als wäre es dein letzter, das lehrte einen dieser grausame Krieg, aber Miranda nahm sich vor, auch nach dem Krieg so zu leben.

»Hast du genug Wasser eingepackt? Schwangere müssen viel trinken.«

»Ja, hab ich. Und Brot haben sie mir auch mitgegeben. Obwohl nicht mehr viel im Lager ist.«

»Das ist gut. Eine andere Stafette, Lona, soll heute kommen und Lebensmittel bringen. Mach dir keine Gedanken. Dein Kind braucht Essen.«

»Ihr seid so lieb.«

»Du tust so viel für uns.«

Auch Lydia umarmte sie jetzt.

Miranda löste sich. »Ich muss los. Arrivederci.«

Die Sonne schien, als gäbe es kein Leid auf der Welt. Der Himmel sah so blau aus wie das glitzernde Meer an den herrlichsten Urlaubstagen. Miranda ging so zügig, wie es einer Hochschwangeren möglich war, den Bergpfad hinab, der sie in die Ebene zu den anderen Partisanen führte.

Als die Sonne am Mittag genau über ihr stand, blieb sie außer Atem das erste Mal stehen. Wieder boxte ihr Kind in ihrem Bauch. Brauchte es eine Pause? Spürte es, wie angespannt seine Mutter sich fühlte? Miranda setzte sich auf einen Stein, atmete tief ein und aus. Und dann wieder ein und aus, wie es ihr die Hebamme gezeigt hatte.

Da hörte sie plötzlich ein Geräusch, fuhr herum, doch zu spät. Sie blickte einem Soldaten in deutscher Uniform genau ins Gesicht. Wie jung und zart er aussah. Er konnte doch höchstens in ihrem Alter sein. Mit seinem für seine Statur viel zu großen Gewehr stand er da und schien genauso überrascht über ihre Anwesenheit zu sein wie sie über seine. Er hatte helles Haar, ein blasses, weiches Gesicht. Panisch sah er sich um, sagte etwas auf Deutsch, was sie nicht verstand. Schweiß stand auf seiner Stirn und so nervös, wie er sich benahm, ahnte sie, dass er gerade desertieren wollte.

»Non capisco.« Und dann sagte sie auf Englisch: »Ich verrate dich nicht.« Er schien zu verstehen. Sein Gesicht erhellte sich, seine blauen Augen leuchteten. Er lächelte sogar, sagte ihr, dass er Johann heiße, drehte sich dann rasch um und rannte den Berg hinab.

Was mit Deserteuren geschah, hatte Miranda schon oft gehört. Sie wurden verurteilt, meist zum Tode, und sie verstand diesen jungen Mann so gut. Er wagte es wenigstens, sich zu widersetzen, nahm seinen eigenen Tod in Kauf, um nicht mehr Menschen ermorden zu müssen. Doch Walter, Alessias Nazi-Freund, schaffte es seit Monaten nicht, sich zu überwinden. Dieser feige, intrigante Kerl. Miranda musste so aufpassen, was sie ihrer Schwester sagte. Alles Reden gegen Walter abends im Bett hatte zu nichts geführt, außer zu einem: Alessia wurde immer misstrauischer, kühler und ablehnender ihrer eigenen Schwester gegenüber.

Miranda stieg weiter den Hang hinab. Da hörte sie plötzlich einen Schuss, zuckte zusammen und versteckte sich rasch in einem Gebüsch. Ein wunderschön blühender Busch, der mit seiner Schönheit in so krassem Gegensatz zu dem Geschehen um ihn herum stand.

Nach einer gefühlten Ewigkeit, zu lange konnte sie nicht warten, kroch Miranda hinter dem Busch hervor und setzte ihren Weg fort. Sie musste die Partisanen unbedingt rechtzeitig warnen. Als sie die nächste Weggabelung nahm, sah sie ihn. Den jungen Soldaten von vorhin, Johann, erschossen am Boden niedergestreckt. Eine Lache Blut floss seitlich aus seinem Rücken. Seine Mörder schienen ihn von hinten erschossen zu haben, waren offenbar einfach weitergegangen, ohne den Deserteur zu begraben. Schockiert betrachtete Miranda den jungen Mann, wusste nicht, was tun. Seine Familie, seine Mutter würde wissen wollen, was mit ihm geschehen war. Jetzt, da sie selbst bald Mutter wurde, konnte sie sich noch besser hineinversetzen. Sollte sie seine Papiere nehmen und sie irgendwie informieren? Miranda wusste nicht, warum, aber diese kurze Begegnung mit ihm hatte etwas in ihr ausgelöst. Auch die Deutschen waren nicht nur Feinde, sondern Menschen, die sicher oft zu all dem gezwungen worden waren. So viele waren schon desertiert oder hatten sogar den Freitod gewählt. Nur, um nicht weiter morden zu müssen, nur um dieser Schuld, die sie ein Leben lang zermartern würde, zu entkommen. Johann schien vorhin auf den ersten Blick sensibel und es gab so viele wie ihn.

Die Sonne schickte einen Sonnenstrahl auf seinen Körper und es sah aus, als hole sie seine Seele zu sich in den Himmel. Eine schöne Vorstellung, dachte Miranda traurig. Von Weitem hörte sie Stimmen. Sie konnte sich nicht um Johann kümmern, musste ihn hier zurücklassen und weitergehen. Wie schlimm musste es für eine Mutter sein, ihren Sohn in den Krieg ziehen zu lassen. In diesen Krieg, der so viele Menschenleben forderte.

Die Nacht verbrachte Miranda unruhig unter einem Gebüsch. Am nächsten Morgen ging es weiter. Am späten Nachmittag kam sie in der Ebene an, an der Station, wo sie in den Zug steigen und in die Lagunenstadt fahren würde. Sie hatte keine Nachrichtenzettel dabei, insofern fühlte sie sich sicher.

Doch da weckte eine Gruppe von Wehrmachtssoldaten ihre Aufmerksamkeit. Sie beobachtete, wie die Uniformierten die Leute kontrollierten, ihre Ausweise sehen wollten, manche von ihnen herauszogen und auf einen Lastwagen schickten. Jetzt wiesen sie auch eine junge Frau an, auf die Ladefläche zu klettern, bedrohten sie mit ihren Gewehren. Ob es sich um Juden auf der Flucht handelte? Miranda glaubte das kaum, denn die meisten hatten die Stadt bereits verlassen, versteckten sich in den Bergen oder waren in die Schweiz geflüchtet. Wieder wurde eine Frau auf den Wagen geschickt. Miranda zögerte, einzusteigen. Aber wenn sie diesen Zug nicht nahm, konnte es sein, dass sie die Partisanen verpasste. Und sie musste ihnen Bescheid sagen, dass Renzos Gruppe verkleidete Widerstandskämpfer waren und keine Deutschen, ansonsten würden sie diese erschießen. Ihr Herz klopfte. Was, wenn die Kerle sie auch auf den Wagen schickten? Dann würde Renzo ganz sicher von seinen eigenen Leuten ermordet werden. Miranda gab sich einen Ruck, atmete tief durch, spürte wieder ihr Kind im Bauch. Sie stieg in das Zugabteil und kurz darauf kamen die Soldaten genau auf sie zu. Ihr Anführer, ein grobschlächtiger, untersetzter Kerl, fragte sie auf Englisch, wo sie hinwolle.

Miranda erwiderte bemüht ruhig, dass sie zu ihrer Mutter fahre, die in Cannaregio wohne. Sie versuchte sogar ein Lächeln, aber sie schaffte es nicht, konnte diesen widerlichen Mann nicht anlächeln, der gerade mehrere Menschen ins Verderben schickte.

Sie musste ihm ihren Ausweis zeigen. Er nahm ihn, zögerte, unterhielt sich auf Deutsch mit einem anderen, einem dünnen, drahtigen Soldaten. Dann reichte er ihr den Ausweis wieder und ging weiter.

Mirandas Atem begann wieder zu fließen. Ihre Hände fühlten sich schweißnass an. Sie hatte es geschafft. Jetzt würde alles gut gehen.

Die kurze Fahrt im Zug dachte sie an den Soldaten Johann, diese kurze Begegnung, die sie nicht losließ. Sie hatte seine Angst, sein schlechtes Gewissen in seinen Augen gesehen. Sie hatte gesehen, was all dies mit den Menschen machte.

Endlich am Bahnhof angekommen, stieg sie aus und wollte schnell zu den Partisanen gehen, da erblickte sie an dem Kiosk, an dem sie vorbeimusste, Alessia mit Walter Arm in Arm. Es gab kein Entrinnen, denn die beiden kamen direkt auf sie zu. Dass sich ihre Schwester nicht schämte. Ein Naziflittchen, das sagten die Leute. Sie brachte ihrer Mutter Schande und Verderben ins Haus.

»Miranda! Wo hast du so lange gesteckt?«

»Das weißt du doch, bei der Tante. Jetzt hat sie auch noch eine schwere Bronchitis bekommen.«

Alessia sah sie skeptisch an. »Ach ja? Und dann gehst du dort wieder fort?«

»Ich muss ja auch nach Mutter schauen. Du hast ja anderes zu tun«, konnte sie sich nicht zu sagen verkneifen.

Alessias Miene verhieß nichts Gutes. Und Walter, der Miranda mal wieder kaum beachtet hatte, zog ihre Schwester mit sich. »Komm. Dass ihr Weiber euch immer streiten müsst«, sagte er auf Englisch.

»Wir streiten doch gar nicht«, flötete Alessia ebenfalls auf Englisch, warf Miranda noch einen Blick zu und folgte ihm.

Wie ein Schoßhündchen, das keine eigene Meinung hatte. Wie konnte Alessia nur so werden? Walter schenkte ihr schöne Kleider, nahm sie mit zu den Tanzveranstaltungen der Deutschen, brachte Schokolade und Feinstrumpfhosen mit. Nur dafür?

Miranda ging über eine Brücke über einen Kanal, weiter am Wasser entlang, kam zur Rialtobrücke und blieb einen Moment stehen. Wie viel hatte diese alte, wunderschöne Stadt schon mit ansehen müssen. Welche Geschichten konnten die Palazzi erzählen? Gerade als sie weitergehen wollte, kam ihr Alessia nachgerannt. Außer Atem, die Hände in die Hüfte gestützt, blieb sie stehen. »Miranda, warte!«

Miranda hielt inne, nichts Gutes ahnend.

»Du hast doch was vor.«

»Was soll ich denn vorhaben?«

»Ich kenne dich. Als Kind hast du immer genau so geguckt. Wehe, du schwärzt Walter an, dass er desertieren will.«

»Was interessiert mich dein Nazi.«

Miranda drehte sich um und wollte weitergehen, aber Alessia packte sie plötzlich am Arm.

»Au, du tust mir weh!« Miranda befreite sich mit einer Armdrehung.

»Ich bekomme es heraus, was du im Schilde führst.« Alessias Stimme klang drohend.

»Ich möchte jetzt zu Mutter, sonst nichts.«

»Von wegen.«

»Glaub doch, was du willst. Geh lieber wieder zu deinem Walter, vielleicht hat er ja was Süßes für dich.«

Die Schwestern funkelten sich an.

»Du meinst, dafür lasse ich mich kaufen?«

»Für was denn sonst?«

Alessia zögerte. Dann wurde sie sehr ernst. »Wenn ich ihm nicht willig bin, lässt er Mutter abtransportieren.«

»Was?« Entsetzt sah Miranda sie an.

Alessia lachte bitter auf. »So etwas hat er zumindest angedeutet.«

Miranda konnte es nicht glauben. »Wieso denn Mutter? Was hat sie ihnen getan?«

Alessia zuckte die Schultern. »Das will er mir nicht sagen.«

Und damit drehte sie sich um und ging zurück, vermutlich zurück zu ihm.

Miranda wusste nicht, ob Alessia log. Denn das hatte sie schon oft getan, um sich selbst reinzuwaschen. Sachen erfunden mit ihrer blühenden Fantasie. Sachen, die sich meist als falsch herausstellten.

Sie musste weiter, konnte sich jetzt nicht mit Gedanken darüber aufhalten. Miranda überquerte noch zwei kleinere Brücken, bis sie endlich in Cannaregio ankam, in dem Haus, in dem die Partisanen ihren heimlichen Treffpunkt hatten, Flugblätter druckten, ihre Versammlungen abhielten. Miranda wurde nach dem Codewort gefragt, nannte es und ihren Decknamen, durfte eintreten und wurde in einen Raum im ersten Stock geführt. Sie bekam von einer Frau einen Tee, sollte den Männern erzählen, wie die Stimmung im Lager sei. Das tat sie, aber vor allem erzählte sie von dem geplanten Anschlag, bei dem Renzo und die beiden anderen Partisanen deutsche Uniformen trugen.

»Gut, dass du uns das sagst!«

»Ich bin so froh, dass ich es rechtzeitig geschafft habe. Passt bitte alle auf euch auf!«

»Das werden wir. Wir wollen schließlich noch die Zeit nach dem Krieg erleben. Uns in die Sonne ans Meer legen, jede Menge Bambini zeugen, la dolce vita, capito?«

»Oh ja.« Sofort sah Miranda das glitzernde Meer vor sich, wie sie als junges Mädchen dort immer schwimmen war, zusammen mit ihrer Schwester. Wie sie kreischend hineinrannten, sich nass spritzten und Spaß hatten.

»Möchtest du noch einen Tee?«, wurde sie von der Frau gefragt, die offensichtlich mit dem Anführer der Gruppe liiert war, denn er legte ihr gerade seinen Arm um die Hüften.

»Nein, danke. Ich muss zu meiner Mutter. Sie macht sich sicher schon Sorgen.« Ihre Mamma, die von Mirandas gefährlichen Einsätzen wusste, konnte seitdem kaum noch schlafen, wie sie ihr einmal verraten hatte. Erst recht, seit sie sich so auf ihr Enkelkind freute.

Miranda verabschiedete sich herzlich von der Partisanengruppe und wünschte ihr noch einmal viel Glück und Erfolg. Sie trat hinaus auf die Calle Paglia, ging diese entlang und weiter in die Calle Maggiore in Richtung des Hauses ihrer Mutter.

Auf dem Weg dorthin kam sie am Haus der Zevis vorbei. Die Wohngebäude im Ghetto wurden von den Nationalsozialisten als Judenhäuser bezeichnet, wie Miranda gehört hatte. Einige waren schon enteignet worden, ob das der Zevis auch dazugehörte, wusste sie nicht. Es war zu gefährlich, hineinzugehen, auch wenn Alessandro Zevi ihr diese Notiz geschrieben hatte, dass es ihr gehören solle. Die Nazis hätten sofort Verdacht geschöpft, dass sie bei der Flucht geholfen hatte. Die Notiz war also wertlos. Miranda dachte an Alessandro Zevi und hoffte so sehr, dass er sich mit seiner Frau in Sicherheit befand. Wie unwichtig war doch Besitz, wenn es um das eigene Leben und das der Familie ging.

***

»Mamma, hast du etwas von den Zevis gehört?«, fragte Miranda wie jedes Mal, sobald sie die kleine Wohnung ihrer Mutter betrat.

Diese schüttelte den Kopf, umarmte ihre Tochter. Es roch nach Tomatensoße und frisch gemahlenen Kaffeebohnen. »Es tut mir leid. Wieder nichts. Vielleicht kommt die Post einfach nicht durch.«

Sie sagte es jedes Mal und immer wussten beide, dass dies wohl nicht der wahre Grund war.

»Mein Kind, wie geht es dir? Isst du auch genug? Wie geht es meinem Enkel?« Sie herzte Miranda erneut. Dass es sich bei Mirandas Kind um einen Jungen handeln würde, davon ging ihre Mutter einfach aus. Dann schob sie ihre Tochter etwas von sich weg und sah sie forschend an.

»Ich esse genug, Mamma, für das Kleine.« Wäre sie nicht schwanger gewesen, hätte sie weniger auf sich geachtet, aber seitdem nahm sie sich auch im Lager ihre volle Ration.

»Ich habe gerade Alessia mit diesem Walter getroffen.«

Ihre Mutter seufzte, ging zum Herd, um Wasser für einen Tee aufzusetzen. »Ich weiß nicht, was ich bei ihr falsch gemacht habe. Er hat sich in einem der Häuser im Ghetto breitgemacht.«

»Was? Aber hoffentlich nicht in dem der Zevis?«

»Das glaube ich nicht. Das hätte Alessia doch erzählt, oder nicht?«

»Von wegen, er will desertieren. Der hat keinen Mumm in den Knochen, dieser alte Faschist, das wagt der nie.«

»Nein. Das glaube ich auch nicht. Hast du gehört, es wurden Partisanen erschossen. Hier mitten in Venedig!«

Miranda lief ein Schauer über den Rücken. Sie hatte es gehört und es flößte ihr Angst ein.

Sie nickte nur, ging dann zum Herd, nahm einen Löffel und kostete die Tomatensuppe.

»Mmmhm, köstlich.«

»Ich habe sogar frisches Basilikum bekommen.«

»Das schmeckt man.«

»Setz dich. Erzähl, wie es dir ergangen ist.«

Miranda ließ sich auf einen Stuhl nieder und berichtete ihrer Mutter vom Alltag im Lager, von Elina, die sich in einen jüdischen Arzt verliebt hatte. Ihre Mutter reichte ihr einen Teller Suppe und einen Tee.

»Wie schön. Das freut mich sehr.«

»Mich auch. Sie ist richtig aufgeblüht. Wie gut, dass er auch Jude ist. Und wie gut, dass dieser Krieg nichts gegen die Liebe ausrichten kann.« Miranda löffelte ihre Suppe und spürte, wie sich ihr Bauch, der sich hart anfühlte, entspannte.

»Ja, die Liebe findet ihren Weg. Sie kommt unverhofft und manchmal, wenn es gar nicht zu passen scheint.«

Miranda liebte ihre Mutter für ihr Verständnis. »Und dein Renzo, das ist ein guter Mann?«

»So gut wie Papa. Da bin ich mir sicher.«

Ihre Mutter nickte. »Dein Vater hätte auch mitgemacht im Widerstand. Inzwischen auf jeden Fall.«

»Ich weiß.«

Die beiden Frauen seufzten, dachten an ihn und Miranda kämpfte mit den Tränen. Seit sie schwanger war, drängten sich diese häufiger hervor, seitdem schien sie sentimentaler zu sein, was wohl normal war, wie ihr die Hebamme gesagt hatte.

Anschließend legte sich Miranda kurz ins Bett, bat die Mutter, sie in einer halben Stunde zu wecken, falls sie einschlafen sollte. Denn dann wollte sie zu dem Bahnabschnitt, an dem die Aktion von Renzo und seinen Männern durchgeführt werden sollte. Sie wollte bei ihm sein, ihn nötigenfalls warnen, wenn Gefahr drohte. Sie, die junge Schwangere, würde niemand verdächtigen. Sie konnte jetzt erst recht herumlaufen, als sei sie unsichtbar. Miranda spürte, wie ihr Körper schmerzte, wie sehr sie die Strecke erschöpft hatte. Sie lag da, betrachtete Alessias Kopfkissen und stellte sich vor, wie ihre Schwester mit diesem Walter im Bett lag. Ihr gruselte es bei dieser Vorstellung. Die Müdigkeit übermannte sie, obwohl sie eigentlich nicht hatte einschlafen wollen. Aber Mutter würde sie ja wecken.

Eine Hand streichelte sanft über ihr Gesicht. Im Zimmer dämmerte es bereits. Erschrocken schlug Miranda die Augen auf. »Wie viel Uhr ist es, Mutter?«

»Du hast noch genug Zeit, Liebes.«

Miranda setzte sich auf, rieb sich die Augen.

»Ich mache dir noch einen Tee.«

»Nein, ich gehe lieber gleich los.«

»Wie du willst. Aber pass ja auf dich und den Kleinen auf. Und auf Renzo natürlich.«

Die Straßen Venedigs wurden von Straßenlaternen erleuchtet, das Wasser im Canal glitzerte. Eine Gruppe deutscher Soldaten kam Miranda auf einer kleinen Brücke entgegen. Sie musterten die junge Frau, gingen aber mit Blick auf ihren schwangeren Bauch weiter.

Miranda eilte am Canal entlang in Richtung Bahnhof. Von dort wollte sie nach Mestre fahren, wo die Aktion stattfinden sollte. Sie hatte solch eine Sehnsucht nach Renzo, nach seiner Umarmung, seiner tiefen, beruhigenden Stimme. Ihre Nervosität wuchs. Auch wenn die Partisanen jetzt wussten, dass es sich um keine Nazis, sondern um Widerstandskämpfer in deutschen Uniformen handelte, konnte noch so viel schiefgehen.

Erst als sie endlich im Zug saß und die zehnminütige Strecke fuhr, entspannte sie sich ein wenig. Renzo würde sich so sehr freuen, sie zu sehen. Natürlich wollte sie sich dezent zurückhalten und sich erst bemerkbar machen, wenn der Anschlag vorüber war. Aber dann wollte sie jede Sekunde mit ihm verbringen.

Der Schaffner kam näher. Wie immer wurde sie kontrolliert, lächelte den Mann unschuldig an.

Der Zug hielt in Mestre und Miranda stieg aus. Inzwischen war es ganz dunkel, aber am Bahnhof herrschte noch Betrieb. Zu viel, für Mirandas Geschmack, schließlich sollten keine Zivilpersonen, vor allem keine Frauen und Kinder bei dem Attentat verletzt werden. Es sollte auf der Bahnstrecke ein paar hundert Meter weiter, kurz vor Mestre vom Festland aus, stattfinden. Also ging sie dorthin, immer in der Nähe der Bahngleise einen schmalen Weg entlang, immer darauf bedacht, nicht gesehen zu werden.

Doch plötzlich erschien ein Bahnbeamter in der Dunkelheit. Miranda zuckte zusammen. Er kontrollierte offenbar die Schienen, kam ihr entgegen, sah sie mit gerunzelter Stirn an. Sie lächelte ihm kurz zu, ging weiter, in der Hoffnung, dass er sie nicht aufhielt. Er sagte nichts, aber sie spürte seinen Blick in ihrem Rücken.

Endlich kam sie in die Nähe des Gebietes, wo der mit Waffen beladene Waggon der Deutschen in die Luft gejagt werden sollte.

Miranda entdeckte ein kleines Bahngebäude, das etwas abseits auf dem Werksgelände am Rande der Gleisanlagen stand, ging dorthin, versteckte sich dahinter und horchte.

Ein Käuzchen rief, ansonsten hörte man nur die gedämpften Geräusche des entfernten Bahnhofs. Lautsprecherdurchsagen, das Quietschen der Züge beim Bremsen oder Anfahren. Die Sterne über Venedig funkelten am Himmel, als wäre dies eine friedliche Nacht.

Miranda blickte auf ihre Armbanduhr. Ob sich Renzo und die anderen schon in der Nähe aufhielten? Endlich hörte sie Schritte, deren Schall die Schienen weitertrugen, und sah die Männer von Weitem zunächst als dunkle Schatten. Sie kamen näher im Mondschein, und in den Uniformen der Deutschen sahen die Partisanen so täuschend echt aus, dass ihr ein Schauer über den Rücken lief.

Da hörte man in einiger Entfernung einen Zug anfahren und kurz darauf näherte sich auch schon ein Güterzug mit nur einem angehängten Waggon. Das musste er der Beschreibung nach sein. Renzo und die anderen Männer stellten sich aufs Gleis, winkten mit ihren Gewehren und bedeuteten dem Lokführer, anzuhalten.

»Geh vom Gleis«, flüsterte Miranda in ihrem Versteck vor sich hin.

Der Lokführer bremste, aber bis so ein Güterzug, der gerade Fahrt aufgenommen hatte, zum kompletten Stillstand kam, dauerte es.

Renzo blieb stehen, als wolle er den Zug mit seinen Händen stoppen. Doch der Zug fuhr weiter auf ihn zu. Erst kurz bevor die Lok ihn überrollt hätte, sprang er zur Seite. Miranda atmete auf. Mit einem lauten Quietschen kam der Zug endlich zum Stehen. Sowohl Renzo als auch die beiden verkleideten Kumpane traten auf den Lokführer zu. Gleichzeitig sprangen aus einem Hinterhalt wie verabredet andere Partisanen. Miranda hatte diese nicht bemerkt, so leise hatten sie sich verhalten. Doch jetzt ging es turbulent zu, sie befahlen dem ängstlichen Lokführer in schnellen, harschen Worten auf Italienisch, auszusteigen, denn gleich würde alles in die Luft fliegen. Einer montierte bereits den Sprengsatz, ein anderer entzündete eine Fackel und hielt sie in die Luft.

Miranda trat hinter dem kleinen Bahngebäude unwillkürlich einen Schritt zurück, legte die Hand auf ihren Bauch. Sie beobachtete, wie der Lokführer panisch seine Hände hob, wimmerte und die Kerle bat, ihn am Leben zu lassen, er habe Frau und Kinder. »Per favore!« Mit diesem Flehen kletterte er aus seiner Lok, die Hände in die Höhe gestreckt und rannte strauchelnd in die Richtung, die ihm gewiesen wurde.

Gerade, als die Partisanen den Sprengsatz zünden wollten, kamen aus der Dunkelheit echte Wehrmachtssoldaten gerannt. Der Partisan zündete den Sprengsatz, die Wehrmachtssoldaten hielten inne, legten ihre Gewehre an, um auf Renzo und die anderen zu schießen.

»Nein!«, entfuhr es Miranda. Durch ihren Schrei sah der Soldat, der auf Renzo zielte, einen Moment auf, schoss dennoch, erwischte ihn an der Schulter. Die anderen schossen ebenfalls, gleichzeitig flog der Güterwaggon in die Luft, alles explodierte in lautem Getöse.

Nun rannte ein Soldat auf Miranda zu, packte sie fest an den Armen, bog sie ihr auf den Rücken. Sie starrte in die Dunkelheit, erkannte, dass einige Partisanen am Boden lagen, Renzo ebenfalls. Wie es schien, völlig reglos. Ihr Herz hörte auf zu schlagen. Die Explosion hatte den Wagen zerstört, die Schießerei hatte aufgehört, es herrschte Stille.

Ein paar Menschen stöhnten jetzt. Die Soldaten kontrollierten, wer lebte, die Überlebenden wurden festgenommen. Auch Renzo wurde hochgezerrt, erst jetzt sah Miranda, dass er lebte, doch an der Schulter stark blutete. Er lebte, mein Gott, er lebte. Er wurde abgeführt, stolperte an ihr vorbei und für einen Moment sahen sich Renzo und Miranda in die Augen. Nie würde sie diesen Blick vergessen, als er registrierte, dass sie hier war, dass auch sie festgenommen worden war.

Die Soldaten gingen nicht zimperlich mit ihr um. Sie hatten bemerkt, dass es eine Verbindung zwischen ihr und den Partisanen gab. Dass sie schwanger war, schien sie nicht zu interessieren. Renzo und die anderen wurden mitgezerrt und grob auf einen Lastwagen gestoßen. Miranda erging es nicht besser, doch sie stieß man unsanft auf die Ladefläche eines anderen Wagens. Dieser wurde lautstark verschlossen, zwei Soldaten stiegen vorne ein und los ging es.

Wie lange die Fahrt dauerte, konnte Miranda nicht sagen. Der Lastwagen hatte nichts sonst geladen und so wurde sie ordentlich hin- und hergeworfen. Wo brachte man sie hin? Sollte sie in eines der Lager kommen, in das die Deutschen die Juden steckten? Gab es diese überhaupt hier auf dem Festland, so nahe bei Venedig? Wie sie gehört hatte, gab es in Deutschland einige davon, also ganz bestimmt auch das ein oder andere in Italien. Es waren so viele Gerüchte im Umlauf, wer kannte schon die Wahrheit? Würde Miranda Renzo, die Liebe ihres

Lebens, den Vater ihres Kindes, jemals wiedersehen? Woher hatten die Deutschen von der geplanten Aktion erfahren? Um diese Uhrzeit patrouillierten hier nie Soldaten, das hatten ihre Leute sorgfältig ausgekundschaftet. All diese Fragen wirbelten ihr im Kopf herum, während sie zusammengekauert in einer Ecke der Ladefläche kauerte und sich krampfhaft an einer Stange festhielt, um nicht noch stärker herumgeschüttelt zu werden. Ihr Kopf dröhnte, der Wind pfiff an den Seitenwänden des Lastwagens entlang. Bitte, lieber Gott, betete sie, lass Renzo nicht verbluten, lass ihn irgendwie entkommen. Und die anderen Partisanen auch. Miranda kannte die Frauen der anderen beiden und wusste, wie sehr sie sich um ihre Männer sorgten.

Nach einer gefühlten Ewigkeit bog der Lastwagen mehrfach kurz hintereinander ab und kam irgendwann zum Stehen. Miranda hörte, wie der Fahrer ausstieg, nach hinten marschierte und die Tür zum Laderaum quietschend öffnete. Draußen war es dunkel, sie konnte kaum etwas von der Umgebung erkennen. Der Mann schrie sie auf Deutsch an, was vermutlich so viel hieß wie, sie solle herauskommen. Da ihr nichts anderes übrig blieb, kroch sie auf der Ladefläche zur Tür, wehrte die Männer ab, die sie packen wollten, und stieg selbstständig aus.

Jetzt erst sah sie ein Gebäude vor sich, das von wenigen Lichtern beleuchtet wurde. Es glich einer Kaserne oder Ähnlichem, konnte auch als Gefängnis dienen.

Die Soldaten packten sie jetzt trotz ihrer Abwehr, die Griffe an ihren Armen wurden immer fester, je mehr sie sich zu wehren versuchte. Es hatte keinen Sinn, Miranda hörte auf, zu strampeln, ließ sich in das Haus führen.

Im Inneren des Gebäudes flackerte eine Glühbirne in einem langen, tristen Flur. Miranda wurde den Gang entlanggezerrt, in ein Büro geschoben, in dem ein Wehrmachtsoffizier an einem Schreibtisch mit Arbeitsleuchte saß. Links und rechts von ihm stand je ein Soldat.

Miranda wurde auf einen harten Stuhl vor seinem Schreibtisch gedrückt. Einer der Soldaten sprach Italienisch, vermutlich sogar ein Landsmann, der sich auf ihre Seite gestellt hatte. Das war also die Quittung für Italiens langjährigen Pakt mit dem Teufel, dachte sie. So mancher ihrer Landsleute, die damals unter Mussolini faschistische Großmachtsambitionen gehabt hatten, waren seit 1943 einfach umgeschwenkt. Jetzt dienten die Opportunisten diesem Hitler, taten, als seien sie seine Freunde.

»Wie heißt du, wer war alles bei dem Attentat dabei? Wir wollen Namen.«

»Wir?«, fragte Miranda rebellisch und sah dem Mann, den sie jetzt als ehemaligen Nachbarn aus Venedig erkannte, in die Augen.

Er senkte den Blick einen Moment, nickte dann nur.

Der Offizier sagte ihm etwas auf Deutsch, was er übersetzen sollte, und der ehemalige Nachbar tat es. Miranda erfand einen Namen für sich und behauptete, die Namen der Männer nicht zu kennen. Sie sei nur zufällig vorbeigekommen, weil sie einen Zug verpasst hatte und die Strecke an den Gleisen entlang zu Fuß zurücklegen wollte.

Der Offizier lachte höhnisch auf, als der Venezianer es ihm übersetzt hatte.

»Mitten in der Nacht? An entlegenen Bahngleisen, hochschwanger? Wir wissen genau, dass du zur Resistenza gehörst, und wenn dir dein Kind lieb und teuer ist, dann wirst du jetzt reden, du Hure. Auch wo sich euer Lager befindet. Die ganze Brut müssen wir ausnehmen.«

Aber Miranda redete nicht, presste die Lippen aufeinander. Die Partisanen im Lager hatten ihr stets eingebläut, wenn einmal eine Aktion schief gehen sollte, werde das Lager sicherheitshalber aufgelöst und verlegt. Derjenige, der gefangen genommen worden war, müsse es so lange wie möglich hinauszögern, zu reden, sodass die Menschen im Lager Zeit hatten, dieses zu räumen und zu fliehen.

Miranda würde diesen Kerlen jetzt ganz sicher nicht verraten, wo sich das Lager befand. Sie hatte große Angst, vor allem um ihr Kind, das die Anspannung seiner Mutter spürte. Denn es boxte gegen ihren Leib, als wisse es, um was es ging.

Miranda wurde abgeführt, in eine Zelle geschubst.

»Rede einfach«, empfahl der Venezianer noch an der Tür, »dann lassen sie dich und dein Kind leben.«

Sie sagte nichts dazu. Auch ihm konnte sie nicht trauen. Gerade Maulwürfen nicht. Davon gab es in Venedig, und vermutlich überall auf der Welt, viel zu viele.

Mit einem Knall wurde die Tür geschlossen.

In die Zelle fiel nur ein schwacher Lichtstrahl vom Flur durch die Türritzen. Miranda konnte eine einfache Pritsche in der Ecke entdecken, gegenüber einen Toiletteneimer mit Deckel. Erschöpft und müde setzte sie sich auf die Pritsche. Ihr Bauch tat weh und so legte sie sich auf den Rücken, streichelte mit beiden Händen ihren Bauch und starrte in die Dunkelheit. Was würden sie Renzo antun? Was ihr und dem Baby? Hätte sie nichts von den Konzentrationslagern gehört, hätte sie es den Deutschen nicht zugetraut, Schwangere zu misshandeln. Aber da sie wusste, was Menschen anderen in diesem Krieg antaten, musste sie mit allem rechnen.

Tränen drängten sich empor und diesmal versuchte sie nicht, sie zurückzuhalten, sondern ließ sie laufen, die Wangen hinunter. Kurz darauf wurde sie von einem Weinkrampf geschüttelt, krallte ihre Hände in den Stoff ihres Rockes. Ihr Baby, ihr unschuldiges Baby hatte doch niemandem etwas getan!

Nach einigen Minuten fing sie sich wieder. Hätte sie sich zurückhalten sollen bei dieser Aktion? Und auch sonst als Stafette, um ihr Baby nicht zu gefährden, wie ihre Schwester Alessia es ihr an den Kopf geworfen hatte? Nein, dachte sie wütend. Sie hatte es gerade auch für ihr Kind getan. Um es in einer besseren Welt aufwachsen zu lassen, um ihm sagen zu können: Ich habe etwas getan.

Lange lag sie einfach so da, spürte ihren Atem, die zarten Bewegungen ihres Kindes, und schließlich fiel sie in einen unruhigen Schlaf.

Durch ein lautes Geräusch an der Tür erwachte sie wieder. Die Tür wurde aufgerissen und dort stand ein Soldat in Uniform.

Daneben der Maulwurf, der übersetzte. »Du sollst sofort mitkommen«, sagte er ihr. »Und ich rate dir, sprich, sag alles, was du über diese Partisanengruppe weißt.«

Miranda gab nur einen zischenden Laut von sich, stand mühsam auf, strich ihren Rock glatt und folgte den beiden Männern hocherhobenen Hauptes. Es musste schon Morgen sein, denn draußen war es hell.

Sie führten Miranda in das Büro von gestern und wieder saß dort derselbe Offizier. Sichtbar schlecht gelaunt, mit übel riechendem Atem bis zu ihr.

Er sagte etwas auf Deutsch und der Maulwurf übersetzte. Sie wollten mehr über Renzo wissen, an welchen Aktionen er beteiligt gewesen sei, ob er Flugblätter veröffentlicht habe? Ob er der Zeichner der politischen Karikaturen sei? Doch Miranda, die seine Karikaturen kannte, er hatte sie ihr einmal gezeigt, hielt ihren Mund verschlossen. Sie würde ihn und die anderen nicht verraten, auf keinen Fall.

Sie hatte aber nicht mit dem Hass dieses Deutschen gerechnet. Damit, dass er keine Skrupel mehr besaß, dass er diese irgendwo auf dem Schlachtfeld verloren hatte.

Nach einer endlos langen Befragung riss ihm der Geduldsfaden mit diesem renitenten Weibsbild. Ganz offenbar hatten sie die Partisanengruppe schon länger im Visier und wollten sie auf Gedeih und Verderb ausmerzen. Er stand abrupt auf, ging mit seinen Militärstiefeln laut aufstampfend zu ihr und trat so schnell mit seinem Knie in ihren Bauch, dass sie ihn nicht rechtzeitig schützen konnte.

Ein scharfer Schmerz durchfuhr ihren Körper und Miranda sank unvermittelt in die Knie. Es fühlte sich an, als habe ihr jemand eine Pfeilspitze in den Unterleib gebohrt. *Mein Kind, mein Baby*, durchfuhr es sie, aber viel mehr konnte sie nicht denken, so schmerzte es. Gleichzeitig schrie er sie an, in wüsten Worten, die der Maulwurf voller Genugtuung übersetzte.

Miranda hörte nichts mehr. Der Stoß musste ihr Kind getötet haben, dachte sie panisch. Denn so lebhaft es sich gerade noch bewegt hatte, so still und leblos fühlte es sich jetzt an. Ein Schrei wie von einem Tier entfuhr ihr und sie ging mit ihren Händen, zu Krallen geformt, auf ihn los. Sofort sprangen seine Schergen zur Stelle, hielten sie fest, drehten ihr die Arme auf den Rücken, sodass sie dachte, sie brächen sie aus den Gelenken, und zerrten sie hinaus auf den Flur. Dort schleiften sie Miranda weiter und zogen sie zurück in ihre Zelle.

Miranda wurde hineingeworfen wie ein Sack Kartoffeln, brach weinend und sich den Bauch haltend zusammen. »Mein Kind, unser Kind, Renzo, ich brauche dich«, wimmerte sie. Und eine Ahnung beschlich sie, dass sie nie eine Familie werden würden, wie sie es sich so sehr gewünscht hatten, dass sie das Ende des Krieges womöglich nicht erlebten, zumindest nicht alle drei.

Verzweifelt harrte sie auf jede Bewegung in ihrem Inneren, aber es gab keine. Ihr Kind, das sonst so lebhaft getreten hatte, bewegte sich nicht.

In der Nacht spürte sie es endlich wieder. Wie glücklich und erleichtert sie aufatmete, es durch ihren Bauch hindurch streichelte und liebkoste.

Doch am nächsten Tag wurde sie erneut verhört, nach dem Urheber der Karikaturen gefragt. Erneut geschlagen, erneut in den Bauch getreten, als handele es sich nicht um ihren Körper, sondern um einen Sack mit Unrat.

»Nein!«, schrie sie mehrfach gellend auf, aber mehr sagte sie diesen Kerlen nicht, konnte sie doch den Vater ihres Kindes nicht verraten. Auf keinen Fall.

Ihr Martyrium nahm kein Ende. Die Wehrmachtsoffiziere schienen Gefallen daran zu finden, sie zu triezen, sie zu quälen, ihr das Herz aus dem Leib zu reißen und das Leben in ihrem Bauch zu zerstören. Als hätten sie nichts anderes zu tun. Die Partisanengruppe, die diesen Anschlag geplant hatte, schien es ihnen schon sehr lange angetan zu haben. Hier ging es um Macht, um das Gefühl, der Erhabene zu sein, um die Lust, zu foltern.

Schluchzend musste sie es sich eingestehen, dass sie die Mächtigeren waren, zumindest in dieser Situation. Wenn sie Renzo und die anderen nicht verriet, würde ihr Kind diese ständigen Tritte dann überleben? Mirandas Herz raste. Wie konnte sie das Leben ihres Kindes schützen und seinen Vater nicht verraten? Und noch ein Gedanke quälte sie unendlich. Nur Alessia konnte dahinterstecken. Ihre Schwester, das Liebchen dieses Nazis. Sie musste unbemerkt in die Wohnung gekommen sein, als Miranda mit ihrer Mutter über den geplanten Anschlag geredet hatte! Ihre eigene Schwester, ihr Fleisch und Blut, hatte sie an die Nazis verraten.

10. Kapitel

Venedig, 2019

Nonna hielt inne in ihrer Erzählung, schien sich gedanklich in der damaligen Zeit zu befinden, gefangen von dieser schrecklichen Entscheidung und der Erinnerung an früher. Nicola warf Cati einen betroffenen Blick zu, beobachtete Nonna, die aufgewühlt aus dem Fenster starrte. War wirklich Alessia schuld gewesen? Und wie hatte sich Nonna wohl damals entschieden? Hatte sie ihre große Liebe verraten, um ihr Kind zu retten? Die Sonne beleuchtete die Falten dieser alten Frau, die so Furchtbares hatte erleben müssen. Nicola lagen diese Fragen auf der Zunge, aber sie spürte, dass sie warten musste.

Cati räusperte sich, legte ihre Hand auf die faltige von Nonna, holte sie so wieder ins Hier und Jetzt zurück. »Es tut mir so leid, was du alles erleben musstest. Ich verstehe nur nicht, wieso du unbedingt wolltest, dass ich mir das anhöre?«

Nonna blickte ihr direkt in die Augen, war mit einem Mal zornig. »Kannst du dir das nicht denken?«

Cati zog unwillkürlich ihre Hand zurück, schüttelte den Kopf. »Nein, das kann ich nicht.«

»Ich weiß nicht, was zwischen euch Schwestern vorgefallen ist, aber eines weiß ich genau: Nicola ist sich keiner Schuld bewusst. Und sie war immer ehrlich. Also hast du etwas getan. Und einer Schwester tut man nichts an.«

Empört stand Cati auf. »Was? So denkst du also von mir? Ich fasse es nicht. Ich bin nicht die böse Schwester, die du hattest. Wenn du das von mir denkst, kennst du mich überhaupt nicht, Nonna.«

Mit diesen Worten drehte sie sich um, ging zur Theke, fischte einen Geldschein aus ihrem Portemonnaie heraus, legte ihn dem Ober hin und verließ das Café.

Unbehaglich saß Nicola da. Besonders feinfühlig war das von Nonna nicht gewesen. Sie sagte einfach immer, was sie dachte. »Soll ich ihr nach?«, fragte Nicola. Sie verstand Nonna in diesem Moment einfach nicht. Cati hatte zwar als Kind hin und wieder gelogen, aber sie jetzt so bloßzustellen?

»Auf keinen Fall«, widersprach Nonna vehement. »Ihr habt das Mädchen all die Jahre viel zu sehr verwöhnt. Vor allem Gina. Caterina wurde behandelt wie eine Principessa und jetzt benimmt sie sich wie eine.«

Nicola verteidigte ihre Schwester und ihre Mutter. »Mamma hat immer versucht, keine von uns zu bevorzugen. Und solange wir nicht wissen, wieso sich Cati mir gegenüber so distanziert verhält, kannst du sie doch nicht einfach mit Alessia vergleichen.«

Nonna schnaubte durch. »Die Kleine ist Alessia sehr ähnlich. Das war sie schon immer.«

»Aber Nonna, Cati ist ein eigenständiger Mensch. Sie hat ganz sicher nichts so Schreckliches getan wie deine Schwester damals. Wenn es denn überhaupt stimmt«, fügte sie noch hinzu.

»Wenn es stimmt, wenn es stimmt. Natürlich tut es das. Sie hat gelauscht und alles diesem Walter erzählt, um sich vor ihm wichtig zu machen. Wer sollte uns denn sonst verraten haben? Hä?«

Nicola merkte, dass mit Nonna, die in den letzten Jahren immer altersstarrsinniger wurde, gerade nicht zu reden war. Zu sehr hatten sie die Erinnerungen an damals mitgenommen. Und sie selbst, um ehrlich zu sein, auch. Nie hätte Nicola gedacht, dass ihre Großmutter all das hatte erleben müssen.

»Ich habe seitdem keinen Kontakt mehr zu meiner Schwester«, fügte Nonna leise hinzu. »Seit über siebzig Jahren. Aber auch wenn ich es ihr bis heute nicht verzeihen kann, was sie getan hat … sie hat mir all die Jahre gefehlt. Vor allem nach dem Tod unserer Mutter in den Sechzigern. Eine Schwester ist und bleibt nun mal – *famiglia.*« Nach einer kleinen Pause fügte sie hinzu: »Ich möchte nicht, dass ihr beiden euch so weit voneinander entfernt wie wir.«

Nicola berührte dieses Geständnis ihrer Großmutter tief. Sie hatte ihrer Schwester Alessia nicht verziehen, aber sie sehnte sich ganz offensichtlich sehr nach ihr. Hatte Nonna ihre Enkelinnen unterbewusst auch deshalb nach Venedig beordert, um nach ihrer Schwester zu suchen?

»Vielleicht lebt sie ja wirklich noch, deine Schwester«, tastete sich Nicola vorsichtig vor.

Nonna zuckte die Schultern. »Ich wollte es all die Jahre nicht wissen. Aber jetzt … wo ich nicht mehr lange zu leben habe, denke ich manchmal, wie es ihr wohl weiter ergangen ist.« Sie seufzte tief. »Und in ganz seltenen Stunden denke ich: Vielleicht habe ich ihr ja doch unrecht getan? Weißt du, Kind, verzeihen können, das solltest du lernen. So viele Menschen können es nicht. Ich leider auch nicht.«

»Soll ich sie für dich suchen, herausfinden, ob sie noch lebt?«

»Nein, auf keinen Fall!«, entfuhr es Nonna und ihre Hand zitterte. »Basta!«

Die beiden tranken schweigend ihren Kaffee aus und Nonna bat Nicola schließlich, sie nach Hause zu bringen. Sie müsse sich hinlegen. Subito.

***

Cati saß bei Mamma und Lotta in der Wohnküche und nippte an einem Espresso. Als Nicola den Raum betrat, stand sie sofort auf.

»Ich reise ab. Das muss ich mir wirklich nicht antun.«

»Was? Nein, bitte, Cati. Sie hat es sicher nicht so gemeint.«

»Sie hat es aber so gesagt.«

»Sprich doch noch mal mit Nonna«, schlug ihre Mutter vor. Cati schien ihr alles erzählt zu haben.

»Uromi ist stur wie ein Esel, das sagst du doch selbst immer, Omi«, wandte Lotta nun ein.

»Das ist sie. Aber auch Esel haben ein Herz.«

Cati ging an Nicola vorbei, warf ihr noch einen verletzten Blick zu. »Habt ihr schön weiter über mich gelästert?«

»Natürlich nicht, wie kommst du darauf? Im Gegenteil, ich hab dich in Schutz genommen.«

»Vielen Dank.« Cati ging in ihr Zimmer und schloss lautstark die Tür.

»Na, wunderbar«, stellte Nicola fest und setzte sich. »Hattet ihr wenigstens einen schönen Vormittag?« Sie sah Lotta fragend an.

Die nickte. »Omi hat mir beigebracht, wie man Buranelli backt. Also die originalen, nicht solche, wie du immer versuchst, sie hinzukriegen.«

Nicola lächelte. Eine begnadete Bäckerin war sie wirklich nicht. »Wie schön. Dann kannst du mir in Berlin öfter mal welche backen.«

Ihre Mutter wandte sich ernst an Nicola. »Und wie geht es Nonna jetzt?«

»Sie hat sich hingelegt.«

»Bene.«

»Wusstest du denn das alles von damals?«

»Ich weiß ja nicht, was sie dir heute alles erzählt hat. Die letzte Zeit hat sie wie gesagt ab und zu davon angefangen, aber auch immer wieder abgebrochen.«

»Wieso hast du uns nichts gesagt?«

»Ihr seid so beschäftigt mit eurem Leben. Ich dachte, ihr habt wohl keinen Sinn für die Vergangenheit, wo ihr im Alltag so viel um die Ohren habt.«

Nicola musste zugeben, dass sie sich tatsächlich lange nicht für ihre Familiengeschichte interessiert hatte. Und wenn überhaupt, war sie davon ausgegangen, dass die Auswirkungen des Zweiten Weltkriegs auf Italien, vor allem auf Venedig, bestimmt nicht so gravierend gewesen waren. Schließlich standen die alten Palazzi immer noch in ihrer ganzen Pracht da. Wie sehr hatte sie sich getäuscht, wie wenig die Geschichte hinter der Geschichte gesehen.

»Und Uromi war wirklich im Widerstand?«, hakte Lotta stolz nach.

Nicola bestätigte lächelnd. »Deine Uromi war eine sehr mutige Frau. Viel zu lange wurde über die tapferen Frauen der Resistenza civile, die ohne Gewalt agiert haben, nicht gesprochen. Ich möchte das zu Hause alles recherchieren, eine Freundin von mir arbeitet bei einer Zeitung, vielleicht kann sie es publik machen.«

»Die interessieren sich für so 'n olles Zeug?«

»Es wird sicher nicht einfach, einen Abnehmer zu finden. Dabei ist es gerade für Frauen so wichtig zu wissen, dass sie stark sind und eine ganze Menge bewirken können. Auch im

Kleinen. Gerade heute, wo die Welt wieder so auseinanderbricht und sich viele machtlos fühlen.«

Lotta nickte nur und stand auf. »Ich geh chillen.«

»In Ordnung.«

Die Zwölfjährige verließ die Küche. Nachdem sie die Tür hinter sich geschlossen hatte, flüsterte Nicolas Mutter: »Sie musste für ihren Mut im Gefängnis bezahlen.«

»Was? Wie meinst du das?«

Ihre Mutter knetete ihre Hände, schüttelte den Kopf. Nicola berührte sie am Arm. »Bitte, Mamma, was hat sie dir über die Zeit im Gefängnis erzählt? Es hat Nonna alles so aufgeregt, dass sie nicht weitersprechen konnte. Bitte sag du mir, was du weißt.«

Mamma sah Nicola unschlüssig an, stand auf, ging zu dem alten Herd und goss sich den Rest aus der Espressokanne ein, ehe sie begann.

11. Kapitel

Venedig, 1944

Miranda wurde gewaltsam in eine andere Gefängniszelle geschoben, die Tür hinter ihr wurde lautstark verriegelt. Ein Lichtstrahl fiel durch das kleine Gitterfenster und sie erkannte mehrere Stockbetten, in denen Frauen saßen oder lagen. Sie alle wirkten abgemagert, musterten Miranda neugierig, nur eine der Frauen blieb unter ihrer grauen Filzdecke liegen und starrte an die Decke.

»Salve«, sagte eine der Frauen. »Wie heißt du, weshalb bist du hier?«

Miranda nannte ihren Decknamen »Mirka« und erklärte, als Stafette eine Partisanengruppe unterstützt zu haben. Dabei legte sie schützend die Hand auf ihren Bauch. »Ich musste es tun«, flüsterte sie mehr zu sich selbst.

Chiara, eine zart gebaute Mittdreißigerin mit langen schwarzen Haaren, bestärkte sie. »Wir Frauen haben es alle freiwillig getan. Wir hatten die Wahl. Unsere Männer nicht. Sie wären deportiert worden, wenn sie sich nicht dem Widerstand angeschlossen hätten.«

»Wir haben es für unsere Männer getan«, bestätigte eine andere, eine kleine, rundliche Frau.

Insgesamt gab es vier Stockbetten und sieben Frauen. Sie alle wirkten zwar ausgelaugt, aber sie schienen mit sich im Reinen. Tapfere Frauen, mutige Frauen.

Miranda wurde das letzte leere Bett zugewiesen. Sie wurde freundlich aufgenommen, fühlte sich bei diesen Frauen wohl. Während der nächsten Tage lernten sie sich nach und nach kennen. Zeit hatten sie hier drin ja genug und eine jede erzählte ihre Geschichte.

Da gab es Cassandra, eine magere junge Frau, die sich einer der GDD, der »Frauengruppen zur nationalen Verteidigung«, angeschlossen hatte. »Wir haben es getan, um uns zu befreien«, sagte sie. »Darüber haben sich einige Frauen aufgeregt. Wieso nennen wir uns nicht selbst ›Freiwillige der Freiheit‹, sagten manche. Ich habe in dieser Vereinigung das erste Mal etwas von der Emanzipation der Frau gehört. Bisher zählten wir doch alle nichts.«

Ein paar andere Frauen bestätigten das und Miranda fühlte sich verstanden und diskutierte lange mit den Frauen.

»Wir haben Geld gesammelt, Lebensmittel und Kleidung für die nach Deutschland Deportierten und andere Gefangene«, sagte Chiara.

Eine Frau mit rundlichem Gesicht namens Penelope fügte hinzu: »Wir haben die Produktion in der Fabrik sabotiert. Wir haben gestreikt und die Produktion verlangsamt.«

Cassandra ergänzte: »Und haben mehr Rechte für uns Frauen eingefordert. Gleichen Lohn wie die Männer haben wir verlangt, auch dass wir jede Arbeit annehmen dürfen, jeden Unterricht erteilen dürfen in Schulen.«

Miranda fand das großartig. Sie hatte einmal gehört, dass im Faschismus in Italien nur etwa zehn Prozent der

Büroangestellten weiblich sein durften. Und in den Schulen war es den Frauen untersagt, bestimmte Fächer zu unterrichten.

Laura, die während der ganzen Zeit apathisch in ihrem Stockbett lag und an die Decke schaute, hatte den Angaben der anderen zufolge vor dem Krieg als Ärztin gearbeitet und dann den Widerstand unterstützt.

»Sie haben sie gefoltert«, flüsterte Penelope. »Sie will nicht sagen, was sie mit ihr gemacht haben. Sie will uns keine Angst machen.«

»Wie schrecklich.«

Miranda reichte Laura einen Becher Wasser, den diese ausdruckslos entgegennahm.

Dann erzählte Miranda den anderen von ihrem Konflikt, den Vater ihres Kindes verraten zu müssen, andernfalls würden die Nazis womöglich ihr Kind töten. »Sie treten mit ihren harten Stiefeln in meinen Bauch, ich habe so eine Angst, dass sie das Kleine bereits verletzt haben.«

Seit der letzten Tortur hatte es sich kaum noch bewegt. Was, wenn sie ihm im Mutterleib Knochen gebrochen hatten, oder Schlimmeres? Tränen drängten sich in ihre Augen.

»Wieso hast du es nicht abgetrieben?«, fragte Chiara nach. »Du hast doch bestimmt gewusst, dass dies auch zu unserem Widerstand gehört. Keine Kinder in diesen faschistischen Staat zu gebären. Ich kenne einige, die deshalb abgetrieben haben.«

Cassandra bekreuzigte sich. »Lass sie. Mirka wird ihre Gründe gehabt haben.«

»Die hatte ich. Der Vater ist meine große Liebe.« Und jetzt konnte Miranda ihre Tränen nicht mehr zurückhalten. Ihr ganzer Körper wurde von einem Weinkrampf geschüttelt, sie schluchzte und all ihre Verzweiflung brach sich Bahn.

Chiara seufzte. »Ich verstehe dich.«

Cassandra legte Miranda die Hand auf den Arm. »Beruhige dich. Dann hätte ich es auch nicht getan.«

»Ich muss mich jetzt aber entscheiden«, schluchzte Miranda.

»Nein, das musst du nicht. Denn diesmal hast du keine Wahl.«

»Wie meinst du das?«

»Eine jede Mutter würde ihr Kind retten.«

»Und den Vater ihres Kindes in den sicheren Tod schicken? Und die anderen Männer auch?«

Sowohl Chiara als auch Penelope und Cassandra nickten betreten. Die anderen sahen weg und hielten sich raus.

»Am besten sagst du diesen Kerlen schnell, was sie wissen wollen«, fügte Chiara an. »Wir alle hier drin sollen deportiert werden, in ein Lager in Deutschland. Penelope hat es gehört. Nicht, dass sie dich auch noch mitnehmen.«

Miranda schluckte. »Wann?«

Cassandras Lippen wurden schmal. »Morgen. Morgen früh haben sie gesagt.« Auch ihr schossen Tränen in die Augen. »Ich werde meine Familie nie wiedersehen. Meine Bambini, meinen Luigi, meine Mamma. Aber ich habe alles für sie getan.«

»Ich auch«, schluchzte Penelope. »Ich liebe meine Mamma und meinen Papa so sehr. Ich hoffe, sie lassen wenigstens sie am Leben.«

Die Frauen weinten, nahmen sich abwechselnd in die Arme und drückten sich fest. Nur Laura lag weiter einfach nur stumm und apathisch in ihrem Stockbett und starrte an die Decke.

In dieser Nacht konnte Miranda nicht schlafen. Keine der Frauen tat auch nur ein Auge zu. Einige sangen leise immer wieder italienische Volkslieder, andere flüsterten und redeten ohne Unterlass, um sich die Angst von der Seele zu reden.

»Hätten wir den Partisanen doch nicht helfen sollen?«, fragte Penelope. »Wir Frauen waren für die Nazis ein Nichts, sie hätten uns in Ruhe gelassen.«

»Ich für mich weiß, dass ich richtig gehandelt habe«, sagte Chiara. »Es ist unsere Christenpflicht, ich habe es für meine *famiglia* getan, ich werde in den Himmel kommen.«

»Genau. Und ich kann noch in den Spiegel sehen«, fügte Cassandra an.

»Das wirst du bald nie wieder können, wenn du tot bist«, erwiderte Penelope unter Tränen.

»Streitet euch nicht. Jede Einzelne von uns hat so viele Leben gerettet. Wir haben für das italienische Volk gekämpft. Wir haben unsere jüdischen Mitbürger beschützt. Bereut ihr das wirklich?«

Miranda schüttelte wie all die anderen den Kopf. Auch sie bedauerte ihren Entschluss, den Widerstand zu unterstützen, keine Sekunde. Selbst jetzt nicht, den Tod vor Augen. Einzig bedauerte sie, zu diesem Anschlag mitgekommen zu sein, sich nicht genug im Hintergrund gehalten zu haben. Andererseits wäre Renzo dann vermutlich dort erschossen worden, wenn sie nicht aufgeschrien hätte.

Miranda dachte voller Zorn an ihre Schwester Alessia, die die Gruppe an ihren Nazi-Walter verraten hatte, die kein Herz, keine Skrupel mehr besaß. Wie tief konnten Menschen sinken, wie sehr die Moral vergessen? Die Werte, die ihnen ihre lieben Eltern in ihrer Kindheit so sorgsam beigebracht hatten.

Durch das vergitterte Fenster sah Miranda erst den Mond und dann den Morgen grauen. Sie fröstelte, spürte jetzt wieder zart die Bewegungen ihres Babys in ihrem Bauch. Es gab ihr einen Tritt, der alles entschied. Entschlossen setzte sie sich auf, wandte sich den Frauen zu, die ebenso mit offenen Augen dalagen. »Hört zu. Ich weiß, was ich tun werde.« Ein paar sahen auf, Penelope im Stockbett über ihr beugte sich kopfüber zu ihr herunter.

»Wenn ein Anschlag misslingt, wird das Lager in den Bergen geräumt, haben mir die Partisanen einmal gesagt. Ich kann nur hoffen, dass sie es mitbekommen haben und genug Zeit hatten, sich alle in Sicherheit zu bringen. Ich werde diesen Bastarden verraten, wo sich das Lager in den Bergen befindet. Vielleicht muss ich dann nicht auch noch Renzo verraten, zugeben, dass er die Karikaturen gezeichnet hat. Und ich werde vorab darauf bestehen, dass sie euch alle mit mir zusammen freilassen«, sagte sie zu Penelope und dann in die Runde. »Ich sage ihnen, ich werde das Versteck der Partisanengruppe in den Bergen nur dann preisgeben, wenn sie mich und euch freilassen. Nur dann.«

»Wirklich?« Chiara sah sie überwältigt an.

»Das würdest du für uns tun, Schwester?« Penelope kletterte herunter, kniete sich zu ihr, fiel ihr um den Hals. Und diese eigentlich fremde Frau, die sie nur so kurz kannte, fühlte sich an wie eine gute, vertraute Freundin. Miranda fühlte sich ihr näher, als sie es ihrer wirklichen Schwester die letzten Monate gewesen war.

Miranda wurde abgeholt. Von zwei jungen Wehrmachtssoldaten, die sie hart an den Armen festhielten. »Ihr tut mir weh«, sagte sie, doch die beiden sahen sich nur einen Moment an, in ihren erkalteten Augen zeigte sich kein Erbarmen.

Wieder wurde sie in das Büro zum Verhör geführt. Der untersetzte Offizier fragte sie ein letztes Mal und der Dolmetscher übersetzte. Er gab ihr deutlich zu verstehen, dass sie noch am selben Tag mit den anderen Frauen in ein Lager kommen werde, wenn sie weiterhin schwieg. Was sie dort erwartete, daran gab es keinen Zweifel.

»Rede endlich, du Flittchen!« Während er das sagte und es ihr übersetzt wurde, lief ihm Speichel aus dem Mundwinkel. Was für ein widerlicher Kerl. Er trat auf sie zu, wollte schon wieder sein Knie anheben, um es in ihren Bauch zu rammen, da reckte Miranda ihr Kinn vor, stoppte ihn mit einer Geste, voller Verachtung in ihrem Blick.

Sie teilte ihm ihre Bedingung mit, verriet ihm, nachdem er eingewilligt hatte, den Ort des Lagers in den Bergen. Sie hoffte so sehr, dass sie bereits alle geflohen waren. Und wunderte sich, dass er nicht mehr nach Renzo fragte.

Voller Genugtuung notierte er alles, grinste sie dann hämisch an und feixte: »Die Bastarde, die wir bei dem Anschlag festgenommen haben, sind eh bereits tot.«

Miranda schloss verzweifelt die Augen, sackte in sich zusammen, wurde von einem der Soldaten am Arm gepackt und wieder auf den Stuhl gesetzt wie eine Puppe. Renzo war tot, die anderen auch. Die Schweine hatten sie reingelegt.

Mit letzter Kraft erinnerte Miranda dieses Scheusal an die Freilassung der anderen Frauen in ihrer Zelle.

Es schmeckte ihm nicht, das sah sie ihm an. Scharf sog er die Luft durch seine Nasenflügel. Für ein paar Sekunden glaubte Miranda, er werde ihre Vereinbarung ignorieren, einen Rückzieher machen.

Sie fühlte sich so elend und schwach wie noch nie zuvor in ihrem Leben. Ihr Puls raste, ihr wurde schwindelig und sie war kurz davor, sich zu übergeben.

Wie gern hätte sie das vor diesem Kerl getan, auf dessen Füße, aber nicht einmal mehr das schaffte ihr fast lebloser Körper.

Sie sackte noch weiter zusammen, wurde unsanft von den jungen Soldaten gepackt und in die Zelle zurückgeschleppt.

Die Frauen traten sofort erwartungsvoll auf sie zu, hielten sie, dankten ihr von Herzen, und erschraken, als sie erfuhren, dass er sein Wort vielleicht nicht halten werde. Sie litten mit Miranda, weinten mit ihr um Renzo, brachten ihr Wasser, streichelten sie, bis sie in einen fiebrigen Schlaf fiel.

Die Tage vergingen, obwohl die Zeit für Miranda stehen geblieben war.

Venedig hatte nichts von seiner Schönheit verloren. Die Palazzi standen da, als sei nichts geschehen. Miranda ging über eine kleine Brücke, schwankte einen Moment, hielt sich dann am Geländer fest. Sie und die anderen Frauen waren tatsächlich freigekommen. Die Nazis hatten Wort gehalten und das erstaunte Miranda sehr. Vermutlich war von der deutschen Zuverlässigkeit doch noch etwas in ihren Köpfen verblieben. Eine Hochschwangere bedeutete außerdem nur Schwierigkeiten. Aber auch die anderen sieben Frauen hatte man mit Gewehrkolben ins Freie gestoßen. Mirandas Bauch fühlte sich so hart an wie ein Holzbrett. Müde und ausgelaugt schleppte sie sich weiter, sie wollte jetzt nur nach Hause.

Von den anderen Frauen lebte nur Penelope wie sie inmitten der Lagunenstadt. Bei ihrem Abschied hatten die beiden Frauen einander versprochen, sich irgendwann wiederzusehen. Miranda schaffte es, die Wohnung ihrer Mutter zu erreichen, klopfte zaghaft an die Tür. Kurz darauf ging diese auf und ihre Mamma schloss sie zitternd in die Arme.

Es gab Pasta und Tee und Miranda musste ihrer Mamma versprechen, so hochschwanger nicht mehr in die Berge zu gehen, um zu sehen, ob die Menschen dort rechtzeitig fliehen konnten. Miranda tat es, viel zu schwach fühlte sie sich mittlerweile. Sie dachte an Elina, von der sie nicht wusste, wie es ihr nun ging. Jakob von Kirschbaum würde sich um sie kümmern, so gut er konnte, die Freundin befand sich in guten Händen, redete sie sich selbst ein, egal wo sie sich jetzt befanden.

Ein paar Tage später, als Miranda über den Markusplatz ging, auf dem Weg zu ihrer Hebamme, traf sie eine ihr bekannte Stafette.

»Lona!« Laut ihrer Nachbarin war Lona gerade in den Bergen gewesen.

»Mirka, bist du das?«

»Ja, ich bin es. Bist du in unserem Camp gewesen? In dem auch Elina war? Weißt du, ob die Menschen dort rechtzeitig fliehen konnten, Lona?«

Die Stafette sah sie an. Mirandas Herz klopfte, als galoppierten Pferde über den Platz.

»Ich komme gerade aus einem anderen Camp. Das Versteck, das du meinst, in dem Elina lebte, ist von den Nazis verwüstet worden.«

Miranda stockte der Atem.

Lona fuhr fort: »Aber sie haben wohl keinen mehr dort vorgefunden. Zumindest sah es so aus.«

»Was für ein Glück, oh mein Gott, Lona, ich bin ja so froh.«

»Ich auch.«

»Weißt du, wo sie jetzt sind?«

»Nein, leider nicht.« Lona starrte vor sich hin. »Ich hab auf meinem Weg schon so viel gesehen. Sogar Kinder bringen diese Scheusale um. Dabei haben viele deutsche Soldaten doch bestimmt selbst Kinder, ich verstehe das nicht, Mirka.«

Miranda nickte. »Ich auch nicht. Ich werde es nie verstehen. Danke, Lona«, flüsterte sie. »Du weißt gar nicht, wie sehr du mir geholfen hast.«

Miranda nahm sie in ihre Arme, diese arme Stafette, die so viel Elend hatte sehen müssen, drückte sie einen Moment an sich, löste sich dann wieder, drehte sich um und ging weiter. Elina, ihre geliebte Elina. Hoffentlich würde sie es schaffen.

Auf der nächsten Brücke, die über einen Kanal führte, blieb sie an einem Steingeländer stehen, starrte aufs Wasser. Eine alte Frau mit einem Korb voller Kartoffeln kam heran, kniff die Augen zusammen, hielt sie am Arm fest. »No! Tun Sie das nicht«, flüsterte sie erschrocken. »Denken Sie an Ihr Kind.«

Sie zeigte auf Mirandas hochschwangeren Bauch. »Es ist ein Geschenk Gottes. Jedes Kind auf dieser Welt.«

»Ich weiß …« Sie atmete durch. »Ich werde mich ganz gewiss nicht umbringen. Den Gefallen tu ich denen nicht«, erwiderte Miranda tapfer. »Grazie. Mille grazie, gute Frau, dass Sie auf die Menschen um Sie herum achtgeben.«

Nachdenklich ging sie weiter, an den Kanälen ihrer Kindheit entlang, wieder nach Hause. Ihre Mamma merkte sofort, dass sie Nachrichten mitbrachte. Sie freute sich mit ihr, dass Elina und die anderen rechtzeitig fliehen konnten, rieb ihr liebevoll über den Rücken.

Miranda dachte an Renzo, der noch hätte leben können, wäre der Anschlag nicht vereitelt worden.

»Ist Alessia hier?«, fragte Miranda nach. Seit ihrer Rückkehr aus dem Gefängnis hatte sie ihre Schwester nicht gesehen.

»Nein, sie war vorhin kurz da, ein paar Sachen holen. Sie will jetzt ganz bei diesem … Deutschen leben«, erwiderte ihre Mutter seufzend.

»Leg dich ins Bett, ich mache dir einen Tee.«

In unser Bett, dachte Miranda, als sie sich hinlegte und mit dem Laken zudeckte. Das Bett, das sie sich mit ihrer Schwester so viele Nächte geteilt hatte. Und dennoch hatte Alessia sie verraten. Wie sehr musste sie Miranda hassen. Wie wenig schien sie ihr zu bedeuten.

Und auch die nächsten Tage, in denen Miranda litt und um Renzo trauerte, ging Alessia Miranda aus dem Weg, besuchte noch nicht einmal mehr ihre Mutter, die mit ihrer Arthrose und obendrein einer schweren Erkältung zu kämpfen hatte. Was für ein Schuldeingeständnis, dachte Miranda immer wieder erschüttert, wenn sie dasaß, sich um ihre kranke Mutter kümmerte und an die Wand starrte. Alessia konnte ihrer Schwester offenbar nicht mehr in die Augen sehen.

Das Kind schien im Mutterleib von der Schwermütigkeit Mirandas nichts zu bemerken. Es strampelte immer wieder und Miranda wurde zuversichtlicher, dass es durch die Tritte keinen Schaden erlitten hatte. Allein diese zarten Berührungen in ihrem Inneren und die Liebe ihrer Mamma gaben Miranda Halt in diesen schweren Stunden der Trauer und Hilflosigkeit.

Endlich ging es wenigstens ihrer Mutter wieder etwas besser. Da klingelte es, Miranda trat die Stufen hinunter und öffnete. Alessia und ihr Walter in Uniform standen in der Tür. Alessia starrte auf Mirandas Bauch. Miranda wurde in Sekundenschnelle speiübel. Aber in Anwesenheit von Walter konnte Miranda ihrer Schwester nicht ihre Meinung sagen, sie anschreien und anspucken, denn sie fürchtete, das Leben ihres Kindes erneut aufs Spiel zu setzen. *Sei klug, Miranda, leg dich nicht mit diesem Walter an.* Und so biss sie sich auf die Zunge, was ihr schwerfiel. Alessia senkte sofort den Blick, ihr Gesicht gezeichnet von Schuld. »Ich muss nur noch etwas Wichtiges aus unserem Zimmer holen, meinen Pass, und ich habe meinen Schlüssel vergessen. Wir sind gleich wieder weg.«

Miranda trat einen Schritt beiseite, ohne ein Wort zu sagen, folgte ihnen nach oben.

Ihre Mamma kam im Morgenmantel aus ihrem Schlafzimmer, sah Walter ebenso feindselig an. Der spürte die Stimmung, drängte Alessia zur Eile.

Als die beiden endlich weg waren, setzten sich die zwei Frauen in die Küche.

»Wieso hat sie das getan?«, unterbrach Miranda die Stille.

»Ich weiß es nicht, Kind«, erwiderte ihre Mutter betreten. Wie schrecklich musste es für eine Mutter sein, zu wissen, was ihr Kind Schlimmes getan hatte. Die eine Tochter der anderen. Und so wechselte Miranda das Thema, um ihre liebe, herzensgute Mamma zu schonen.

»Das Kleine hat gerade wieder getreten. Es scheint sehr lebhaft zu werden.«

»Ich freue mich so sehr auf mein Enkelkind.« Ihre Mutter strich ihr über den Bauch. »Du musst jetzt viel Obst und Gemüse essen. Es ist nur so …« Sie hielt inne.

»Du bekommst nichts mehr von Fabiano?«

Ihre Mutter nickte betreten. Seit die Nachbarschaft von Alessias Verhältnis mit diesem Nazi wusste, wurde ihre Familie geschnitten. Kein Wunder, genauso hätte auch Miranda gehandelt.

Die Tage vergingen und die Schwangerschaft wurde mit jedem Tag beschwerlicher. Miranda konnte kaum noch aufstehen, musste nun liegen, wie ihr die Hebamme riet, bis zur Geburt. Das Kind hatte sich nicht gedreht, es würde riskant werden, aber die Hebamme traute es sich zu. Was, wenn es die Geburt nicht überleben würde, es war das Einzige, was ihr von Renzo geblieben war.

Miranda trauerte unendlich. Um Renzo, um all ihre Lieben, die ihr dieser Krieg genommen hatte, die sie nicht hatte schützen können, trotz ihres unermüdlichen Einsatzes.

Nur dieses Kind war ihr geblieben, und ihre Mutter, die mit jedem Tag zerbrechlicher wirkte und immer gebückter ging. Auch sie trauerte, um den Verlust ihres Mannes und der anderen Tochter.

Die Fruchtblase platzte, als schlüge eine Bombe ein. Die Geburt fühlte sich an wie ein Gang durch die Hölle, die Hebamme schwitzte, Miranda schrie und betete. »Bitte, lieber Gott, lass das Kind nicht verletzt worden sein durch diese Unmenschen. Bitte, lass es keinen Schaden genommen haben.« Was darüber hinaus seelisch mit einem Ungeborenen geschah, wenn die

Mutter gefoltert wurde, vermochte sie sich nicht auszudenken. Es hieß doch, die Kleinen spürten bereits im Mutterleib alles. Allein die Tritte gegen ihren Bauch, was musste es für einen ersten Eindruck von dieser Welt da draußen bekommen haben. Dann die apathische Mutter. Die vielen Tränen.

Die Hebamme sah besorgt aus, als das Kind endlich mit den Füßen zuerst herauskam. Noch drei schmerzhafte Wehen, die Hebamme presste es erst noch einmal kurz hinein, damit es besser herauskommen konnte, dann war es da. Sobald die Hebamme das Kleine in den Händen hielt, legte sie es Miranda auf den Bauch. Die mutige Frau sah angespannt aus, wie auch Mirandas Mutter, die ihrer Tochter die ganze Zeit beigestanden und ihre Hand gehalten hatte. Beide wirkten sehr ernst.

»Was ist? Was ist mit meinem Kind?«

»Es ist ein Mädchen«, erwiderte die Hebamme einsilbig. »Es hat … es sieht sehr gelb aus. Mal sehen, ob wir es durchbringen.« Die beiden hatten sich für sie einen Sohn gewünscht. Aber Miranda sah ihr kleines Mädchen an und spürte so viel Glück in sich wie lange nicht mehr. »Gina, du sollst Gina heißen, wie die Mutter von Renzo, dein Vater hat es so gewollt.«

Die nächsten Tage vergingen wie in einem düsteren Traum, denn die kleine Gina kämpfte um ihr Leben. Miranda hielt sie in ihrem Arm und fühlte sich ihr so nahe. Eine kleine Kämpferin, durchfuhr es sie stolz und sie strich ihr über das Köpfchen. Kein Wunder, sie ist sein Kind und sie ist so wunderschön. Immer wieder schossen Miranda Tränen in die Augen, seit der Geburt liefen sie fast nur noch.

»Das ist normal«, sagte ihre Mutter, als sie am nächsten Tag mit einem Topf Minestrone ins Krankenhaus kam und zu ihr trat. Sie wischte ihr eine Träne weg. »Die meisten Frauen weinen sehr viel nach der Geburt, es ist das Los von uns Frauen.«

»Ist es nicht«, erwiderte Miranda schluchzend. »Mamma, ich weine um Renzo, um all die anderen. Ich werde sie nie wiedersehen. Ich komme darüber einfach nicht hinweg.«

Da traten auch ihrer Mutter Tränen in die Augen, obgleich sie versucht hatte, diese zurückzuhalten. »Und um deinen Vater, deinen Onkel Beppo, die vielen Freunde und Nachbarn, deren Söhne, die wir alle verloren haben«, ergänzte sie jammernd und bekreuzigte sich und auch bei ihr flossen die Tränen nun ungehindert. »Aber Schuld trägst nicht du, mein Kind.«

Die kleine Gina in Mirandas Armen wimmerte. Miranda sang ihr ein Lied vor und die Kleine hörte wieder auf.

»Miranda, du musst nach vorne sehen, sie ist unser Sonnenschein. Kinder sind Hoffnung. Das Leben geht weiter.«

Miranda lachte unter Tränen, liebkoste ihre Tochter, drückte die Hand ihrer Mutter. »Das ist sie, Mamma, und sie soll in einer besseren Welt aufwachsen, dafür haben Renzo und ich gekämpft.«

»Das habt ihr gut gemacht. Ich schäme mich, dass ich die Frauen der Resistenza nicht unterstützt habe.«

»Das musst du nicht, denn du hast uns unterstützt. Du hast mich ziehen lassen, hast für mich gekocht, für die Menschen im Lager. Und es ist noch nicht zu spät. Die Alliierten sind zwar schon ein ganzes Stück weiter vormarschiert, aber sie haben die Nazis noch nicht besiegt.«

»Ich bete jeden Abend, dass sie es bald schaffen.«

Ihre gute Mutter, in der so viel mehr steckte, als man auf den ersten Blick gemeint hätte. Sie hatte mehrfach Brot und Pizza gebacken, um sie Miranda als Stafette in ihren Korb mitzugeben. Sie hatte ihre Tochter in ihrem Weg unterstützt, hatte sie nicht verraten so wie ihre Schwester.

Alessia besuchte Miranda kein einziges Mal im Krankenhaus. Und auch als Miranda mit dem Baby nach ein paar Tagen entlassen wurde und mit der Kleinen zu Hause in ihrem gemeinsamen Bett lag, erschien Alessia nicht. Obwohl Miranda diesen Besuch gar nicht gewollt hätte, traf sie das Fernbleiben der Schwester dennoch. Hatte sie nicht einmal ein Herz für ihre Nichte?

»Deine Tante ist für mich gestorben«, flüsterte Miranda ihrer Tochter zu. »Es ist so traurig, denn sie hat zu deiner Familie gehört. Und wenn deine Großmutter einmal nicht mehr lebt, haben wir nur noch sie.« All die anderen Verwandten von Miranda waren dem Krieg zum Opfer gefallen. Nicht nur ihr Vater, sondern auch ein Onkel, der Bruder ihrer Mutter. Seine Frau war kurz darauf an einem Herzinfarkt gestorben, Kinder hatte ihnen das Leben nicht beschert.

Miranda betrachtete dieses kleine Wunder der Natur, die winzigen Händchen von Gina, ihre kleine Nase.

12. Kapitel

Venedig, April 1945

Zehn Monate später, als Gina bereits fröhlich durch die Wohnung krabbelte, hörte Miranda von einer Nachbarin, dass sich gerade Partisanen auf dem Markusplatz versammelt hatten.

»Wieso das?«, hakte sie nach.

»Hast du denn gar nichts mitbekommen? Es hat vor ein paar Tagen einen Partisanenaufstand gegeben. Sie haben das Gefängnis von Santa Maria Maggiore eingenommen. Die politischen Gefangenen und die Gefängniswärter haben ihn begonnen«, erzählte die Nachbarin aufgeregt.

»Tatsächlich?« Miranda hatte nichts davon gehört.

Die Nachbarin erzählte weiter. »Daraufhin haben die bewaffneten Partisaneneinheiten die Zentren der faschistischen Macht besetzt. Peppone hat es mir erzählt. Die Faschisten haben sich nahezu kampflos ergeben, nur die deutschen Besatzer haben dagegengehalten und gedroht, die Stadt dem Erdboden gleichzumachen. Zwei Tage wurde verhandelt und dann endlich eine bedingte Kapitulation vereinbart.«

»Das ist ja … ein Wunder! Gina hatte Fieber, wir haben das Haus nicht verlassen und nichts mitbekommen.«

»Mädchen, du kannst es glauben, die deutschen Truppen haben mit ihren Waffen die Stadt verlassen, die Truppen der Alliierten haben Venedig erreicht und es ist bereits befreit.«

Miranda warf sich der Nachbarin jubelnd in die Arme. Sie hatte sich die letzten Monate in ihrer Trauer um Renzo vergraben, resigniert und sich für die politischen Geschehnisse ganz entgegen ihrer Persönlichkeit nicht mehr interessiert. All ihre Liebe, die sie in sich trug, hatte sie ihrem Kind geschenkt, jeden Tag mit der Kleinen genossen und zusammen mit ihrer Mutter jeden Zahn, jedes Lächeln gefeiert. Als Gina dann Fieber bekam, hatten sie erst recht nicht mehr mitbekommen, was in der Welt um sie herum vor sich ging.

Aber diese Nachricht, dass die Partisanen es geschafft hatten, weckte Miranda aus ihrer Lethargie, was die Welt betraf. Italien galt als befreit.

Miranda hob Gina, die wieder putzmunter war, auf ihren Arm, drückte ihr einen dicken Kuss auf ihre weiche, pralle Wange. »Komm, meine Süße, Italien ist frei, das müssen wir feiern.« Sie setzte sich die Kleine auf die linke Hüfte und machte sich mit ihr auf den Weg zum Markusplatz. Seit sie wusste, dass sie ihren Mann verloren hatte, ging sie wie eine Witwe nur noch in Schwarz.

Auf der Piazza San Marco hatte sich schon eine große Menschenmenge versammelt. Einige trugen ihre Partisanenuniformen. Die Leute jubelten, umarmten sich, fotografierten einander mit stolzen Siegergesten.

Miranda freute sich mit ihnen. Ein Lächeln schlich sich auf ihre Lippen. Es hatte sich gelohnt. Der riskante Einsatz der Widerstandskämpfer, ihre eigene gefährliche Arbeit als Stafette, dies alles zusammen hatte Früchte getragen. Ohne das wäre Venedig nicht befreit worden, wäre den Alliierten nicht der Weg in Italien geebnet worden. Ohne das hätte es noch mehr Leid und Blutvergießen, noch mehr deportierte jüdische Mitmenschen gegeben. Eine Träne drückte sich empor. Ihre Freundin Elina fehlte ihr so sehr. Und Renzo. Miranda sah in den Himmel, blinzelte die Träne weg. Wie sehr hätte sich Renzo gefreut. Ob Elina noch lebte? Bis jetzt hatte sie kein Lebenszeichen von ihr bekommen, auch nicht von ihren Eltern aus der Schweiz oder den Staaten, wohin so viele Juden geflohen waren. Miranda fröstelte.

Gina lächelte ihre Mamma an, wippte auf ihrer Hüfte mit zu einem Lied, das ein paar neben ihnen sangen. Und Miranda tanzte mit, das Kind fest in ihrem Arm, drehte sich im Kreis, sah wieder einen Moment in den Himmel und fühlte sich glücklich und zu Tode traurig zugleich. Ihre Tochter schmiegte sich an sie und Miranda wusste wieder, dass sie alles richtig gemacht hatte. »Du bist mein größter Schatz«, flüsterte sie ihrer Süßen ins Ohr. »Für immer und ewig. Und ich werde dich zu einem mutigen Mädchen erziehen, ganz so, wie es dein Vater gewollt hat.«

Ein Mann stand neben ihr. Er hatte ihr den Rücken zugewandt und mit seinen dunklen Locken sah er aus wie Renzo. Mirandas Herz schlug schneller. Aber sie wusste, dass er es nicht sein konnte, erkannte auch sofort, dass er es nicht war, sondern ein anderer Partisan, der sein Bein nachzog. Ein Kriegsverwundeter. Wie so viele. Sie musste ihn angestarrt haben, denn er erwiderte plötzlich ihren Blick, lächelte sie an, dann das Kind. »Na, piccola bellezza, feierst du mit uns?«

Er zwinkerte Miranda zu. Diese lächelte nur schüchtern zurück, hatte kein Interesse an seiner Bekanntschaft, obwohl er nett wirkte.

»Salve, ich bin Pietro.«

»Mein Name ist Mirka.«

Wieso nannte sie ihm ihren Kampfnamen? Er war ihr so über die Lippen gekommen.

»Mirka. Ein sehr schöner Name. Sie haben die Partisanen unterstützt?«

»Wie kommen Sie darauf?«

»Sie wirken so. Mutig und herzlich.«

Miranda sah ihn verblüfft an. »Ja, das habe ich.« Ihr Puls raste. »Schönen Tag noch.« Sie nickte ihm zu und ging durch die Menge hindurch weiter.

»Warten Sie«, rief er ihr nach. Aber sie drehte sich nicht mehr um, huschte mit ihrem Kind weiter, die Fondamenta Orseolo am Rio Orseolo o del Coval entlang.

Es war zu früh, sie durfte und wollte Renzo nicht hintergehen. Eine Witwe sollte mindestens ein Jahr lang allein bleiben und in Trauer leben. Dieser Pietro hatte ihm von der Seite sehr ähnlich gesehen. Seine schwarzen Locken, die ihm verwegen in die Stirn hingen. Seine große, stattliche Gestalt, seine muskulösen Arme. Würde sie jemals wieder einen Mann treffen, den sie so sehr lieben konnte wie Renzo? Im Moment konnte sie das partout nicht glauben.

***

Die Jahre vergingen. Die Bevölkerung Venedigs erholte sich langsam von den Schrecken der jüngsten Vergangenheit. Wenn auch äußerlich so gut wie nichts zerstört worden war, so blieben doch tiefe Spuren im Inneren der Menschen. In der Nachbarschaft wusste man, wer auf welcher Seite gestanden hatte. Wer ein Spion, ein Faschist oder ein Fähnchen im Wind gewesen war.

Ein uneheliches Kind galt als Schande, das eines Partisanen in den Augen der alten Faschisten sowieso.

Gina bekam Renzos dunkle Locken, seine Grübchen, sein wunderschönes Lächeln. Miranda vergötterte dieses Kind mit jedem Tag mehr, ließ ihm viel zu viel durchgehen, zumindest in den Augen ihrer Mutter. Sie hatte die schlimmste Zeit der Trauer überwunden, fing endlich an, zu studieren, und ihre Mamma passte derweil auf Gina auf. Alessandro Zevi wäre stolz auf sie gewesen und Elina und Renzo sowieso. »Deine Mamma ist eine kluge Frau, hat der Herr Zevi einmal gesagt«, erklärte sie ihrer Kleinen. »Wir dürfen unsere Talente nicht vergeuden. Erst recht wir Frauen nicht. Wir tun das viel zu häufig.«

Sie hatte nichts mehr von Elina und den Zevis gehört und jedes Mal, wenn sie an ihre Freundin dachte, tat es unendlich weh.

Miranda studierte Politikwissenschaften, traf sich mit einer Gruppe Frauen, die sich weiter für die Rechte der Frauen starkmachten, dagegen kämpften, in den Augen der Männer nichts wert zu sein. »Nur als Sexsymbol sehen sie uns«, klagte eine der Frauen namens Carla, eine kurvige Langhaarige. »Wir sind das auch, sehr sexy«, lachte sie. »Gern sogar. Aber noch viel mehr.«

Miranda fühlte sich wohl in dieser Gruppe, mit diesen fröhlichen, modernen Frauen. Die meisten von ihnen hatten die Resistenza unterstützt, einige als Stafetten. Sie alle hatten auf irgendeine Weise mitgeholfen, dass die rechte Gesinnung unter der Bevölkerung abnahm.

Nach dem Krieg bekamen viele dennoch keinen Orden, keine Medaille oder sonstige Auszeichnung für ihre tapferen Taten. Nur sehr, sehr wenige von ihnen wurden geehrt. Ein Tropfen auf dem heißen Stein im Vergleich zu den vielen Frauen, die ihr Leben und das ihrer Familie durch ihr Wirken in der Resistenza aufs Spiel gesetzt hatten.

»Was soll's«, sagte Carla großmütig. »Wir haben es nicht für eine Medaille getan. Andiamo, sorelle. Es gibt jeden Tag viel zu tun«, fuhr sie fort. »Packen wir es an, auch im Kleinen sind wir Frauen stark.«

***

Die Fünfzigerjahre brachten Italien und auch der Lagunenstadt ein wenig Aufschwung. Miranda hatte ihr Studium mit Auszeichnung abgeschlossen. Ihre Mamma, deren Arthrose schlimmer geworden war, nahm sie stolz in die Arme. »Ich habe immer gewusst, dass du etwas Besonderes bist, mein Kind.«

»Danke, Mamma.«

Die kleine Gina sah den beiden zu, drehte mit ihrem Finger eine ihrer Locken. Sie liebte die Schule und wollte später auch mal studieren, wie ihre Mamma.

»Und jetzt wirst du Chefin vom ganzen Land?«, fragte sie Miranda mit großen Augen. Die lachte. »Nein, um Himmels willen. Aber ich werde mich engagieren, mir in der Richtung eine Arbeit suchen.« Sie hatte die ganze Zeit schon neben dem Studium in einem Politbüro gearbeitet, um sich, Gina und ihre Mutter zu finanzieren. Oft saß sie dort bis tief in die Nacht, während Gina längst schlief, und tippte Artikel für eine Politikerin.

»Heute gehst du mit deinen Kommilitonen feiern«, befahl ihre Mutter streng und lächelte dann. »Gina und ich backen solange etwas Feines. Venezianische Pfirsichtorte.« Fabiano, ihr Obst- und Gemüsehändler, hatte ihr verziehen. Denn Alessia lebte schon viele Jahre nicht mehr in Venedig, war mit ihrem Walter weggezogen. Sie hatte den Kontakt zu ihrer Mutter und ihrer Schwester abgebrochen. Miranda wusste, wie sehr ihre Mamma darunter litt, denn immerhin war sie ihr Kind. Aber sie redeten so gut wie nie darüber.

»Danke, Mamma. Für alles.«

Beschwingt ging Miranda ein paar Stunden später den Campo di Ghetto Nuovo entlang. Sie hatte sich zurechtgemacht, trug ein hübsches Kleid mit Petticoat, wollte sich mit ihren Studienkollegen in einer Bar treffen. Von Weitem sah sie ihn.

Pietro, der Renzo auf den ersten Blick so verblüffend ähnlich sah. Er stand da und sah versonnen ins Wasser eines Kanals. Sie war ihm die letzten Jahre immer mal wieder begegnet, offenbar wohnte er nicht sehr weit entfernt. Er zeigte offensichtlich Interesse an ihr, doch sie hatte ihn immer auf Abstand gehalten, obwohl sie ihn sehr nett fand.

»Pietro!«, rief sie fröhlich.

Er drehte sich um und Mirandas Herz stand still. »Renzo?«, flüsterte sie.

Der Mann starrte sie ebenso an, blieb versteinert wie eine Säule stehen. Es war Renzo, nicht Pietro, kein Zweifel. Unter Hunderttausenden hätte sie ihn erkannt. Auch wenn sein Gesicht müde aussah, eine große Narbe aufwies und alles an ihm verriet, dass er viel mitgemacht hatte.

Mirandas Herz schlug bis zum Hals. Schnell ging sie auf ihn zu. Ihr Petticoat wippte. Sie hatte ihn von ihrer Mutter zum bestandenen Examen bekommen. Aber all dies war jetzt so unwichtig.

»Renzo«, flüsterte sie, als sie keine drei Schritte entfernt vor ihm stand. »Mirka«, erwiderte er fassungslos. »Miranda«, verbesserte er sich. Er sprach langsam und schleppend, wie ihr jetzt auffiel. Mein Gott, was hatten sie ihm angetan? Wie sehr hatten sie ihn gefoltert?

»Du lebst!«, entfuhr es ihr verzweifelt und glücklich. Sie wollte sich in seine Arme werfen, doch er wich einen Schritt zurück, als sehe er ein Gespenst. Miranda hielt ernüchtert inne. Was hatten sie ihm von ihr erzählt?

»Ich habe gedacht, dass …«, stotterte er und hielt inne.

»… ich tot bin?«

Er nickte langsam, schien jetzt erst zu begreifen.

Er lebte, aber sein wacher Geist schien gebrochen. Was hatten diese Schweine mit ihm gemacht?

Wortlos standen sie sich gegenüber. Sie roch seinen unverkennbaren, unglaublichen Geruch, nach dem sie sich so lange gesehnt hatte.

Aber er blieb seltsam distanziert und emotionslos.

»Freust du dich nicht?«, flüsterte sie.

Er zuckte hilflos mit den Schultern. »Sie haben mir gesagt, dass du mich verraten hast, dann, dass du … dass sie dich getötet haben.«

Betroffen nickte sie, verstand, fing sich, echauffierte sich. »Ich habe dich nicht verraten. Das war eine Lüge. Noch eine Lüge. Diese Bastarde.«

Aber Renzo blieb seltsam still. Seine Gefühle schien er abgeschaltet zu haben.

Verzweifelt dachte Miranda daran, dass sie ihn fast verraten hätte. Um ihr Kind zu retten. Bis ihr dann die Idee gekommen war, den Ort des verlassenen Lagers preiszugeben. Den Nazis hatte die Idee gefallen, ein ganzes Nest voller Partisanen ausrotten zu können, nicht nur die wenigen, die sie bei dem Anschlag festgenommen hatten.

Miranda fuhr fort: »Ich habe diesen Bastarden lange nichts gesagt. Aber irgendwann musste ich es tun, für unser Kind. Ich habe ihnen gesagt, dass ich weiß, wo sich unser Lager in den Bergen befindet. Sie haben mir versprochen, dass ich und die anderen Frauen in meiner Zelle dann freigelassen werden, wenn ich es sage. Sie haben sich damit zufriedengegeben. Ich wusste ja, dass das Lager geräumt wird, wenn eine Aktion misslingt. Ich hatte es so gehofft, dass alle bereits geflohen waren.«

»Und waren sie das?« Seine Stimme klang kühl.

»Ja, das habe ich später von einer anderen Stafette erfahren, von Lona. Dass das Lager verwüstet worden war, aber es keinen Hinweis auf Tote gegeben hat. Elina und Jakob konnten fliehen, aber ich fürchte … ich habe danach nie wieder etwas von Elina gehört, von ihren Eltern, den Zevis, auch nicht.«

Renzo schüttelte langsam den Kopf. »Du hättest es diesen Bestien nicht verraten dürfen. Dann würden die Menschen aus dem Lager heute noch leben.«

»Was? Wie kannst du so etwas sagen, Renzo?«, brauste Miranda auf. »Sie haben unser Kind getreten, sie haben mich getreten, immer wieder in den Bauch. Mit aller Kraft. Und dann, als sie gemerkt haben, dass ich nichts über dich sagen werde, musste ich wenigstens das preisgeben. Auch, um dich zu schützen. Danach haben sie mir gesagt, dass sie euch eh schon getötet haben.«

Er starrte sie ohne jede Emotion an. So anders als früher. Wo war der leidenschaftliche Renzo geblieben?

»Wie bist du freigekommen?«, fragte sie verhalten nach.

»Sie haben mich in ein Lager nach Deutschland verschleppt. Die anderen auch. Wir mussten dort in der Landwirtschaft arbeiten. Harte Arbeit auf dem Feld. Wusstest du, dass sie mehrere Hunderttausend italienische Arbeitskräfte als Zwangsarbeiter für die deutsche Industrie und Landwirtschaft geholt haben? Einige sind freiwillig gegangen, aber sehr viele wurden zwangsdeportiert.«

»Ich habe davon gehört. Viele ehemalige Partisanen. Aber dass du auch … ich dachte, du seist tot!«

Er trat von einem Fuß auf den anderen, die Erinnerung schien ihm zu schaffen zu machen. »Ich habe abends gezeichnet, um nicht verrückt zu werden. Als sie die Skizzen entdeckt haben, wurde ich gezwungen, für sie Dokumente zu fälschen. Ich wollte es nicht, sie haben mich gepeitscht und misshandelt, also habe ich mich gebeugt. Sie hätten mich sonst umgebracht.«

»Was für ein Glück, dass du dieses Talent hast.«

»Viele andere hatten kein Glück.«

»Verstehe.«

Sie knetete ihre Hände. »Wenn ich das gewusst hätte, dass du lebst.«

Er nickte, starrte vor sich hin.

Wieder ging sie einen Schritt auf ihn zu, wollte ihn berühren, aber wieder wich er zurück. »Ich habe dort im Lager eine Frau kennengelernt. Vittoria, sie stammt aus Rom. Ich … habe jetzt Frau und Kinder. Drei Bambini.«

Mirandas Kopf dröhnte, als habe sie einen Schlag bekommen. Er hatte Kinder. Drei Kinder. Eine Frau, eine Familie, während sie um ihn getrauert hatte?

»Wir leben in Deutschland, bei Frankfurt, haben dort eine kleine Weinhandlung aufgemacht.«

»Wie schön«, antwortete Miranda tonlos. Er hatte ein neues Leben aufgebaut, aber ohne sie.

»Und was machst du in Venedig?«, fuhr sie fort. »Wieso … ich meine, wieso hast du meine Familie nie besucht? Selbst wenn du gedacht hast, dass ich tot bin, hättest du doch mal nach meiner Familie sehen können!«

Renzo blickte zu Boden. »Ich gehe davon aus, dass deine Schwester uns an ihren Nazi verraten hat.«

Miranda bestätigte bedrückt. »Das denke ich auch.«

»Und deine Mutter hatte ich nie kennengelernt. Heute habe ich in Venedig ein paar Weinlieferanten getroffen. Ich reise in zwei Stunden wieder ab.«

»Verstehe.«

Sie blickte ihn an, diesen Mann, den sie so sehr geliebt hatte.

»Woher wusste es deine Schwester?«, fragte er distanziert nach. Es klang wie ein Vorwurf.

»Ich weiß es nicht. Sie muss unbemerkt nach Hause gekommen sein, als ich mit meiner Mutter in der Küche über die Aktion geredet habe. Sie muss mich belauscht und den geplanten Anschlag an ihren Nazi-Walter verraten haben. Anders kann ich es mir nicht erklären.«

Miranda blickte ihn an, sehnte sich danach, seinen Körper zu spüren, aber sie sah ihm an, dass er keine Gefühle mehr für sie hatte, vielleicht sogar für nichts mehr auf der Welt. Wie wohl Vittoria damit zurechtkam? Ein Bild drängte sich vor ihre Augen. Eine hübsche Italienerin, mit ihrem Renzo gemeinsam bei der Feldarbeit. Es tat so weh.

»Ist sie hübsch?«, entfuhr es ihr.

»Wer?«

»Vittoria.«

»Sie hat mir drei Bambini geschenkt. Sie ist eine gute Mutter.«

Miranda trat einen Schritt zurück, atmete schwer. »Natürlich. Aber … du hast noch eine Tochter, unsere Gina. Sie ist jetzt sechs Jahre alt.«

Er zuckte kurz zusammen. Seine Miene blieb aber undurchsichtig. Er reagierte nicht.

Miranda biss sich auf die Unterlippe, ihre Stimme bebte.

»Ich habe ihr erzählt, dass ihr Papa ein mutiger Partisan war. Dass er gestorben ist. Aber ich bin mir sicher, sie wird sich wie verrückt freuen …«

»Nein!«, fuhr er dazwischen. »Ich möchte sie nicht kennenlernen. Lass mich … lass sie in dem Glauben. Tu ihr nicht weh, mit einem Vater, der in Deutschland sitzt und nie Zeit für sie hat. Meine Frau … sie würde es nicht verkraften, ich habe ihr nichts von dir erzählt. Warum auch? Von einer Toten. Sie ist sehr eifersüchtig, eine Italienerin eben. Ich bin zufrieden mit meinem Leben, Miranda. Ich habe viele Deutsche kennengelernt, die mir geholfen haben, als das Lager aufgelöst wurde. Es sind nicht alle Unmenschen. Bitte, es ist besser, wenn ich das Mädchen nie kennenlerne. Meine Bambini sind jetzt alles für mich, verstehst du?«

»Verstehe. Und Gina für mich«, erwiderte sie mit trockenem Mund.

Wie ungerecht das Leben sein konnte. Er lebte. Sie lebte. Aber ihre gemeinsame Zeit schien vorbei zu sein. Und sie musste es akzeptieren, durfte ihn nicht aus seinem jetzigen Leben reißen. Was für ein großartiger Ehemann und Vater er sein musste.

»Lebe wohl, Renzo«, sagte sie tapfer. »Ich werde Gina weiterhin sagen, dass du als mutiger Partisan gestorben bist. Dass du ein wundervoller Mensch warst.«

»Danke«, sagte er. Und mit einem Mal sah sie ein Glitzern in seinen Augen. »Der Krieg hat so vieles zerstört.«

»Das hat er.« Miranda wusste jetzt, dass dieser Mann ein gebrochener Mann war und nicht mehr der, den sie damals gekannt hatte. Sie hätte ihm so gern geholfen, seine Gefühle wiederzufinden, sich selbst zu spüren. Aber sie musste ihn gehen lassen, seine Entscheidung akzeptieren, durfte seine neue Familie, sein gefundenes Glück nicht zerstören.

Das Leben ging weiter. Das hatte die kleine Gina sie gelehrt. Sie wollte von nun an nur noch nach vorn blicken, nicht zurück in die Vergangenheit. Viel zu schmerzlich war die gewesen, viel zu schön konnte die Zukunft sein.

Miranda atmete durch, trat einen Schritt vor, stellte sich auf die Zehenspitzen und drückte ihm einen Kuss auf die Wange, ehe er sich wehren konnte. Dann drehte sie sich rasch um und ging in Richtung der Bar den Kanal entlang. In der Bar warteten ihre Studienfreunde auf sie, die nichts von ihrer Vergangenheit wussten, die sie als Mensch im Hier und Jetzt sahen und genau so mochten. Sie wollte mit ihnen ihren Universitätsabschluss feiern und auf ihre Zukunft anstoßen. Auf ein neues Leben.

13. Kapitel

Venedig, 2019

»Mein Gott, die arme Nonna damals«, entfuhr es Nicola. »Wie tragisch und was für ein Wechselbad der Gefühle. Erst steht dir deine große Liebe gegenüber, der Mann, von dem du dachtest, dass er tot ist. Dann merkst du, dass er zerstört wurde, und schließlich hat er auch noch eine neue Frau und Kinder.«

»Ja, es muss unendlich wehgetan haben«, erwiderte ihre Mutter und man hörte ihrer Stimme an, dass es ihr sehr naheging, von ihrem Vater zu erzählen. »Ich verstehe auch, dass sie mich in dem Glauben gelassen hat, dass mein Vater tot sei. Aber auf der anderen Seite hätte ich ihn so gern kennengelernt. Sie wollte mich schützen, weil er ja keinen Kontakt zu mir wollte. Ich nehme an, ich hätte genauso gehandelt, um meinem Kind nicht wehzutun.«

»Ich vermutlich auch.« Nicola sah ihre Mutter an. »Lebt er denn noch, mein Großvater?« Nicola hielt den Atem an.

»Leider nicht, er ist vor zwei Jahren gestorben.«

»Oh nein. Ich hätte ihn auch sehr gern kennengelernt.«

»Mmmhm.«

Ihre Mutter starrte vor sich hin, zuckte leicht die Schultern. »Vor zwei Jahren hat Nonna eine Nachricht von einer Krankenschwester bekommen, die ihn am Ende betreut hatte. Die Schwester sollte ihr schreiben, dass sie seine große Liebe gewesen war. Nonna hat daraufhin ihren ersten Herzinfarkt bekommen. Seitdem kümmert sich ihr Privatarzt Dr. Carrara um sie.«

»Diego.«

»Sie hat ihm sofort vertraut. Ich glaube, er erinnert sie an Renzo damals.«

Das kann gut sein, dachte Nicola. Von der Erzählung her waren sich die beiden Männer tatsächlich ähnlich. »Da hat mein Großvater so lange noch gelebt und ich wusste es nicht.«

»Ja. Ich auch nicht. Ich habe alles jetzt erst erfahren, auch weshalb sie den Herzinfarkt damals bekommen hat. Aber es war besser so, ganz sicher.«

Ihre tapfere Mamma.

»Dann hast du Halbgeschwister!«, fiel Nicola ein.

»Ja, daran habe ich auch gedacht. Aber mein Vater wollte nicht, dass wir seine neue Familie stören, und diesen Wunsch respektiere ich. Wir sind dort nicht erwünscht. Und wir haben unsere eigene Familie.«

»Die haben wir.«

Die Frauen nahmen sich an den Händen, sahen sich an. »Und Nonna hat danach keinen anderen Mann mehr gewollt? Diesen Pietro zum Beispiel, der ihm so ähnlich sah?«

Mamma begann zu lächeln. »Ja, Pietro. Er war die Sonne in ihrem Leben. Er hat sich so charmant um sie bemüht, aber sie hat ihn lange abblitzen lassen, wie sie mir einmal gesagt hat. Ich war damals ja noch klein. Aber dann hat sie irgendwann ihr Herz wieder etwas geöffnet und Pietro hineingelassen. Ich muss acht gewesen sein. Er war so herzlich und lustig, hat ganz viel Blödsinn mit mir gemacht, ich habe ihn geliebt.«

»Wie schön.« Nicola musste jetzt auch lächeln.

»Er sah Renzo wohl nur ähnlich, vom Wesen her muss er sehr anders gewesen sein. Viel offener, er hatte mehr Witz. Meine Mamma ist damals wieder richtig aufgeblüht. Er hat ihr so gutgetan. Auch wenn sie Renzo nie ganz vergessen konnte, so hat sie ihren Pietro auch sehr geliebt. Weißt du, Kind: Es gibt nicht nur die eine große Liebe im Leben einer Frau.«

Dankbar sah Nicola ihre Mutter an. »Das stimmt, man kann durchaus mehrmals lieben.« Sie dachte an Frank, den Vater von Lotta, den sie sehr geliebt hatte, und an Diego, der es geschafft hatte, dass ihr Leben wieder leuchtete.

»Schade, dass du Pietro nie erlebt hast, er ist einige Zeit vor deiner Geburt gestorben.«

»Ja, das ist sehr schade. Du hast nie über ihn erzählt.«

»Nein, er war nicht dein Großvater, vielleicht deshalb.« Mamma atmete durch, fuhr fort: »Das Talent zu zeichnen hast du von Renzo.«

»Das stimmt.« Nicola freute sich. »Ich habe mich schon gewundert, weil sonst keiner in der Familie gern zeichnet oder malt. Weißt du was, ich will politische Karikaturen zeichnen, sie an Zeitungen verkaufen, versuchen, auf diesem Weg etwas zu bewirken.«

»Wie dein Großvater. Das finde ich schön. Siehst du, jetzt schließt sich der Kreis. Dank seines künstlerischen Talents hat er im Lager überlebt.«

»Das ist so wundervoll. Und Nonna hat sich weiter für Frauen engagiert, das finde ich auch so toll. Ich war schon als Kind stolz auf sie, als du mir das mal erzählt hast.«

»Ja, ich auch. Sie hat sich für die Rechte der Frauen eingesetzt und ist in dieser Aufgabe und in ihrer Liebe zu mir und Pietro aufgegangen.«

»Es gab also doch noch ein Happy End in ihrem Leben.«

»Natürlich, nur weil man einen Mann verliert, ist das Leben doch nicht vorbei.«

Wie gut Nicola das Gespräch mit ihrer lieben, klugen Mamma tat. So offen hatte ihre Mutter lange nicht mit ihr gesprochen.

Nicola dachte laut nach. »Und wieso hat Nonna bis jetzt darüber geschwiegen? In ihrem Alter musste sie schon länger damit rechnen, dass ihr Leben zu Ende geht. Nur der Streit zwischen uns Schwestern kann doch nicht der Auslöser gewesen sein, dass sie es jetzt plötzlich erzählt.«

Mamma nickte unbehaglich und stand auf. »Du bist so klug, mein Kind. Die Kluft zwischen dir und Caterina war ein großer Auslöser, glaube mir. Dass sie nie wieder etwas von ihrer Schwester Alessia gehört hat, muss sie trotz allem sehr gequält haben.«

»Was ich mich die ganze Zeit frage: Gibt es denn einen eindeutigen Beweis, dass Alessia wirklich die Verräterin war?«

»Ich weiß es nicht. Aber du hast recht, es gibt noch einen anderen Grund, warum Nonna euch das jetzt alles erzählen wollte.«

Erstaunt sah Nicola ihre Mutter an. »Und welchen?«

Mamma ging zu einer Anrichte, zog eine Schublade auf und holte einen Brief heraus.

»Diesen Brief.«

»Was ist das für ein Brief?«

Nicola stand auf, ging zu ihr, nahm ihn entgegen und betrachtete den Absender. »Aus Amerika? Von einer Jane Zevi?«

Mamma nickte vielsagend. »Eine Enkelin von Alessandro Zevi. Er hat überlebt. Seine Frau und Elina leider nicht. Seine Enkelin schreibt, dass sie nicht wissen, wie Elina ums Leben gekommen ist. Seine Frau jedenfalls wurde in ein Konzentrationslager verschleppt und dort vergast. Wusstest du, dass es unter Mussolini zuerst Internierungslager gab, in italienischen Kolonien, in denen viele Menschen umkamen? Bevor die Deutschen ihre Konzentrationslager errichtet haben?«

»Nein!«

Ihre Mutter nickte. »Es schmälert die Gräueltaten der Deutschen natürlich nicht. Und es wurde in Italien gern verschwiegen. Lange hieß es, dass erst durch den Einfluss der Deutschen der Faschismus in Italien so aus dem Ruder gelaufen sei.« Sie seufzte. »Jedenfalls, Alessandro Zevi hat das alles überlebt.«

»Wie wundervoll, wenigstens er.«

»Ja. Er hat damals wohl einen Brief an deine Nonna geschickt. Der ist nur leider nie angekommen und als Alessandro Zevi keine Antwort bekam, ging er davon aus, dass Miranda nicht mehr lebte.« Mamma sah Nicola nachdenklich an. »Ich habe mich auch erst sehr gefreut, als ich gehört habe, dass er überlebt hat. Er wurde sehr reich in den Staaten, hat wieder geheiratet in New York. Sie haben eine Tochter bekommen und diese ebenso. Jane Zevi. Offenbar sind sie alle bereits gestorben und sie ist die Alleinerbin. Sie hat wohl erst jetzt, als sie begann, Ahnenforschung zu betreiben, was in Amerika ja gern als Hobby gemacht wird, von dem Haus in Venedig erfahren. Sie hat Nonna geschrieben, dass sie es zurückmöchte, weil es ihr gehört.«

»Oh nein!«

Nicola verstand jetzt, warum Nonna ihre Geschichte auch erzählen musste.

»Sie wollte euch erklären, weshalb die Zevis es ihr damals geschenkt haben. Nonna hat sofort beschlossen, für das Haus, für die Frauen ihrer Familie zu kämpfen. Und wenn es ihr letzter Kampf ist, hat sie gesagt. Wenn sie schon keinen Dank bekommen hat nach dem Krieg für ihren mutigen Einsatz als Stafette, dann darf man ihr wenigstens nicht dieses Haus wegnehmen. Es hängen so viele Erinnerungen daran.«

»Und recht hat sie.«

»Nur, fürchte ich, nicht nach dem Gesetz.«

»Das ist möglich.« Nicola atmete durch. Wie ungerecht die Welt sein konnte. Miranda hatte damals ihr Leben aufs Spiel gesetzt, um die Zevis, um ihre Freundin Elina zu retten. Hatte sie in die Berge gebracht. Sie hatte auch diesen Soldaten, denen sie Kleider ins Gefängnis gebracht hatte, das Leben gerettet, und vielen mehr. Und zum Dank hatte sie noch nicht mal einen Orden bekommen. Oder irgendeine andere Art der Ehrung. Wie fast alle Frauen in der Resistenza civile. Nicht einmal einen feuchten Händedruck.

Und jetzt kam irgendeine Enkelin, eine sicher wohlhabende Amerikanerin, daher und wollte ihrer Familie das Haus wegnehmen, das die Zevis Miranda anvertraut hatten.

»Wir dürfen das nicht zulassen, Mamma.«

»Ich weiß. Aber es gibt kein rechtsgültiges Dokument, dass es ihr geschenkt wurde.«

»Und dieser Zettel, den Alessandro Zevi ihr zugesteckt hatte?«

»Den gibt es nicht mehr, sagt Nonna.«

»So ein Mist.« Nicola seufzte. »In diesem Krieg war nichts rechtens, aber im Nachhinein brauchen wir ein perfektes Dokument«, regte sich Nicola auf.

»Schscht«, machte ihre Mamma, wie sie es immer gemacht hatte, wenn Nicola schon als Kind zu sehr aufbrauste.

»Ich frage mich, was ihr Arzt, dieser Diego damit zu tun hat«, fuhr ihre Mutter kryptisch fort und sah sie vielsagend an. »Er hat ein paar Jahre in Amerika gelebt.«

»Diego?« Alarmiert sah Nicola auf. »Was willst du damit sagen?«

»Vielleicht ist er der verlängerte Arm dieser Jane Zevi«, mutmaßte ihre Mutter.

Wütend stand Nicola auf. »Das ist doch jetzt reine Spekulation. Mamma, wieso sagst du mir jetzt erst, dass es diesen Brief gibt? Wieso nicht gleich nach unserer Ankunft?«

»Weil du erst ein wenig von Nonnas Geschichte hören musstest, um alles zu verstehen. Wie sehr Nonnas Herz an diesem Haus hängt, hier geht es nicht nur um Geld. Sondern darum, wie sehr das Haus ihr moralisch zusteht.«

»Verstehe. Haben wir schon einen guten Anwalt?«

»Nonna hat sofort einen befragt. Die Rechtslage ist leider ziemlich eindeutig, solange wir kein Schriftstück haben, auf dem die Schenkung vermerkt ist. Das Haus gehört Jane Zevi.«

Nicola ließ sich wieder auf den Stuhl sinken. »Das gibt es doch nicht. Das darf nicht wahr sein. Das ist so unfair nach allem, was Nonna damals für die Zevis getan hat!«

»Nun, wenn ich eines gelernt habe, dann das: Das Leben ist nicht immer fair.«

»Wenn die Rechtslage so eindeutig ist, was kann ich dann noch tun?«

Ihre Mutter sah sie liebevoll an. »In diesen schweren Zeiten für deine Großmutter da sein. Ihr recht geben, ihr das Gefühl geben, dass sie in ihrem Leben im Grunde alles richtig gemacht hat. Und vor allem – dich wieder mit deiner Schwester vertragen. Das wünsche auch ich mir so sehr.«

»Ich bin für Cati da und würde mich liebend gern mit ihr wieder so gut verstehen wie bis vor ein paar Monaten. Sie sagt mir aber nicht, wieso sie sich so seltsam verhält, das weißt du doch.«

»Ja. Mir leider auch nicht. Ich habe es heute Morgen auch noch mal versucht.« Sie seufzte. »Die Frauen dieser Familie sind stur. Vielleicht wird sich Cati doch noch hier in Venedig öffnen. Die Stadt verzaubert so viele Menschen. Vielleicht hilft ihr auch das Wissen um die Geschichte ihrer Familie, um den Mut zu finden, zu reden.«

»Hoffentlich, Mamma.«

***

Nicola hatte sich mit Diego in Italiens ältestem Kaffeehaus, im Caffè Florian am Markusplatz, verabredet, wollte ihn zur Rede stellen. Sie saß unter den Arkaden der Procuratie Nuove mit Blick auf den Platz, auf dem die Partisanen damals ihren Sieg feierten, trank einen Espresso und beobachtete die Tauben. Nie wieder würde sie auf dieser Piazza sein können, ohne an die mutigen Menschen von damals zu denken. So viel hatte diese historische Stadt schon erlebt, auch in den Jahrhunderten zuvor. Aber leider schien es so, als wiederhole sich die Geschichte gerade erneut, dachte Nicola bitter. Der Neofaschismus nahm in Italien die letzten Jahre besorgniserregend zu. Und in Deutschland, in der ganzen Welt, sah es nicht anders aus. »Aber wir sind mehr und das wird auch so bleiben«, fügte sie im Geiste kämpferisch hinzu.

Nicola wusste inzwischen eins: Nie wieder durfte sie sich machtlos fühlen, denn es gab immer die Chance, etwas zu verändern.

Eine Mutter am Nebentisch fütterte ihre Kleine mit Eis und das Mädchen lachte Nicola an. Sie lächelte zurück. Dabei war ihr gerade nicht wirklich danach. Diego, der Mann, der so eine unglaubliche Anziehung auf sie ausübte, hatte sich mit ihrer Schwester getroffen und kannte vielleicht wirklich Jane Zevi. Wobei Nicola Letzteres eher abwegig fand. Aber sie wollte der Vermutung ihrer Mutter nachgehen.

Da sah sie ihn, diesen gut gebauten, sportlichen Mann, wie er an der Basilica di San Marco vorbeiging, sich zwischen den Touristen, die die Piazza bevölkerten, hindurch einen Weg zu ihrem Treffpunkt bahnte. Seine dunklen Haare wippten bei jedem Schritt.

Diego kam näher, erblickte sie und ein Strahlen ging über sein Gesicht.

Nicolas Miene blieb ernst und als er zu ihr trat und sich setzte, runzelte er verwundert die Stirn. »Ciao, come stai?«

»Es geht mir nicht gut«, erwiderte sie, um gleich auf den Punkt zu kommen.

Besorgt sah er sie an. »Weshalb? Oder ist etwas mit Signora Moretti?«

»Nein. Beziehungsweise, ja. Meine Mutter hat mir von dem Brief erzählt.«

»Von welchem Brief?« Tat er so schamlos ahnungslos oder wusste er wirklich nichts?

»Von dem Brief von Jane Zevi.«

»Jane Zevi?« Er winkte dem Ober, fragte sie kurz, ob sie noch etwas wolle, doch Nicola schüttelte den Kopf. Er bestellte einen Espresso für sich.

Sie beobachtete ihn dabei, trank ihren Espresso aus und stellte die Tasse klirrend auf die Untertasse. Wieso musste er so weltmännisch gut aussehend sein? Ein verrückter Gedanke schoss ihr durch den Kopf. »Bist du mit Jane Zevi irgendwie verwandt?«

»Was?« Er lachte verblüfft auf. »Nicht, dass ich wüsste, ich kenne die Dame nicht, bitte glaube mir. Aber sie ist mit Elina Zevi verwandt, nehme ich an. Der damaligen jüdischen Freundin deiner Großmutter.«

Log er oder sprach er die Wahrheit? Wie gern hätte sie Letzteres geglaubt. Wie gern hätte sie jetzt seine Hand berührt, die direkt neben ihrer lag.

»Mamma sagt, du hast länger in den Staaten gelebt. Eine Jane Zevi, die Enkelin von Alessandro Zevi, dem Vater von Nonnas damaliger bester Freundin, hat sich aus Amerika gemeldet, dass unser Haus ihr gehören soll. Dabei hat es Alessandro Zevi meiner Großmutter damals geschenkt.«

Er sah sie irritiert an. »Und was habe ich damit zu tun?«

»Ich weiß es nicht. Ich … habe mich nur gewundert, warum du dir so viel Zeit für meine Großmutter nimmst. Mehr als von einem Arzt heutzutage zu erwarten ist.«

Er sah sie empört an. »Willst du mir damit etwa unterstellen, ich sei ein Erbschleicher?«

»Nein! Ich weiß nur nicht mehr, was ich denken soll, entschuldige.«

Er sah sie ernst an, nahm ihre Hand. Unerwartet und forsch. Die seine fühlte sich kräftig und warm an. Ein Kribbeln durchströmte Nicola, auch wenn sie versuchte, sich dagegen zu wehren.

»Bitte glaube mir, ich habe nichts mit dieser Jane Zevi zu tun. Ich habe mir mehr Zeit als üblich für deine Großmutter genommen, weil …«

Er hielt inne. Nicola entzog ihm ihre Hand. Er ließ es geschehen und fuhr mit belegter Stimme fort.

»Weil sie mich sehr an meine Großmutter erinnert, bei der ich nach dem frühen Tod meiner Eltern aufgewachsen bin. Sie war genauso mutig, humorvoll und forsch.«

Mit einem Mal wurde Nicola bewusst, wie wenig sie von diesem Mann wusste.

»Das tut mir leid. Ich meine, dass du deine Eltern früh verloren hast.«

»Ja, und meine Großmutter, da wurde ich gerade volljährig. Immerhin, sonst hätte ich in ein Heim gemusst.«

»Puh, das war sicher keine leichte Zeit damals.«

»Nein, zumal sich auch einige Freunde von mir abgewandt haben, weil ich nicht mehr so viel Zeit zum Ausgehen hatte. Ich musste neben dem Studium arbeiten. Ich musste mir schließlich alles selbst finanzieren. Das bisschen Waisenrente hat nicht gereicht.«

Nicola hätte ihn in diesem Moment am liebsten in den Arm genommen. Doch sie hielt sich zurück, überlegte fieberhaft, ob er so perfide sein würde, sie mit dieser Geschichte nur abzulenken.

»Angenommen, ich glaube dir …«

»Dann?«

»Dann würde ich dich fragen, ob du mir hilfst.«

Er setzte sich aufrecht hin, wirkte erleichtert. »Natürlich, wie kann ich dir helfen?«

Ihre Skepsis konnte sie noch nicht ganz abschütteln, aber seine sofortige bedingungslose Hilfsbereitschaft, wie sie heute kaum noch Menschen zeigten, berührte sie.

»Ich muss einen Beweis, einen Zeitzeugen finden, der beeiden kann, dass die Zevis damals Nonna das Haus geschenkt haben. Nun, und wie ich von Nonnas Erzählung weiß, hat ihre Schwester Alessia diesen Zettel damals gesehen.«

»Verstehe. Du willst nach Alessia suchen?«

Einen scharfen Verstand hatte er. Nicola mochte intelligente Männer. Sie nickte.

»Will deine Großmutter das denn?«

»Eigentlich nein.«

»Mmmh. Wie kann ich dir da helfen?«

Sie beugte sich vor. »Ich brauche dich als Arzt, also nicht ich, sondern jemand anderes.«

»In Ordnung. Ich helfe dir gern.«

»Danke.«

»Wann geht es los?«

»Jetzt gleich? Oder hast du heute noch etwas vor – oder Patienten?«

»Nein, samstags so gut wie nie. Zufällig habe ich sogar die ganze nächste Woche frei. Eigentlich wäre ich da auf einem Kongress, der wurde aber kurzfristig abgesagt. Ich habe also Zeit und für dich nehme ich sie mir sehr gern.« Seine Stimme klang rau, er sah ihr in die Augen.

In Nicolas Bauch zog es. Er hatte sich auch mit ihrer Schwester getroffen, rief sie sich ins Gedächtnis. Aber jetzt wollte sie ihn nicht darauf ansprechen.

»Ich zahle. Signore?« Sie rief dem Ober.

»Kommt nicht infrage, ich zahle. Mittlerweile bin ich zum Glück kein armer Student mehr. Ich habe in den Staaten gut verdient, hatte ein Händchen mit Aktien, ich hätte also gar keinen Grund, mich an anderen zu bereichern. Dass du so etwas von mir denkst!«

»Tut mir leid. Ich vertraue Männern im Moment wohl generell nicht so.«

»Verstehe. Ich hoffe, dass sich das bald wieder ändern wird.«

Der Ober kam, er zahlte. Und tatsächlich war sein Portemonnaie gut gefüllt mit Geldscheinen. Offensichtlich hatte er es wirklich nicht nötig, für eine Miss Zevi zu agieren. Ihre Mutter sah bestimmt Gespenster.

Gemeinsam gingen sie über die Piazza San Marco. »Es gibt eine alte Freundin von Alessia, ihren Namen hat mir meine Mutter genannt. Sie wohnt am Rialto Mercato. Dort gehen wir jetzt hin.«

»Gehen? Lass uns doch das Vaporetto nehmen. Vom Fährterminal San Marco fährt direkt die Linie 1.«

Nicola schluckte. Sollte sie ihm erzählen, dass sie selbst auf einem Wasserbus seekrank wurde? Irgendwie wollte sie sich vor diesem Kerl gerade keine Blöße geben. »Na gut, warum nicht«, erwiderte sie und gemeinsam gingen sie zum Terminal.

Nicola hatte mit der früheren Freundin von Alessia bereits telefoniert. Die alte Dame hatte abweisend geklungen am Telefon, doch ihr Gejammere um ihr Herzstechen, bei dem ihr kein Arzt helfen wolle, sie bekomme einfach keinen schnellen Termin, keiner sehe es sich an, hatte Nicola auf die Idee gebracht, Diego mit dorthin zu nehmen. Sein Charme konnte außerdem nicht schaden, hatte sich Nicola gedacht. Viel versprach sie sich nicht von dem Termin, aber vielleicht wusste diese Dame ja doch, wo sich Alessia aufhielt und ob sie überhaupt noch lebte. Das Wasser plätscherte gegen die Kaimauer. Nicola starrte darauf. Sie wollte sich zusammenreißen, sich nichts anmerken lassen. Der Wasserbus kam, die Passagiere stiegen aus und die Wartenden konnten einsteigen.

»Alles in Ordnung mit dir?« Diego schien bereits etwas gemerkt zu haben.

»Noch, ja. Um ehrlich zu sein, wird mir übel bei jedem Geschaukel.«

»Oh, wir hätten auch zu Fuß gehen können, willst du noch?« Wie einfühlsam er war. Frank dagegen hatte sich immer über sie lustig gemacht.

»Nein, ich möchte das endlich überwinden.«

Er lächelte sie an. Nicola lächelte tapfer zurück, hielt sich an der Reling fest, die Sonne schien ihr ins Gesicht.

»Du darfst dich nicht gegen die Bewegung der Wellen sträuben. Du leidest unter einer Bewegungskrankheit, aber du musst dich wirklich nicht schämen deshalb. Neun von zehn Menschen haben das irgendwann in ihrem Leben. Es ist die Folge eines Sensory Mismatches.«

»Bitte was?«

»Das starre Boot passt nicht zu den Bewegungen der Wellen, die du fühlst. Die Stellungsrezeptoren der Muskulatur und Gelenke, vor allem der Gleichgewichtsorgane, senden andere Signale, als es zum optischen Eindruck passt. Du musst den Horizont fixieren.«

»Alles klar, Dottore.« Sie lächelte ihn dankbar an, fixierte den Horizont.

Er lächelte und hielt sie am Arm.

Seine Hand, sein Körper strahlte Wärme aus, er strich sich durch seine dunklen Locken. Ein attraktiver Mann, ohne Zweifel. Seine Sonnenbrille steckte in seinem Haar.

»Meine verstorbene Frau hatte Angst, in einen Fahrstuhl zu steigen«, fuhr er leiser fort. »Ich habe ihr immer wieder gesagt, dass sie es doch einfach versuchen solle, um ihre Angst zu überwinden. Aber sie hat es nie getan. Ich finde es gut, dass du es versuchst.«

Seine verstorbene Frau. Nicola sah ihn mitleidig an. »Das tut mir leid, ich meine, dass deine Frau gestorben ist.«

Er atmete durch. »Es ist schon länger her.«

Er schob jetzt seine Sonnenbrille auf seine Nase. Nicola musterte ihn von der Seite. Was tat sie hier? Noch wusste sie nicht sicher, wie dieser Mann tickte, außerdem lebte er in Venedig und sie in Berlin.

Am Rialto Mercato angekommen, stiegen sie mit den Touristen aus. Tatsächlich hatte es geholfen, den Horizont zu fixieren. Oder war es seine Nähe gewesen, weshalb sie sich immer noch wohlfühlte? Sie gingen die Fondamenta Vin Castello entlang, weiter in die Campo de la Pescaria. Hier wohnte Eleonora, die frühere Freundin von Alessia, die damals offenbar auch mit einem Wehrmachtsoffizier liiert gewesen war. Alle anderen Freundinnen hatten sich wohl damals von den beiden Frauen distanziert. Wen wunderte es.

Nicola hatte Diego das alles erzählt, woraufhin der feststellte: »Vermutlich streitet sie das heute ab. Viele schämen sich für ihre frühere Gesinnung.«

»Das kann gut sein. Hauptsache, sie kann uns einen Hinweis geben auf Nonnas Schwester. Ich hoffe so sehr, dass sie noch lebt und die beiden Kontakt haben.«

Eleonora wohnte in einem Haus direkt am Campo de la Pescaria. Eine gebeugte alte Frau öffnete ihnen nach einiger Zeit die Tür.

»Buongiorno.« Nicola stellte sich und ihren Begleiter, den Arzt Diego vor, der sich mit Herzschwäche auskannte. Er lächelte Eleonora nett an. »Oh, dottore.« Über Eleonoras Gesicht huschte ein Lächeln. Sie fasste sich mit der rechten Hand auf die Herzseite und erklärte ihm sofort, noch unten an der Tür, dass sie starke Schmerzen habe und man bei den Herren Kardiologen erst in drei Monaten einen Termin bekomme. »In drei Monaten kann ich schon tot sein, ich bin vierundneunzig!«, wetterte sie.

Diego gelang es, sie zu beruhigen, und Eleonora bat die beiden hinein. Der Schachzug, Diego mitgenommen zu haben, schien gut gewesen zu sein.

Oben im edlen Wohnzimmer, in dem viele Antiquitäten standen, bot sie ihnen ein Wasser an. Nicola nahm ihr die beiden Gläser ab. Die alte Dame schien immer noch außer Atem vom Treppensteigen. Nachdem Diego sie detaillierter nach ihren Beschwerden befragt hatte und ihr versprach, in einer Woche ein EKG und eine Ultraschall-Untersuchung in seiner Praxis zu machen, vorher sei er auf einem Kongress, dankte sie ihm vielmals. »Eine Woche, das halte ich vielleicht aus.«

Nicola versuchte, auf ihr eigentliches Anliegen zu kommen, und dank Diegos Hilfe schaffte sie es.

Eleonora, die offenbar tatsächlich nicht an das Kapitel ihres Lebens erinnert werden wollte, erklärte relativ schnell, dass sie keinen Kontakt mehr zu Alessia habe, auch nicht wisse, ob sie noch lebe.

»Wie schade«, stellte Nicola fest und fragte nach, wann sie zuletzt etwas von ihr gehört habe. Eleonora überlegte lange, trank einen Schluck Wasser, schüttelte den Kopf.

»Ich bin mir nicht sicher. Aber es muss in den Sechzigerjahren gewesen sein. Sie hat seit Ende 1944 in Florenz gelebt.«

»In Florenz?«, horchte Nicola auf und warf Diego einen Blick zu.

»Florenz ist groß, wissen Sie vielleicht noch, in welchem Stadtteil?«, fragte er nach.

Wieder überlegte Eleonora lange. Dann stand sie auf, ging gebückt zu einer antiken Kommode, zog eine Schublade auf und wühlte darin herum. Nicola spürte ihre Nervosität. Endlich fand Eleonora, was sie gesucht hatte, hielt eine Postkarte hoch und drehte sich triumphierend um.

»Ich war schon immer sehr ordentlich, es hat meine Männer zwar zur Weißglut gebracht, aber es zahlt sich irgendwann aus.«

Diego lachte und Nicola beobachtete, wie sich seine Grübchen verstärkten. Sie streckte die Hand nach der Karte aus, doch die alte Dame reichte sie Diego. Der nahm sie, überflog das Geschriebene.

Eleonora begann zu erzählen. »Einmal habe ich sie in Florenz besucht. Sie war immer noch mit Walter zusammen und ich mit Heinz. Gott weiß, was wir an diesen Kerlen damals fanden. Als ich zu Besuch war, hab ich mich gewundert.«

»Wieso das?«

»Sie hat ihm tatsächlich geholfen zu desertieren, wissen Sie?«

»Das hat sie?«, fragte Nicola verblüfft nach.

Eleonora nickte. »Ziemlich gefährlich. Wenn man die beiden erwischt hätte. Ihn und noch einen anderen Soldaten …«

Sie lachte auf. »Und dann diese Sache.«

»Welche Sache?«

»Sie haben in ihren Uniformen einen Lkw angehalten und den Fahrer aussteigen lassen. Sie haben gesagt, es gebe eine Anweisung von oben, dass sie den Wagen übernehmen sollen. Sprich, sie haben ihn gekapert. Er hatte Männerunterwäsche geladen.«

»Männerunterwäsche? Schlüpfer?« Nicola musste lachen. Eleonora musste auch schmunzeln. »Ja, Liebestöter. Sie wollten diese verkaufen. Unter Alessias Namen haben sie ein kleines Wäschegeschäft in Florenz aufgemacht. Sie haben damit gut verdient. Sie hat die Geschäftsführung übernommen. So konnten sie überleben, so konnte er untertauchen.«

»Wow. Ich hätte nicht gedacht, dass er es wirklich getan hat, nach all den Erzählungen. Auch nicht, dass Alessia ihm dabei geholfen hat und so stark war, ein Unternehmen zu führen.«

Nicola sagte es in Richtung Diego, der bestätigend nickte. »Vielleicht war es wirklich die große Liebe«, erwiderte er. Bei diesem Satz sah er ihr in die Augen und wieder wurde Nicola warm. Sie pustete sich eine Haarsträhne aus dem Gesicht.

»Vielleicht.« Sie lenkte ab. »Was steht denn auf der Postkarte, Diego?«

»Nichts Besonderes. Leider kein wirklicher Hinweis. Ob es den Laden noch gibt?«

»Was in späteren Jahren geschehen ist, weiß ich nicht. Es schließen ja viele Läden.«

»Das stimmt leider. Aber ein bisschen hilft es uns schon weiter. Ich werde in Florenz nach einem Männerunterwäschegeschäft aus den Sechzigern suchen.«

»Ich komme mit«, erklärte Diego einfach.

»Was? Nein, ich brauche keinen männlichen Beschützer.« Sie flüsterte ihm zu, als Eleonora abwesend aus dem Fenster blickte. »Ich habe dich hier als Arzt gebraucht, mehr nicht.«

»Ich habe in Florenz studiert, ich kenne die Stadt wie meine Westentasche. Du willst doch schnell zum Ziel kommen, oder nicht?«, raunte er zurück.

Nicola seufzte.

Sie bedankte sich bei Eleonora, und Diego musste der alten Frau versichern, sie am übernächsten Montag gleich als erste

Patientin dranzunehmen. Und Eleonora versprach, Nicola anzurufen, wenn ihr noch etwas einfallen sollte.

Als sie vor die Tür traten, drehte sich Nicola zu ihm. »Ich denke, du bist nächste Woche gar nicht auf einem Kongress?«

»Nein, aber in Florenz. Ich habe einer einzigartigen Frau versprochen, ihr bei einer Suche zu helfen.«

Überwältigt sah sie ihn an, die Sonne blendete sie. »Bei alten Damen wirken deine charmanten Sprüche vielleicht, bei mir nicht«, konterte sie. Doch insgeheim musste sie zugeben, dass auch sie sich durch seine Art als etwas Besonderes fühlte. Er schaffte das, was Frank nie erreicht hatte, denn er, der Schauspieler, wollte selbst immer im Mittelpunkt stehen.

***

Mamma, Cati und Lotta hatten Nicola versichert, dass sie nach Florenz fahren könne. Nonna würde nichts erfahren und Cati wollte mit Lotta etwas unternehmen. Sie alle waren sehr gespannt auf das, was Nicola herausfinden würde.

»Eventuell muss ich dort eine Nacht übernachten, wäre das okay für dich, Lotta?«

»Klar, bin ja kein Baby mehr.«

»Cati, danke, dass du nicht abgereist bist.« Ihre Schwester hatte sich viel in ihrem Zimmer aufgehalten, lange überlegt, ob sie abreisen sollte, sich schließlich aber dagegen entschieden.

Cati sah sie an, nickte. »Du fährst mit Diego, habe ich recht?«

Ertappt sah Nicola sie an. »Er hat in Florenz studiert, kann mir eine große Hilfe sein. Du weißt doch, mein Orientierungssinn.«

Cati sah sie vielsagend an. »Mach nur.«

Was sollte das jetzt wieder heißen? Nicola ging nicht weiter darauf ein, verabschiedete sich noch von Nonna, der sie aber nicht den Grund der Reise erzählte. Sie wollte ihr keine Hoffnung machen, ihre Schwester wiederzusehen, behauptete, sich in Florenz mit einer alten Freundin zu treffen. Auch wenn Nonna gesagt hatte, sie wolle nicht, dass man nach Alessia suche, so glaubte Nicola doch zu spüren, dass sie sich in ihrem tiefsten Herzen danach sehnte, mehr über ihre Schwester zu erfahren.

Nicola hatte seit jeher einen guten Draht zu ihrer Großmutter und hoffte sehr, dass sie mit dieser Vermutung richtiglag und nicht den Zorn der alten Dame auf sich zog. Zumal Alessia bezeugen können würde, dass die Zevis Miranda damals das Haus geschenkt hatten.

Am nächsten Morgen fuhren sie früh mit dem Zug nach Florenz. Die Fahrt sollte knapp zwei Stunden dauern. Wenn alles gut ging, konnten sie am Abend zurück sein. Nicola saß Diego gegenüber und bereute, sich nicht neben ihn gesetzt zu haben. Immer wieder begegneten sich ihre Blicke, immer wieder berührten sich wie aus Versehen ihre Knie. Und jedes Mal fühlte sich Nicola wie elektrisiert. Die wunderschöne italienische Landschaft zog an ihnen vorbei und sie versuchte, sich auf seine Stimme zu konzentrieren, denn er erzählte von seiner Zeit in Florenz während des Studiums. Obwohl er damals viel arbeiten musste, genoss er das Studentenleben. »Aber nicht so, wie du jetzt vielleicht denkst.«

»Was denke ich denn?«

Er zuckte lächelnd die Schultern.

»Und wieso bist du nach Venedig gezogen? Beziehungsweise erst nach Amerika, dann nach Venedig?«

Er sah sie an, schien zu überlegen, ob er es ihr sagen wollte. »Nach Amerika wegen meiner Frau. Nach Venedig, weil ich dort aufgewachsen bin. Wenn man ohne Eltern groß wird, fehlen einem seine Wurzeln. Nur in Venedig fühle ich mich zu Hause, das habe ich in den Staaten erst so richtig gemerkt, erst recht nach unserer Scheidung. Meine Frau ist erst nach unserer Scheidung gestorben.«

»Verstehe.« Hatten sie Kinder? Bestimmt nicht, sonst hätte er von ihnen erzählt.

Ihr Blick streifte ihn erneut. Sein Knie blieb diesmal an ihrem haften. Sie überlegte, ob sie ihres zurückziehen sollte, ließ es aber an seinem. In diesem engen Abteil konnte das schon mal passieren, redete sie sich ein. Es hatte nichts zu bedeuten. Ihr wurde heiß.

Diego erklärte ihr, dass er einen alten Studienfreund aus Florenz kontaktiert hatte, der in dem Viertel, in dem sich der Wäscheladen damals befunden hatte, lebte. Sie hatten die Straße über Google herausgefunden, auch dass es den Laden seit 1980 nicht mehr gab. Nicola hoffte dennoch, Nachbarn zu finden, die etwas über den Verbleib der Inhaberin wussten.

»Mein ehemaliger Kommilitone, Tommaso, führt dort, in Santa Maria Novella, so heißt das Stadtviertel, eine Orthopädiepraxis. Man kann vom Hauptbahnhof zu Fuß dorthin gehen.«

»Wunderbar. Vielleicht ist Alessia sogar eine Patientin von ihm. Oder war es, falls sie schon gestorben ist.« Letzteres hoffte Nicola nicht zu erfahren.

»Ich kenne mich dort gut aus. Er hat schon als Student in diesem Altstadtviertel gewohnt.«

Nicola lächelte ihn an. Vielleicht hatte ihn der liebe Gott geschickt. Vielleicht würde sie dank ihm Nonnas Schwester finden.

Sie sah aus dem Fenster und sog den Anblick der kargen, aber schönen Landschaft in sich auf, bewunderte die elegant wirkenden Zypressen und die üppig blühenden Oleanderbüsche am Rand der Zugstrecke. Nicola spürte, dass ihr der Abstand zu ihrem Alltag in Berlin, zu der Trennung von Frank, der Sorge um Lotta, sehr guttat. »Die Sonne heilt Wunden«, hatte ihre Nonna früher einmal gesagt, als Nicola um ihren Teddy weinte, der beim Spielen einen Arm verloren hatte. Mamma hatte ihn später heimlich wieder angenäht und Nicola wusste noch, wie sie den Bären in der Sonne liegend fand, an ein Wunder glaubte und dann lächelnd mit ihm auf der Wiese saß.

In Florenz angekommen, gingen sie direkt zu dem Haus, in dem sich damals Alessias Laden befunden hatte. Inzwischen hatte sich dort ein Ableger einer Kaffeehauskette eingenistet. »Na wunderbar«, stellte Nicola enttäuscht fest. »Hier wird sich ganz sicher keiner mehr an die Ladenbesitzerin von 1980 erinnern.«

»Ja, das fürchte ich auch. Dafür ist unsere Zeit zu schnelllebig. Und ältere Nachbarn dürfte es kaum noch geben in Zeiten der Gentrifizierung, die in allen großen Städten um sich greift. In Florenz leben viele gut betuchte ausländische Studenten, die hier Italienisch und Kunstgeschichte studieren.«

Und tatsächlich trafen sie nur auf jüngere, schick gekleidete Mieter, als sie um das Ladengeschäft herum an Türen klingelten. Keiner kannte eine Alessia oder interessierte sich für ihre Geschichte …

Enttäuscht erklärte Nicola, jetzt erst einmal einen Cappuccino trinken zu wollen. Aber nicht in dieser Filiale.

Diego schlug ein Café vor, in dem er sich immer mit seinem Freund getroffen hatte. Da Sonntag war, musste dieser nicht arbeiten, und Diego rief ihn an, ob er nicht spontan Lust habe, ihn zu sehen und ins Caffè Sabatino zu kommen?

Kurz darauf traf sein Freund ein. Ein attraktiver Enddreißiger, gut gebaut, kurzes schwarzes Haar, ein strahlendes Lächeln und grüne Augen, die Nicola unverhohlen musterten. Tommaso. Sie schien ihm zu gefallen – und er ihr. Diegos Miene verriet, dass er das gar nicht gut fand, aber er riss sich zusammen.

Die Bedienung, ein junges, hübsches Mädchen, brachte ihnen beiden den georderten Cappuccino und je ein Stück italienischen Ricottakuchen. Tommaso bestellte das Gleiche, wandte sich dann an Diego, schlug ihm auf die Schulter und freute sich, ihn endlich einmal wiederzusehen. »Noch dazu mit so einer attraktiven Frau. Seid ihr zusammen? Habe ich etwas verpasst in deinem Leben?«, fragte er unverhohlen nach.

Nicola, die gerade einen Bissen Kuchen im Mund hatte, verschluckte sich. »Nein«, erwiderte sie schnell und hustete etwas. Auch Diego schüttelte den Kopf, wobei es bei ihm eher bedauernd aussah.

»Geht es wieder?«

»Ja, ja.«

Tommaso schien die Antwort, dass sie kein Paar waren, zu gefallen und er rückte damit heraus, dass er seit einem Jahr geschieden sei. »Willkommen im Klub«, stellte Diego lakonisch fest. Er erzählte kurz von Lydia, die Tommaso gekannt hatte, und dass sie sich durch einen neuen Job sehr verändert hatte. Von ihrem Tod schien Tommaso zu wissen. Diego lenkte ab und kam nach kurzem Small Talk auf den Grund ihrer Fahrt nach Florenz zu sprechen. Tommaso hörte aufmerksam zu, beobachtete Nicola immer wieder, die es jedoch vermied, ihn anzusehen, weil sie Diego nicht verärgern wollte. *Was für ein Glück ich habe, mit zwei so attraktiven Männern in einem Café zu sitzen. Und der Kuchen und der Cappuccino schmecken köstlich. Wie schnell sich die Welt weiterdreht.* Vor wenigen Tagen noch saß sie frustriert und verlassen in Berlin, jetzt in Florenz in der Sonne, mitten im Dolce Vita.

Tommaso überlegte angestrengt und tatsächlich schien ihm der Name etwas zu sagen. »Eine ältere Patientin hatte ich tatsächlich, die Alessia Moretti hieß. Sie hatte Probleme mit der Halswirbelsäule.«

»Lebt sie noch?«

»Das weiß ich nicht. Sie war jedenfalls länger nicht mehr da.«

»Wie alt war sie?«

Er überlegte. »Vom Alter her müsste es hinkommen. Aber tut mir leid. Ich darf euch keine Adresse nennen, selbst wenn ich sie hätte. Patientengeheimnis.«

Diego schnaubte, wechselte einen Blick mit Nicola, die ihn enttäuscht ansah.

Dann fiel ihm etwas ein. Er erinnerte seinen Freund daran, dass er noch etwas gut habe von damals. Tommaso blickte ihn gequält an, wollte offenbar nicht an dieses Kapitel seines Lebens erinnert werden und vor allem nicht hier vor Nicola darüber reden. »Also gut, du alter Schuft. Morgen früh in meiner Praxis. Von Arzt zu Arzt.«

»Ist die nicht hier in der Nähe? Du hast doch sicher einen Schlüssel dabei?«, fragte ihn Nicola. Inzwischen waren sie schon beim Du angelangt. Sie wollte möglichst heute Abend wieder zurückfahren. Keine Nacht mit Diego in einem Hotel verbringen. Sie wollte sich auf keinen der beiden Männer einlassen, das hätte nur Probleme gebracht.

»Leider nein. Ich habe meinen in der Praxis vergessen und meine Sprechstundenhilfe, die einen bei sich hat, ist übers Wochenende weggefahren.«

»Dann bleiben wir bis morgen«, schlug Diego vor. »Hier gibt es genug Hotels.«

Die Vorstellung klang verlockend, aber gleichzeitig auch gefährlich.

Tommaso schien es auch nicht zu gefallen, sich Diego mit Nicola in einem Hotel vorzustellen. »Ihr könnt auch bei mir schlafen. Die Wohnung ist riesig. Nicola im Gästezimmer, du auf der Couch.«

»Die Zeiten sind vorbei«, erwiderte Diego und schlug ihm auf die Schulter.

»Wenn schon, dann wäre mir auch ein Hotel lieber«, sagte Nicola, obgleich sie insgeheim an die Kosten dachte.

Als hätte er ihre Gedanken gelesen, sagte Diego bestimmt. »In meiner Stadt bist du mein Gast. Ich zahle.«

Tommaso zog die rechte Augenbraue hoch, sah Nicola erwartungsvoll an.

»Auf keinen Fall. Ganz sicher nicht.«

Diego hob die Hände, lächelte sie an. »Ich mag selbstbewusste Frauen.«

»Oh ja«, konnte sich Tommaso nicht zu sagen verkneifen und erntete einen bösen Blick von seinem Freund.

Diego wandte sich an Nicola. »Er versucht mich jetzt vor dir schlecht zu machen, das hat er früher auch schon immer probiert.«

»Aber so viele Frauen hat das nicht gestört«, neckte Tommaso ihn.

Nicola musste lachen. Die beiden schienen sehr gute Freunde zu sein. Sie mochte es, wenn Männer beste Freunde hatten. Es sagte etwas über ihren Charakter aus.

»Lass uns ein Hotel suchen gehen«, schlug sie vor.

»Ich checke online, welches noch zwei Zimmer frei hat.«

»Oder so.«

Diego holte sein Smartphone hervor und vertiefte sich in die Recherche.

Nicola spürte Tommasos Blick auf sich, genoss die Bewunderung, ließ den letzten Bissen Kuchen auf ihrer Zunge zergehen und lächelte ihn an. Das Leben konnte so schön sein.

***

Das Hotel befand sich auch inmitten des historischen Zentrums von Florenz. Da Nicola in Italien immer nur ihre Familie besucht hatte, kannte sie diese wunderschöne Stadt noch nicht. Sie hatten sicherheitshalber beide das Nötigste zum Übernachten eingepackt, wie verabredet, und so bezogen sie erst mal ihre Zimmer. Von hier aus konnte sie die Basilika Santa Maria Novella sehen, wie ihr der Portier gesagt hatte. Was für ein überwältigender Blick auf die Stadt.

Nicola ging zu dem wunderschönen Bett, ließ sich darauf plumpsen und schloss für einen Moment die Augen.

Sie musste eingeschlafen sein, wurde von einem Klopfen wach. »Nicola, bist du fertig?«, hörte sie Diegos Stimme.

Sie hatten mit Tommaso ausgemacht, am Abend gemeinsam essen zu gehen. So spät schon! »Ich komme, warte bitte unten auf mich.«

»In Ordnung.«

Sie ging rasch ins Bad, machte sich frisch, sah sich im Spiegel an. Was machte sie hier? Diego löste ein Flattern in ihrem Magen aus und ihn Wand an Wand zu wissen, machte sie nervös. Sie war froh, dass Tommaso heute Abend mitging, dann konnte keine romantische Stimmung aufkommen. Sie würde danach in ihr Zimmer gehen, noch mal mit Lotta und Mamma telefonieren und dann schlafen.

Diego wartete auf sie in der Lobby und sah sie an, als schreite eine Prinzessin die Treppe herab. Wieder zog es in ihrem Magen. Sie konnte und wollte sich nicht auf diesen italienischen Arzt einlassen, der vielleicht doch etwas mit dieser Jane Zevi zu tun hatte. Vielleicht sollte er sie sogar davon abhalten, Alessia zu finden, die Zeugin der Schenkung? *Du hast eindeutig zu viele Krimis und Thriller gelesen*, versuchte sie, wieder klar zu denken. Aber selbst wenn nicht. Nach dem Tod seiner Frau, auch wenn sie da bereits geschieden gewesen waren, war er vielleicht noch nicht bereit für etwas Neues. Und sie bestimmt auch nicht.

An der Piazza della Signoria, einem der berühmtesten Plätze ganz Italiens, gab es zahlreiche Lokale. Tommaso empfahl ihnen eines, er hatte auch schon einen Tisch reserviert.

Der Abend wurde heiter und ausgelassen und die beiden Männer buhlten galant und scherzend um Nicolas Gunst. *Genieß es doch einfach*, mahnte sie sich zwischenzeitlich selbst. *Du bist nicht liiert, du tust niemandem weh. Cati vielleicht?*, dachte sie im nächsten Moment. Immerhin hatte ihre Schwester mit Diego einen Nachmittag verbracht und ziemlich eifersüchtig reagiert, als sie von Nicolas Kurztrip mit Diego nach Florenz gehört hatte. Oder bildete sie sich das ein?

Sie wollte ihrer kleinen Schwester auf keinen Fall wehtun. Es sprach zu viel gegen Diego.

Nachdem Tommaso sie bis zum Hotel begleitet hatte, gingen Nicola und Diego hinein, betraten den Aufzug und sahen sich an.

Er würde sie gleich küssen und in ihrem weinseligen Zustand sehnte sie sich danach. Ihr Körper kribbelte, wollte in den Arm genommen werden, sich an ihn pressen. Doch Diego hielt sich zurück, auch wenn sie ihm ansah, wie schwer es ihm fiel. Die Aufzugtür öffnete sich.

Er ließ ihr den Vortritt, stand während der Fahrt dicht neben ihr, sagte kein Wort. Der Aufzug hielt und er folgte ihr zu ihrem Zimmer, das direkt neben seinem lag. Sie hielt inne, drehte sich zu ihm. Die Luft knisterte förmlich, er atmete schwer. »Komm«, sagte sie einfach und kannte sich selbst nicht in diesem Moment. Sie nahm seine Hand, öffnete die Tür mit ihrer Karte, zog ihn hinein. Sofort umfasste er sie an den Hüften, zog sie leidenschaftlich an sich, kickte die Tür mit dem Fuß zu und presste seine vollen Lippen auf ihren Mund. In ihrem Unterleib pochte es, ihr Herz klopfte, sie streiften sich gegenseitig die Kleider ab bis auf die Unterwäsche, Diego hob sie hoch, als wiege sie so viel wie in ihrer Jugend, trug sie mit einem sehnsuchtsvollen Blick zu ihrem Bett, warf sie darauf und beugte sich mit seinem breiten, nackten Oberkörper über sie. Seine Lippen umschlossen die ihren, seine Zunge öffnete vorsichtig und gleichzeitig sinnlich ihren Mund, er stöhnte leise, streichelte ihren Hals, ihr Dekolleté, ihre Brüste, schob ihren BH hinunter, küsste sich weiter den Hals hinab bis zu ihren Brustwarzen, die sich ihm hart und sehnsuchtsvoll entgegenstreckten.

Ein Sonnenstrahl kitzelte Nicola am nächsten Morgen und sofort spürte sie seinen Arm um ihren nackten Körper, der sie festhielt, als ließe er sie nie wieder los. Wie gut dieser Mann roch, wie fantasievoll und leidenschaftlich der Sex mit ihm gewesen war. Sie konnte sich nicht daran erinnern, mit Frank so hemmungslos gewesen zu sein. Woran lag das? Wieso konnte sie sich bei einem Fremden mehr gehen lassen?

Er wachte auf, drückte sie sofort noch fester an sich, küsste sie sanft auf den Arm. »Buongiorno, bellissima. Come stai?«

»Bene, molto bene.« Sie lächelten sich verträumt an. Konnte das bereits Liebe sein? Nach so kurzer Zeit? Es fühlte sich auf jeden Fall so an und Nicola genoss den Moment.

Sie spürte, wie er bereits wieder Lust auf sie bekam, und auch sie verlangte es nach ihm.

Seine Zunge erforschte sie an den empfindlichsten Stellen, nun auch bei Tageslicht, denn die Sonne drang durch die Ritzen des Rollos herein und zauberte ein schönes Licht. Er gab ihr das Gefühl, einen wunderschönen, begehrenswerten Körper zu haben, seine Königin zu sein. Sie ließ es zu, sein Begehren, ihre eigene Lust, und sie liebten sich wild und leidenschaftlich.

In zerwühlten Laken lagen sie schließlich erfüllt und glücklich Arm in Arm. »Tommaso wartet auf uns«, flüsterte Nicola.

»Lass ihn warten.«

»Nein.« Sie setzte sich auf, sah ihn an. »Es ist mir sehr wichtig, mehr über meine Großtante zu erfahren.«

Sofort wurde Diego ernst, nickte, setzte sich auch auf. »Du hast recht. Lass uns schnell frühstücken und los geht es. Ich schreibe ihm eine Nachricht, dass wir etwas länger brauchen. Er ist ja in seiner Praxis und hat sicher genug zu tun.«

»Na dann.« Nicola lächelte ihn verschmitzt an. »Ich glaube, unter diesen Umständen will ich doch noch ein wenig im Bett bleiben.«

Wieder liebten sie sich, als gäbe es kein Morgen, wieder erkundeten sie ihre Körper, hielten einander fest umschlungen.

Tommasos Privatpraxis war geschmackvoll und edel eingerichtet.

Tommaso, im weißen Kittel, begrüßte die beiden, nachdem er einen Patienten verabschiedet hatte, und bat sie sogleich in sein Sprechzimmer. Er sah sofort, dass sie beide innerlich strahlten. »Oh nein«, stellte er fest.

»Was?«, fragte Diego.

»Du hast es wieder getan.« Tommaso scherzte. »Du hast mir wieder die beste Frau der Welt weggeschnappt.«

Sie lachten.

»Aber ich freue mich für euch.«

»Danke, Kumpel. Also, dann verrate uns mal, ob du Alessia Moretti wirklich behandelt hast und wie ihre Adresse lautet.«

Tommaso atmete durch. »Lass das ja niemanden wissen, dass ich hier Patientendaten weitergebe.«

Diego hob seine Hand zum Schwur. »Ich schwöre.« Dann scherzte er. »Denk daran, ich hab dich in der Hand.«

Nicola hätte ja zu gern gewusst, was damals geschehen war, wieso Diego seinen Freund in der Hand hatte, aber die Infos über Alessia interessierten sie jetzt mehr.

Tommaso nahm eine Patientenakte von seinem Schreibtisch, die er offenbar schon herausgesucht hatte, wedelte damit.

»Die Halswirbelsäule. Ich hab ein fantastisches Gedächtnis. Und ich habe für euch herausgefunden, dass sie noch lebt.«

Nicola horchte erfreut auf. »Was? Wirklich? Das ist ja … wundervoll.« Was würde Nonna sagen? »Es ist wahnsinnig nett von dir, Tommaso, dass du mir hilfst.«

»So bin ich. Noch kannst du es dir überlegen, auf wen du dich einlässt.«

Wieder lachten sie. Er reichte ihr einen Zettel, auf den er eine Adresse notiert hatte. Nicola nahm ihn dankend entgegen, las die Adresse vor.

»Das ist in Florenz, ich kenne das Viertel«, stellte Diego fest. Er stand auf. »Komm, wir fahren mit einem Taxi sofort hin.«

»Du willst sie für dich allein, ich sehe schon. Sei froh, dass ich jetzt gleich wieder einen Patienten habe.«

Sie verabschiedeten sich dankend und Nicola hatte fast das Gefühl, einen wirklichen Freund gewonnen zu haben. Die Hilfsbereitschaft und Gastfreundschaft der Italiener überwältigten sie immer wieder. Davon konnten sich die meisten Deutschen eine Scheibe abschneiden.

***

Mit klopfendem Herzen stand Nicola neben Diego vor einem schönen alten Haus. Diego nahm ihre Hand, drückte sie fest.

»Was, wenn sie Nonna nicht sehen will?«

»Hauptsache, sie bezeugt das mit dem Haus. Auf das andere hast du keinen Einfluss.«

»Ich wünsche mir so sehr, dass sich die beiden wieder irgendwie versöhnen. Alessia wird inzwischen doch bestimmt bereut haben, ihre Schwester, Renzo und die anderen verraten zu haben.«

»Sei dir da nicht so sicher. Dann hätte sie sich ja bei ihr gemeldet. Ich zumindest hätte das an ihrer Stelle getan.«

Nicola entfuhr ein Seufzer. Endlich drückte sie auf den Klingelknopf. Es tat sich nichts. Hörte die alte Dame vielleicht schwer? Doch plötzlich ging die Sprechanlage und eine Frau fragte, wer da sei.

Nicola antwortete ihr, stellte sich vor, suchte nach Worten. Diego sprang ihr bei und stellte sich als Arzt und Freund ihrer Großnichte vor. Seine dunkle, beruhigende Stimme schien Alessia zu überzeugen. Der Summer ging und Diego drückte gegen die Tür.

In einem altehrwürdigen Altbau-Treppenhaus stiegen sie bis in den dritten Stock hinauf. Gleich würde sie ihrer Großtante gegenüberstehen, dachte Nicola aufgeregt. Eine weitere Person ihrer Familie kennenlernen.

Eine alte Frau mit weißen, schütteren Haaren erwartete sie in der geöffneten Wohnungstür und kniff die Augen zusammen. Sie sah Nonna verblüffend ähnlich. Nonna ein paar Jahre jünger. Sofort schloss Nicola die alte Frau, die so zerbrechlich aussah, ins Herz. So viele Menschen hatten damals falsch gehandelt, so viele waren verblendet gewesen, bereuten heute.

»Buongiorno«, sagte sie mit einer leicht krächzigen Stimme.

»Buongiorno, wie gesagt, ich bin Ihre Großnichte, Nicola. Die Tochter von Gina. Von Mirandas Tochter.«

Alessia zuckte sichtbar zusammen, Tränen drängten in ihre Augen, sie drehte sich schnell zur Seite, bedeutete den beiden einzutreten.

Die Wohnung wirkte sehr edel und gepflegt. Vereinzelt standen Antiquitäten herum. Man sah, dass Alessia einmal sehr wohlhabend gewesen sein musste. Vermutlich lief das Wäschegeschäft damals sehr gut.

Sie setzten sich, lehnten dankend ab, etwas zu trinken. Nicola berichtete stockend, was sie herführte, beobachtete die alte Frau genau, wie sie auf ihre Erzählung reagierte. Schnell hatte sie den Eindruck, dass Alessia sich sehr nach ihrer Schwester sehnte. Es aber nie gewagt hatte, sie zu kontaktieren. Beschämt gab sie zu, dass sie damals in die Wohnung gekommen war, als Miranda ihrer Mutter von dem geplanten Anschlag erzählt hatte. Sie hatte es jedoch nicht Walter zugetragen, sondern bei einer Freundin ausgeplaudert, die ihr hoch und heilig versprach, es für sich zu behalten. Das berühmte Siegel der Verschwiegenheit hatte nicht funktioniert. Die Freundin erzählte es sofort ihrem Mann, der als Spion agierte. Es war also nicht Walter gewesen, der die Partisanengruppe hatte auffliegen lassen, sondern dieser Kerl. Aber eben durch ihre Schuld. Hätte sie den Mund gehalten, es ihrer Freundin nicht erzählt, wäre nichts geschehen.

Als Alessia von der Festnahme erfahren hatte, war es zu spät gewesen. Miranda hätte ihr niemals geglaubt, dass sie und Walter sie nicht verraten hatten. Da es aber im Grunde ja wirklich ihre Schuld war, dass dieser Spitzel davon erfahren hatte, und weil sie Mirandas Hass spürte, hatte sie sich zurückgezogen. Miranda hatte nie verstanden, dass sie Walter wirklich liebte. Dass er sogar seine schützende Hand über ihre Familie gehalten hatte. Sie selbst hatte es anfangs auch nicht für möglich gehalten, einen deutschen Soldaten zu lieben, aber dann sei es einfach um sie geschehen gewesen. Walter hatte ja wirklich vor, zu desertieren, was er später auch tat. »Er war so ein liebenswerter Mensch«, schluchzte sie. »Er tat so viel Gutes, das sieht wieder keiner.«

Der alten Dame liefen Tränen die Wange hinunter, als sie dies sagte, und Nicola und Diego warfen sich einen Blick zu. So ein guter Mensch konnte er nicht gewesen sein, aber wer wusste das schon. Vielleicht hatte er nach dem Krieg viel Gutes getan. Wenigstens das.

Nicola nahm die Hände ihrer Großtante in ihre, redete sanft auf sie ein. »Möchten Sie Ihre Schwester wiedersehen? Und ihr das alles sagen? Es erleichtert Sie vielleicht ein wenig.«

Alessia seufzte wieder. »Sag doch ›du‹ zu mir, mein Kind.«

»Gern.«

Ihre Großtante schüttelte den Kopf. »Will Miranda das denn?«

»Um ehrlich zu sein, ich habe ihr nicht gesagt, dass ich nach dir suche. Weil ich ja nicht wusste, was bei meiner Suche herauskommt. Aber ich glaube, ich hoffe, dass sie das will, und ich denke, dass es ihr, dass es euch beiden guttun würde.«

»Vielleicht«, flüsterte Alessia, fuhr sich übers Gesicht, lächelte Nicola dann an. »Da muss meine Großnichte aus Deutschland kommen, ausgerechnet aus Deutschland … um uns wieder zusammenzuführen. Verrückt, diese Welt.«

»Das ist sie. Wohnst du hier eigentlich ganz allein? Kommst du zurecht, meine ich?«

»Es muss gehen. Gott hat uns leider keine Kinder geschenkt. Nenn mich bitte Tante Alessia. Auch wenn ich eigentlich deine Großtante bin, aber das macht mich so alt. … Ja, ich bin allein. Von Walters Seite gibt es keine Familie mehr. Wir haben kein Kind, das nach mir sehen könnte, wenn ich noch hinfälliger werde. Es ist sehr traurig. Ich hatte mehrere Fehlgeburten. Walter hat sich immer so große Hoffnung gemacht. Er liebte Kinder, weißt du? Und ein Kind hätte unsere Liebe vollendet. Stattdessen hatten wir Hunde. Rauhaardackel. Er war ein Hundenarr. Aber ich allein, das ist zu viel mittlerweile. So gern ich einen hätte. Der Letzte hieß Waldi. Er ist an Krebs gestorben, viel zu früh. Hast du Kinder?«

»Ja, eine Tochter. Lotta, sie ist zwölf Jahre alt und das Wundervollste in meinem Leben.«

»Das glaube ich. Haben Sie Kinder, Dottore?«

Gespannt sah Nicola Diego an. Der schüttelte bedauernd den Kopf. »Mir wurde es leider auch nicht vergönnt. Bisher zumindest.« Wieder trafen sich ihre Blicke. Er hatte also wirklich kein Kind und wünschte sich Kinder. Nicola wurde erneut warm. Wie wenig sie über ihn wusste. *Ein weiteres Kind, will ich das?*, überlegte sie im nächsten Moment. Was dachte sie da überhaupt. Sie kannten sich gerade einmal ein paar Tage. Aber diese Nacht hatte einiges in ihr verändert.

Alessia wandte sich wieder an Nicola. »Ich hoffe, ich werde deine Lotta einmal kennenlernen.«

»Ganz bestimmt, denn sie ist mit mir nach Venedig gekommen. Es sind gerade Schulferien. Im Moment ist sie bei Mamma, und meine Schwester Cati wollte etwas mit ihr unternehmen.«

»Eine Schwester hast du? Wie schön.«

Wieder wurden ihre Augen wässrig. »Vielen ist es gar nicht bewusst, was für ein Geschenk es ist, Geschwister zu haben.«

»Mir schon.« Nicola dachte an Cati, wie niedlich sie als kleines Kind ausgesehen hatte mit ihren Korkenzieherlocken. Wie schön sie zusammen mit ihren Puppen gespielt hatten, wie viel sie später in der Teeniezeit zusammen unternahmen.

Alessia riss sie aus ihren Gedanken. »Die meisten meiner Freunde und Bekannten sind bereits gestorben. Es wäre sehr schön, wieder in die Familie Moretti aufgenommen zu werden. Die *famiglia*.«

»Das wirst du, in meine kleine Familie auf jeden Fall. Und wie gesagt, Nonna, also Miranda, besitzt im Grunde ein großes Herz.« Nicola warf Diego einen Blick zu, sah dann Alessia an. »Wollen wir gleich nach Venedig fahren? Oder geht dir das zu schnell?«

Die alte Dame seufzte, überlegte. »Jetzt gleich?«

»Zumindest heute noch, wir können auch ein, zwei Stunden warten.«

»Das wäre mir recht. Es ist doch alles ein bisschen viel. In meinem Alter und nach dieser langen Zeit, ich bin sehr aufgeregt.«

»Natürlich. Das verstehe ich. Es gibt außerdem noch etwas, weshalb ich dich gesucht habe.«

Sie erzählte Alessia von Jane Zevi und davon, dass Alessia eine Zeugin sein könnte, wenn sie sich an diese Notiz von Alessandro Zevi damals erinnerte.

Alessia erinnerte sich sofort daran. Saß nachdenklich da und nickte in sich gekehrt.

Nicola warf Diego einen erleichterten Blick zu.

»Wir können ja ein Stündchen einen Kaffee trinken gehen«, schlug Diego vor.

»Das ist eine gute Idee. Ach, und Tante Alessia, nimm etwas zum Übernachten mit.«

Alessia atmete schwer. »Meinst du? Na ja, du hast ja recht. Wenn wir nachher fahren, ist es ja schon Abend, bis wir in Venedig ankommen. Sollen wir nicht besser morgen …«

»Du kannst bei uns schlafen. Es bringt doch nichts, es hinauszuzögern. Und ich möchte zu Lotta zurück.«

»Also gut. Aber nein, ich nehme mir ein Hotelzimmer. Basta.«

»Wir werden sehen, wie Nonna reagiert.«

»Ja, wir werden sehen. Ob sie mir ins Gesicht spuckt, wie sie es bei unserer letzten Begegnung getan hat.«

***

Diego hatte seinen Arm um sie gelegt und so liefen sie in der Sonne durch die Straßen von Florenz. Wie schön die historische Altstadt aussah. Nur leider hatte Nicola jetzt keine Muße dafür. Zu viel ging ihr nach der Begegnung mit ihrer Großtante im Kopf herum, zu sehr berührte sie die Nähe dieses Mannes. Er blieb stehen, drehte sich zu ihr, sah sie an, nahm ihr Gesicht zwischen seine Hände und küsste sie. Erst zart, dann immer leidenschaftlicher und Nicola fühlte sich einfach nur glücklich. Am liebsten wäre sie mit ihm zurück ins Hotelzimmer gegangen, hätte sich und ihm die Kleider vom Leib gerissen und ihn überall gespürt. Ihr Körper sehnte sich nach seinen Händen und auch er schien sich kaum zügeln zu können. Außer Atem machte sich Nicola los. »Nicht hier. Nicht jetzt.«

Er legte seine Stirn an die ihre. »Du machst mich verrückt.«

Sie lächelten sich an.

Die Zugfahrt mit der alten Dame wurde sehr kurzweilig. Alessia erzählte von damals, von ihrem Walter, den sie wirklich über alles geliebt hatte. »Ganz am Anfang war ich vielleicht schon ein verblendetes Ding. Mir gefiel dieser Mann in Uniform, dass er mich auf Tanzabende mitnahm, mir neue Kleider schenkte. Ich wollte zu den Siegern gehören, nicht zu den Verlierern, versteht ihr das?«

Nicola machte nur eine uneindeutige Kopfbewegung, denn im Grunde verstand sie es nicht. Aber was hätte es jetzt noch gebracht, Alessia dafür zu rügen? Zumal sie selbst nicht in dieser Zeit gelebt hatte, nicht wusste, was sie damals getan hätte.

Diego biss sich auch auf die Lippen, das merkte sie ihm an. Und Alessia hatte nicht wirklich eine Antwort erwartet. Sie erzählte weiter, auch recht unwichtige Dinge, schien zu plappern, um ihre Nervosität zu überspielen. Ganz bald würde sie ihre Schwester, die sie Jahrzehnte nicht mehr gesehen hatte, wiedersehen. Dass das aufregend sein musste, das verstand Nicola. Wie wohl Cati auf Tante Alessia reagieren würde? Ob es ihr zu denken gab und sie endlich zu reden anfing? Nicola hoffte es so sehr.

Endlich rollte der Zug in den Bahnhof von Venedig ein und Alessia nahm Nicolas Hand. Ihre zarte Hand fühlte sich genauso zerbrechlich an wie die von Nonna und Nicola drückte sie deshalb nur leicht, als habe sie Angst, sie wie dünnes Glas zu zerbrechen.

Der Zug hielt.

Diego nahm den kleinen Koffer von Alessia und schulterte Nicolas Tasche, derweil half Nicola ihrer Großtante aus dem Zug.

»Mein Gott, wie lange ich nicht mehr zu Hause war«, sagte diese berührt und sah sich um. »So eine schöne Stadt und so viele Menschen.«

»Ja, man hat das Gefühl, es werden immer mehr. Diese wunderschöne Stadt zieht sehr viele magisch an.«

Plötzlich stoppte Alessia, sodass Nicola, die einen Schritt vor ihr ging, um den Weg durch die Leute zu bahnen, sie fast umgerissen hätte. »Ich kann das nicht.«

»Was?«

»Ich denke, es ist doch keine gute Idee, sie zu sehen.«

»Wieso denn nicht?«

»Wenn sie mich hätte sehen wollen, hätte sie das tun können. Sie hätte mich ausfindig machen können. Ganz einfach, so wie du.«

Nicola überlegte. Ja, das hätte sie tun können. Was, wenn Nonna enttäuscht und verletzt sein würde, dass Nicola ihren Wunsch nicht respektiert hatte? Nonna hatte doch eindeutig gesagt, Nicola solle nicht nach ihrer Schwester suchen?

Diego sprang ihr zur Seite. »Sicher hätte sie das gekonnt. Aber manchmal sagt man auch Dinge, ohne auf sein Herz zu hören.«

»Nein, bitte bringt mich in ein Hotel, erzählt ihr nichts und morgen nehme ich den ersten Zug zurück nach Florenz.«

Nicola und Diego sahen sich unschlüssig an. Dann wandte sich Nicola an Alessia. »Bitte, Tante. Meine Mamma, Gina, wird sich ganz sicher riesig freuen, dich kennenzulernen, meine Tochter Lotta ebenso und ganz bestimmt auch Cati. Und selbst wenn Nonna dir nicht verzeihen kann, dann hast du uns, deine Familie.«

»Ich möchte nicht riskieren, dass Miranda es euch übel nimmt, dass ihr euch auf meine Seite stellt. Jetzt bin ich so alt ohne euch alle geworden, die letzten Jahre schaffe ich auch noch.«

Nicola atmete durch. Wie konnte sie diese Frau nur überzeugen? Und hatte Alessia nicht recht in dem, was sie sagte?

Nonna würde es nicht dulden, dass der Rest der Familie mit ihrer Schwester Kontakt hatte, wenn sie ihr nicht verzieh.

Stur blieb Alessia stehen, schüttelte den Kopf. »Bringt mich in ein Hotel. Und wehe, ihr sagt Miranda etwas von mir.«

»Also gut«, versuchte Nicola, sie zu besänftigen. Dann änderte sie ihre Taktik. »Eigentlich sind die Frauen der Familie sehr mutig. Aber ich verstehe, dass du Angst hast. Angst vor dem, was da kommen könnte. Angst davor, abgelehnt zu werden. Nonna kann sehr eigen sein. Wie vermutlich jede von uns Morettis. Und vielleicht ist es tatsächlich besser, alles beim Alten zu lassen. Veränderung ist anstrengend, ich kenne das. Und manchmal ist es vielleicht auch besser, nicht zu wissen, was wäre, wenn …«

»Genug!«, zischte Alessia. »Die Frauen der Familie sind nicht nur mutig, sondern auch klug. Glaube ja nicht, ich habe dich nicht durchschaut. Und sie sind ausdauernd. Und da du eh keine Ruhe geben wirst, so gut kenne ich dich bereits nach diesen wenigen Stunden, werde ich mitkommen. Soll sie mich anspucken, mich anschreien, mich treten. Ich trage mein Leben lang diese Schuld mit mir, vielleicht fühlen wir beide uns dann besser.«

***

Lotta fiel Nicola in der Wohnküche in die Arme, als hätten sie sich vier Wochen nicht gesehen. Wie gut das Kind duftete, wie gut diese herzliche Begrüßung tat. Auf dem Herd dampften zwei Töpfe und der Geruch von Zwiebeln, Knoblauch und Speck vermischte sich mit dem blumigen Duft der Zwölfjährigen. Lotta löste sich und deutete auf Mamma. »Omi ist ganz schön ausgebufft, sie hat mir gezeigt, wie man die besten Spaghetti Venezia der Welt kocht, und mich so dazu gekriegt, ein bisschen Italienisch zu üben. Es hat richtig Spaß gemacht.«

Mamma lächelte zufrieden.

Nicola lachte. »Tja, die Frauen unserer Familie sind raffiniert.«

Lotta hatte sich nie besonders für die Sprache ihrer Mutter, Großmutter und Urgroßmutter interessiert. Es gefiel Nicola, dass Mamma es geschafft hatte, ihre Lust darauf zu wecken. Lotta konnte sich zwar mit ihrer Familie so einigermaßen unterhalten, aber ein paar Brocken Deutsch befanden sich immer darunter.

Mamma konnte erst gar nicht glauben, als Nicola ihr erzählte, was sie in Florenz erreicht hatten. Sie hielt einen Holzkochlöffel in der Hand und fuchtelte damit herum. »Tante Alessia … Ist sie gesund und munter?«

»Wie es aussieht, ja.«

»Und das in dem Alter?«

»Nonna doch auch. Bis auf ihr Herzleiden natürlich. Alessia hat von keiner Krankheit erzählt.«

»Wie schön.« Mamma hielt ihre Hände gefaltet wie zu einem Gebet. »Und sie sieht ihr ähnlich?«

»Sehr.«

»Ich freue mich schon so auf sie. Wieso lässt du sie unten im Café warten? Dio mio, das macht man doch nicht.«

»Diego ist bei ihr und sie wollte es so. Schließlich muss ich Nonna langsam und schonend darauf vorbereiten, nicht, dass sie einen weiteren Herzinfarkt bekommt, wie damals, als sie von Renzos Tod erfahren hat.«

»Ja, natürlich. Du hast vollkommen recht.« Jetzt blickte Mamma besorgt. »Wie willst du ihr es denn sagen?«

»Ich weiß es nicht. Ich gehe einfach zu ihr und dann … ganz spontan. Wie geht es ihr heute?«

»Ich glaube, gut. Sie hat heute Morgen sogar ein Ei gegessen.«

»Das ist gut. Dann ist sie gestärkt.«

Mamma atmete durch, bekreuzigte sich. »Ein Wiedersehen mit der Schwester, nach so vielen Jahren. Was hat dieser Krieg nur alles mit den Menschen gemacht? Wie lange er nachwirkt.«

Nicola nickte, dachte an ihren Großvater Renzo, Mirandas Liebe, der nach seiner Gefangenschaft und Folter ein gebrochener Mann gewesen war.

»Darf ich mit, wenn du es Uromi sagst?«, erkundigte sich Lotta.

»Wenn du möchtest.« Die Kleine interessierte sich immer mehr für die Familiengeschichte. Nicola freute dieses neu erwachte Interesse sehr. »Und wo ist Cati?«

Eine Frage, die ihr schon seit ihrer Ankunft auf der Zunge lag.

Mamma und Lotta sahen sich kurz an und Mamma erklärte knapp: »Sie ist nicht da. Wollte jemanden treffen.«

Nicola runzelte die Stirn. Verheimlichte Mamma ihr etwas? »Aha. Schade. Weißt du, wann sie wiederkommt?«

»Nein, sie meinte, wir sollen nicht mit dem Essen auf sie warten.«

»So lange können wir Tante Alessia nicht im Café warten lassen.«

»Nein, auf keinen Fall. Ich bereite ihr schon mal ein Gästebett vor. Gut, dass wir in diesem Haus so viele Zimmer haben.«

»Sie war sich noch nicht sicher, ob sie hier übernachten will oder besser in einem Hotel. Je nachdem, wie das Treffen mit ihrer Schwester verläuft.«

»Verstehe.« Bedrückt sah Mamma vor sich hin. »Hoffentlich ist Nonna nicht so stur. Hoffentlich kann sie verzeihen.«

»Ja, hoffentlich.«

Je näher der Moment kam, in dem sich die beiden Schwestern wieder trafen, desto mulmiger wurde Nicola. Nonna hatte so eindeutig zu ihr gesagt, sie wolle nicht, dass Nicola Alessia suche. Jetzt hatte sie sich über ihren Willen hinweggesetzt. Warum eigentlich? Nur wegen des Hauses? Oder weil sie sich selbst so sehr wünschte, Cati würde sich mit ihr versöhnen? Hätte sie Nonnas Wunsch respektieren müssen? Aber irgendwie hatte sie das Gefühl gehabt, dass Nonnas Worte dem widersprachen, was sie im Grunde ihres Herzens eigentlich wünschte. Sie würden es gleich sehen.

Nicola blieb mit einem unbehaglichen Gefühl im Türrahmen stehen.

»Vielleicht sollten wir es ihr beim Essen sagen«, schlug Mamma vor. »Wir drei alle zusammen. Und wenn es für sie okay ist, soll Diego mit Alessia zum Spaghettiessen dazukommen.« Wie immer glaubte sie, dass mit gutem Essen alles gut werden würde. Und vielleicht hatte sie ja auch recht.

»Meinst du?«

»Ja. Hol Nonna zum Essen.«

Nicola machte sich auf den Weg, erleichtert, dies alles nicht allein erzählen zu müssen.

Nicola klopfte an ihrer Tür, aber sie antwortete nicht. Sie wartete noch einen Moment, dann trat sie ein. »Nonna?«

Erschrocken blieb sie stehen. Der Kopf ihrer Großmutter hing zur Seite, sie sah leblos aus. Atmete sie? Rasch ging Nicola zu ihr und sah erleichtert, wie sich ihr Brustkorb hob und senkte.

Nonna war in ihrem antiken Sessel eingenickt. Wie friedlich sie dasaß. Gleich würde ihre Welt aus den Fugen geraten. Hoffentlich machte ihr Herz das mit. Diego als ihr Arzt hatte gesagt, er könne es verantworten, aber natürlich nichts garantieren. Ein Herz sei unberechenbar.

»Nonna?«, flüsterte Nicola. Sollte sie ihre Großmutter jetzt wirklich wecken? Sie dachte an Alessia, die unten im Café auf glühenden Kohlen saß. Ja, es musste sein. Sie legte ihre Hand auf Nonnas Schulter und rüttelte sie vorsichtig. »Nonna, aufwachen, es gibt Spaghetti Venezia, von Lotta selbst gemacht.«

Nonna befeuchtete ihre Lippen, die trocken schienen. Dann lächelte sie. »Das gute Kind. Sie wird einmal eine bessere Köchin als du.«

»Was nicht schwer ist«, erwiderte Nicola trocken und musste auch lächeln. »Kommst du? Soll ich dich stützen?«

»Ich bin doch noch nicht tot«, wehrte Nonna übermütig ab, stützte sich mit beiden Händen auf den Armlehnen des Sessels auf und hievte sich hoch. Kurz schwankte sie, hielt sich dann doch an Nicola fest. »Ich habe so tief geschlafen. Aber gut, dass du mich geweckt hast, sonst liege ich nachts wieder so lange wach und quäle mich.«

Das tat sie oft, aber inzwischen ahnte Nicola, welche Gedanken und Erinnerungen sie des Nachts heimsuchten.

Gemeinsam gingen sie dem guten Duft nach und Nicolas Herz klopfte mit jedem Schritt stärker. Wie würde sie reagieren? Sie liebte ihre Nonna so sehr, wollte nicht, dass sie enttäuscht von ihr war.

In der Wohnküche hatten Lotta und Mamma inzwischen die tiefen Teller aufgedeckt. Zwei zusätzliche Teller und Besteck hatten sie schon hingestellt, um auch gleich zum Thema zu kommen. Geschickt gemacht.

»Bekommen wir Gäste?«, fragte Nonna auch schon.

Sie sah Nicola, die sie jetzt am Arm hielt, fragend an. »Äh, ja. Bekommen wir. Wenn du das möchtest.«

»Wenn ich das möchte?«

Ihre Neugierde war sofort geweckt.

»Setz dich doch erst mal.«

Ihre Großmutter ließ sich auf ihren Stuhl sinken. »Also, raus mit der Sprache.« Ihr Ton wurde herrischer.

Nicola, Lotta und Mamma warfen sich kurze Blicke zu. Dann fand die tapfere Lotta als Erste wieder die Sprache: »Uromi, du willst doch, dass Mama und Cati sich wieder vertragen, oder?«

»Ja, das will ich.«

»Na siehste, und wir wollen, dass du dich mit deiner Schwester wieder verträgst.«

Nicola sah ihre Tochter überrascht und dankbar an. Wie einfach ein Kind alles auf den Punkt bringen konnte. Nonna schien langsam zu verstehen. Ihr Gesichtsausdruck wurde angespannter, fast schon maskenhaft starr.

Dann hauchte sie. »Ich habe dir nicht von ihr erzählt, damit du nach ihr suchst.«

»Ich weiß, entschuldige, aber eure Geschichte hat mich so sehr berührt. Und ich hatte das Gefühl, dass vielleicht mehr hinter deiner Vermutung, Alessia und Walter hätten Schuld an eurer Verhaftung, steckte. Ich wollte wissen, ob es sich um ein Missverständnis handelte, dass du deshalb deine Schwester all die Jahre nicht gesehen hast. Ich wusste ja auch gar nicht, ob sie noch am Leben war.«

»Aber sie lebt«, flüsterte Nonna und atmete schwer.

»Ja, und sie würde dich sehr gern sehen und alles erklären. Es war nämlich nicht ganz so, wie du gedacht hast.«

Mamma fügte hinzu: »Sie ist unten mit Diego. Bitte hör sie an.«

»Nein!«, erwiderte Nonna ruppig und wehrte die Hand ab, die Nicola ihr gerade auf die Schulter legen wollte. Nicola zuckte zurück.

Lotta setzte sich ihrer Urgroßmutter gegenüber, stützte ihren Kopf in die Hände und sah sie wütend an. »Na toll. Wir sollen nie streiten und wenn, dann alles schnell vergeben und vergessen, und du?«

***

Diego führte Alessia, die wegen der Treppen keuchte, in die Wohnküche. Nonna saß da wie eine Königin, starrte ihre Schwester an. »Wie alt du geworden bist«, entfuhr es ihr.

Nicola musste beinahe lachen und sie sah Diego an, dass der sich auch auf die Zunge beißen musste.

»Sieh dich doch selbst an«, konterte Alessia. »Wir werden alle nicht jünger, nur klüger – manche von uns.«

Dass sie so selbstbewusst auftreten würde, überraschte Nicola, aber es gefiel ihr auch irgendwie.

Mamma ging ein paar Schritte auf sie zu. »Herzlich willkommen, Tante Alessia, ich bin Gina, und das ist unser Goldschatz Lotta.«

Sie zeigte auf Lotta, deren Miene sich verfinsterte. »Ich bin kein Goldschatz.«

»Entschuldige. Auch sie wird älter, ich sehe immer noch la bambina in ihr.«

Alessia trat zu Gina, reichte ihr die Hand. Aber Mamma umarmte sie einfach und küsste sie rechts und links auf die Wangen. Lotta kam jetzt auch zu Alessia, gab ihr artig die Hand. Nonna beobachtete das Ganze mit zusammengekniffenen Augen.

Alessia wandte sich an sie. »Hat sie dir gesagt, wie es damals gelaufen ist?«

»Das hat sie.« Nicola hatte Nonna mittlerweile alles genau wiedergegeben, was Alessia ihr erzählt hatte. Sie hatte betont, dass Alessia sie nicht an Walter und auch nicht absichtlich verraten hatte, sondern selbst von einer vermeintlichen Freundin betrogen worden war. Nonna saß immer noch wie erstarrt da, zu keiner Versöhnung bereit. Ihr Mund glich einer geraden Linie.

Mamma seufzte, bat Alessia und Diego, sich zu setzen und erst mal ein paar Spaghetti mit ihnen zu essen. Alessia sah Nonna skeptisch an. »Wenn sie mich so ansieht, bleibt mir die Pasta im Hals stecken.«

Nicola bedeutete Nonna mimisch, doch bitte etwas freundlicher zu sein. Doch ihre Großmutter blieb unversöhnlich.

Plötzlich brach Alessia in Tränen aus, weinte, jammerte, bog sich nach vorne, Tränen strömten aus ihren Augen.

»Tante Alessia, um Gottes willen.«

Sowohl Nicola als auch Mamma bemühten sich um sie, aber Alessia weinte und weinte.

»Sie hat allen Grund, sich zu schämen«, konstatierte Nonna ruppig.

Tante Alessia sah unter Tränen auf und flüsterte: »Es tut mir so leid, bitte glaube mir, ich wollte nicht, dass euch das geschieht. Ich wollte es nicht, das musst du mir glauben, bitte! Bitte! Miranda.«

Jetzt erst stand Nonna mühsam auf, ging zu ihrer aufgelösten Schwester, sah ernst auf sie herab. Gleich würde sie diese schlagen oder anspucken, dachte Nicola erschrocken. Doch Nonna beugte sich zu Alessia, nahm sie in die Arme, zog sie hoch zu sich und drückte sie an sich, strich ihr über den Kopf und machte »Schschsch, ich verzeihe dir.«

In dem Moment stand plötzlich Cati in der Tür. Keiner hatte ihre Schritte gehört, alle sahen sie überrascht an.

»Was ist denn hier los?«, entfuhr es ihr.

***

Die beiden alten Schwestern hatten bis tief in die Nacht geredet. Irgendwann waren erst Lotta, dann Mamma und schließlich auch Cati und Nicola zu Bett gegangen. Es war so schön mit anzusehen, wie die zwei über ihre Kindheit sprachen, über all das, was sie zusammen erlebt hatten. Caterina hatte sich erstaunlicherweise nach ihrer Rückkehr dazugesetzt, blieb aber recht still und freute sich mit, dass nun endlich alle Frauen der Familie beisammen waren. *Eine Großfamilie, was gibt es Schöneres auf der Welt*, dachte Nicola. Gerade jetzt, wo sie alleinerziehend in Berlin lebte, rührte sie das umso mehr. Diego hatte sich irgendwann am späteren Abend verabschiedet, wollte sie aber am nächsten Tag wiedersehen.

Die Morgensonne strahlte durch das Fenster. Müde stand Nicola in der Wohnküche, räumte die benutzten Weingläser in die Spüle und bereitete sich einen Cappuccino. Der Rest der Familie schlief noch. Nicola liebte diese frühe Stunde, wenn im Haus noch alles still war. Ein bisschen Zeit für sich zu haben, sich in Ruhe auf den Tag einzustimmen, bevor der Trubel wieder losging.

Nicola trat mit ihrer Kaffeetasse zum Fenster, sah hinaus und beobachtete einige Touristen, die den Kanal entlangschlenderten. Die ersten Gondelfahrer waren ebenfalls bereits unterwegs. Da stand plötzlich Mamma verschlafen in der Tür. »Buongiorno.«

»Buongiorno. Hast du gut geschlafen, Mamma?«

»Nicht wirklich. Mir geht so viel im Kopf herum.«

»Was denn genau?«

»Ich habe dir etwas noch nicht erzählt«, gestand sie, trat ein, nahm am Küchentisch Platz und Nicola setzte sich neugierig zu ihr. »Noch etwas? Was denn?«

Mamma atmete durch. »Wir haben gestern noch einen Brief von Jane Zevi bekommen. Ich habe Nonna gestern nichts davon erzählt, wollte sie nicht noch mehr aufregen. Das mit Alessia hat fürs Erste gereicht. Ein Glück, dass ihr Herz das mitgemacht hat.«

»Oh ja. Ich hatte auch so eine Angst. Was schreibt Jane Zevi denn?«

»Der Brief muss länger nicht zugestellt worden sein. Warum auch immer. Manchmal klappt es mit der Post hier nicht so. Er wurde schon vor zwei Wochen in Amerika losgeschickt. Sie kommt nach Venedig, weil sie in Deutschland zu tun hat. Für die Amerikaner liegt in Europa ja alles nur einen Katzensprung auseinander. Sie will sich ihr Haus ansehen. Und wenn ich das richtig sehe, müsste sie heute hier eintreffen.«

»Heute?! *Ihr* Haus?! Was fällt dieser Person ein«, echauffierte sich Nicola. Sie stellte die Tasse Cappuccino so hart auf den Tisch, dass der Milchschaum auf die Untertasse überschwappte.

»Beruhige dich. Jetzt haben wir doch Alessia als Zeugin. Das hast du gut gemacht, dass du sie gefunden hast.«

Nicola dachte nach. Eine über achtzigjährige Zeugin. Und noch dazu eine aus der Familie.

»Und wenn es vor Gericht nicht ausreicht? Wenn die Gegenseite sagt, die Dame ist senil?«

»Du musst positiv denken, das sage ich dir doch immer.«

»Ich weiß, das sagst du wirklich schon, seit ich denken kann. Und im Normalfall tue ich das auch. Aber dieses Haus zu verlieren, das wäre für Nonna wie ein Schlag ins Gesicht. Es wäre einfach so ungerecht.«

»Ich weiß. Dann würde sie vermutlich wirklich einen weiteren Herzinfarkt erleiden. Weil sie es auch weitergeben will, an euch. Damit ihr immer daran denkt: Was Frauen alles schaffen können, auch im Kleinen.«

»Mamma, das werde ich nach ihrer Geschichte nie wieder vergessen.« Nicola lächelte ihre Mamma an. Wie gut diese Tage in Venedig getan hatten. Als klar geworden war, dass sie alleinerziehend sein würde, hatte sie sich wirklich verloren gefühlt. Doch Nonnas Geschichte und der Zusammenhalt ihrer Familie hatten ihr neue Kraft gegeben.

»Was, wenn wir ihr einfach nicht aufmachen?«

»Sei nicht kindisch. Wenn das Haus rechtlich ihr gehört, müssen wir ausziehen. Ich weiß nur nicht, wohin. Vor allem wäre ein Umzug für Nonna ein Albtraum.«

»Allerdings. Allein deshalb müssen wir um unser Haus kämpfen.«

»Das werden wir. Lass uns doch gleich mit Alessia sprechen, wenn sie aufgestanden ist.«

»In Ordnung.« Nicola nippte an ihrem Cappuccino. Hoffentlich konnte sich die alte Dame an Details in diesem Brief erinnern. Und hoffentlich zählte diese Aussage vor Gericht.

Eigentlich war sie gleich mit Diego zum Frühstück verabredet, aber sie verschob es etwas, weil sie auf Alessia warten wollte.

Von seniler Bettflucht konnte bei beiden Schwestern keine Rede sein. Die alten Damen hatten einen guten Schlaf. So ausgiebig und erholsam hätten sie schon lange nicht mehr geschlafen, betonten beide, als sie endlich am Küchentisch saßen und von Mamma ein üppiges Frühstück serviert bekamen.

»Zu viel lag uns auf dem Herzen«, sagte Alessia und sah ihre Schwester dabei warm an.

Die nickte, wechselte aber sogleich das Thema, um nicht wieder so sentimental wie am gestrigen Abend zu werden. »Wo ist denn Caterina schon wieder?«

»Sie schläft noch. Sie hat nicht das geringste Problem damit, bis mittags zu schlafen, wenn man sie lässt«, erwiderte Mamma.

»Du hast die Kinder viel zu sehr verwöhnt, das sage ich schon immer.«

»Ja, ja, Mutter. Ich weiß.«

Nicola lächelte ihr zu. Mamma hatte ihnen wirklich viel durchgehen lassen, aber die Töchter hatten es nie ausgenutzt. Sich geliebt gefühlt, geborgen, und das zu schätzen gewusst.

Nicola ging zu ihrer Mutter, die gerade am Kühlschrank stand, und flüsterte, sodass es die alten Schwestern, die sich angeregt unterhielten, nicht hören konnten. »Wann will diese Jane Zevi da sein?«

»So genau hat sie es nicht geschrieben. Sie hat eine Telefonnummer dazugeschrieben, wir sollen sie anrufen und sagen, wann es uns passt.«

»Na immerhin, etwas Anstand scheint sie zu haben.«

***

Diego, dieser große, stattliche Mann, stand an der Rialtobrücke und sah aufs Wasser. Nicola hatte ihn zwischen den Touristen sofort gesehen. Seinen breiten Rücken, seine dunklen Haare. Sie trat zu ihm, schmiegte sich an ihn und er drehte sich sofort erfreut zu ihr, nahm ihr Gesicht zwischen seine Hände, küsste sie sanft. Wie gern hätte sie sich ihm hingegeben, aber sie hatten keine Zeit dafür. Sie löste sich, hielt seine Hände fest. »Warte!«, flüsterte sie.

»Ich kann nicht. Wieso?«

»Jane Zevi ist in der Stadt. Sie will sich heute ihr Haus ansehen.«

»Oh nein.« Er fuhr sich durchs Haar. »Aber Alessia muss es doch nur bezeugen.«

»Wenn das vor Gericht ausreicht …«

Er atmete durch, drückte ihr einen Kuss auf die Stirn, legte seinen Arm um sie und gemeinsam gingen sie über die Brücke und die Riva del Ferro entlang. Nicola erklärte ihm aufgebracht, warum ihre Familie das Haus nicht verlieren durfte, erst recht nicht zu Lebzeiten von Nonna.

»Auch danach nicht. Es ist ihr Erbe. Sie hat ihr Leben damals aufs Spiel gesetzt, das muss gewürdigt werden, ich lasse das nicht zu!«

Er dachte nach. »Und wenn ich mit dieser Jane Zevi rede?«

»Du? Wieso du? Du bist kein Anwalt.«

»Aber der Arzt deiner Großmutter. Amerikaner respektieren Ärzte sehr. Wenn ich ihr sage, dass deine Nonna das nicht überleben würde. Dann hättet ihr zumindest etwas Zeit, um euch mit der Situation auseinanderzusetzen. Einen besseren Anwalt zu finden.«

Nicola seufzte, sah ihn dankbar an und wieder fühlte sie sich so sehr hingezogen zu diesem Mann. »Das wäre vielleicht nicht schlecht. Die Idee hätte von mir sein können.«

Er lachte. »Stimmt.« Sie sahen sich sehnsüchtig an und die Welt um sie herum versank.

14. Kapitel

Als Nicola Jane Zevi anrief, verabredete sich diese mit ihr und Diego auf einen Kaffee am Nachmittag in einem jüdischen Restaurant in der Calle Ghetto Vecchio. Nonna und Alessia sagten sie erst mal nichts davon. Die beiden wollten ohnehin jede Minute, die ihnen in ihrem Leben verblieb, nutzen und sich aus ihrem langen Leben erzählen, hatten sie gesagt. Aus der Zeit, die sie als Schwestern zusammen verpasst hatten. Mamma bekochte sie, bereitete ihnen Tee oder Kaffee. Lotta und Cati wollten heute wieder etwas gemeinsam unternehmen. Cati wirkte nachdenklich und schien ein wenig aufgetaut seit Alessias Auftauchen, aber mit Nicola hatte sie bisher noch nicht darüber geredet, warum sie sich ihr gegenüber seit Monaten so seltsam verhielt. Da sich die Ereignisse überschlugen, war für ein Gespräch aber auch nicht wirklich Zeit gewesen.

Jetzt musste Nicola erst einmal Jane Zevi davon überzeugen, dass sie als Enkelin von Alessandro Zevi zwar vielleicht nach dem Gesetz irgendwelche Rechte an seinen Besitztümern besaß, aber nicht, wenn es nach der Moral ging.

Jane Zevi sah aus wie eine Frau, die nicht altern konnte. Ihre gebotoxte Stirn wurde von blondierten Haaren umrahmt. Sie musste bestimmt um die sechzig sein, trug ein fliederfarbenes Kostüm, hatte perfekt lackierte Nägel, goldene Armreife und eine Perlenkette. Nach ihrer Scheidung hatte sie ihren Mädchennamen wieder angenommen. Nicola riss sich zusammen und versuchte, erst einmal ein wenig Small Talk zu führen, wie Diego es ihr geraten hatte. »Amerikaner lieben das«, hatte er gesagt. Das habe er in seiner Zeit in den Staaten gelernt. Jane Zevi schäkerte mit Diego und schien erfolgreich zu verdrängen, dass er nicht in ihrem Jahrzehnt geboren war. Vermutlich hatte sie einmal gehört, dass Italiener allen Frauen schöne Augen machen, denn genau so, als mache das Diego bei ihr, verhielt sie sich. Nicolas Eifersucht hielt sich in Grenzen. Sie wusste sicher, dass er von dieser aufgetakelten Amerikanerin nichts wollte und zu ihrer Beruhigung hatte sie nun auch den hundertprozentigen Beweis, dass die beiden sich nicht aus den Staaten kannten.

Endlich kam Diego zur Sache, und wäre ihr Gesicht nicht gebotoxt gewesen, wäre ihr die Mimik entglitten, als sie hörte, dass die Besitzansprüche nicht geklärt seien. In ihrem breiten Amerikanisch verkündete sie, sich das Haus von außen schon angesehen zu haben. Und es sei »gorgeous«, einfach »amazing«. Dass es einer Italienerin geschenkt worden sei, die damals den Zevis geholfen habe, zu fliehen, davon höre sie zum ersten Mal. Mit offenem Mund lauschte sie der Geschichte und Nicola war sich sicher, dass sie die besten Anwälte von New York beauftragen würde, um das »lovely« Haus in »lovely« Venedig zu bekommen. Nicola, die innerlich vor Wut kochte, hielt sich zurück, da Diego dieser Jane, wie sie sich nennen ließ, ganz ausführlich von den damaligen Zuständen in Italien erzählte. Wie leidenschaftlich und gut er erzählte. Nicola sah diesem attraktiven Mann bestimmt genauso fasziniert zu, wie es Jane tat. Und neben ihrer Wut machte sich wieder dieses Gefühl in ihrem Bauch breit, sich mit ihm ungemein wohlzufühlen.

Als Diego endete, fand Jane ihre Sprache wieder. »Horrible. It's so … horrible.« Dann sagte sie nichts mehr, blinzelte in die Sonne, setzte sich ihre mondäne Sonnenbrille wieder auf und schüttelte nur den Kopf.

In dem Moment betrat Alessia, gestützt von Lotta, das Restaurant. Verwundert warf Nicola Diego einen Blick zu. Aber als sie sah, dass Lotta ihm zulächelte, verstand sie, dass sich die beiden abgesprochen hatten. Vermutlich vorhin, als er sich kurz entschuldigte, um jemandem zu antworten.

»Mama, Tante Alessia hat etwas mitgebracht.«

»Aha, und was?«

Die alte Dame setzte sich jetzt einfach Jane Zevi gegenüber und stellte sich forsch als die Schwester der herzkranken Miranda vor. Jener Frau, die Janes Großvater und dessen Familie damals zur Flucht verholfen hatte.

Alessia wandte sich kurz an Nicola. »Wieso erfahre ich von deinem Kind, dass du dich mit dieser Person triffst?«

»Ich wollte nicht, dass sich Nonna, dass ihr euch unnötig aufregt.«

»Papperlapapp, meine Schwester ist Schlimmeres gewohnt.« Dann wandte sie sich wieder Jane Zevi zu, stellte ihre Handtasche auf den Tisch und fischte ein Kuvert heraus.

Lotta grinste Nicola, die sie fragend ansah, voller Vorfreude an. Diego schien seiner Miene nach auch nicht genau zu wissen, was jetzt passierte.

»Miranda hat mir diese Notiz von Alessandro Zevi damals gezeigt und dann in eine Schublade gelegt. Weil sie davon überzeugt war, dass die Zevis überleben werden, hat sie diese Schenkung nicht für wichtig erachtet. So war sie, meine Schwester. So ist sie noch immer. Sie glaubt immer, dass alles irgendwie gut ausgehen wird. Und wenn man daran glaubt, dann tut es das auch.« Sie öffnete den Umschlag und zog einen zerknitterten, handschriftlich geschriebenen Zettel heraus.

Feierlich verkündete sie: »Hier haben wir es schriftlich, dass das Haus der Zevis Miranda Moretti gehört. Und wenn sie dieses Papier jetzt aufessen, habe ich eine Kopie, keine Sorge.«

»Das Papier aufessen?«, fragte Jane Zevi pikiert.

Lotta lachte. »Das hat meine Uromi damals mit den Zetteln gemacht, auf denen wichtige Nachrichten standen. Wenn sie erwischt wurde, als Stafette.«

Das alles hatte sich Lotta gemerkt? Nicola hatte ihr davon erzählt und jetzt freute sie sich unendlich. Vor allem, weil Alessia diesen Trumpf im Ärmel hatte. »Tante Alessia, du bist wundervoll!«

»Ich habe nur die deutsche Ordentlichkeit von meinem Walter gelernt«, lachte Alessia keck. »Und es vor meiner Abreise eingesteckt.«

Jane Zevi hatte nichts mehr gesagt, wirkte sehr nachdenklich. Gespannt sah Nicola sie an.

Nachdem sich Jane Zevi als gute Verliererin herausgestellt hatte, war sie aufgebrochen, um die wunderschöne Lagunenstadt zu besichtigen. Nicola, Diego, Alessia und Lotta saßen noch beisammen und stießen mit einem Glas Prosecco, Lotta mit einem Orangensaft, an.

Nicola strich Alessia lächelnd über den Arm. »Ganz lieben Dank, Tante Alessia. Ich danke dir so sehr. Und Nonna wird es auch tun, von Herzen.«

Alessia freute sich.

»Du bist super«, fand auch Lotta. »So will ich auch mal werden, wenn ich alt bin. Schade, dass ich keine Schwester habe.«

Diego, der neben Nicola saß, raunte ihr ins Ohr. »Was nicht ist, kann ja noch werden.«

Hatte sie richtig gehört? Verblüfft sah sie ihn an und er hielt ihren Blick.

»Mami? Was hat er gesagt?«, fragte Lotta neugierig nach.

»Was? Nichts, nichts.« Nicola spürte, wie ihr Herz klopfte. Das konnte er nicht ernst gemeint haben. Dieser Charmeur. Sie kannten sich doch kaum und überhaupt … Nicola hatte jetzt keine Zeit, weiter über diesen Satz nachzudenken, denn Lotta forderte ihre Aufmerksamkeit. Sie erzählte von ihrem Vormittag mit Cati, die jetzt wohl wieder in ihrem Zimmer sei und arbeiten müsse.

Nicola nahm sich fest vor, sich nachher bei Cati zu bedanken, dass sie sich nun doch so nett um Lotta gekümmert hatte. »Tut mir leid, Süße, dass ich so wenig Zeit für dich hatte die Tage.«

»Is' doch egal. Dich hab ich ja in Berlin immer. Außerdem hast du was Tolles hingekriegt. Uromi kann ihr Haus behalten. Das ist echt cool.«

»Ganz allein hab ich das nicht hingekriegt. Danke, Diego, danke, Tante Alessia.«

Diego lächelte sie an und Lotta beugte sich zu Nicola und flüsterte, dass der doch ganz okay sei. Nicola musste schmunzeln. Da sah sie, wie ernst und rügend Alessia dreinblickte.

»Was hast du denn, Tante? Habe ich etwas Falsches gesagt?«, erkundigte sich Nicola verwundert.

»Miranda hat mir gesagt, dass Cati und du schon länger nicht mehr miteinander redet. Stimmt das?«

»Ja, leider.«

»Lasst es nicht so weit kommen wie wir.«

»Das möchte ich auch nicht. Auf keinen Fall. Ich weiß aber nicht, was der Grund ist.«

»Dann mache den ersten Schritt. So wie bei mir und Miranda, du kannst sehr hartnäckig sein«, fügte sie lächelnd hinzu.

15. Kapitel

Nicola stand im Flur vor dem Zimmer, in dem Cati schlief, die Hand schon gehoben, um anzuklopfen. Die alte dunkelbraune Holztüre hatte sicher schon vielen Dramen beigewohnt, viele Tränen gesehen. Sie zögerte. Was, wenn sie es besser nicht hören sollte, was Cati auf dem Herzen lag? Immerhin schien es irgendwie mit ihr zu tun zu haben. Doch die Ungewissheit nagte seit Monaten an ihr und sie wollte jetzt endlich erfahren, was dahintersteckte. Vielleicht hatte die Geschichte der beiden alten Schwestern, diese emotionale, herzliche Versöhnung, die Größe von Nonna, verzeihen zu können, etwas in Cati bewirkt und sie würde endlich reden. Hoffentlich. So schlimm wie das, was zwischen Miranda und Alessia gestanden hatte, konnte es auf keinen Fall sein.

Nicola nahm ihren Mut zusammen und klopfte gegen die Tür.

»Wer ist da?«, hörte sie Catis Stimme.

»Ich. Nicola.«

Stille.

»Kann ich kurz reinkommen?«

»Wenn es sein muss.«

Na prima. Ihre Stimmung schien nicht gerade himmelhochjauchzend zu sein. Aber das war sie ja schon länger nicht mehr und genau das wollte Nicola ergründen.

Sie drückte die schöne alte Türklinke hinunter und trat ein. Cati saß mit ihrem Notebook auf dem Schoß auf dem Sims des geöffneten Fensters.

»Fall nicht raus«, entfuhr es Nicola.

»Ja, ja, ich pass schon auf.«

»Entschuldige, als Mutter hat man das so drin und als große Schwester auch.«

Cati sah auf, ahnte offensichtlich den Zweck ihres Kommens. Sie seufzte, klappte das Notebook zu und rutschte vom Fenstersims, um sich in den nächsten Sessel plumpsen zu lassen.

»Nur weil Nonna sich mit ihrer Schwester versöhnt hat, müssen wir das nicht auch tun.«

»Wieso nicht?«

»Weil du es mir nie verzeihen wirst«, rutschte ihr heraus. Sie biss sich auf die Unterlippe. Nicola schluckte, kam näher, setzte sich quer in den Sessel neben sie, die Beine über die Armlehne hängend. »Was?«, fragte sie tonlos und bekam mit einem Mal eine Ahnung. Ihre Beine machten sich selbstständig, fingen an, zu baumeln.

Cati wand sich sichtlich, immer noch unentschieden, ob sie reden sollte. »Es war keine Absicht«, flüsterte sie schließlich.

»Sondern?«

Sie schnaufte durch. »Es ist einfach passiert.«

»Du hast etwas mit Frank angefangen?«, fragte Nicola ihr auf den Kopf zu.

Ertappt blickte Cati auf den Boden, spielte mit ihren Fingern. »So kann man das nicht sagen.«

»Du mochtest ihn nie.«

»Mochte ich auch nicht.«

»Und wieso dann doch? Um mir wehzutun?«

»Nein! Bitte glaub mir, das hatte nichts mit dir zu tun.«

»Ach nein? Wenn meine Schwester etwas mit meinem Mann anfängt, hat das nichts mit mir zu tun?« Sie sprach oft über ihn als ihren Mann, auch wenn sie nicht verheiratet gewesen waren.

Wieder diese verstörende Stille. Nur von draußen drang das Stimmengemurmel der Touristen, der Gesang eines Gondoliere.

»Seit wann?«

Nicola spürte, wie ihre Hände kalt und schweißig wurden. Wie lange ging das mit den beiden? Hatte er sie monatelang betrogen? Wie konnte Cati ihr das antun? Ein Film lief in ihrem Gehirn ab. Ihre Beine hielten mit einem Mal still.

»Ich weiß nicht mehr so genau. Ich fand ihn ja immer so arrogant und eingebildet. Schauspieler eben. Aber er hat ja auch was, sonst hättest du dich nicht in ihn verliebt.«

»Seit wann?« Ihre Stimme klang nun ernst und drohend.

»Seit deiner Geburtstagsfeier vor einem halben Jahr. Ich war betrunken und hab es erst nicht gecheckt … dass er mich anbaggert. Dann hab ich gedacht, hey, der ist ja ganz schön betrunken, aber süß. Zum ersten Mal hab ich gedacht, der kann ja ganz schön sweet sein zu Frauen.«

»Oh ja, das kann er. Und dann?«

Nicola wusste, es zu hören würde schmerzen, aber sie musste es wissen.

»Und dann hat er mich um die Hüfte gefasst und da war ich mir sicher, dass er mich wollte. Ich hab ihn natürlich abgewehrt, aber er ging mir nach.«

»Wohin? In unser Schlafzimmer?« Nicola lachte bitter auf.

»Was? Nein! Er wollte mich nach Hause begleiten und da ich wirklich ziemlich einen im Tee hatte, war ich ganz froh drum. Die Strecke ist ja auch ziemlich duster nachts. Es ist dann auch nicht wirklich was passiert. Aber vor meiner Haustüre hat er versucht, mich zu küssen. Ich hab ihn weggeschoben, bin dann rein und hab die Tür zugemacht. Danach war dann auch nichts. Ich hab wochenlang kein Wort von ihm gehört. Aber dann … sollte ich Lotta abholen.«

Sie hielt inne und Nicola wurde eiskalt. »Lotta.«

»Ja, erinnerst du dich, du hattest mich gebeten, sie von einer Freundin abzuholen, von dieser Rosali, weil du einen Termin hattest.«

»Ja. Und dann?«

Cati zögerte. »Ich hab sie abgeholt und nach Hause gebracht. Da war dann Frank. Sein Dreh war irgendwie früher zu Ende und er hat mich so angesehen und war so süß zu Lotta. Und ich weiß auch nicht wieso, aber ich glaube, da hab ich mich in ihn verliebt.«

»Was? Ich bitte dich.«

»Doch, wirklich. Oder es wurde mir bewusst, dass es schon länger so war, keine Ahnung. Deshalb ging es mir total schlecht. Der Mann meiner Schwester. Ich bin dann gegangen und in der Woche noch hat er sich bei mir gemeldet. Ob wir uns sehen können. Es ging ihm genauso.«

»Er hat sich in dich verliebt? Und das hast du geglaubt?« Nicola wusste, wie gemein es klang. Aber sie konnte es sich wirklich nicht vorstellen. Nicht Cati, die Frank immer als unreif und oberflächlich bezeichnet hatte. Alles nur Show? Oder stand er schon länger auf ihre kleine Schwester?

»Du kannst dir nicht vorstellen, dass sich ein Mann in mich verliebt?« Cati klang jetzt sauer.

»Doch. Aber nicht mein Mann. Er fand dich immer … ach, lassen wir das.«

Die Schwestern funkelten sich an.

»Wir haben uns beide gegen unsere Gefühle gewehrt, das kannst du mir glauben. Sehr sogar. Aber … irgendwann haben wir uns auf einen Wein getroffen … und uns so gut verstanden.

Weil wir uns ja schon länger kannten und einfach auf einer Wellenlänge sind. An dem Abend haben wir … uns geküsst.«

Nicola schloss die Augen. Wollte sie wirklich mehr hören?

»Wann war das?«

»Ist doch egal.«

»Ist es nicht.« Wieder fingen ihre Beine an zu zappeln. Sie setzte sich richtig herum in den Sessel, presste ihre Hände auf die Oberschenkel.

»Es war vor vier Monaten.«

»Es gibt also gar keine Ashley? Sondern dich?«

»Ja.« Kleinlaut sah Cati sie an. »Es gab mich. Kurz. Aber ich hab dann das Ganze schnell wieder beendet.«

»Wozu? Wir sind getrennt, ich will ihn nicht mehr, die Bahn ist frei«, erklärte Nicola sarkastisch.

»Nein. Du bist meine Schwester. Es würde dir wehtun, so gut kenne ich dich. Du bist mir wichtiger. Es tut mir unendlich leid, dass es so weit gekommen ist, und wenn ich könnte, würde ich es rückgängig machen. Ich will ihn nicht, auch wenn ihr nicht mehr zusammen seid.«

Nicola dachte angestrengt nach. »Moment, Frank hat gesagt, er sei wegen Ashley in Venedig.«

Sie sah Cati betroffen an. »Er ist wegen dir hier und ihr habt euch heimlich gesehen?«

»Nein! Ich meine, ja, er ist wegen mir hier. Weil er es nicht akzeptieren kann. Ich wusste nicht, dass er mir nachreist. Ehrlich. Und wir haben uns kurz getroffen, aber nur, weil ich es ihm noch einmal sagen musste. Dass es keinen Sinn hat. Auch nach eurer Trennung wird es kein ›uns‹ geben. Ich kann keinen Mann lieben, der meiner Schwester so wehgetan hat.«

Nicolas Kopf schmerzte, ein Schwindel erfasste sie, als fahre sie in einem Karussell. Steif stand sie auf, schwankte ein wenig, wollte sich umdrehen und den Raum verlassen, doch Catis Stimme hielt sie auf.

»Weißt du jetzt, warum ich es dir nicht sagen konnte? Weil du mir das nicht verzeihen kannst, hab ich recht? Ich kenn dich doch. Auch wenn wir uns nur geküsst haben, du kannst es mir nicht verzeihen.«

»Nur geküsst?«

»Wir haben nicht miteinander geschlafen, bitte glaube mir.«

Nicola stand immer noch da, mit dem Rücken zu ihr. Sie selbst hatte von Nonna verlangt, ihrer Schwester zu verzeihen. Hatte auf sie eingeredet, es sei doch ihre Schwester, die *famiglia*. Würde sie selbst es schaffen, Cati zu verzeihen?

Sie wusste es nicht. Sie wusste gar nichts mehr. Immerhin hatten sie nicht miteinander geschlafen. Wenn dies stimmte. Aber war es nicht fast schlimmer, dass sie sich verliebt hatten, dass sie sich heimlich trafen? Wäre der reine Sex nicht verzeihbarer gewesen? All das Gesagte erschlug Nicola im Moment, als hämmere ein Riese mit einem Stein auf ihren Kopf. Sie brauchte Zeit.

»Nicola? Bitte sag doch was. Es stimmt, oder, du kannst mir nicht verzeihen?«

Nicola drehte sich zu ihr um, sah ihr ausdruckslos ins Gesicht. In dieses hübsche, zarte Gesicht, in das sich Frank verliebt hatte.

»Ich weiß es nicht.« Und damit verließ sie den Raum.

***

Mamma nahm Nicola tröstend in ihre Arme, wie sie ihre Tochter früher an sich gedrückt hatte, wenn sie weinend von der Schule kam, weil sie von einem Mitschüler geärgert worden war. Doch jetzt ging es um mehr. Um Vertrauen. Um das Vertrauen in Männer und das in ihre eigene Schwester.

Sie hatte es Mamma erzählt, weil sie ein Recht darauf hatte, die wahren Hintergründe des Schwesternstreites zu kennen, und weil sie selbst nicht weiterwusste und einen mütterlichen Rat benötigte. Mamma löste sich, strich ihr sanft über den Kopf, wofür sie sich etwas auf die Zehenspitzen stellen musste. »Soll ich dir einen Tee machen? Möchtest du Kekse?«

»Nein danke. Du sollst mir nur sagen, wie ich damit umgehen soll.«

Mamma fuhr sich übers Gesicht und gemeinsam setzten sie sich an den Küchentisch. Mamma schob ihr den Teller mit den von Lotta gebackenen Buranelli-Keksen zu. Nicola nahm mechanisch einen und biss hinein, ohne Lust darauf zu haben. Sie kaute und starrte vor sich hin.

»Natürlich hätte sie deinen Mann nicht küssen dürfen, aber … wenn es stimmt, hat sie das Ganze beendet, bevor es … du weißt schon. Richtig?«

Nicola zuckte die Achseln. »Er ist ihr nachgereist nach Venedig. Hat sein Kind versetzt für sie.«

»Er scheint sich in sie verliebt zu haben. Und sie sich in ihn. Gegen Gefühle ist man machtlos.«

Nicola sah auf. Ihre Mutter zeigte Verständnis für die Situation?

Sie schluckte die Kekskrümel hinunter, nahm einen neuen Keks, steckte ihn sich ganz in den Mund und kaute.

»Weißt du, vielleicht ist es das Los der Frauen unserer Familie. Sich in Männer zu verlieben, die sie nicht lieben dürfen.«

»Wie meinst du das?«

»Nonna hat einen Partisanen geliebt, was damals auch nicht einfach war. Alessia einen Nazi. Und wie wir jetzt wissen, waren beide Male echte Gefühle im Spiel.« Mamma räusperte sich. »Ich habe mich in einen Deutschen verliebt, deinen Vater. Meinst du, dass Nonna damals glücklich darüber war? Noch dazu in einen Deutschen, dessen Vater unter Hitler gedient hat.«

»Ach, wirklich? Das wusste ich ja gar nicht.«

»Weil keiner gern darüber redet. Im Bücherregal deines Großvaters stand ›Mein Kampf‹. Wir alle konnten unsere Liebe nicht lange oder ohne Probleme leben. Dein Vater ist früh gestorben. Cati hat sich dagegen gewehrt, in Frank verliebt zu sein, wie sie sagte. Und sich gegen ihn entschieden. Das würde ich ihr hoch anrechnen.«

Nicola nahm den dritten Keks, sah ihn an, legte ihn zurück. »Ja, das stimmt. Im Grunde war sie schon immer ein feiner Kerl. Sie hat sich wohl auch gegen ihn entschieden, weil er mir untreu war.«

»Und da hat sie recht. Sogar doppelt. Zum einen, weil er dich damit hintergeht. Zum anderen, wer will schon einen Kerl, der fremdgeht. Wer sagt denn, dass er das bei einem selbst nicht irgendwann ebenso tut.«

Nicola sah ihre Mutter entschlossen an. »Danke, Mamma. Ohne dass wir es gemerkt haben, ist Cati ganz schön erwachsen geworden, was?«

Die beiden lächelten sich an, nahmen sich an den Händen. »Ja«, bestätigte Mamma. »Das ist sie. Ich bin sehr stolz auf meine beiden Töchter.«

»Und auf deine Enkeltochter, hoffe ich.«

»Oh ja. Lotta ist mein kleiner Engel.«

»Meiner auch. Ich glaube, die Tage hier bei der Familie, mit all diesen starken Frauen, haben ihr auch gutgetan. Ich habe dir ja erzählt, dass sie in Berlin von diesen Typen angefeindet wurde. Ich glaube, Nonnas Geschichte hat ihr Selbstbewusstsein ziemlich gestärkt.«

»Das Gefühl habe ich auch. Sie ist offener geworden.«

»Das ist sie. Wichtig ist mir, dass Frank sich ihr gegenüber fair verhält.«

»Das wird er. Sonst zieh ich ihm die Hammelbeine lang.«

Nicola lachte. »Und Nonna und Tante Alessia auch.«

»Genau, sonst bekommt er es mit den Moretti-Frauen zu tun.«

»Dass er sich in Cati verliebt hat, ist … aber lassen wir das. Es ist sein Pech.«

»Ich bin froh, dass du so großmütig bist. Das schafft nicht jede.«

Nicola schob den Teller Kekse von sich. »Nur bei deinen leckeren Keksen werde ich schwach«, lachte sie und sah vor sich hin. Das war es also, Catis Geheimnis. Sie verstand ihre Schwester, dass sie es ihr nicht sagen konnte, dass sie in einer Bredouille steckte, dass es hart gewesen sein musste. Denn gegen Gefühle anzukämpfen, war ein schwerer Kampf.

***

Caterina hatte sich sehr gefreut, dass Nicola ihr verzieh, war ihr in die Arme gefallen und hatte vor Erleichterung sogar etwas geweint. Nonna und Tante Alessia standen auch Tränen in den Augen, als sie erfuhren, dass sich die zwei wieder versöhnt hatten. Die beiden alten Schwestern waren unzertrennlich, verbrachten die Tage mit Erzählen, Essen, Schlafen und Alessia beschloss, ihren Hausstand in Florenz aufzulösen und zu Nonna und Gina zu ziehen.

Zu viel Zeit hatten sie verloren, zu wenig blieb ihnen.

Nicola hatte sich mit Frank zum Kaffee verabredet. Sie wollte ihn eindringlich bitten, seinen Frust nicht an Lotta auszulassen, denn die Kleine brauchte ihren Vater sehr. Sie saßen in einem Café in Cannaregio und Frank sah sie schuldbewusst und auch voller Respekt an. »Dass du damit so cool umgehen kannst.«

»Das habe ich in den letzten Tagen gelernt. Die wichtigen Dinge von den unwichtigen zu unterscheiden.«

Er schluckte. Und entschuldigte sich. »Lotta ist und bleibt die wichtigste Frau in meinem Leben. Dass ich sie hier in Venedig versetzt habe, war … blöd von mir … gedankenlos. Ich mach es wieder gut und werde es nie wieder tun. Ehrlich.«

»Gut, mehr wollte ich nicht.« Nicola stand auf, holte ihren Geldbeutel aus der Tasche, doch Frank bestand darauf, zu zahlen.

»Nicola?«

»Ja?«

»Du bist klasse. Ich Idiot hab dich nicht verdient.«

»Ich weiß.« Sie lächelte, schulterte ihre Tasche und verließ das Café.

Es tat nicht mehr so sehr weh und Nicola wusste, die Zeit hier hatte ihr auch geholfen, um über Frank hinwegzukommen. Auch wenn sie den Vater ihrer Tochter immer lieben würde. Aber die Liebe änderte sich. Und es gab nicht nur einen Mann im Leben einer Frau.

Diego sah umwerfend aus in seinem Jackett, seinem weißen Hemd und mit seiner sonnengebräunten Haut. Er stand unten an der Haustür, holte Nicola zum Abendessen ab. Sie trug ein neues, eng anliegendes rotes Kleid, dazu neue rote Riemchensandalen, ihre langen schwarzen Haare offen. Heute Nachmittag war sie mit Cati shoppen gewesen und die beiden hatten irgendwann richtig Spaß zusammen gehabt, viel geredet, auch über Frank. Anfangs war die Stimmung noch angespannt gewesen, aber je länger sie herumbummelten, Kleider anprobierten, sich dazwischen ein Glas Prosecco genehmigten, desto gelöster und lustiger wurde es. Fast wie früher. Aber nur fast. Es musste Gras über die Sache wachsen, doch Nicola war guter Dinge, dass ihre Schwester wieder zu einer ihrer besten Freundinnen werden würde, der sie ihr Herz ausschütten und der sie vertrauen konnte. Sogar über Diego hatten sie gesprochen. Cati versicherte, dass sie sich mit Diego nur auf dessen Wunsch zum Kaffee getroffen hatte, weil der irritiert von Nicolas Verhalten gewesen war und mehr über sie wissen wollte. Sein Interesse an ihr beeindruckte sie.

Er sah sie immer noch fasziniert an, nahm ihre Hände, zog sie in seine Arme. »Du siehst umwerfend aus«, flüsterte er in ihr Ohr.

»Danke, du auch.« Er lachte. Dann küsste er sie sanft, löste sich wieder, was ihm sichtlich schwerfiel, legte seinen Arm um sie und führte sie den Kanal entlang. Das Abendlicht und die vielen Lämpchen überall verwandelten die Cafés und Restaurants in ein stimmungsvolles Ambiente. Einige Leute saßen dort bereits bei Kerzenschein, ließen bei einem Aperol Spritz den Tag ausklingen und beobachteten die Wassertaxis und Gondeln, die vorüberzogen.

»Hast du schon ein Restaurant im Auge?«

»Ja, ich habe reserviert. Es ist mein Lieblingslokal.«

»Dann bin ich gespannt, ob ich es auch kenne.«

So oft hatte sie die Ferien mit ihrer Schwester bei Nonna verbracht, sie liebte die Stadt, kannte sie recht gut. Ob sich Diegos und ihre Wege schon öfter gekreuzt hatten? Sie stellte es sich vor, wie er über eine Brücke gegangen war und sie in entgegengesetzter Richtung an ihm vorbei. Wie sie in Eile aus einem Laden kam und dabei fast gegen ihn geprallt wäre. Sie musste lächeln. Aber dann wäre er ihr doch sicher aufgefallen. Oder eben nicht, denn solange es Frank gegeben hatte, hatte sie nur Augen für ihn gehabt. Und er dann für Cati, dachte sie bitter. Aber sie wollte sich den Abend nicht durch negative Gedanken verderben lassen. Das Schicksal hatte ihr diesen wundervollen Mann geschickt und auch wenn nichts aus ihnen beiden werden sollte, so wollte sie diesen Abend genießen. »Lebe den Augenblick«, hatte Nonna gesagt. Jetzt, wo Nicola von ihrer gefährlichen Tätigkeit im unbewaffneten Widerstand der Frauen wusste, bekam dieser Satz eine viel größere Bedeutung. Wie viele Augenblicke hatte Miranda damals um ihr Leben bangen müssen, dann später auch um das Leben ihres ungeborenen Kindes. Nicola war so stolz auf ihre Großmutter, dass sie den Mut gehabt hatte, gegen das Regime aufzustehen. Jeder konnte etwas tun, keine Generation konnte sich herausreden, ihr seien die Hände gebunden gewesen. Auch heute gab es genug zu tun. Immer mehr. Nicola nahm sich vor, sich für eine bessere Welt einzusetzen, vor allem auch für Lotta. Diese Jungs, die ihr in Berlin auflauerten, mit denen würde sie ein Wörtchen reden, zur Not mit deren Eltern. Auch Lotta, die viel selbstbewusster und stärker geworden war, würde sich nichts mehr gefallen lassen. Frauen schaffen so viel mehr, als sie oft glauben – selbst mit kleinen Mitteln. Was sie sonst noch genau tun wollte, das wusste sie zwar jetzt noch nicht, aber da würde ihr schon etwas einfallen. Eines stand auf jeden Fall schon mal auf dem Programm: sich für Venedig einsetzen, für diese wunderschöne Lagunenstadt, die nicht untergehen durfte.

Diego führte sie die Fondamenta de la Sensa entlang in eine kleine, gemütliche Osteria.

Eine füllige ältere Italienerin umarmte ihn herzlich, dann Nicola. Sie fühlte sich sofort wohl hier, kannte diese Osteria tatsächlich nicht. Dabei gab es sie wohl schon viele Jahre. Wie schön, dass Diego hier so freundlich empfangen wurde, der Dottore, wie er genannt wurde.

Die Restaurantbesitzerin, Magdalena, zündete die Kerze auf ihrem Tisch an, gab ihnen die Speisekarte und betrachtete die beiden entzückt. »Es ist die Stadt der Liebe, es ist einfach so«, sagte sie und lächelte die beiden an. Dann ging sie wieder.

Diego nahm Nicolas Hand, drückte sie und sah ihr in die Augen. »Bisher konnte ich das nicht bestätigen, jetzt schon.«

»Geht mir genauso.«

Verlegen klappte Nicola die Karte auf. Wie konnte er ihre Gefühlswelt so durcheinanderbringen? Aber es fühlte sich gut an, prickelnd und warm.

Sie bestellten, unterhielten sich erst über Cati, und Nicola konnte es sich nicht verkneifen, ihn zu fragen, wie ihre Schwester als Frau auf ihn wirkte. Aber seine Antwort klang ehrlich und eindeutig. Er fand sie zwar objektiv attraktiv und nett, aber als Frau nicht sein Typ. »Das bist du«, fügte er hinzu, zog ihre Hand zu seinem Mund und küsste sie.

»Wie wär's, wenn wir gleich den Nachtisch bestellen und dann gehen?«, fragte er lächelnd nach. Er wollte sie spüren und sie ihn.

»Ich schätze, Magdalena wäre nicht erfreut, wenn wir ihr Essen ignorieren.«

»Wir können es hinunterschlingen.« Wie er das sagte. So leidenschaftlich und sehnsüchtig. In ihrem Körper kribbelte es.

Die hausgemachten Thunfischbällchen, die Pasta mit Ragout schmeckten köstlich, der Vino, die wunderbare Pannacotta konnten auch nicht stehen bleiben. Sie vermieden das Thema Zukunft. Er hatte seine Patienten hier, liebte Venedig, aber Nicolas Leben, und vor allem das von Lotta, fand in Berlin statt. Beiden war klar, dass ihre Liebe eine Fernbeziehung womöglich nicht überdauern würde, aber beide wollten sich auf das Abenteuer einlassen. Früher hätte Nicola viel mehr Sicherheit von einem Mann gebraucht. Aber das Leben hatte sie gelehrt, dass es keine Sicherheit gab. Dass das Leben aus Veränderung und Abenteuern bestand. Und dass dies ihr Weg sein sollte, wie sie die nächsten Jahre leben wollte. Was danach kam, ob sie wirklich noch ein Baby haben wollte, darüber mochte sie sich jetzt nicht den Kopf zerbrechen. Wenn sie sich wirklich liebten, würden sie einen Weg zueinander finden. Und dieses Gefühl war es, was zählte. Dass sie einen Mann getroffen hatte, der ihre Leidenschaft entfachte, der einen guten Charakter hatte, der Lotta und die anderen Frauen ihrer Familie mochte. Denn ihre Familie stand für Nicola jetzt im Vordergrund. Nonna und Tante Alessia würden nicht mehr ewig leben, leider. Und allein deshalb würde sie viele Wochenenden und Schulferien in Venedig verbringen. In diesem Haus, das Nonna so verdient hatte.

Gemeinsam ließen sie Stationen von Nonnas Geschichte Revue passieren, die Geschichte einer wunderbaren Frau. Schließlich zahlten sie, verabschiedeten sich herzlich von Magdalena und traten Arm in Arm auf die Straße. Der Nachthimmel glitzerte voller Sterne und Nicola fragte sich, wo sie jetzt hingehen würden. In Nonnas Haus konnten sie sich unmöglich lieben.

»Komm mit zu mir.« Er zog sie enger an sich.

Sie hatte sich seine Wohnung noch nicht einmal vorgestellt, so viel war in den letzten Tagen geschehen.

Diego wohnte in einem Palazzo in Cannaregio, nicht weit von Nonnas Haus entfernt. Nicola war schon oft daran vorbeigegangen, ohne zu ahnen, dass er dort lebte. Er führte sie die Treppe hoch, öffnete die Wohnungstür und sie traten in eine geräumige Wohnung, eingerichtet mit modernen und antiken Möbeln.

»Geschmackvoll.«

»Freut mich. Magst du etwas trinken?«

»Nein, auf keinen Fall.« Sie lächelte ihn herausfordernd und verführerisch an. So forsch kannte sie sich selbst nicht, aber der Wein hatte sein Übriges getan und sie sehnte sich so sehr nach ihm. Er verstand, kam lächelnd auf sie zu, packte sie mit einer Hand um die Hüfte, zog sie zu sich, sodass sie sein Verlangen spüren konnte. Er beugte sich zu ihr, küsste ihren Hals, roch an ihr, atmete sie genüsslich ein, ließ sich Zeit, küsste sie schließlich auf ihr Dekolleté und Nicola beugte ihren Kopf unwillkürlich nach hinten, schloss die Augen, genoss die Berührungen dieses Mannes so sehr, der mit seinen Lippen, seiner Zunge und seinen Händen auf ihr zu spielen wusste wie noch keiner. Er nahm sie vorsichtig hoch, trug sie in sein Schlafzimmer, sie beide streiften rasch ihre Kleidung ab und er legte sich nackt auf sie. Sie wollte ihn so sehr, sog ihn in sich auf, erwiderte sein Begehren, seine Liebe und wusste, dass dies ein Anfang war, ein grandioser, wunderschöner.

Anmerkung

Die Handlung und die Orte dieses Romans sind frei erfunden, ebenso die darin vorkommenden Personen. Eventuelle Ähnlichkeiten oder Namensgleichheiten mit lebenden oder verstorbenen Personen wären rein zufällig. Was aber nicht erfunden ist, sind die beschriebenen und recherchierten Taten der mutigen Frauen in der Resistenza civile im unbewaffneten Widerstand in Italien. Diesen starken Frauen gehört mein größter Respekt.

Venezianische Rezepte

Mammas venezianische Buranelli
Die Zubereitung dauert ungefähr 60 Minuten.

Zutaten für 12 Stück:
60 g Butter
125 ml Milch
250 g Mehl
100 g Zucker
1 Päckchen Vanillinzucker
1 Prise Salz
20 g frische Hefe
1 Ei (Größe M)
250 g Puderzucker
1 Eiweiß
blaue und rote Lebensmittelfarbe

Zubereitung:
Das Mehl in eine Schüssel sieben, in die Mitte eine Mulde drücken. Die Hefe hineinbröckeln, mit der Milch auflösen, etwas Mehl

vom Rand untermischen. Den Ansatz mit Mehl bestäuben, zugedeckt an einem warmen Ort gehen lassen, bis die Oberfläche Risse zeigt. Die Butter in Stückchen, den Zucker, Vanillezucker, Ei und Salz zugeben und alles mit den Knethaken des Handrührgerätes so lange schlagen, bis der Teig glatt und glänzend ist, Blasen wirft und sich leicht von der Schüsselwand löst. Den Teig zugedeckt an einem warmen Ort gehen lassen, bis sich sein Volumen verdoppelt hat. Danach nochmals gut durchkneten und in 12 gleich große Stücke aufteilen. Diese jeweils auf einer bemehlten Arbeitsfläche zu einer Rolle formen und zu einem Ring zusammenfügen. Die Ringe auf die gefettete oder mit Backpapier versehene Fettpfanne des Backofens legen und zugedeckt an einem warmen Ort noch einmal circa 20 Minuten gehen lassen.

Den Backofen vorheizen (E-Herd: 175 °C/ Umluft: 150 °C/ Gas: Stufe 2), circa 20 Minuten backen. Dann auf einem Kuchengitter auskühlen lassen. Inzwischen Puderzucker und Eiweiß mit den Schneebesen des Handrührgerätes glatt rühren. Falls der Guss zu fest ist, etwas Wasser unterrühren. Wenn man die Buranelli bunt möchte, 2 Esslöffel Guss in einer kleinen Schüssel mit blauer Lebensmittelfarbe verrühren. Den restlichen Guss halbieren und eine Hälfte zum Beispiel rosa färben. Die Teigkringel verschiedenfarbig einstreichen und mit weißen, rosa oder blauen Streifen verzieren. Mit Zucker bestreuen und anschließend mindestens eine Stunde trocknen lassen.

Nonnas venezianische Sehnsuchtskekse – Zaletti

Zutaten für circa 1 Backblech:

2–3 EL Cranberrys (oder Rosinen, Schokosplitter, Walnussstückchen – sie schmecken allesamt köstlich darin) in gut 2 cl Grappa (oder Saft) einweichen
120 g weiche Butter
110 g Rohrzucker
1 Ei
250 g Maismehl
80 g Weizenmehl
1 Prise Meersalz
½ Päckchen Backpulver
etwas Milch, höchstens 1/8 Liter nach Bedarf
eine Handvoll Pinienkerne
abgeriebene Schale einer Bio-Zitrone
1 ausgekratzte Vanilleschote

Zubereitung:
Das Ei schaumig schlagen, dann die Cranberrys mitsamt der Flüssigkeit dazugeben und die restlichen Zutaten mit einem Kochlöffel einmengen.

Das Ganze nicht zu lange rühren, schließlich von Hand kneten.

Das Backrohr auf 180 °C vorheizen.

Aus dem etwas bröseligen Teig werden nun mit den Händen kleine Kugeln geformt, auf ein mit Backpapier versehenes Backblech gelegt und ein bisschen flach gedrückt. Oder man formt eine gleichmäßige Rolle, schneidet Scheibchen davon ab und drückt diese etwas in Form.

Etwa 15–20 Minuten backen, bis die maisgoldene Farbe eine leichte Bräunung bekommt.

Cicchetti Veneziani: Thunfisch-Sardellen Häppchen – Polpettine di tonno con acciughe

Zutaten für den Teig:
250 g Thunfisch, gern frisch (es geht aber auch Thunfisch in Olivenöl aus der Dose)
4 Sardellenfilets in Salz eingelegt, gewässert und anschließend fein gehackt
½ kleine gekochte und geriebene Kartoffel
2 TL kleine Kapern
1 EL Blattpetersilie, fein gehackt
½ TL Bio-Zitronenschale, frisch gerieben
25 g Semmelbrösel oder Paniermehl
1 Ei, verquirlt
Saft einer halben Zitrone
1 Prise Peperoncini oder Chili
Meersalz und weißer Pfeffer

Zutaten für die Panade:
50 g Weizenmehl, Type 405
2 Eier, verquirlt
120 g Semmelbrösel
750 ml – 1 l Öl

Zubereitung:
Den Thunfisch fein hacken beziehungsweise den Thunfisch aus der Dose in einem Sieb abtropfen lassen und mit der Gabel zerdrücken. Nun mit den gewässerten und klein gehackten Sardellen, der geriebenen Kartoffel, den Kapern, der gehackten

Blattpetersilie und der geriebenen Zitronenschale mischen. Semmelbrösel darüber streuen und das verquirlte Ei unterheben. Mit dem Zitronensaft, Peperoncini, Meersalz und Pfeffer abschmecken und für 20 Minuten kühl stellen.

Mit einem Teelöffel kleine Stücke vom Teig abstechen und kugelig formen. Die Kügelchen in Mehl wälzen. Fett in einem ausreichend hohen Topf erhitzen. Die bemehlten Kügelchen nun in das verquirlte Ei geben und anschließend in Semmelbröseln wälzen. Portionsweise im heißen Fett ausbacken, bis sie goldbraun sind. Auf Küchenkrepp legen, um das Fett etwas aufsaugen zu lassen. Auch ideal als Partyhäppchen.

Osei scampai – Fleischspieße mit Apfel und Schinken von Mamma

Zutaten für 4 Personen:
2 Hähnchenbrustfilets
250 g Schweinelende
120 g italienischer roher Schinken
2 Äpfel
1 Bund Salbei
3 EL Olivenöl
100 ml Weißwein
grobkörniger Dijon-Senf (o. ä.)
8 Holzspieße

Zubereitung:
Das Fleisch und die Äpfel in mundgerechte Stücke schneiden, abwechselnd auf die Holzspieße stecken, dazwischen immer wieder ein Salbeiblatt und eine gerollte Scheibe Schinken einfügen.

Öl in einer Pfanne erhitzen und die Spieße bei mittlerer Hitze circa 7 Minuten anbraten, dabei immer mal wieder wenden.

Schließlich alle Spieße in die Pfanne legen, Wein darüber gießen, 2 Minuten aufkochen lassen, dann einen Deckel auf die Pfanne geben und das Ganze 8 bis 10 Minuten köcheln lassen. Die Soße wird dabei reduziert. Anschließend die Spieße mit etwas grobkörnigem Senf bestreichen.

Dazu passt hervorragend frisches italienisches Weißbrot.

Buon appetito!

Druck:
Customized Business Services GmbH
im Auftrag der
KNV Zeitfracht GmbH
Ein Unternehmen der Zeitfracht - Gruppe
Ferdinand-Jühlke-Str. 7
99095 Erfurt